Agentin 006y

von

Kay Noa

Agentin 006y

von

Kay Noa

© 2015 Kay Noa
1. Auflage

Covergestaltung: Jacqueline Spieweg, Berlin
Lektorat: Gundel Limberg, Frankfurt
Korrektorat: Bettina Najdek, Lehrte
Publz oHG, 80337 München

ISBN10:   3959410077
ISBN 13:   978-3959410076

Bibliografische Information der Deutschen Nationalbibliothek:
Die Deutsche Nationalbibliothek verzeichnet diese Publikation in der Deutschen Nationalbibliografie. Detaillierte bibliografische Daten sind im Internet über http://dnb.d-nb.de abrufbar.

www.publz.com
www.kay-noa.de
Kay Noa auf Facebook

INHALT

5

Das Lokal, in dem ich mich mit Robin traf, war gut gewählt. Schick, aber nicht mehr ganz hip. Hier konnten wir nach dem Essen noch in Ruhe plaudern, ohne von ungeduldig mit den Füßen scharrenden Kellnern belästigt zu werden, die Platz für die nachrückenden Gäste brauchen.

Außerdem war das Essen gut und wir hatten hier einen unserer letzten schönen gemeinsamen Abende verbracht.

Robin hatte darauf bestanden, dass wir gute Freunde blieben, auch nachdem er den leidenschaftlichen Teil unserer Beziehung vor ziemlich genau einem Jahr beendet hatte. Und mit einem solchen würde ich heute meinen neuen Job feiern. Den Neubeginn einer langen Durststrecke, an der er nicht ganz unschuldig war.

Und vielleicht wollte ich Robin auch ein bisschen zeigen, dass ich den Klauen von Hartz IV entkommen und wieder auf der Siegerstraße war. Nebenbei würde ich ihm mit meinem blendenden Aussehen beweisen, was für ein unsäglicher Idiot er doch gewesen war, mich gehen zu lassen.

Und um ihn vielleicht zurückzubekommen ...

Ich ließ den Mascara sinken und betrachtete mich kritisch im Spiegel. Warum wollte ich diesen Idioten eigentlich zurück?

Eine zierliche Naturblondine mit großen Augen und einer etwas schiefen Nase starrte zurück. Nicht gerade ein Hauptpreis, wenn man mal ganz ehrlich war. Eindeutig nicht Robins Kragenweite, der sonst hochgeschossene Wasserstoffperoxid-Damen mit mehr Busen und weniger Hirn bevorzugte. Ich hatte Robin mal auf sein Beuteschema angesprochen, bevor ich mit ihm zusammen gekommen war. Er hatte mich erstaunt angesehen. „Ich habe selbst genug Hirn, aber keine Titten."

Da war ich nicht mehr so sicher. Immerhin hat er mich gehen lassen.

Wir hatten jedenfalls gemeinsam über den Spruch gelacht. Und das ist immer gefährlich. Der Verstand ist vom Gelächter abgelenkt, denkt alles sei in Ordnung und dann können die Hormone loslegen. Wir waren in dieser Nacht im Bett gelandet, was ja in Ordnung gewesen wäre, wenn ich dort nicht mein Herz verlegt hätte.

Entschlossen legte ich meine Glückskette um. Den kleinen Engel hatte mir meine Tanzlehrerin vor meinem ersten Soloauftritt geschenkt. Der konnte jetzt mal zeigen, was er taugt.

Ich kam wohl kalkulierte fünf Minuten zu spät. Wie erhofft saß Robin bereits an unserem Tisch. Wie es sich für einen Beamten mit irgendeinem langweilig klingenden Posten im Innenministerium gehörte, war er immer pünktlich, immer organisiert und stets Herr der Lage. Untypisch für einen Beamten, besaß er einfach unverschämt viel Ausstrahlung und einen Mund, der einfach zum Küssen gemacht war.

Robin sah mich, lächelte, sah genauer hin und lächelte breiter.

So soll es sein, stellte ich erleichtert fest und rutschte, den diensteifrigen Kellner geflissentlich ignorierend, am bereitgehaltenen Stuhl vorbei auf die Bank, sodass wir über Eck saßen.

„Ist das immer noch deine bevorzugte Sitzposition?"

„Ja." Ich nickte huldvoll. „Dann sitzt man zwanglos beisammen, ohne wie die Hühner auf der Stange zu wirken, was der Fall ist, wenn man nebeneinander sitzt."

„Und immer eine Antwort parat, das ist meine Lisa."

„Was heißt hier *deine*", schnappte ich und hätte mir im selben Moment am liebsten auf die Zunge gebissen. So ein dummer Fehler. Das klang kleinlich und gekränkt. Das eine wollte ich nicht sein und mir das andere nicht anmerken lassen, denn das wiederum wäre absolut uncool und das passte nicht zu meinem neuen Image.

Ich hatte mir den Neustart redlich verdient, nachdem ich endlich aus dem dunklen Loch gekrabbelt war, in das mich das, jedenfalls für mich völlig überraschende Ende unserer Beziehung geworfen hatte.

„Meine Loyalität gehört jetzt Novamove", ergänzte ich daher schnell und verschanzte mich hinter der Speisekarte. „Es war schwierig genug, den Job als PR-Managerin zu kriegen. Da muss ich mich jetzt schon einbringen. Es ist Zeit, Karriere zu machen, sonst ende ich noch auf so einem Beamtenposten wie du."

„Deshalb sind wir ja hier. Damit du mit deiner neuen Position so richtig angeben kannst. Also erzähl!"

Tja, diese Aufforderung war jetzt nicht überraschend, denn deshalb waren wir ja hier. Ich hatte mir natürlich ein paar Worte auf der Fahrt zum Restaurant überlegt, aber irgendwie überzeugten die mich jetzt nicht mehr. Zu dick aufgetragen und trotzdem nicht toll genug. Hilfesuchend starrte ich in die Speisekarte. Doch deren Lektüre half mir leider auch nicht weiter.

Warum war ich gleich wieder hierhergekommen? Um meinen Ex zu beeindrucken.

Lief ja super.

Während ich mir noch zurechtlegte, wie ich vor Robin, dem allezeit Erfolgreichen, am besten glänzen konnte, kam der Kellner zurück und verschaffte mir eine Denkpause.

„Wir nehmen das Carpaccio zur Vorspeise, dann den Spezial-Salat mit Bruschetta und als Hauptgang hätte ich gerne ein Bisteca Fiorentina und meine wundervolle Begleitung das Saltimbocca von der Brasse."

Ich funkelte Robin über die Karte böse an. „Meine Bestellungen kann ich übrigens selbst aufgeben."

„Oh, willst du etwas anderes?"

Nein, wollte ich nicht. Aber darum ging es überhaupt nicht!

„Ich dachte, der Herr führt?"

„Beim Tanzen", erwiderte ich. „Was du auf dem Parkett verweigerst, brauchst du im Lokal nicht beginnen."

Genau dieser Übergriffigkeiten wegen sollte ich froh sein, dass ich mit dem in jeder Hinsicht taktlosen Mistkerl nichts mehr zu tun hatte. Was wollte ich eigentlich hier in diesem Lokal?

„Ich hätte gern einen Rotwein", bemerkte ich streng. „Schwer und trocken." Eigentlich hätte ein Weißwein besser gepasst, aber den hatte Robin bestimmt auch schon ausgesucht.

9

„Dem schließe ich mich an", sagte er stattdessen versöhnlich und gab dem Kellner, der von all den Dramen gerade vermutlich gar nichts mitbekommen hatte, seine Speisekarte.

„Also?"

Ich räusperte mich umständlich und begann dann von meiner Stelle zu erzählen. „Dass mich ein so großes Unternehmen wie Novamove als PR-Chefin einstellt, freut mich natürlich außerordentlich. Das Team ist sehr nett, die Bezahlung ist fürstlich und das Gebäude ist unfassbar stylish und doch freundlich. So wie man es von einem angesagten Hightech-Unternehmen eben erwartet ..."

Robin war, das muss man dem eingebildeten Kerl lassen, ein sehr guter Zuhörer und so berichtete ich munter durch die Gänge, wie ich mich in drei Bewerbungsrunden tapfer geschlagen hatte und auch siegreich aus den Vertragsverhandlungen hervorgegangen war.

Er lauschte aufmerksam allen Details, während er mit Daumen und Zeigefinger seine Unterlippe knetete. Das war so ein Tick von ihm, den ich schon kannte. Heute allerdings fiel mir dabei auf, wie unglaublich sinnlich Robins Mund doch war. Zum Küssen wie geschaffen...

„Äh ..." Und sofort kam ich ins Stottern. „Wo war ich stehen geblieben?" Der Gedanke an leidenschaftliche Küsse brachte mich völlig aus dem Konzept und plötzlich war ich wieder schlecht gelaunt.

Ich vermisste nicht nur die ausgedehnten Knutschereien unserer Anfangsphase.

„Wie kommst du mit deinem Chef zurecht?"

Etwas in Robins Tonfall hatte sich verändert. War er am Ende eifersüchtig?

„Keine Ahnung", gab ich in meiner Verwirrung zu. „Tom Harker war auf Geschäftsreise, aber ich werde ihn bald kennen lernen. Ich arbeite ja mit ihm."

„Du unterstehst Harker direkt? Dann gehörst du ja zum engen Kreis. Jenen Erwählten, mit denen der Wunderknabe seine Geheimnisse teilt." Nun klang Robin endlich beeindruckt. Was wiederum kein Wunder war. Tom

10

Harker galt als absolutes Genie und machte mit höchst innovativer Navigationssoftware und anderen Technikspielereien seit einigen Jahren Furore. Er wurde mit Business-Preisen überhäuft und zierte die Titelseiten der meisten Wirtschaftsmagazine und Computerzeitschriften.

Ich nickte stolz und prostete Robin zu.

Doch statt sein Weinglas zu erheben, ergriff er meine freie Hand. „Harker ist zu beglückwünschen, dass er eine ebenso kluge wie schöne Pressedompteuse bekommt."

Unter dem Tisch berührte sein Knie plötzlich meines.

Irritiert von dieser Offensive blinzelte ich und leerte mein Glas auf einen Zug.

„Es heißt, wenn schon, Pressedompteurin." Ich klang eindeutig zu piepsig, um cool zu wirken und hätte mich gern geärgert, wenn ich nicht so verwirrt gewesen wäre. Der Rotwein war für einen Gelegenheitstrinker wie mich eindeutig die falsche Wahl gewesen, denn ich ahnte, dass ich im Augenblick lieber meinen Geist statt etwas Geistiges gebraucht hätte.

Derweil hatte Robin nämlich mit seinem Fuß mein Bein sanft angehoben und ordentlich neben das andere gestellt. Oder auch nicht so ordentlich, denn er ließ genug Raum, um nun mit der anderen Hand ungebührlich zielstrebig unter meinen Rock zu fahren.

„Was wird das?", fragte ich streng und presste seine Hand zwischen meine Knie, um sie zu stoppen.

„Das kommt darauf an." In seinem Blick lag etwas unverhohlen Lüsternes.

„Hast du dieses betörende Parfüm aufgelegt, um mich zu quälen, oder um mit mir ein bisschen Spaß zu haben? Der alten Zeiten wegen."

„Wenn überhaupt, um dir Gelegenheit zur Reue und Einsicht zu geben! Wie konntest du mich nur gehen lassen?"

Er zog so überraschend an meiner Hand, dass ich automatisch näherrutschte. Überrascht sog ich die Luft ein. Sein Duft war auch nicht von schlechten Eltern, neu offenbar, denn ich kannte ihn nicht. Ich tauchte in eine verlockende Welt aus Holz und Tabaktönen. Gerade verheilte Wunden brachen auf und ließen mühsam verbuddelte Hoffnung keimen, als Robin sich nun dicht zu mir lehnte und mir ins Ohr raunte: „Das frage ich mich auch. Und auch, ob das nicht ein Fehler war. Und nicht erst seit heute."

Sein Atem an meinem Ohr brachte meine Haut zum Kribbeln. „Aber du hast dich verändert, Lisa. Ich weiß nicht, was es ist, aber es steht dir gut."

„Erfolg macht offenbar sexy." Ich lachte und meine Hormone stürmten wieder einmal die Kommandozentrale.

„Wir könnten den Kaffee bei mir trinken", sagte er dann und verstärkte unter dem Tisch mit seiner Hand den Druck auf meinen Oberschenkel. „Du kennst ja meine neue Wohnung noch gar nicht."

Mein Verstand protestierte, mein Herz jubilierte, mein Mund folgte den Hormonen. „Aber die Rechnung geht auf mich", erklärte ich. „Ich wollte ja mit dir feiern."

Robin grinste. „Die Party geht doch erst los."

Als wir aus dem Restaurant kamen, regnete es.

„Das ist der Nachteil von Lokalen in verkehrsberuhigten Zonen. Bis wir an einem Taxistand sind, sind wir so nass, dass wir gleich zu mir gehen könnten", bemerkte Robin, während er seine Jacke schloss. „Oder wollen wir warten, bis der Regen nachlässt?"

Ich schüttelte den Kopf und vergrub mich in meinen Mantel.

Das ist typisch für meine Stadt. Wer immer nach München kommt, will bleiben. Und weil das auch für den Regen gilt, kann man sicher sein, dass hier aus jedem Platzregen ein Dauerregen wird. „Wie weit ist es denn?"

Lachend packte Robin meine Hand und lief los.

Tropfnass aber gut gelaunt erreichten wir kurz darauf Robins Wohnung, die wirklich nur ein paar Straßen weiter in einem schönen, geschmackvoll renovierten Altbau lag.

„Brrr!" Ich schüttelte mich. „Für Mitte Mai ist der Regen aber saukalt."

Robin öffnete die Tür und half mir noch in der Diele aus dem Mantel. Ich schlüpfte aus den völlig durchweichten Schuhen und genoss das alte Parkett unter meinen Füßen. Ich liebe altes Holz.

Seine Jacke war weniger wetterfest als mein Mantel und so riss er sich sein an Schultern und Rücken nasses Hemd vom Körper und präsentierte mir so eine wohlgeformte Männerbrust. Obwohl er schon besser in Form gewesen war, bot er immer noch einen sehr leckeren Anblick. Dieses Mal fröstelte ich nicht vor Kälte.

Robin war sich seiner Wirkung scheinbar gar nicht bewusst, denn er öffnete die Tür schräg gegenüber und kam mit zwei Handtüchern zurück, von denen er mir eines gab.

„Komm, gehen wir ins Wohnzimmer. Magst du lieber einen Tee statt des üblichen Espresso?"

„Am liebsten hätte ich einen Milchkaffee."

Ich trocknete so gut es ging meine Haare, ohne danach wie ein wildgewordener Handfeger auszusehen. Meine auch unter günstigeren

13

Umständen eher eigenwilligen Locken entwickelten bei Regen regelmäßig ein höchst kreatives Eigenleben.

Ich folgte Robin durch eine weitere Tür in ein großes aber nur sehr sparsam eingerichtetes Wohnzimmer. An einer Wand hing ein großer Flat-Screen zwischen schlanken, sehr potent wirkenden Lautsprechern und gegenüber stand eine große Couch. Sonst war der Raum leer. Bis auf eine atemberaubende Fensterfront, die auf eine Dachterrasse führte. Zum Tanzen wie geschaffen.

Robin war abgebogen und wurstelte hinter einer halbhohen Bar in der Küche herum, die mit ihren Edelstahlfronten irgendwie zu professionell für meinen Exfreund wirkte.

„Wenn du magst, kannst du deine Schuhe ins Bad unter die Heizung stellen", sagte er, während er die Kaffeemaschine bediente.

Das Bad zierte ein großer Spiegel unter dem eine elektrische Zahnbürste und ein Rasierapparat lagen. Keine Zeichen weiblicher Reviermarkierung. Das hatte ich wissen wollen. Erleichtert stellte ich meine schönen, neuen … nun ja, nach heute vom Leben gezeichneten, mittelalten hochhackigen Stiefeletten unter die Heizung. Dort hing bereits Robins Hemd und verströmte diesen betörenden Duft, der mich irgendwie ganz kirre machte.

So benahm sich die Katze meiner Freundin, wenn man ihr Katzenminze gab.

Als ich zurück ins Wohnzimmer kam, war der Kaffee fertig.

„Ich hab noch einen Schuss Whiskey dazugegeben."

„Danke!" Huldvoll nahm ich das hohe Glas entgegen und legte meine klammen Finger darum. Die Wärme tat gut. Einträchtig schlenderten wir zur Couch und nahmen Platz.

Im Kaffee war genau genug Alkohol, um die wärmende Wirkung zu verstärken, ohne aufdringlich zu sein. Ich war wirklich durchgefroren.

Willig ließ ich es zu, dass Robin seinen Arm um mich legte. Auch das war wohlige Wärme. Nostalgische Gefühle verstärkten meine Sehnsucht nach Verlorenem. Wäre ich gleich nach Hause gefahren, wäre ich genauso nass

14

geworden, hätte aber allenfalls eine Wärmflasche bekommen. Der Kaffee war nämlich alle und Whiskey hatte ich noch nie im Haus gehabt.

„Besser?", fragte Robin.

„Hmhm", nickte ich mit geschlossenen Augen. „Und nun?"

Robin zögerte, was untypisch war. Zweifel, Zögern oder Zaudern hatten so gar nichts robinhaftes an sich. Oder umgekehrt? Blöder Whiskey. Jedenfalls passte das nicht zusammen.

„Was möchtest du denn tun?", fragte ich also, bevor ich mich in höchst lisagemäßer Verwirrung hoffnungslos verfing.

Er griff nach meinem Kaffee, nahm ihn mir weg und stellte ihn auf ein Bord, das diskret hinter der Lehne stand.

„Ich habe etwas für dich." Und plötzlich hielt er mir ein Päckchen hin. „Für den neuen Job."

Mit großen Augen nahm ich es entgegen und zog die Schleife auf. In der Schachtel war ein Smartphone.

„Hui!" Ein nigelnagelneues, aus jeder Pore seines silbernen Gehäuses Hightech verströmendes Angeberhandy für erfolgreiche Menschen. Nicht so ein Vorvorvorgängermodell wie meines, das nur Empfang hatte, wenn man es über den Kopf hielt und nie länger als drei Stunden von der Steckdose getrennt werden sollte.

„Ich dachte, eine echte Karrierefrau würde sich über ein standesgemäßes Gerät freuen."

„Das tut sie", sagte ich und unterdrückte ein kindisches Grinsen. „Aber warum bekomme ich ausgerechnet von dir so etwas?"

Robin lächelte schief und senkte den Blick. „Ich hatte den Eindruck, ich hätte etwas gut zu machen."

„Das ist trotzdem lieb von dir", stimmte ich ihm indirekt zu. „Doch wie soll ich dir dafür danken?"

Robins Lächeln wurde breiter und bekam etwas haifischartiges.

„Ich zeig es dir."

Dann küsste er mich auf die Stirn. Seine warmen Lippen kitzelten auf meinem noch regenfeuchten Haar. Er zog mich enger an sich, so eng, dass ich seinen Herzschlag spürte. Zärtlich fuhr er mit seiner anderen Hand durch meine Locken, entwirrte sie und strich langsam mit einem Finger über meine Wangen, die unter seiner Berührung förmlich zu glühen begannen. Ich hielt unwillkürlich den Atem an und blieb ganz still, um den Moment zu genießen, den ich nach unserer Trennung so herbeigesehnt hatte, den ich mir auf meinem viel zu großen, viel zu leeren Bett inmitten eines Meers gebrauchter Taschentücher in den glühendsten Farben ausgemalt hatte. Was war das für eine Welt, dass ich das jetzt, wo ich es nicht mehr benötigte, haben konnte?

Robin wusste natürlich genau, was ich mochte, und begann langsam an meinem immer noch kalten Ohr vorbei Kuss auf Kuss meinen Hals entlang nach unten zu rutschen, zu meiner Schulter, meinem Schlüsselbein und weiter zu meinen Brüsten, die unter meinem auch leicht klammen Kleid bereits zu ziehen begonnen hatten, als Robin an ihnen vorbei nach meinem Kaffeeglas gegriffen hatte. Mit einer Hand fuhr er langsam unter den Stoff und begann meinen Rücken zu streicheln.

„Du erkältest dich in dem feuchten Teil."

Mit einem Ruck zog er mir mein Shirtkleid über den Kopf und warf es zu Boden. Unwillkürlich legte ich die Arme über meine Brüste. Von der Geste überrumpelt, kam ich mir entblößt vor. Ich brauchte ihn nicht mehr. Warum wollte ich ihn?

Robin zog mich wieder enger an sich heran, schob seine Hände unter die meinen und begann geschickt, meine Brüste zu liebkosen. Sanft erst, dann fordernder, bis er schließlich meine Brustwarzen massierte, bis sie hart wurden und unter seinen Fingern zu schmerzen begannen.

Ich gab meinen ohnehin nur von mir wahrgenommenen Widerstand auf, packte Robins Kopf und zog ihn an meinen Busen, den er willig küsste.

Leise stöhnend zauste ich sein Haar. Ich wusste, dass es blöd war, weil ich wusste, dass Robin eben Robin war und niemals etwas anderes sein würde. Ich wusste, dass ich am Ende heulen würde, aber was sollte ich machen? Meine Hormone hatten meinen Verstand offenbar hinterrücks überwältigt, geknebelt und gefesselt in eine Ecke verbannt, von der aus er

16

jetzt das Verhängnis beobachten musste und nur gelegentlich des Anstands wegen etwas wimmerte.

Robin hatte meine Bedenken offenbar gespürt. Jedenfalls hob er den Kopf und lächelte. Als sich unsere Blicke trafen war plötzlich wieder alles wie früher. Er presste seinen Mund auf den meinen und in dem Augenblick, in dem sich seine Zunge zwischen meine Lippen schob, gehörte ich ihm. Wenn künftiger Kummer unausweichlich war, wollte ich auf dem Weg dorthin wenigstens so lange wie möglich Spaß haben.

Hungrig erwiderte ich seinen Kuss.

Doch er zögerte und schob mich etwas zurück.

„Was machen wir da?"

Ich blinzelte. Auch seine Stimme war heiser vor Verlangen. Insofern war das eine durchaus berechtigte Frage. Was machte er da? Oder vielmehr nicht?

Ich drängte mich enger an ihn, genoss seine Haut auf der meinen und küsste ihn in die Halsbeuge. Als er mich wieder wegschieben wollte, biss ich ihn. Nicht fest, gerade genug, um deutlich zu machen, was ich wollte.

Robin gab mir einen Klaps auf den Po, zog dann meinen Slip zur Seite, um mich zwischen den Beinen zu streicheln. Unwillkürlich fuhr ich zurück, als ich seine Finger spürte. Ich war so nass, und das lag an dieser Stelle eindeutig nicht am Regen.

Robins Finger fuhr zwischen meine Schamlippen und entlockte mir erneut ein Stöhnen. Plötzlich hielt er inne. Seine Hand lag wie ein Versprechen zwischen meinen Beinen, doch er löste es nicht ein, während ich vor frustrierter Erregung am liebsten geheult hätte.

Ich wollte zurückweichen, doch mit der anderen Hand hielt mich Robin am Rücken, sodass ich zwischen den Couchkissen liegend an seinen Körper gepresst fixiert war.

Zornig fuhr ich mit der Hand zu seiner Hose und zog den Gürtel fort, nestelte Knopf und Reißverschluss auf und griff dann in seine Boxershorts.

17

Robin stöhnte nicht, doch ich spürte, wie sein Finger zwischen meinen Beinen zuckte, als ich seinen Penis fand und hervorholte. Hart und heiß und höchst einsatzbereit.

Aufreizend langsam schlossen sich meine Finger um seine Spitze und noch langsamer begann ich ihn zu massieren. Hinunter bis zu den Hoden und zielstrebig wieder zurück zur empfindsamen Eichel. Robin sog kaum hörbar die Luft ein, als ich mit einem Fingernagel über das Köpfchen strich. Sein Finger zuckte heftiger, ich öffnete um eine Winzigkeit meine Beine und drückte mein Becken gegen ihn.

Robins Penis reagierte schneller als er und signalisierte mit einem Tröpfchen seine Vorfreude, die ich behutsam beiseite wischte.

Ein Stöhnen drang in mein Ohr, eine Art unterdrücktes Halali vermutlich, denn nun packte mich Robin fester, drückte mich an sich und zwang mich mit seinem Oberkörper in eine liegende Position. Er zwang meine Beine weiter auseinander und drang mit seinem Finger plötzlich tief in mich ein. Über mein erregtes Keuchen lachte er leise.

Er bedeckte mein Gesicht mit fiebrigen Küssen, während er seinen Finger zurückzog und mein Bein auf seine Schulter hob.

„Fast hätte ich vergessen, wie gut der Sex mit einer Tänzerin ist", keuchte er mir ins Ohr. Er wusste nicht, dass ich seit unserer Trennung nicht mehr getanzt hatte, auch daran war mir ohne ihn der Spaß vergangen. Das Gefühl, das Tanzen, dem Robin so gar nichts abgewinnen konnte, habe uns entzweit, nagte an mir, wann immer ich auch nur Musik hörte. Als nächstes hörte ich, wie seine Jeans endgültig aufs Parkett rutschte und dann drang er in mich ein.

„Endlich", stöhnte ich. Doch obwohl ich ihn nun in mir hatte, bewegte er sich nicht.

„Ungeduldiges kleines Luder. Dabei schreiben alle Heftchen, das Vorspiel sei das Beste." Wenigstens klang Robin angemessen erregt, so wie er die Worte hervorpresste.

„Weißt du, was mich diese Heftchen können?", grollte ich und streckte mich ihm so gut es ging entgegen.

Robin kniff mich in den Po, was mich unwillkürlich in dem Moment nach oben zucken ließ, in dem er tief in mich eindrang. Mir blieb der Atem weg. „Ahhh", entfuhr es uns gemeinsam. Langsam, rhythmisch bewegte er sich in mir und ich mich mit ihm. Dann schneller und fester und ich versank in einem Meer der Lust mit hohem Seegang. Ich zitterte am ganzen Körper, während ich versuchte, die von ihm ausgelösten Wellen zu reiten um sie zur Gänze auszukosten.

Es war eine perfekte Choreographie, denn in dem Moment, in dem ich den besten Orgasmus seit Langem hatte, kam auch Robin. Er packte mich mit beiden Händen so fest am Gesäß, dass es fast schmerzte und stieß ein letztes Mal mit aller Kraft tief vor, bevor er sich stöhnend in mich entlud. Er versteifte sich, pumpte noch einmal nach, brach schließlich verschwitzt auf mir zusammen und rang zusammen mit mir nach Atem.

Jetzt fror keiner mehr.

Erschöpft lagen wir im dunklen Wohnzimmer nebeneinander auf der Couch und genossen den Augenblick. Ich versuchte in Robins Blick zu lesen, aber dafür war es zu dunkel. Keiner sprach, nur der Regen klopfte rhythmisch gegen die Scheiben.

Unsere Kleider waren in einem wirren Knäuel auf den Boden gerutscht und lagen dort ineinander verschlungen. Ein Anblick der mir gefiel, weil er etwas so Vertrautes hatte.

Der Schweiß auf meiner Haut trocknete allmählich und kühlte meinen Körper. Seufzend drängte ich mich enger an Robin, der Wärme ausstrahlte wie ein Ofen. Er blinzelte und zog einen Mundwinkel nach oben.

Ich lächelte zurück.

„Dein Lächeln ist bezaubernd", flüsterte er kaum hörbar. „Das hatte ich ganz vergessen."

Mit der Spitze seines Zeigefingers zeichnete er die weichen Konturen meines Gesichtes nach und immer, wenn er sanft über meine Lippen strich, schloss ich die Augen und öffnete meinen Mund, um seine Fingerkuppe zu küssen. Ich spürte den warmen Hauch seines Atems auf meinem Gesicht, vertraut, verlockend und verheißungsvoll.

Gefangen im Zauber des Augenblicks griff ich nach seiner Hand und begann, die Innenflächen zu liebkosen. Meine Küsse bedeckten die raue Haut am Handballen und neckisch umspielte ich die Spitzen seiner Finger mit meiner Zunge, bevor ich langsam und aufreizend an seinem Mittelfinger zu saugen begann. Ich öffnete die Augen und suchte die seinen, die in der Dunkelheit nur mit einem schwachen Schimmern zu erkennen waren.

Robins Atem beschleunigte sich und mit der freien Hand packte er mich an der Hüfte, um mich noch enger an sich zu ziehen.

Fordernd fuhr er über meinen Rücken bis hinauf zu den Schultern und weiter bis zu meinem Genick, wo er mich wie ein Kätzchen packte, mir seine andere Hand entzog und sie hinunter zu den Hüften gleiten ließ und über die Innenseiten meiner Beine strich. Ich krallte meine Nägel in seine Schultern und konnte nicht verhindern, dass sich mein Atem beschleunigte.

Robin schob mich am Hals gepackt in eine aufrechte Position und drückte mir einen fordernden Kuss auf die Lippen. Seine Hand rutschte von meinen Schenkeln an meinen Po und kniff fest zu. Ich stöhnte, unfähig, mich aus seiner Umarmung und von dem Kuss zu befreien. Ich wusste, dass Robin es erregend fand, die Kontrolle beim Sex zu haben, doch trotzdem musste ich mich überwinden, mich ihm so hinzugeben.

Unsere Augen trafen sich, als er mich noch fester an sich drückte und dann mit einem Ruck aufstand. Ich schlang meine Beine um seine Hüften und ließ mich willig ins Schlafzimmer tragen.

Noch einmal. Darin waren wir uns einig.

Was ich am Morgen so besonders hasse, ist, dass dem Moment des Erwachens unweigerlich der Moment der Ernüchterung folgt. Das zeigt sich daran, dass man zwar von *Morgen-* oder *Abenddämmerung* spricht, aber bezeichnenderweise nur vom *Morgengrauen*.

Und so war es auch dieses Mal. Ich erwachte wunderbar entspannt und glücklich und genoss den Platz, den ich hatte, um mich genussvoll in sündigen Kissen zu räkeln.

Bis mir auffiel, dass die Sündhaftigkeit von Kissen, in denen man sich alleine wälzt, schon einmal deutlich eingeschränkt war.

„Robin?"

Keine Antwort. Ich setzte mich auf, stellte fest, dass ich allein im Raum war, und fühlte mich benutzt. Missmutig schwang ich mich aus dem Bett und wickelte mich in die Bettdecke, um wenigstens einigermaßen bekleidet auf die Suche nach meinem Ex zu gehen. Oder war er nach dieser Nacht mein Ex-Ex?

Ich wusste es nicht. Und schlimmer noch, ich wusste nicht einmal, was ich wollte. Was irgendwie besser war, weil das hieß, dass dieses Mal auch ich mitzureden hatte.

Ich traf Robin in der Küche, wo er in T-Shirt und Boxer-Shorts Kaffee kochte.

„Du frühstückst immer noch nichts?", fragte er beiläufig und holte Milch aus dem Kühlschrank.

„Nö." Kopfschüttelnd setzte ich mich auf einen der Barhocker, die vor der Theke standen, mit der die Küche vom Wohnzimmer getrennt war. „Das hole ich aber untertags wieder rein."

Robin lachte, goss Milch und Kaffee in eine große Tasse und stellte sie vor mir auf die Theke. „Dein Handy hatte hingegen Hunger. Ich lade es gerade für dich auf. Hoffe, das war okay."

„Musst du nicht in die Arbeit?", erkundigte ich mich großmütig über den köstlich duftenden Dampf hinweg, in den ich meine Nase tauchte.

„Das sollte ich dich fragen. So wie du hier mit nur einer Decke bekleidet herumsitzt."

„Ich fange erst nächste Woche an."

Robin nickte und gesellte sich mit seinem eigenen Kaffee zu mir. In trauter Morgenmuffeligkeit widmeten wir uns schweigend unseren Tassen. Jeder von uns tief in eigene Gedanken versunken. Zu unserer gemeinsamen Zeit hatte ich an Robin sehr geschätzt, dass er morgens so schweigsam war wie ich. Jetzt bedauerte ich das. Denn da ich meine eigenen Gedanken höchst verwirrend fand, hätten mich seine brennend interessiert. Was dachte Robin gerade? Wie sah er unsere Situation? Doch so unbewegt, wie er aus dem Fenster sah, konnte er auch in Gedanken bei irgendwelchen todlangweiligen Zahlenkolonnen aus seinem Job sein, oder bei den Fußballergebnissen oder …

Ich hingegen wusste nicht, ob mein Herz recht hatte, das sich freute, endlich wieder mit Robin vereint zu sein, oder mein Kopf, in dem höhnisch der spröde Spruch *Sex mit der Ex* herumgeisterte, bis er sich zu einem prägnanten *Ex-Sex* verkürzte. Oder aber mein Bauch, der nach mehr Kaffee verlangte und einfach abwarten wollte, weil er noch gar nicht wusste, auf welche Seite er sich bei meinen neuesten Problemen schlagen sollte. Dass ich selbst das auch nicht wusste, spielte dagegen keine Rolle. In Konfliktsituationen jeder Art, von der Frage nach dem passenden Outfit ebenso wie bei Berufs- und Partnerwahl, hatte ich nicht mehr viel zu sagen, wenn dieses Trio zu Leben erwachte. Wobei sich alle drei einig waren, dass man letztlich nur einen von ihnen brauchte. Uneins waren sie nur darin, welchen. Und so ist mein Leben am besten damit beschrieben, dass ich tagtäglich, zwischen drei sehr verschiedenen Polen hin- und hertaumelnd, durchs Leben irrte.

„Was denkst du?"

Ich blinzelte verwirrt. „Ist das nicht eine Mädchenfrage?"

„Das war jetzt aber politisch unkorrekt." Robin lachte. „Also?"

„Das geht dich nichts an", bemerkte ich betont würdevoll. „Meine Gedanken teile ich nur mit Vertrauten."

22

Mit einer raschen Bewegung zog Robin mich dicht an sich heran. Seine Lippen lagen fast auf meinen, als er langsam mit der freien Hand eine Haarsträhne aus meinem Gesicht strich und dann ebenso langsam mit dem Daumen über meine Wange bis zu meinem Mundwinkel. Unwillkürlich musste ich lächeln und flüchtig, prickelnd und sehr, sehr erregend berührten sich unsere Lippen. Ich grinste breiter und dieses Mal dauerte der Kuss länger.

Die Decke löste sich und ich saß splitternackt auf meinem Barhocker.

Nun war es Robin, der lächelte. Er fuhr mit beiden Händen über meine Schultern bis zu meinen Brüsten, trat einen Schritt auf mich zu und vergrub sein Gesicht an meinem Hals.

„Oh, ich habe dich vermisst", murmelte er in mein Haar.

Das tat so gut zu hören! Ich packte ihn an der Taille und zog ihn noch enger an mich und schlang dann meine Arme um seinen Hals. Oh, ich mochte alles an ihm, wie er roch, wie sich seine Haut anfühlte, wie er atmete …

Gerade als Robin seine Wiedersehensfreude in zielstrebigere Bahnen lenken wollte, schob ich ihn energisch zurück. Mein Verstand atmete erleichtert auf. Robin hatte mich einmal verlassen. Er würde es wieder tun und deshalb würde ich mich nie wieder auf ihn einlassen. Ein bisschen Trennungssex der alten Zeiten wegen, war die eine Sache. Vermisstensex am Morgen eine ganz andere.

„Ich bin so gespannt, wie du dich in deinem neuen Job anstellst", bemerkte Robin, gerade so als hätte ich ihn nicht gerade erst zurückgewiesen. Das irritierte mich. Warum winselte er jetzt nicht um Gnade und bereute seine Missetaten, wie es sich in einer guten Geschichte gehörte?

„Warum?", fragte ich daher. „Zweifelst du an mir?"

„Nein, nein", rief Robin eine Idee zu schnell und entschlossen, um mich wirklich zu überzeugen. „Gar nicht. Ich frage mich nur, wie Tom Harker mit dir zurechtkommen wird."

23

„Kennst du ihn?" Das wäre ja überaus praktisch, wenn ich mir hier ein paar Tipps für die Zähmung meines Chefs holen könnte. Oder wenigstens eine Gebrauchsanleitung. Gleich fühlte ich mich nicht mehr inkonsequent, sondern durchtrieben … naja … pragmatisch.

Robin zögerte, so als sei ihm die Frage unangenehm. Das war erstaunlich. Ihm war sonst nie etwas unangenehm. Robin schaffte es irgendwie immer, sich sein Leben exakt so einzurichten, dass Unangenehmes draußen blieb. Statistisch gesehen war ich die ideale Partnerin für ihn, denn mit meinem Pannen-Dasein glich ich diese Perfektion großzügig aus.

„Also?"

„Nur geschäftlich", sagte er. Knapp und hart.

Eine Entscheidung war offenbar gefallen, auch wenn ich das Gefühl hatte, dass ich gerade allenfalls die Hälfte verstand und dann sicher die falsche.

„Geschäftlich", hakte ich nach. „Was für Geschäfte schließt ein Bürohengst aus dem Innenministerium mit einem IT-Freak ab?"

„Gar keine." Robin blieb einsilbig.

„Sondern?"

„Sagen wir so, es ist Teil meines Geschäfts, Dinge über Leute wie Tom Harker zu wissen. Möglichst so, dass die Tom Harkers dieser Welt noch nicht einmal wissen, dass es mich gibt, geschweige denn, dass ich mich für sie interessiere."

„Das klingt ja richtig wichtig", ulkte ich, um mir mein Unbehagen nicht anmerken zu lassen. „Darf ich dich James Bond nennen?"

„Das wäre irreführend." Robin grinste schief. „Moderne Nachrichtendienste arbeiten anders. Ohne Pistole und Sprengsatz für den Anfang."

„Du arbeitest aber für das Innenministerium und nicht für den Bundesnachrichtendienst." Ich wartete Robins Reaktion gar nicht ab, sondern gab mich geschlagen. „Ich verstehe gerade kein Wort. Wovon sprichst du? Worauf willst du hinaus?"

„Mein Job ist nicht halb so langweilig, wie ich dich – und alle anderen Menschen außerhalb meiner Einheit – glauben lassen muss." Robin

24

bückte sich und legte mir die Decke wieder über die Schultern. „Ich koordiniere Informationen aus verschiedenen Quellen. So als Agentenschnittstelle. M light, wenn du willst. Da diese Tätigkeit sehr sensibel ist, spreche ich nicht darüber. Normalerweise."

Seine Hände lagen auf meinen Schultern und massierten mich sanft. Das war immer ein Zeichen, dass er etwas wollte. Gut zu wissen. Besser wäre noch, zu wissen, was.

„Und da spionierst du Tom Harker aus", schlussfolgerte ich bedächtig. Robins Hände strichen langsam über meinen Rücken, der sanfte Druck auf meine Wirbelsäule war sehr erregend. Aber ich würde mich nicht ablenken lassen. „Warum?"

„Harkers Firma ..."

„Mein neuer Arbeitgeber!"

Der Druck verstärkte sich unangenehm. Reflexartig drückte ich das Kreuz weg, doch Robin zog mich wieder zurück, bis ich an seiner Brust lehnte.

„... wir haben den Verdacht, dass diese überaus innovative Software, die Novamove herstellt, auch in Länder verkauft wird, die wir offiziell nicht so gerne mögen."

„Ja und?" fragte ich „Wir sprechen von Software, die PCs leichter bedienbar machen will ..."

„Die wunderbar für Spionagezwecke missbraucht werden kann. Technisches Gedankenlesen quasi."

„Oh."

Robins Hände lagen auf meinen Oberschenkeln und verhießen irgendwie ein süßes Frühstück.

Als ich ihn umarmen wollte, griff er um meine Hüfte herum nach meinem Po und ging langsam vor mir in die Knie, küsste meine Brüste, meinen Nabel und begab sich schließlich auf eine sehr erotische Reise zu meiner Scham.

Unwillkürlich hielt ich die Luft an, als Robins Zunge sich bedächtig einen Weg zu meinen intimsten Stellen bahnte und Gefühle in mir auslöste, derentwegen sich mein Verstand resigniert verabschiedete. Doch da unterschätzte er mich. Wenn Robin meinte, mit ein bisschen Versöhnungssex bekäme er mich wieder herum, so irrte er. Ich würde mir nehmen, was er mir anbot. Ich würde ihn ausnutzen und anschließend fallen lassen. Jawohl! Wenn, dann ging es hier um Sühnesex und um nichts anderes.

Die Gedanken lenkten von aufkommenden Orgasmen ab und halfen mir, die Kontrolle zu behalten. Ich konnte schlecht ausweichen, denn ich wäre von dem doofen Barhocker gefallen. Tatsächlich musste ich mich sehr ruhig halten, um das Ding nicht umzustoßen. Robin schielte nach oben, bemerkte mein Unbehagen und ein diabolisches Funkeln stahl sich in seine Augen, als er seinen Mund fest auf meine Schamlippen presste und in dem Moment saugte, in dem seine Zungenspitze meine Klitoris berührte.

Ich schrie, als ein heißer Schauder über mein Rückgrat lief und wäre doch gestürzt, wenn nicht Robin endlich die Stuhlbeine gepackt und stabilisiert hätte.

Meine Finger gruben sich in sein Haar und rissen ihn zurück. „Genug", keuchte ich und rutschte erschöpft in seine Arme. „Genug!"

Sich demonstrativ die Lippen leckend stand Robin wieder auf und zog mich an seine Brust. Ich genoss seine Umarmung und wie er mit meinen, mir lose über den Rücken fallenden Locken spielte. Er war von meinen Haaren schon immer fasziniert gewesen. Ich wusste gar nicht, wieso.

Schließlich strich er mir behutsam eine Haarsträhne aus dem Gesicht und lächelte. „Das habe ich vermisst. Du bist noch viel heißer als ich dich in Erinnerung hatte. Hast du geübt?"

Ich lächelte etwas wehmütig. Nein, ich war viel zu unglücklich gewesen, um mich von einem anderen trösten zu lassen. Doch ich würde den Teufel tun und ihm sagen, dass meine sexationellen Fähigkeiten allein auf meinen unfreiwilligen Entzug zurückzuführen sein dürften.

Statt mir eine schlagfertige Antwort einfallen zu lassen, für die ich ohnehin zu erschöpft war, schloss ich die Augen und kuschelte meine Wange in seine Hand. Eine Dame genießt und schweigt. Jawohl.

26

Eigentlich wäre der Moment perfekt gewesen. Eigentlich. Doch da war noch ein Punkt, den ich klären musste.

„Wenn das alles so geheim ist", setzte ich also an, „warum erzählst du es mir dann? Also jetzt? Was deine Freundin nicht wissen durfte, geht doch die Ex nichts an."

„Wegen deines neuen Jobs." Robin strahlte plötzlich wieder diese Unsicherheit aus. „Ich möchte, dass du uns hilfst."

Wumm.

Mutter Schwerkraft ist so ein Biest. Immer, wenn die Schmetterlinge im Bauch Höhenflug bekommen und den Kopf erreichen, schlägt sie gnadenlos zu und holt einen zurück auf den Betonboden der Tatsachen. Wie konnte ich nur glauben, Robin hätte plötzlich sein Herz entdeckt – und auch gleich noch, dass ich dort einen Platz habe?

Falls dem Mistkerl neben mir aufgefallen sein sollte, wie ernüchternd ich ihn gerade fand, ließ er sich das nicht anmerken. Wahrscheinlich wäre es ihm egal gewesen. Er saß vor mir, trug die Spuren meiner Erregung noch auf den Lippen und sprach mit mir übers Geschäft. War das zu fassen?

„Wir wissen, dass ein paar wirklich böse Jungs unsere Technologie abziehen, um sie an allen Embargos vorbei an noch viel bösere Jungs zu verkaufen", erklärte Robin. „Viel spricht dafür, dass Tom Harker seine gierigen Finger im Spiel hat."

„Und da soll ich jetzt meinen neuen Job ausnutzen und für euch spionieren?"

Robin grinste. „Kluges Kind."

„Warum sollte ich?"

Damit hatte er nicht gerechnet. Er hatte mich während unserer gemeinsamen Zeit immer für meine soziale Ader, die viele meiner Freundinnen ausgiebig beanspruchen, ausgelacht.

„Wegen der alten Zeiten und für den grandiosen Sex, den dir unsere Treffen versprechen."

Klatsch.

27

Mit der gut durchgezogenen Ohrfeige hatte Robin noch viel weniger gerechnet.

„Wenn ich für Sex zahlen wollte, würde ich zu Profis gehen." Schade, dass das Eis in der Stimme meine schmerzenden Finger nicht kühlen konnte. Sie jetzt zu schütteln, wäre unverzeihlich uncool gewesen.

„Die Sicherheit des Vaterlandes und das Bewusstsein, ein Blutvergießen zu verhindern, genügen nicht?"

Immerhin war Robin etwas zurück gerutscht. Seine Wange zierten vier deutlich sichtbare Striemen. Ein wunderbares Bild.

„Nein." Ich kletterte aus der Decke, stand auf und ging ins Bad, um mir meine Kleider zu holen. Mein Zorn umwaberte meine Nacktheit wie ein rotes Ballkleid mit langer Schleppe.

Als ich mich dort im Spiegel sah, fand ich allerdings die Dessous aus reiner Scham viel auffälliger. Ich kam mir benutzt vor – und schlimmer noch: sehr, sehr dumm. Ich wusste doch, wer er war. Ich wusste, wie er tickte. Ich wusste, wie er mich verlassen hatte und auch, wie lange ich gebraucht hatte, um das zu überwinden. Und was tat ich? Bei der ersten sich bietenden Gelegenheit einen Nachschlag verlangen. Als würde einmal Demütigung nicht reichen.

Doch weil Robins Bad eine Sackgasse war, musste ich mich diesem Arsch notgedrungen noch einmal stellen. Ich traf ihn im Wohnzimmer, wo er sich ein nasses Küchentuch gegen die Wange hielt.

„Das habe ich wohl verdient", meinte er mit einem reuigen Lächeln.

„Nimm es als Anzahlung."

„Lisa, entschuldige. Ich habe das wohl völlig falsch angefangen. Dich zu verletzen, lag mir völlig fern."

Jeder kennt diesen Moment, in dem sich hundert Antworten zugleich vordrängeln, um über die Lippen in die Welt hinaus zu gelangen. Man erstickt an den Möglichkeiten und bringt dann nichts, oder jedenfalls nichts Intelligentes heraus. Gute Antworten sind langsam.

Also sagte ich gar nichts, sondern funkelte ihn nur wütend an.

„Bitte gib mir die Gelegenheit, mich zu erklären ..."

Das traf mich unvorbereitet. Robin entschuldigte sich nicht. Seiner Meinung nach, weil er nichts falsch machte. Obwohl ich das schon immer differenzierter gesehen hatte, war diese Situation jedenfalls neu.

Und dass er schon fast bettelte, gehört zu werden, auch. Neugier keimte in mir.

Ich wusste, dass ich gehen sollte. Ich wusste, dass irgendein dämlicher Teil in mir, Herz oder Hormone, immer noch sehr gefährdet war. Aber irgendwie schaffte diese Erkenntnis nicht den Weg bis zu meinen Füßen.

Robin wirkte wirklich beschämt. Mehr noch, seine Haltung, das unsichere Flackern in seinen Augen gaben seinem Lächeln etwas Flehendes, das mir im Moment gut gefiel. Ich konnte seine Angst fast riechen. Lag ihm doch mehr an mir, als er zeigte?

Dieser letzte Gedanke, verleitete mich zu einem unmerklichen Zucken. Eine mikroskopisch kleine Bewegung, die Robin dennoch als Zeichen der Zustimmung interpretierte.

„Lisa, ich wollte dich nicht ausnutzen. Glaub mir, ich vermisse dich so sehr und habe seit unserer Trennung keine Frau getroffen, die mir etwas bedeutet hätte. Aber die Aufgaben, denen ich mich stellen muss, sind gefährlich für alle, die mir nahe sind. Ich wäre durch sie erpressbar. Letztlich habe ich dich verlassen, damit keiner meiner Feinde dich findet."

„Wie selbstlos." Meine Stimme verströmte immer noch Kälte wie ein offenes Gefrierfach. „Und was hat sich jetzt geändert?"

„Die Zielsetzung. Es geht um eine wirklich große Sache. Für unser Land, für ungezählte Menschenleben."

„Oh, wie pathetisch." Ich versuchte, höhnisch zu klingen, weil ich merkte, wie mein Zorn verrauchte. Nun, wer will kein Held sein?

„Nicht wirklich", sagte Robin, der trotzdem bemerkt hatte, dass ich auf den Köder ansprang, mit einem Hauch alter Sicherheit. „Meine Vorgesetzten wollen wissen, wen Novamove beliefert. Und wer hinter dieser Erfindung her ist. Ich muss ihnen möglichst bald Ergebnisse bringen. Doch da ich nicht weiterkomme, wurde ich auf dich angesetzt.

Die Neue in Harkers Team." Robin lachte. „Welche Ironie, dass du mich keine zwei Tage später zum Essen eingeladen hast."

Ich lachte nicht. „Also geht es am Ende um dein süßes Hinterteil?"

„Vielleicht? Würde es dir nicht gefallen, dich an mir zu rächen?"

„Das kann ich schon, indem ich aufstehe und gehe, mein Lieber. Es ist dein Agentendingens hier, nicht meins."

„Lisa", setzte Robin eindringlich an. „Es ist wichtig und du bist unsere beste Chance. Ich würde dich nicht gefährden, wenn es eine andere Lösung gäbe. Ich habe dich verlassen, um dich in Sicherheit zu wissen … Jetzt, wo wir kooperieren, werde ich dich nie wieder von meiner Seite lassen."

Mein Herz sprang begeistert von so viel Rücksichtnahme und holte sich einen Dämpfer von meinem Verstand, der nicht vergessen hatte, was für ein intriganter Mistkerl Robin doch sein konnte. Ernüchtert studierte ich seine Miene. Offen und erwartungsvoll. Und eine Spur unsicher.

„Mich hat selbst überrascht, wie sehr ich dich vermisst habe. Ich habe aus lauter Wehmut sogar einen Tanzkurs gemacht …" Er lächelte jungenhaft, während mein Herz jubilierend eine Pirouette drehte.

Und doch … Mein Bauchgefühl schlug sich misstrauisch auf die Seite meines Verstandes. „Ich verliere in jedem Fall meinen Job." Der Gedanke war plötzlich da und ging nicht mehr fort. Robin wusste nicht, dass ich nach unserer Trennung vor lauter Kummer völlig arbeitsunfähig gewesen war und nur noch auf Pump gelebt hatte. Und das ging ihn auch nichts an.

„Ich habe lange darauf gewartet, so eine Chance zu bekommen und kann es mir echt nicht leisten, sie alter Zeiten wegen aufs Spiel zu setzen."

„So geschäftstüchtig kenne ich dich gar nicht", neckte er. „Für mich warst du immer meine arme Tänzerin."

„Klischees nehme ich immer frontal, wie du weißt. Aber München ist teuer und wirklich gute Jobs sind rar."

„Um dich zu motivieren, kann ich dir versichern, dass du von meinem Dienstherrn eine wahrhaft fürstliche Summe bekommst, wenn du uns die Beweise lieferst, die wir brauchen, um Novamove auszuheben."

30

„Wie fürstlich?"

„Siebenstellig."

Ich riss die Augen auf. Das war ja Wahnsinn. Ich zählte im Geiste die Nullen und starrte dann Robin an, der einen Mundwinkel zu einem schiefen Lächeln verzog.

„Du siehst, es ist meinem Dienstherrn äußerst wichtig, diese Informationen zu bekommen." Sein anderer Mundwinkel folgte.

Während ich noch nachrechnete, wie lange ich für so einen Betrag, mit dem all meine Schulden bezahlt wären, arbeiten musste, nahm Robin meine Hand. Seine Finger waren noch kalt von der Kompresse. „Und wir könnten wieder zusammen sein, meine verführerische, stinkreiche Agentin 006 ..." Er grinste. „Nullnullsexy."

Sein Kuss war jedenfalls so heiß, dass er James Bond alle Ehre gemacht hätte.

Mein erster Tag bei Novamove begann damit, dass ich wieder fortgeschickt wurde.

Wer mich kennt, weiß, dass ich auf Katastrophen jeder Art eine Anziehungskraft entwickle, die sonst schwarzen Löchern vorbehalten ist.

Aber das hier war auch für meine Verhältnisse ungewöhnlich.

„Wie?", fragte ich daher fassungslos am Empfang. „Was soll das heißen, ich kann gleich wieder gehen?"

Die Dame am Empfang lächelte geübt. Formvollendet aber ohne Seele. Wie Wintersonne.

„Das heißt, Herr Harker hat sich nochmals über sie erkundigt …"

Mir war, als hätte mich wer in den Magen geboxt. Ein Pferd. Mit Hufeisen. Wo war ich da hineingeraten, dass mein Chef mich ausspionierte und mich so noch bevor ich ganz drin war, um seinerseits ihn ausspionieren zu können, wieder hinausbeförderte?

Ich ließ diesen letzten Gedanken noch einmal Revue passieren und stellte fest, dass man nirgends hinausbefördert werden kann, in dem man noch gar nicht drin ist. Man ist damit im eigentlichen Sinne auch in noch nichts hineingeraten. Was wiederum bedeutete, dass ich weder Geld noch Robin bekäme und wieder als arbeitsloser Nichtsnutz so demütigende wie deprimierende Termine im Arbeitsamt vor mir hätte.

„Ist das okay für Sie?"

Irritiert fuhr ich auf und widmete mich der Dame, die mich fragend ansah.

„Entschuldigung, ich war gerade abgelenkt. Was sagten Sie?"

„Herr Harker hat erfahren, dass Sie chinesisch sprechen und möchte daher, dass Sie ihn am Flughafen treffen. Wir haben bereits einen Wagen für Sie organisiert."

„Das heißt, ich soll gleich auf einen Auswärtstermin?", fragte ich ungläubig und etwas orientierungslos. War ich nun drin?

Dieses Mal war das mir zugedachte Lächeln etwas wärmer. Modell Märzsonne vielleicht. „Ich hoffe, das ist Ihnen nicht unangenehm. Sie fliegen mit Herrn Harker nach Hamburg, wo er Geschäftspartner aus Hongkong treffen will. Spätestens morgen sind Sie wieder zurück. Dass Reisen zu Ihrer Tätigkeit gehört, wussten Sie doch."

Ich nickte. Am ersten Tag fand ich das ungewöhnlich, aber gut.

Wieder andererseits konnte ich nicht ablehnen. Wie auch? Harker war nicht da, seine Sekretärin auch nicht und der Personalchef ebenfalls nicht. Wenn ich was zu sagen hatte, konnte ich das gegenwärtig nur an das Mädchen vor mir adressieren und dafür bekäme ich allenfalls ein Dezemberlächeln und eine höfliche Floskel.

„Ich sehe, der Wagen ist da." Mit diesen Worten wurde ich sanft aber bestimmt zur Drehtür zurückgeschoben, wo gerade ein dunkelgrauer Wagen vorgefahren war. „Hier ist eine Mappe, da steht alles Nötige drin. Viel Spaß und bis morgen."

Und schon stand ich vor einem Chauffeur, der mir höflich die Wagentür aufhielt. Also stieg ich mit nichts als einem Handtäschchen und der grünschwarzen Mappe mit Novamove-Logo bewaffnet, ein.

Ich fand es ungewöhnlich, dass ein so anerkannt innovatives Unternehmen einen Pegasus im Logo hatte, das geflügelte Ross der griechischen Sage.

Während der Wagen sich durch den dichten Verkehr auf dem Ring nach Norden schlängelte, versuchte ich in dem Dossier zu blättern. Was ein Fehler war, weil mir vom Lesen im Auto auch unter günstigeren Umständen schlecht wird. Ich rülpste so diskret wie möglich und fächelte mir etwas Luft zu. Der Wagen roch noch nach Autosalon, das schwarze Leder war makellos und die Zähne des Chauffeurs, der mich über den Rückspiegel beobachtete, auch. Ein hübscher, südländischer Typ. Italienisch vielleicht?

„Ich bin Tonio", sagte er mit sicherem Gespür für ein passendes Klischee, als sich unsere Blicke via Spiegel trafen. „Sie sind die neue Pressetante?"

„PR-Managerin", korrigierte ich sanft. So viel Zeit musste sein. „Ich bin Lisa."

33

„Das ist ein schöner Name", lobte Tonio und lächelte wieder. Ich lächelte huldvoll zurück. Vielleicht konnte er mir ja etwas über meinen Chef erzählen.

„Ich werde Sie vermutlich künftig öfter fahren."

„Ach? Sind Sie nicht Tom Harkers Fahrer?"

„Ja und nein", sagte Tonio nach kurzem Zögern. „Eigentlich schon, aber Tom fährt die meisten Strecken selbst. Er liebt Autos."

„Und darum fahren Sie dann mich?"

„Ja. Tom sagte, Sie wären das neue Gesicht von Novamove. Er hasst Interviews und Gespräche und wünscht, dass Sie künftig für Novamove sprechen." Wieder grinste er. „Ich finde, er hat gut gewählt."

War das jetzt ein Kompliment oder eine dreist-plumpe Anmache?

Ich war immer noch zu verwirrt, um das abschließend zu entscheiden und beschloss daher diese Bemerkung zu ignorieren.

Inzwischen hatten wir die Autobahn erreicht und Tonio fuhr schneller. Ich lehnte mich zurück und versuchte mich zu sammeln. Ich hatte lange nicht mehr gearbeitet und wäre lieber etwas behutsamer zurück ins Berufsleben geführt worden. Und jetzt hatte ich eigentlich gleich zwei Jobs, nämlich den offiziellen als „Nicht-nur-PR-Managerin" eines international agierenden äußerst angesagten Softwareherstellers und den geheimen als *Agentin 006*, wie Robin mich genannt hatte. Das machte es nicht besser, denn ich fühlte mich schlecht. Erstens, weil ich das Vertrauen von Leuten missbrauchte, die mir eine dringend benötigte Chance gegeben hatten, wieder auf die Füße zu kommen. Und zweitens, weil ich das vermutlich deshalb tat, weil ich immer noch nicht mit Robin abgeschlossen hatte.

Ich wusste, dass ich dem Mistkerl nicht trauen konnte, ich wusste, dass er nicht gut für mich war. Das sagte ich mir gebetsmühlenartig immer wieder vor, doch mit wenig Erfolg. Aber ich wollte ihm einfach glauben, weil ich von ihm so geliebt werden wollte, wie ich ihn geliebt hatte. Und zwar, wie ich mir drittens eingestand, nicht weil ich mich rächen wollte, sondern

34

weil ich ihm eben wider aller Vernunft nicht nur meinen Körper, sondern auch mein Herz überlassen hatte.

„Sie wirken bekümmert", sagte Tonio. „Was beschäftigt Sie am ersten Arbeitstag?"

„Dass ich so gar nicht weiß, was man von mir erwartet", sagte ich ehrlich, aber irreführend.

„Das wird Ihnen Tom schon sagen. Zerbrechen Sie sich da nicht Ihren Kopf, ich kann Ihnen versichern, es wird nicht das sein, was Sie erwarten. Niemand in Tom Harkers engem Kreis hat einen normalen Job. Tom fordert viel und ist auch als Mensch nicht einfach." Tonio suchte meinen Blick im Spiegel und lächelte. „Aber wenn Sie sich darauf einlassen, Lisa, dann verspreche ich Ihnen, dass Sie das Abenteuer Ihres Lebens haben werden."

Ich lächelte zurück. Wenn der Knallkopf wüsste, wie Recht er damit hatte.

Den Rest der Fahrt starrte ich schweigend aus dem Fenster, während ich grübelte, ob mir mein neues Abenteuerleben als Agentin gefiel. Wer den Münchner Flughafen kennt, weiß, dass ich dafür eine ganze Weile Zeit hatte. Fairerweise sollte man den Airport eigentlich *Nürnberg Süd* nennen, denn das wäre den Ahnungslosen eine Warnung, wie weit der Moloch im Erdinger Moos von der Stadt entfernt war.

Während mich das sonst maßlos aufregte, war ich an diesem Morgen froh, denn so hatte ich genug Zeit, um mich mit meinem Magen zu versöhnen und mit meinem Verstand zu vereinbaren, dass ich erst einmal von allen Spionagetätigkeiten Abstand nehmen würde. Wenigstens bis ich mich in meinem neuen Job einigermaßen zurechtfand und zumindest meine Aufgaben verstanden hatte – diese Einschränkung machte ich meinem Herz zuliebe, dass bei dem Gedanken, Robin zu enttäuschen, sofort unpassend heftig zu pochen begann. Mir war es selbst peinlich. Und auch, dass ich offenbar so durchgeknallt war, dass ich mit meinen diversen Körperteilen Zwiesprache führte.

35

„Mit welcher Airline fliegen wir denn", fragte ich, als Tonio die Limousine auf den Flughafenzubringer lenkte.

„Mit Harker-Air, wenn Sie so wollen. Tom hat eine Maschine gechartert."

„Ah", sagte ich, die ich bisher nur Holzklasse in irgendwelchen Billiglinien geflogen war. „Na denn."

Und schon war ich wieder aufgeregt.

Tonio begleitete mich am Gate noch zu einem Schalter mit rotem Teppich davor. In seinem Anzug sah er auffallend gut aus und so manche Passantin betrachtete erst ihn und warf dann mir einen missgünstigen Blick zu. Dabei waren wir doch nur Kollegen. Tonio grinste. „Sie stehen mir gut, Lisa. So viel Aufmerksamkeit ernte ich sonst nicht. Sie müssen unbedingt einmal mit mir ausgehen."

Ich kicherte wie ein Schulmädchen, schämte mich aber sogleich dafür.

„Brauche ich denn für einen Privatjet Papiere?"

Tonio schüttelte den Kopf, bevor er der Dame am Schalter auf eine Weise zulächelte, die diese sofort erröten ließ.

„Nein, aber ich lasse durchgeben, dass Sie da sind. Mit dieser Karte werden Sie durch den Security-Check gelassen."

Er nahm ein Kärtchen von der Schalterdame entgegen und hauchte ein hormongeschwängertes „Mille grazie", das mit einem piepsigen „Gerne" erwidert wurde.

Doch Tonio hatte mich schon am Ellbogen gepackt und bugsierte mich zielstrebig durch das dichte Gedränge in der Schalterhalle vorbei an den einschlägigen Coffee-Cornern und überteuerten Boutiquen auf die Sicherheitskontrolle zu.

Ich ließ mich willig führen, der Kerl war zum Tanzen wie geschaffen …

„Beeilen wir uns lieber, Tom kann es nicht leiden, wenn man ihn warten lässt …"

„He, heute ist mein erster Arbeitstag und ich war noch nicht einmal an meinem Schreibtisch. Schneller hätte ich vom Büro aus doch gar nicht an den Flughafen kommen können …"

Tonio blieb stehen und legte mir kurz seinen Zeigefinger auf den Mund. Verblüfft blieb ich stehen. „Argumentieren Sie nicht", sagte er. „Tom mag das nicht."

Dann wies er auf die Schleuse. „Gehen Sie an den First-Class-Schalter, Lisa. Ich wünsche Ihnen viel Spaß. Wir sehen uns!"

Sprach's, zwinkerte mir zum Abschied zu und schlenderte von dannen, während ich mit womöglich noch zwiespältigeren Gefühlen meinen Marsch durch die Kontrollen antrat.

So geheimnisvoll, wie sich dieser Tom Harker gab, kam ich mir inzwischen vor, wie in der schlechten Verfilmung irgend so eines Erotik-Schmacht-Wälzers, auf die derzeit meine Freundinnen so abfuhren. Master Grau gibt sich die Ehre oder so. Und das kleine Graumäuschen wird erst einmal mit Geld, Luxus und Komplimenten überhäuft, damit sie sich dann all die Unverschämtheiten gefallen lässt, die offenbar für einen Bestseller heutzutage unerlässlich sind. Aber nicht mit mir! Kampflustig raffte ich meine Sachen hinter dem Röntgengerät zusammen, stopfte sie zurück in meine Tasche und begab mich auf die Suche nach dem richtigen Gate. Die Privatflüge starten naturgemäß nicht an einem der zentralen Gates. Daher überlegte ich, meinen in ihren High Heels maulenden Füßen zuliebe, eine arabische Delegation, die in einem Wägelchen gefahren wurde, zu bitten mich mitzunehmen. Airport-Trampen quasi.

Zu schnell laufen wollte ich auch nicht, um nicht verschwitzt vor meinem neuen Chef und Agenten-Opfer zu erscheinen. Außerdem hatte ich Angst, dass die Schweißflecken nicht mehr aus meiner neuen roséfarbenen Chiffonbluse gingen, die ich mir passend zu meinem schwarzblauen Hosenanzug gekauft hatte.

Ich brauchte jedenfalls gute zehn Minuten, bis ich ankam, wo ich hinsollte.

Dort war nur leider niemand. Nur eine Dame in der Uniform des Bodenpersonals, die sich gerade angeregt mit einem Typen in verwaschenen Cargojeans, Shirt und einer alten Lederjacke unterhielt. Die Jacke war mal edel gewesen, hatte aber ihre besten Tage weit hinter sich gelassen, und zwar nicht in dieser romantischen Retro-Vintage-Art, sondern im Sinne von Kneipenschlägereien und Rockfestivals im Regen.

Am Fenster standen zwei Männer mit teuren Anzügen und Aktenkoffern und starrten aufs Rollfeld. Einer von ihnen musste Tom Harker sein, beschloss ich, und wollte an dem Lederjacken-Heini vorbei. „Entschuldigen Sie."

Er wich nicht aus, sondern musterte mich neugierig. Der Kerl sah gut aus. Auf eine schlaksige Art durchtrainiert und sonnengebräunt. Aber absolut nicht mein Typ. Außerdem hatte ich jetzt keine Zeit zu flirten. „Entschuldigen Sie!", sagte ich nochmals, strenger diesmal und schob mich, ohne eine weitere Reaktion abzuwarten, energisch vorbei, um dann zaghafter zu den Anzugträgern zu gehen.

Der eine trug zu seinem exklusiven italienischen Edelanzug eine Nerd-Brille und das schon fast unvermeidliche modisch gepflegte Bärtchen. Er sah auf seine auffällige Armbanduhr und wies auf einen der Supportwagen auf dem Rollfeld. Ein kleiner Lotsenfisch, der zwischen den wie gestrandete Wale wirkenden Flugzeugen herumwuselte. Der andere Mann in einem auf teure Weise betont unauffälligen grauen Anzug sagte etwas und lachte. Er war mir sympathischer und ich hoffte, dass er Tom Harker war. Die Art, wie seine Haare sich kräuselten und eigenwillig ihre eigene Vorstellung von Frisur verwirklichten, erinnerte mich sehr an meine eigenen Locken, die ich heute sicherheitshalber in einen disziplinierten Pferdeschwanz gezwungen hatte.

„Entschuldigung", sagte ich vorsichtig, als ich die beiden erreicht hatte. „Lisa Zimmer. Ich suche Tom Harker."

Durch die Nerd-Brille wurde ich kritisch begutachtet. Gründlich, von oben nach unten und wieder zurück. Offenbar gefiel mein Anblick nicht jedem so gut wie Tonio.

„Sie sind also die Neue", sagte mein Gutachter dann hörbar unzufrieden.

„Ich bin Dr. Sebastian Ruck", sprang der andere in die Bresche, hielt mir die Hand hin und lächelte freundlich. „Der Justiziar von Novamove. Sebastian reicht aber."

38

Er wies über unser Händeschütteln hinweg zur Nerd-Brille. „Und das ist André Meister, Herr unseres Vertriebs."

André ergriff meine Hand und schüttelte sie lustlos. „Sehr erfreut." Sein Tonfall entlarvte die Lüge.

„Gleichfalls", log ich charmant zurück, weil ich auch niemandem Unehrlichkeiten schuldig bleiben will. „Aber ich bin hier eigentlich mit Tom Harker verabredet …"

„Das bin ich", erklang da eine Stimme hinter mir.

Ich drehte mich überrascht um und starrte auf eine abgestoßene Lederjacke.

„Äh …", stammelte ich verwirrt. Dann fiel mir ein, dass ich ja als PR-Managerin eingestellt und daher durchaus gut beraten war, mich etwas eloquenter zu geben.

„Es freut mich, Sie kennen zu lernen, Herr Harker. Auch wenn der Ort vielleicht …"

„Tom genügt", unterbrach Harker knapp. Er warf mir einen flüchtigen Blick zu und nickte meinen beiden Kollegen zu. „Dann sind wir ja jetzt soweit. Auf geht's."

Damit drehte er sich um und ging ohne ein weiteres Wort zu der Schleuse, die aufs Rollfeld hinausführte, wo gerade eine Art Golfwagen vorgefahren war.

Ich schloss mich Sebastian an, der ihm gleichmütig folgte.

„Ist der immer so herzlich?", fragte ich leise auf der Treppe. Der Justiziar lachte. „Nein, so gute Laune hat er selten. Tom verspricht sich viel von dir, musst du wissen. Enttäusch ihn besser nicht."

So, wie er mir dabei auf die Schulter klopfte, wollte er mich damit aufbauen.

Ich dagegen hatte das Gefühl, dass mich die Erwartungen von Harker zentnerschwer nach unten zogen. Und die Hoffnungen, die Robin in mich setzte, auch. Wie sollte man einen so unnahbaren, so ungehobelten Kerl aushorchen?

Völlig unmöglich.

Mit einem Seufzer stieg ich in die Maschine, wo wir von einer Stewardess begrüßt und auf unsere Plätze in der kleinen, aber für nur vier Passagiere trotzdem sehr geräumigen Maschine geführt wurden.

Ich saß neben André. Eine Aussicht, die ihn ungefähr so erfreute wie mich.

Tom nickte ihm kurz zu. „Bitte erkläre Lisa ihre Aufgaben."

Dann nahm er sich Sebastian beiseite und bezog mit ihm zwei etwas entfernte Sitze.

„Ist das eine Maschine von Novamove?", fragte ich, schon um ein Gespräch in Gang zu bringen.

„Nein." André schien gerade noch ein Seufzen zu unterdrücken. „Eine eigene Maschine lohnt nicht. Novamove hat mit einem Charterunternehmen einen günstigen Rahmenvertrag. Wenn wir eine Maschine brauchen, mieten wir eine."

„Und warum fliegen wir nicht einfach Linie?" Ich verstand es wirklich nicht. Der Flug nach Hamburg dauerte etwa eine Stunde, die ging doch in einer normalen Maschine schnell vorbei.

„Tom erträgt es nicht, auf so engem Raum mit so vielen Menschen eingesperrt zu sein. Da ist diese Lösung der beste Kompromiss. Wann immer möglich, nimmt er den Wagen."

„Ach, deshalb der Chauffeur?"

André schüttelte den Kopf. „Tom fährt in der Regel selbst."

„Das hat Tonio mir zwar auch gesagt, aber dann verstehe ich nicht, wozu der Aufwand getrieben wird."

„Tonio fährt meist uns. Und speziell du, Lisa, wirst viel mit ihm zu tun haben."

„Ich kann doch selbst fahren", protestierte ich. „Ich fahre gern."

Wieder schüttelte André den Kopf, außerstande, meine Unfähigkeit in Worte zu fassen. Obwohl es irgendwie mein Job wäre, ihm zu helfen, schwieg ich geduldig.

Ich hatte nur am Rande mitbekommen, dass sich die Maschine in Bewegung gesetzt hatte und nun zum Abheben beschleunigte.

Der Lärm der Rotoren verschaffte André eine Gnadenfrist.

Während wir uns in die Lüfte schwangen, überlegte ich, was Tom Harker davon hatte, wenn wir mit Chauffeur fuhren, statt selbst. Auf längeren Strecken könnte ich so arbeiten. War es das?

„Deine Position war bislang nicht besetzt. Ein klares Aufgabenfeld wirst du dir also erst einmal erarbeiten müssen. Dein Budget umfasst jedenfalls so sinnvolle Aktionen wie Partys, Imagebroschüren, Pressetexte. Tom meint, du solltest unsere wichtigen Geschäftspartner persönlich kennenlernen. Daher bist du heute wohl dabei."

Ich überlegte, wie ich André darauf hinweisen sollte, dass sich Kunden im Allgemeinen durchaus in den Medien über die Produkte informierten, die sie kaufen wollten. Und darauf, dass es deshalb vernünftig war, dort in einer Weise präsent zu sein, die unsere Produkte, Novamove und eben auch Tom Harker, den offenbar alle Welt so spannend fand, in einem günstigen Licht dargestellt wurden.

Aber André starrte demonstrativ erst in sein Tablet und dann aus dem Fenster, gerade als wolle er Schäfchenwolken zählen. Hinter mir war Sebastian mit Tom in ein angeregtes Gespräch vertieft.

Schon um nicht völlig zur Dekoration zu verkommen oder, schlimmer noch, in den Verdacht zu kommen, zu lauschen, zog ich die Mappe heraus, die ich bekommen hatte. Jetzt hatte ich ja Zeit, endlich zu lesen, und im Flieger ging das wesentlich besser als im Auto.

Das sprach übrigens wieder gegen Chauffeurdienste zur Steigerung der Effizienz.

Es sei denn, Tom Harker hatte in seinem Firmenimperium auch eine Pharmafirma und beabsichtigte, deren Gewinne durch den Absatz von Reisetabletten anzukurbeln.

In dem Dossier fand ich ein Organigramm der Harker-Group, mit dem ich erst einmal begann. Tatsächlich zwei Pharmafirmen, ansonsten IT-Unternehmen fast überall auf der Welt. Web-Solutions in Toronto und Mumbai, Hardware-Komponenten, vor allem Micro-Chips, in einer vermutlich chinesischen Stadt, von der ich noch nie gehört hatte, die Liste war endlos, aber immer mit technischem Bezug. Und alle Fäden liefen in München zusammen, wo Novamove, Mutterunternehmen dieser beeindruckenden Gruppe, seinen Firmensitz unterhielt. Und dem ich jetzt dienen sollte. Ich seufzte. Das konnte ja heiter werden. Natürlich hatte ich gründlich im Netz über Novamove recherchiert, aber während Google endlos Nachrichten über die neue Software zur Steuerung von Rechnern ohne Tastatur ausspie, fand sich über dieses Firmengeflecht, das sich hier

42

auf einem ausklappbaren Organigramm vor mir im wahrsten Wortsinn auftat, nicht das Geringste.

Das war seltsam.

Neugierig geworden, blätterte ich weiter. Ich erfuhr aus Presseberichten und Zeitungsartikeln, dass Tom Harker als Sohn eines in Deutschland stationierten GI im Münchner Stadtteil Giesing aufgewachsen war und der Stadt bis heute schon seiner Mutter wegen treu ergeben war, obwohl er doch eigentlich in den Staaten, speziell im Silicon Valley, viel bessere Möglichkeiten zur Umsetzung seiner revolutionären Visionen vorfände.

Das fand ich, die ich selbst ein Kind aus der benachbarten Au war, außerordentlich löblich. Das beigefügte Bild ließ Harker sympathischer wirken als mein erster Eindruck gewesen war.

Vielleicht lag das am Anzug, den er auf dem Bild trug. Der Spruch, dass ein Anzug für einen Mann das ist, was Dessous für Frauen sind, birgt viel Wahrheit. Auf dem Bild jedenfalls sah er richtig gut aus. Dass es für eine ordentliche Krawatte nicht mehr gereicht hatte, machte er durch ein spitzbübisches Lächeln und ausgesprochen schöne Augen wieder wett. Ich revidierte meine Meinung, auch wenn er nicht mein Beuteschema bediente, war der Kerl definitiv eine Sünde wert.

Empört schreckte der Sittenwächter in mir auf.

So dachte man nicht über seinen Chef. Ich führte das auf die lange Abstinenz und die verstörenden Erlebnisse mit Robin zurück, der sich mit den Worten verabschiedet hatte, wie sehr er sich auf ein Wiedersehen mit mir freue. Mein Herz pochte freudig in Erinnerung an seinen langen, gefühlvollen Abschiedskuss.

Ich verdächtigte ja einen unterbewussten Teil meines Verstandes, mir hier Tom als Ablenkungsmanöver zu präsentieren. Soweit es meinen Kopf betraf, war wirklich alles besser als ein Robin-Rückfall. Mein Herz dagegen fand die Idee außerordentlich erfreulich. Ebenso, wie ich peinlich berührt feststellen musste, andere tiefer liegende Regionen, denen ich keinesfalls auch noch Stimmrechte einräumen wollte.

Ich hatte mir vorgenommen, mich im ersten Schritt um meinen Job und einen guten Start zu bemühen. Dazu passten weder lüsterne Gedanken an den hübschen Chef noch verräterische Gefälligkeiten für Robin.

Der wird sich gedulden müssen, beschloss mein Verstand siegesgewiss. Mein Herz pochte aufgeregt bei der Aussicht, dass Robin dann gar nicht anders konnte, als seine wichtige Informantin bei der Stange zu halten. Ich grinste unwillkürlich. Das durfte der Mistkerl wörtlich nehmen. Seine Stange wollte ich haben und er würde, zur Nähe gezwungen, und auf Dauer verstehen, was für ein kapitaler Fehler es gewesen war, mich zu verlassen.

Ein Gedanke, der mich erregte. Und beschämte, denn immerhin war ich hier mit drei nicht unattraktiven Männern im Privatjet unterwegs. Das klang wie das Setting eines Pornostreifens, und zwar eines schlechten.

Mit roten Ohren und unziemlichen Hitzewallungen vertiefte ich mich wieder in meine Lektüre. Auf den folgenden Seiten wurden die führenden Köpfe der Harker-Group vorgestellt. Ich runzelte die Stirn. Es handelte sich um eine international aufgestellte Gruppe mit lauter klingenden Titeln von irgendwelchen Eliteschulen, überwiegend Männer mit den gelegentlich eingestreuten Quotenfrauen. Was sollte ich hier? Die nach einer gescheiterten Beziehung gestrandete Kommunikationstante von einer Provinzuni? Rasch blätterte ich weiter, auf der Suche nach meinen Aufgaben, von denen ich inzwischen überzeugt war, dass ich sie niemals bewältigen können würde.

Plötzlich fühlte ich mich beobachtet und sah blinzelnd auf.

„So vertieft in die Lektüre?" Vor mir stand Tom Harker und sah spöttisch auf mich herab.

„Nun", räusperte ich mich unter diesem Blick. „Ich versuche, mich einzuarbeiten."

„Jetzt erst? Dies ist Ihr erster Arbeitstag. Hätte ich eine Praktikantin gewollt, hätte ich die billiger bekommen." Er ging neben mir in die Hocke und sah mir streng in die Augen. „Ich zahle erstklassig, weil ich erstklassige Arbeit erwarte. Von Anfang an."

44

„Über Novamove habe ich mich umfassend informiert." Meine Stimme klang professionell kühl und entsprach den an meine Position geknüpften Erwartungen. „In Bezug auf das einem Mangrovendickicht ähnelnde Organigramm der Harker-Goup haben Sie dagegen nichts unversucht gelassen, um Außenstehenden die Recherche möglichst zu erschweren. Allein die zwischengeschalteten Holdings nach ausländischem Recht ..."

„Sebastian macht seinen Job offenbar gut." Harker lächelte. „Aber Sie müssen als Wirtschaftsspion noch ein bisschen üben wie mir scheint. Internet-Recherche würde ich nun nicht gerade als die Krondisziplin bezeichnen."

So also fühlte sich eine Bruchlandung in ein paar tausend Metern Höhe an.

„Das liegt daran, dass Sie sich dem Thema Spionage offenbar allenfalls oberflächlich gewidmet haben", erklärte ich dann so würdevoll wie es mein panisch pochendes Herz meinem hochkonzentriert soufflierenden Kopf gestattete. „Sonst hätten Sie bemerkt, dass es sehr auffällig wäre, wenn ich mit einem derartigen Aufwand Dingen nachgeforscht hätte, die zu verbergen mein Arbeitgeber – oder vielmehr Zielobjekt wie man unter Spionen sagt – doch weder Kosten noch Mühen gescheut hat." Ich lächelte breit. „Oder sehr dumm, wenn ich mir das anmerken lassen würde."

Der Blick, mit dem mich Tom daraufhin bedachte, war schwer einzuschätzen. Trotzig hielt ich dagegen. Immerhin hing mein Leben davon ab. Oder mein Job. Und Robin. Also doch mein Leben. Woher wusste der Mistkerl eigentlich, was ich vorhatte?

Wider Willen war ich fasziniert. Auf den zweiten Blick hatte Tom Harker etwas.

Ungewöhnlich hellbraune Augen für den Anfang.

Er grinste immer noch, sagte aber nichts. Also zwinkerte ich ihm demonstrativ zu und brach dann den Blickkontakt ab, um mich wieder meinen Unterlagen zu widmen. Weil es albern war. Und unprofessionell.

Immerhin hatte Tom Harker einen Profi engagiert und den sollte er bekommen.

Meine Zweifel an Robins Auftrag jedenfalls waren wie von den Rotoren unseres Flugzeugs weggeblasen. Meinem neuen Chef war alles zuzutrauen, darin stimmte ich Robin inzwischen zu, und wenn sich Robins Verdacht bestätigen sollte, würde ich ja wirklich die Welt retten. Beinahe jedenfalls. Oder meine Beziehung.

Was mir, wie ich mir etwas resigniert eingestand, persönlich weit wichtiger war.

Der Flug nach Hamburg dauerte nicht lange und ich gebe zu, dass ich heilfroh war, aus dem Flieger zu kommen. Wir wurden am Flugzeug von einem Wagen abgeholt und zum Terminal gefahren. Harker saß auf dem Beifahrersitz und telefonierte. Daher nutzte ich die Gelegenheit und fragte Sebastian nach unserer Mission.

„Die Chinesen haben um dieses Treffen gebeten", sagte der leise, ohne mich anzusehen, als dürfte man mit mir nicht sprechen. „Genaueres weiß ich auch nicht. Wir hören heute vermutlich erst einmal nur zu. Die Kooperation mit einem erstklassigen Hardwarehersteller ist wichtig für uns, denn sie würde uns erlauben, mit neuen Navigationssystemen deutlich schneller in die Serienproduktion einzusteigen."

„Warum bin ich dann dabei?", raunte ich noch leiser zurück und starrte durch die Lücke zwischen Fahrer und Beifahrersitz auf die endlos scheinende Betonwüste vor mir.

„Um Sie kennenzulernen!" André funkelte mich durch seine Brillengläser böse an. Meine Begriffsstutzigkeit schien ihn maßlos aufzuregen.

Als der Wagen hielt, stiegen wir aus. Sebastian reichte mir galant die Hand und gemeinsam folgten wir Harker zum Ausgang. Direkt hinter der Schleuse drehte er sich nach uns um. „Kümmert ihr euch um einen Leihwagen", befahl er knapp. „Aber nicht wieder so eine Gurke wie beim letzten Mal in Barcelona."

Dann wandte er sich mir zu. „Und wir zwei gehen jetzt einkaufen."

„Einkaufen?", echote ich in Ermangelung einer schlagfertigeren Antwort. „Was denn?"

„Kleidung. In diesen Lumpen lasse ich niemanden meine Firma repräsentieren."

Das sagt ja der Richtige, höhnte mein Verstand, aber weil mein verletztes Herz sich zeitgleich zum Wehklagen in Richtung meines Magens verkroch, blieben die Worte unausgesprochen. Wie eine Kuh zur Schlachtbank ließ ich mich in den nächsten Designerladen schleifen.

Unauffällig sah ich an mir herunter. Hatte ich mich irgendwie bekleckert? Nichts zu sehen. Meine Bluse und mein Hosenanzug sahen tadellos aus. Edle Stücke, um die ich lange herumgeschlichen war, bevor ich mich überwunden hatte, soviel Geld für Stoff auszugeben.

„Wir brauchen ein vernünftiges Kostüm", verkündete Harker schon in der Tür, noch bevor eine dienstfeifrige Verkäuferin hinter dem Tresen hervorkommen konnte.

„Was haben Sie sich denn vorgestellt?"

Die Frage war an mich gerichtet, aber noch bevor ich auch nur den Mund öffnen konnte, antwortete mein Chef bereits an meiner Stelle:

„Suchen Sie mir ein klassisches Etuikleid heraus, schwarz. Edler Stoff, schlichter Schnitt. Nicht zu kurz." Er warf mir einen Blick zu. „Wir wollen ja nicht, dass Sie wie eine Nutte aussehen."

„Das wird man durch sein Verhalten, nicht durch seine Kleidung", erklärte ich frostig. „Wie kommen Sie überhaupt dazu, so über mich zu bestimmen?"

„Ich bezahle Sie, damit Sie mein Unternehmen repräsentieren. Ich dachte, das sei selbsterklärend. Aber keine Sorge, heute improvisieren wir. Künftig wissen Sie ja, wie Sie auszusehen haben."

Die Verkäuferin kam mit einem irritierten Gesichtsausdruck und drei Kleidern zur Auswahl.

„Probieren Sie das als erstes an", erklärte Harker, drückte mir ein schwarzes Kleid mit cremefarbenen Paspeln in die Hand und schob mich zur Garderobe. „Das müsste Ihnen stehen. Beige betont ihr schönes Haar."

Unter normalen Umständen hätte ich ihm sein blödes Kleid um die Ohren geknotet und wäre gegangen, um künftig würdevoll in Armut zu leben. Aber es ging hier nicht nur um einen Job, sondern darum, Robin zurückzubekommen. *Stolz muss man sich leisten können*, meinte mein Herz versöhnlich, als ich mit hochrotem Kopf in der Kabine stand. *Arbeitslosigkeit auch*, ergänzte mein Verstand. Ich nickte und zog mich aus. Wenn ich das hier durchhielt, wären alle zufrieden.

Ich hätte Robin und eine satte Belohnung. Genug, um mich mit meinem Banker auszusöhnen. Zurzeit war jeder Besuch am Bankomaten spannender als russisches Roulette. Würde der Kasten meine Karte wieder hergeben? Und wenn nein, was geschah dann?

Gerade als ich nach dem Kleid greifen wollte, wurde der Vorhang beiseite gerissen. „Wie sieht es mit Unterwäsche aus …?"

Ich schnappte empört nach Luft. Doch noch bevor ich etwas Angemessenes sagen konnte, wurde der Vorhang auch schon wieder zugezogen. „Und bringen Sie auch eine Auswahl Dessous", rief Harker in den Laden.

„Wie? Sie führen keine? Dann gehen Sie eben in den Nachbarladen und holen dort welche. Ich bezahle das schließlich. Also los! Zeit ist Geld."

Na, immerhin ist er immer so unverschämt, dachte ich mir, während ich mit zornbebenden Händen versuchte, den Reißverschluss zu schließen.

Wieso überhaupt Dessous? So ein Blödsinn. Das sah nun wirklich niemand. Also nicht hier. Nicht geschäftlich. Oder was erwartete dieser Irre von mir?

Plötzlich wurde mir schlecht.

Zaghaft trat ich nach draußen, straffte mich und reckte dann Selbstbewusstsein heuchelnd das Kinn vor. „Ist das genehm?"

Tom Harker in seinem Edelgammel-Look musterte mich eingehend aber ohne jede Emotion. „Das Kleid sitzt nicht."

„Täte es, wenn der Reißverschluss nicht haken würde. Aber ich komme nicht hin."

Harker trat zu mir und zog das störrische Biest zu.

Ich nutzte die Gelegenheit für einen Blick in den Spiegel. Das Kleid war der Hammer. Vorsichtig strich ich mit der flachen Hand über den glatten, weich fließenden Stoff und lächelte unwillkürlich. Frauen haben einen Textilnerv, der hier von diesem Anblick geradewegs stimuliert wurde.

„Besser", bemerkte Harker. „Das nehmen wir. Ziehen Sie es aus, es kommen gleich noch Dessous."

49

„Wozu die?" Neugier siegt über Würde. „Ich habe nicht vor, zu strippen. Eine gewisse Spezialisierung sollte schon sein, sonst wirkt man schnell unprofessionell."

„Sagt meine PR-Frau oder die Spionin?" Es war das erste Mal, dass ich das Gefühl hatte, das Lächeln gelte mir.

„Darauf kommt es gerade nicht an", erwiderte ich kühl.

„Aber natürlich!" Das Lächeln war wie fortgeblasen. „Alle großen Spione tauschen Sex gegen Information. Von Mata Hari über Rosemarie Nitribitt bis hin zu James Bond, Sex gehört dazu. Sie müssen auf diesem Feld offenbar noch viel lernen."

Ich setzte zu einer Erwiderung an, doch da war wieder dieses Lächeln, das mich irgendwie völlig aus dem Konzept brachte – nicht dass ich gegenwärtig noch so etwas gehabt hätte.

„Schauen Sie nicht so streng, Lisa. Ihre Antwort vorhin im Flieger hat mich jedenfalls von der PR-Frau überzeugt."

In dem Augenblick kam die Verkäuferin mit einem Arm voller Dessous zurück und ich ging wieder zurück in die Umkleide.

„Ist Ihr Freund immer so?", fragte das Mädchen und hängte die Dessous an die Vorhangstange.

„Ich fürchte ja." Seufzend schnappte ich mir das erste Set. Einen hautfarbenen BH mit Spitzenpanty. Ein Aufruf zur Sünde aus feinster Seide. Ein diskreter Blick auf das Preisschild ließ mich um Jahre altern. Dass so wenig Stoff so viel kosten konnte, hätte ich nicht erwartet.

Ich testete den BH und nahm das Set.

„Wir sind fündig geworden", verkündete ich und fragte mich, ob ich das auch herzeigen musste. Ein Gedanke, der mir sehr peinlich war, obwohl ein kleiner sündiger Rebell in mir ihm gern gezeigt hätte, dass ich mehr als nur schöne Haare zu bieten hatte.

„Dann ziehen Sie das unter Ihr neues Kleid an", befahl Harker. „Und das hier darüber."

Er hängte einen kurzen beigen Blazer an die Stange. „Ich bezahle schon einmal."

50

Als ich siegesgewiss mit frisch aufgelegtem Puder aus der Kabine kam, verließ Harker ohne mich auch nur eines Blickes zu würdigen den Laden. Notgedrungen eilte ich ihm hinterher.

Als wir kurz darauf auf meine beiden Kollegen trafen, die vor einem unauffälligen BMW warteten, bekam ich endlich die erhoffte Anerkennung. Selbst André lächelte anerkennend, während mir Sebastian wortlos aber mit einem wölfischen Grinsen die Tür des Wagens aufhielt. Wobei er das vorhin am Terminal auch schon getan hatte. Der Justiziar war einfach höflich. Allerdings ohne dieses Grinsen.

Ich grinste zurück und gestand mir ein, dass das meinem nach dieser Shopping-Tortur angeknacksten, Ego gut tat.

Ich rutschte vorsichtig, um das Kleid nicht zu zerknautschen, neben André auf die Rückbank. Der Stoff glitt über die Lederpolster und offenbarte ungebührlich viel Haut. Während ich den Rock wieder in Position brachte, war ich mir der glatten Seide in meinem Schritt sehr bewusst. Wie sinnlich sich das anfühlte. Unwillkürlich stellte ich mir vor, wie Robin staunen würde, wenn ich ihm das Teil vorführte, wie er über den Stoff und meine darunter liegende Haut streichen würde, wie seine Finger zu spielen begännen, bevor er mich küsste …

Ich blinzelte irritiert. Robin saß am anderen Ende der Republik und ich hier mit drei fremden Kerlen im Auto. Erotische Gedanken waren also völlig fehl am Platze. Die Nacht mit Robin hatte offenbar meine in Kummer erstarrte Libido aufgeweckt. So lüsterne Ideen hatte ich sonst nicht. Jedenfalls nicht so oft.

Entschlossen setzte ich mich aufrecht und packte meine Handtasche auf den Schoß. Die wenigstens hatte er mir gelassen. Dann bemerkte ich, dass Harker mich über den Rückspiegel beobachtete. Ich nickte wie zum Gruß, obwohl ich ihm viel lieber eine Grimasse geschnitten hätte.

Sebastian lenkte den Wagen Richtung Innenstadt, während aus dem Radio irgendein aktueller Hit dudelte, dessen Interpreten ich mir nicht merken konnte. Auch im Norden nichts Neues.

51

„Wo treffen wir uns denn?", fragte ich in der Hoffnung, dass das Radio leiser gedreht und ich von einem mich unweigerlich den Rest des Tages verfolgenden Ohrwurm verschont bleiben würde.

„In einem Lokal an der Norderelbe", sagte Harker und drehte dazu wie erhofft das Radio leiser. „Sie können übrigens sagen, wenn Sie die Musik nicht mögen." Dann wechselte er den Sender.

Ich ließ das unkommentiert, schon weil mir nichts darauf einfiel. So wichtig war es mir gar nicht gewesen. Aber woher wusste der Kerl das? Es war geradezu unheimlich.

Andererseits hatte ich keine Lust auf Psychospiele und beschloss, ihm diesen Sieg zu lassen. Wenn der Gegner nicht antritt, ist der Sieg nichts wert. Ätsch.

Sebastian parkte in eine gerade frei gewordene Lücke ein und kurz darauf standen wir vor einem geschmackvoll mit jeder Menge Schiffskrempel dekorierten Restaurant, das sich rühmte, typisch hanseatische Küche zu servieren.

Harker wandte sich lächelnd an mich. „Lisa, bitte erzählen Sie uns doch, wie wir uns am besten gegenüber unserem chinesischen Besuch verhalten."

„Bloß weil ich ein Auslandssemester in Hongkong verbracht habe, bin ich kein Experte für interkulturelle Begegnungen", stammelte ich.

„Immerhin sprichst du ein bisschen Mandarin", grinste Sebastian. „Das hast du uns allen schon einmal voraus."

„Ich verstehe schon nicht, wieso wir hierher eingeladen wurden." André besah sich kritisch das Lokal. „Dies ist wohl kaum der geeignete Rahmen, um über Geschäfte zu sprechen. Hier kann man sich allenfalls besaufen."

„Das ist aus chinesischer Sicht so ziemlich dasselbe", erklärte ich dann. „In China werden Geschäfte auf persönlicher Ebene geschlossen. *Guanxi* ist eine Sache zwischen einzelnen Personen und nicht wie bei uns zwischen Firmen. Deshalb versucht man erst, sich kennenzulernen, bevor man über Geld redet. Man geht davon aus, dass die Chemie stimmen muss, wenn man erfolgreich Geschäfte machen will. Nur auf der Basis von Vertrauen werden Geschäftsbeziehungen geknüpft."

Ich wies auf das Lokal. „Es ist deshalb absolut normal aus chinesischer Sicht, sich erst einmal zu einem zwanglosen Lunch zu treffen und nur unverbindlich privat zu plaudern. In China braucht man vor allem Geduld."

André rümpfte die Nase, aber Harker ging ohne ein weiteres Wort an Sebastian vorbei zum Eingang. Sebastian und André folgten ihm natürlich sofort.

„Bitte", seufzte ich. „Gern geschehen."

Ich folgte als die Nachhut mit zunehmend schlechterer Laune. So konnte das nicht weitergehen, darin war ich mir mit Herz und Verstand endlich mal einig.

Wir wurden bereits erwartet.

„Ni hao", sagte ich auf ein kleines Nicken von Harker hin und übernahm damit die Gesprächsführung.

Die drei Chinesen deuteten eine Verneigung an. Die Vorstellungsrunde dauerte ein wenig und war ein für Außenstehende vermutlich verwirrendes Gemisch aus einer sehr deutschen Interpretation von Mandarin, schwer bis gar nicht verständlichem China-Deutsch und schließlich gleichmäßig verbesserungsfähigem Englisch. Der kleinste gemeinsame Nenner sozusagen. Harker stellte mich sehr charmant als PR-Managerin vor, die dafür sorgen würde, dass es Novamoves Gästen an nichts fehlte.

Wir studierten gemeinsam die Karte und Shen Sheng, unser Hauptansprechpartner, hatte immer wieder Fragen zu den einzelnen Gerichten, die mir als Bayernimport jedoch genauso fremd waren.

So plätscherte der Lunch mit harmlosem Smalltalk dahin. André berichtete ausführlich von den Vorzügen des deutschen Schulsystems und wir alle waren uns darin einig, dass man auf Fremdsprachen setzen musste. Ich wurde höflich für meine abgezählten sieben Vokabeln Mandarin gelobt und machte artig auch Shen, der das erste Mal in Europa war, ein Kompliment für sein Deutsch. Trotzdem waren wir alle froh, die Unterhaltung auf Englisch zu führen.

Sebastian erkundigte sich nach dem Flug und ob im Hotel alles zu ihrer Zufriedenheit sei. Harker lehnte sich zurück und ließ uns machen.

Die Vorspeise bestand aus einem Matjessalat mit ofenwarmem Brot und kam gut an.

Als Harker auf die Toilette ging, nutzte ich die Gelegenheit und folgte ihm. Er hatte mich wohl bemerkt, denn er wartete auf mich. „Sie nehmen Ihren Spionagejob ja sehr ernst."

„Immer voller Einsatz", gab ich unbeeindruckt zurück. Inzwischen war ich mir fast sicher, dass er nicht wusste, wie nah er mit seinem blöden Scherz an die Wahrheit herankam. Aber eben nur *fast*.

„Im Moment bin ich in meiner Eigenschaft als PR-Frau unterwegs."

Tom lächelte und unwillkürlich lächelte ich zurück. Ich stehe ja üblicherweise nicht so sehr auf diese superlässigen Surfertypen, aber das Exemplar vor mir hatte wirklich was. Sex-Appeal jedenfalls.

Mein Verstand trat mir energisch ans mentale Schienbein. Er hatte vor allem meinen Arbeitsvertrag. Und keinerlei Manieren. Das rührte mein Herz, das schon bei Robin so beklagt hatte, dass Gott immer nur entweder eine schöne Seele oder einen schönen Körper rausrückte. Manchmal auch weder das eine noch das andere.

„Im Moment stehen Sie vor mir und schauen, als hätten Sie mich vergessen."

„Ich wollte nur sicher sein, dass ich Ihre ungeteilte Aufmerksamkeit besitze", gab ich zurück.

„Haben Sie den Eindruck, ich würde Sie vernachlässigen?" Und wieder dieses überhebliche Grinsen.

„Ja", sagte ich. Erstens, weil er damit garantiert nicht gerechnet hatte, und zweitens, weil es stimmte.

Wie erwartet stutzte Harker. Dann bedachte er mich mit einem Blick, in dem nun ein ermutigender Funke Respekt zu erkennen war.

„Ich habe den Eindruck, dass Sie mich als Person allenfalls beiläufig wahrgenommen haben. Dabei vertrete ich auch eher den chinesischen Ansatz, der die Person über die Funktion setzt. Das macht die Zusammenarbeit um ein Vielfaches erfreulicher."

„Erfreulicher?" Eine Augenbraue ging nach oben, gefolgt von einem spöttischen Lächeln. Der Kerl war schlimmer als die Grinsekatze aus *Alice im Wunderland*.

„Angenehmer…" Ich verbot mir, rot anzulaufen und räusperte mich. „Was mich gleich zum Grund meines Hierseins bringt. Ich habe Sie wahrheitsgemäß als unser Alpha-Tierchen vorgestellt. Sie sollten sich aktiver am Gespräch beteiligen und auf unsere chinesischen Freunde zugehen, indem Sie sich persönlich und für diese wahrnehmbar um deren Wohlbefinden bemühen. Liu und Bao haben vorhin die schönen Ausstellungsstücke bewundert. Es wäre eine gute Idee, wenn Sie zum Abschied entsprechende Geschenke überreichen würden. Ordentlich verpackt. In rot oder pink. Das sind Glücksfarben."

„Sie wollen, dass ich gut aussehe?"

„Das ist mir egal", sagte ich lächelnd. Wir wussten beide, dass er gut aussah und auch dass ich das wusste. „Chinesische Schönheitsideale sind ohnehin ganz andere. Als ihre PR-Tante liegt mir aber das Gelingen dieses Lunchs am Herzen."

Harker schüttelte amüsiert den Kopf. „Und da laufen Sie mir eigens bis auf die Toilette nach, damit ich mich nicht blamiere? Woher soll ich jetzt Geschenke nehmen?"

„Aus Ihrem Dessous-Fundus", schnappte ich. „Bestechen Sie einen der Kellner, damit er für Sie einkaufen geht. Dieses Investment ist deutlich sinnvoller als ein Schlüpfer, den weder Sie noch unsere Gäste je zu sehen bekommen."

„Da irren Sie sich", Harker trat dicht an mich heran und betrachtete dann irgendwie anzüglich meine unter einem relativ züchtigen Ausschnitt gut verborgenen Brüste. „Eine Frau bewegt sich in Seide einfach anders. Mit den richtigen Dessous strahlt sie von innen. Sie mögen das nicht bemerken. Unsere Gäste sind keineswegs immun gegen Ihre Ausstrahlung und haben Ihre Betreuung bislang sehr genossen." Er lehnte sich noch etwas weiter vor.

„Ihr Parfüm ist übrigens sehr angenehm. Aber jetzt entschuldigen Sie mich. Ich hatte eigentlich etwas vor."

Und schon war ich wieder stehen gelassen worden.

Als ich kurz darauf zurück an den Tisch kam, hatte André das Gespräch auf Geschäftsthemen gelenkt und schilderte gerade in Länge und Breite die Vorzüge von Novamoves neuester Software, die – wie ich von Robin

56

wusste – so konzipiert ist, dass man damit Computer fernsteuern könnte. Also setzte ich mich und lauschte aufmerksam. Auch wenn ich allenfalls die Hälfte verstand – und das war gewiss nicht die, bei der die speziellen Vorzüge des Produkts hervorgehoben wurden – konnte ich so doch ein bisschen mehr über mein künftiges Tätigkeitsfeld erfahren.

Und meinen Spionageauftrag, wie fast sofort die Ergänzung von Herz und Verstand kam. Einmal in besorgter Aufregung und einmal mit peinlich berührter Resignation. Gefangen zwischen so widerstreitenden Gefühlen, schreckte ich auf, als Shen mich direkt ansprach.

„Sorry", stammelte ich. „Ich war gerade nicht aufmerksam. Bitte könnten Sie Ihre Frage wiederholen?"

Shen nickte mit dem üblichen unverbindlichen Lächeln, das nichts darüber aussagte, ob ihn meine Unhöflichkeit nun ärgerte oder ob so ein weiteres der über Europäer zirkulierenden Vorurteile, nämlich, dass wir unaufmerksam sind, bestätigt wurde.

„Ich habe gefragt", sagte er leise und in dem für Asiaten typischen etwas verwaschenen Akzent, „ob Sie uns heute Abend auch auf die Reeperbahn begleiten oder ob Sie lieber im Hotel warten."

„Well", stammelte ich etwas irritiert. „Ich wusste bis gerade gar nicht, dass eine Abendveranstaltung geplant ist."

„Aber natürlich", lächelte Shen asiatisch und nickte dazu. „Es wäre eine große Ehre, wenn Sie uns begleiten würden."

Hilfesuchend sah ich mich nach Harker um. Doch der war nicht da. Wo war er denn? Und wie konnte mir entgehen, dass er nicht zurückgekommen war?

Unter Aufbietung all meiner Willenskraft lächelte ich zurück und hoffte, dass man mir nicht ansah, dass ich auf eine Tour mit 6 Geschäftsleuten als Quotenfrau auf der Reeperbahn aber auch gar keine Lust hatte. Zumal ich durchaus damit rechnete, dass mit chinesischen Gästen die private Seite der geschäftlichen Veranstaltung mehr Beachtung fände, als ich mir wünschte.

57

Doch weil ich ein emanzipierter Profi war, log ich höflich: „Die Ehre liegt hier ganz auf meiner Seite, Shen."

Pünktlich zum Ende unseres sehr delikaten Lunchs kam Harker zurück.

„Duibuqi", entschuldigte er sich gar nicht mal so schlecht. „Ich habe mir erlaubt, für die Fahrt zum Hotel etwas vorzubereiten. Die Rechnung übernimmt Novamove."

Die Chinesen tauschten erstaunte Blicke und folgten erfreut Sebastian aus dem Restaurant.

„André", hielt Harker seinen Buchhalter zurück. „Bitte zahlen Sie und fahren dann den Wagen zum Hotel, wo Sie auch gleich Vorkehrungen für unsere Übernachtung treffen können. Wir sehen uns dort."

Dann ließ er mir übertrieben höflich den Vortritt. Ich fühlte seine Blicke auf meinem Rücken und hielt mich betont gerade. Dem Impuls, schnell zur Garderobe zu gehen, wo sich die anderen gerade ihre Mäntel geben ließen, gab ich bewusst *nicht* nach, denn ich würde mich von diesem eingebildeten, berufssmarten Mistkerl nicht wie ein Gänschen durchs Lokal treiben lassen.

Während ich allein in meine Jacke schlüpfte, trat Harker hinter mich. Zu spät, um höflich zu sein. Aber zur Selbstständigkeit erzogen und auch ansonsten eher flott und kurz entschlossen wie ich war, hätte er sich für einen Kavaliersdienst beeilen müssen. Jetzt spürte ich seinen Atem in meinem Nacken, als ich mein Haar aus dem Kragen zog.

„Seien Sie versichert, man sieht die Seide auf Ihrer Haut bei jedem Ihrer Schritte."

Auf der Straße übernahm Harker die Führung und wandte sich Richtung Elbe.

Shen ging neben mir und betrachtete mich etwas länger als unmittelbar erforderlich war. Ich senkte den Blick, wie das in China üblich war und grübelte, ob er auch die Seide sah. So ein Blödsinn!

„Wissen Sie, wohin uns Tom Harker bringt?"

„Sie hatten so interessiert das Treiben auf dem Fluss beobachtet", sagte ich höflich, „daher nehme ich an, dass er für Sie eine Fahrt mit der Fähre organisiert hat. Eine Hafenrundfahrt ist an einem so schönen Tag wie heute einfach wundervoll."

Shen bedachte mich mit einem unnötig intensiven Blick und nickte dann.

Tatsächlich hielten wir an einem Landungssteg an, wo wir von einem der kleinen Charterboote erwartet wurden. Der Kapitän nickte Harker zu und half den Passagieren über die etwas wacklige Planke an Bord. Spontan verfluchte ich meine High Heels. Es hat Gründe, warum man auf Schiffen meist flache Schuhe mit rutschfester Gummisohle trägt, eine Schuhform, die mit den von mir gewählten Pumps ungefähr so viele Gemeinsamkeiten hatte wie ein Traktor mit einem Rennwagen.

Ich war Shen daher aufrichtig dankbar, dass er mir die Hand gab, um mir von der Planke hinunter und auf Deck zu helfen. Unter anderen Umständen hätte ich die Schuhe einfach ausgezogen, aber hier wollte ich ja durch professionelles Auftreten und nicht durch burschikose Lösungen punkten.

„Danke", sagte ich mit breitem Lächeln. „Xiexie."

Shen, der noch immer meine Hand hielt, verneigte sich als wolle er mir einen Handkuss geben. „Jederzeit gern, Lisa."

Und immer noch ließ er meine Finger nicht los. Behutsam entzog ich ihm meine Hand und ging an der Kajüte vorbei nach vorn an den Bug. Shen blieb bei seinen Kollegen und Sebastian, was mir sehr recht war. Ich hatte in meiner Zeit in Hongkong oft gesehen, dass die in China verordnete Gleichberechtigung in der Praxis doch an erheblichen Umsetzungsschwierigkeiten litt und war bisher immer nur eher distanziert reagierenden Männern begegnet. Shen hingegen war auf eine für mich schwer zu fassende Weise anzüglich. Äußerlich absolut höflich, waren es die kleinen verräterischen Zeichen, die mir Unbehagen bereiteten. Seine Berührungen waren etwas zu oft und zu lang, seine Blicke zu forschend …

Aber was sollte ich sagen? *Schau nicht so laut?* Noch dazu, wo es doch meine Aufgabe war, für das Wohlbefinden der Gäste zu sorgen, damit sie Novamove für die Superfirma schlechthin hielten.

Der Kapitän, der Englisch mit einem sehr platten Akzent sprach, erzählte lustige Anekdoten über Hamburgs Hafen und die Speicherstadt, durch die unser Schiff nun langsam gelenkt wurde. Immer wieder wehte lautes Gelächter vom Heck zu mir. Es roch nach Salz und Diesel.

„Sollten Sie nicht bei unseren Gästen sein?", fragte Harker, der unbemerkt zu mir getreten war. „Shen und Bao haben Sie schon vermisst. Warum verlangen Sie von mir, dass ich für unsere Gäste ein Programm aus dem Boden stampfe, wenn Sie mich dabei nicht unterstützen?"

Er warf einen flüchtigen Blick auf sein Handy, ein von regem Gebrauch gezeichnetes Smartphone, das einen sehr kämpferischen Pegasus vor einem Medusenhaupt auf dem Rücken trug und einen großen Kratzer im Display. Ein ungewöhnliches Gerät für einen Mann in seiner Position. Harker war offenbar kein Mann, der sich vorschnell von etwas trennte.

„Ich habe nur recherchiert, wohin wir später auf der Reeperbahn gehen sollen", log ich schnell. „Unsere Gäste bestehen darauf, dort mit uns einen lustigen Abend zu verbringen."

„Das haben die Chinesen bereits organisiert", meinte Harker etwas gedehnt. „Der Ton, mit dem Shen das sagte, weist allerdings in eine eindeutige, fast schon klischeehafte Richtung."

„Es ist in China durchaus üblich, mit geschätzten Geschäftspartnern gemeinsam ein Bordell zu besuchen", erklärte ich so sachlich wie ein Kühlschrank.

Harker grinste. „Auch mit Frauen?"

„Das kommt auf die Frau an", erklärte ich, auch wenn ich auf die genau definierten Formen diverser Businessnutten an dieser Stelle bewusst nicht einging.

„Hm", brummte Harker, während er mich sanft wieder Richtung Heck zu unseren Gästen schob. „Dann habe ich Sie am Ende nicht nur vergeblich mitgenommen, sondern auch gleich an Ihrem ersten Arbeitstag noch in Schwierigkeiten gebracht."

„Was soll das heißen?" Ich blieb so abrupt stehen, dass Harker gegen mich prallte.

„Ah, Lisa", rief in diesem Augenblick Shen. „Wir alle haben Sie schon vermisst."

Harker schob sich an mir vorbei und überließ mich meinen widerstreitenden Gefühlen, bei denen mein Verstand sich bereits taktische Ausweichmanöver zurechtlegte, während mein Herz zwischen Harker ins Wasser werfen und sich selbst in der Elbe ertränken schwankte.

Nach einem eher rustikalen Abendessen, das wir hinter dem Fischereihafen an einem von der Touristenseite abgewandten Straßenstand genossen hatten, und ein paar Überbrückungsdrinks in einer Bar wanderten wir schließlich gemächlich zur geilen Meile.

Ich plauderte höflich mit Liu und Bao, scherzte ausgelassener als ich mich fühlte mit Sebastian und bestätigte mir resigniert, dass eine PR-Managerin schon von der Basisbeschreibung ihres Jobs her auch nichts anderes war als eine Nutte, die im Stehen arbeitet. Eine Binsenweisheit, die verschiedene Beraterberufe für sich in Anspruch nahmen, aber ich fand, dass PR hier eindeutig das Rennen machte.

Tom Harker war charmant und unterhaltsam, wenn man ihn ansprach, hielt sich ansonsten aber lieber im Hintergrund. Sebastian, der das offenbar wusste, schirmte ihn perfekt ab und so wie er mir die Gesprächspartner zuspielte, wurde das offenbar auch von mir erwartet.

Das war mein Job, im Power-Smalltalk machte mir niemand etwas vor, und so war ich ziemlich sicher, dass mir niemand anmerkte, wie ich mich fühlte.

Ausgesprochen unwohl, sauunwohl sogar. Sowohl Shen als auch Harker beobachteten mich. Während der Chinese sein Interesse an mir und an meinen anatomischen Besonderheiten leider kaum kaschierte, hatte ich Harker noch nicht erwischt. Aber ich spürte, dass er mich beobachtete, konnte seinen kühlen, leicht spöttischen Blick förmlich auf meiner in seine Seide gewandeten Haut fühlen. Eine Frau weiß so etwas eben.

Bao führte uns in einen direkt an der Großen Freiheit gelegenen Szene-Club, der in jedem Reiseführer von Hamburg als die Adresse gehandelt wurde und mich allein deshalb überhaupt nicht interessierte. Der Laden war in kühlem blauen und pinken Neon gehalten, an den Poles waberte Trockeneis und auffallend gut geformte Menschen bedienten hinter den langen Bars und an den Tischen ein bunt gemischtes Publikum.

Bao wandte sich an eine Kellnerin, die nickte und uns höflich an einen Tisch führte, der etwas abseits vom Geschehen dennoch einen guten Blick auf die Bühnenshow erlaubte.

Bei einem Glas Champagner saß ich zwischen Shen und Harker und starrte nach vorne, wo gerade durch eine Trockeneis-Nebelwand ein Motorrad fuhr. Ein in Leder gekleideter Tänzer wand sich auf der Maschine und begann seinen makellosen Körper zu entblättern, was unter anderen Umständen ein durchaus appetitanregender Anblick gewesen wäre. So aber fühlte ich mich beobachtet und nippte mit Pokermiene an meinem Champagner. Die Musik war laut und die Bässe etwas zu prominent für meinen Geschmack. Aber immerhin war es zu laut für weitere Unterhaltung. Allmählich gingen mir nämlich die Themen aus.

„Gefällt es Ihnen?", brüllte Shen neben mir und wirkte für einen Augenblick aufrichtig besorgt. Natürlich, nun waren ja wir die Gäste und es war seine Aufgabe, dass wir uns wohlfühlten.

Ich nickte. „Dieser Club ist eine Legende", erklärte ich in sein Ohr. „Es ist eine große Ehre, dass Sie mich hierher eingeladen haben."

Shen war zufrieden und lächelte über meinen Kopf hinweg Harker zu.

Inzwischen hatten zwei Blondinen die Bühne betreten und umtanzten den mittlerweile halb- oder eher dreiviertelnackten Typen und räkelten sich dann auf eine Weise an den Polestangen, bei denen ich schon vom Zusehen Krämpfe bekam – und das, obwohl ich mein Leben lang sehr gern und intensiv getanzt hatte. Wenn ich sie so sah, brachen unterdrückte Leidenschaften wieder auf und der Neid in meinen Augen galt nicht ihren Körpern, sondern vor allem dem Umstand, dass sie tanzen durften ...

Als die Bühnenshow vorbei war, kamen einige Tänzerinnen an unseren Tisch und tanzten dort für die clubeigene Währung vor uns. Die Chinesen waren begeistert und stopften den Damen gut und gern ein Monatsgehalt in die knappen Dessous. Ich war beeindruckt und erwog kurz, mich notfalls auch als Tänzerin zu bewerben, falls meine Agentenlaufbahn scheitern und meine PR-Karriere mit ins Verderben reißen sollte.

Kurz darauf veränderte sich die Choreographie und meine Begleiter wurden etwas mehr in die Show eingebunden. Man zupfte an Krawatten, zauste modische Haarschnitte und kraulte aufreizend Männerbrüste durch makellos gestärkte Hemden. Ich war beeindruckt, wie viele Modern Dance-Elemente in diese Show einflossen und welch perfekte Körperspannung die Mädchen hielten.

Eine der Tänzerinnen setzte sich auf Baos Schoß und schob ihre Endlosbeine links und rechts neben seine Hüften, bevor sie sich an seiner Krawatte haltend mit dem Oberkörper nach hinten fallen ließ. Irgendwie gelang ihr dabei zwischen Baos Beinen eine Art rückwärtsgerichteter Handstandüberschlag, nach dem sie lächelnd wieder vor ihm stand und dem armen Bao einen 1a-Ausblick in ihren Balkonette-Power-Pushup-BH gewährte.

Sebastian, der bei dem Spektakel in der ersten Reihe saß, während ihm eine inzwischen gleichfalls herbeigeeilte Rothaarige den Nacken massierte, grinste glücklich aus den Kissen und zwinkerte mir zu. Irgendwie konnte man ihm selbst bei einer solchen Chauvi-Pose nicht wirklich böse sein. Harker hingegen saß genau so, dass ich ihn nicht sehen konnte, ohne mich nach ihm umzudrehen, was ich gewiss nicht tun würde.

Ich wurde aus meinen Harker-Gedanken gerissen, als plötzlich eine der Damen stolperte und mir fast ins Glas gefallen wäre. Aus einem Reflex heraus packte ich mit der einen Hand ihr Bein und mit der anderen ihren Unterarm, bis sie sich stabilisiert hatte und mit einem dankbaren Lächeln vom Tisch tänzelte und in der Menge verschwand.

Als nächstes kam ein schwarzer Hüne an unseren Tisch und begann sich vor mir aufreizend zu räkeln.

Als sturmerprobte Trauzeugin erkenne ich die übliche Junggesellinnen-Party-Provokation wenn ich sie vor mir habe. Das Klischee bedienend riss ich Mund und Augen auf und spielte die gewünschten Posen aus Neugier und Entrüstung mit. Die Chinesen johlten. Dann zog mich der Kerl auf den

Tisch und das war jetzt für meinen Geschmack ein bisschen mehr als ich eigentlich wollte. Bao hatte sitzen dürfen!

Schwarze, sehr muskulöse Arme umfassten mich und zogen mich in einen eng umschlungenen Tanz. Meine Begleiter klatschten im Takt dazu.

Vor die Wahl gestellt, jetzt entweder die Party zu crashen und als ewige Zicke abgestempelt zu werden oder hier ein bisschen Hüftaerobic zu machen, entschied ich mich für letzteres. Wir waren in einem öffentlichen Club, also würde es im sittlichen Rahmen bleiben.

Zögerlich gab ich mich dem Rhythmus hin, unter den wummernden Bässen eindeutig ein Paso Doble, ein von Natur aus erotischer Tanz, dessen Rhythmus es erlaubte, Gefühle in einer Tiefe auszuloten, die vielen anderen Tänzen vorenthalten blieb. Ich umschwebte in lasziven Schwüngen den wirklich unverschämt muskulösen Tänzer, der nun mit seinen Händen langsam über meinen Körper strich. Paso Doble ist die Geschichte des Stierkampfs, nur dass die Frau das Tuch ist, das den Torero umspielt.

Der Tänzer stutzte, als ich mich ihm mit einer Pirouette entzog, bevor ich mich wieder einfangen ließ und gehorsam in seinen Arm zurückdrehte. Ich spürte sein Bein zwischen meinen, ging auf Spannung und wirbelte gehorsam mit ihm herum.

Alles Show, keine Frage, es war alles nur Show.

Ob es am Champagner lag, an der seltsamen Stimmung, dem anstrengenden Tag, dem heißen Typen vor mir oder der lauten, mein Blut aufpeitschenden Musik – ich kam in Wallung und brauchte ein Ventil. Sofort und auf der Stelle …

Tanz ist eine hochemotionale Angelegenheit, bei der man mit nichts als seinem Körper Kunst schaffen kann und Gefühle greifbar werden. Im Tanz sind mein Verstand und mein Herz sich endlich einmal einig und manchmal wagt sich, geborgen in der Unendlichkeit der Töne und Rhythmen auch meine Seele ans Tageslicht. Ich spürte, wie sich wie von Geisterhand Kinn und Brustkorb hoben, meine Schulterblätter sich zusammenzogen, und mein Bauchnabel spannte – eine über Jahre einstudierte Haltung, die Eleganz ausstrahlt und Selbstbewusstsein verleiht. So wie es einen Menschen aufheitert, wenn er die Mundwinkel in einer Grimasse nach oben zieht. Angeblich, weil der Körper gelernt hat, dann Endorphine auszuschütten, vielleicht aber auch, weil einfach alles in dieser Welt im Wechsel lebt und man bekommt, was man gibt.

Ich atmete den Rhythmus ein, hieß die Bässe in meinem Bauch willkommen und gab mich hin. Lyrik trägt die Wahrheit zwischen den Zeilen. Im Tanz schweben die Gefühle zwischen den Takten. Nach der Trennung von Robin war ich sogar zu deprimiert zum Tanzen gewesen, doch ich hatte nichts verlernt. Wie mir das gefehlt hatte.

Ich drehte mich nicht nach meinem Tanzpartner um, und begann stattdessen mit den Hüften zu kreisen.

Vom Rhythmus geführt wie eine Marionette, schwangen meine Arme zur Seite, stabilisierten die Bewegung auf meinen hierfür viel zu hohen Schuhen. Eine starke Hand schob sich von hinten um meine Taille und der dazugehörige Körper, stark und mächtig wie ein Fels in der Brandung, passte sich dem Rhythmus und meiner Bewegung an. Ich legte den Kopf in den Nacken auf eine fremde Schulter und genoss für einen Augenblick die enge Berührung. Die Hand an meiner Taille zog mich fester heran, als wir mit dem Rhythmus in einem nonverbalen Flirt verschmolzen. Langsam fuhr der Tänzer mit seiner freien Hand über meine Schulter und meinen Nacken.

Mit einer blitzschnellen Drehung brachte ich mich vor ihn. Damit hatte er nicht gerechnet, doch die Musik trug uns weiter, auch wenn wir improvisierten.

Unsere Nasenspitzen berührten sich fast als wir einen kurzen aber tiefen Blick austauschten und er vor mir zurückwich, bevor er seine Hände nach oben riss und mich rückwärts wieder an unseren Ausgangspunkt führte. Wir konnten uns dabei bis auf den Grund der Seele sehen, es war einer jener seltenen Momente, in denen man durch die geteilte Leidenschaft für eine Sache inniger vereint ist als bei noch so heftigem Sex.

Und dann war der Moment auch wieder vorbei und ich schob ihn mit meinen auf seiner Brust liegenden Händen heftig von mir weg, wirbelte zweimal um meine Achse und lächelte ihm über die Schulter hinweg zu. *Ich warte.*

Mit einem Schritt stand er vor mir, irritiert und neugierig, was er hier anstelle der verklemmten Bürotussi auf den Tanztisch gezerrt hatte. Er packte meine rechte Hand und bot mir so eine klassische Tanzposition, passend für den Paso Doble. *Ich führe.*

Ein, zwei Takte ging das gut, er konnte was, man merkte ihm die klassische Ausbildung an, für die sicher die Karriere in einem Sex-Club in St. Pauli nicht geplant gewesen war. Tanz ist ein hartes Brot und schlimmer noch – zumeist ein karges.

Ich spürte ihn an meiner Seite, perfekte Körperspannung und auch wie forschend, suchend, seine Hände über mein Kleid strichen, das anmutig über die Seide meiner Unterwäsche glitt.

In Töne gegossene Emotionen, Schallwellen, die sich reiten ließen. Als er mich wieder zu sich drehte und meinen Oberkörper weit nach hinten bog, entfuhr mir ein Stöhnen. Ich lebte die Musik, genoss die Bewegung und inhalierte den Moment.

Mit einem Ruck zog er mich wieder zu sich, und erneut begannen sich unsere Körper zu umkreisen. Wie zwei Nachtfalter stürzten wir in die Musik. Dabei kannte ich noch nicht einmal seinen Namen.

Der Paso Doble lebt vom Wechsel und so kämpften wir umeinander, um die Bewegung, um das bisschen Raum, das ein noch so großzügiger Tanztisch bieten kann, und um die Pole, die für uns der Stier geworden war, den wir reizten. Unsere Muskeln reagierten perfekt aufeinander und erzählten sich eine wahrhaft ewige Geschichte von Angst, Trotz, Begehren und Vertrauen. Ich tanzte alles aus mir heraus, Robin und die Einsamkeit, Zweifel, Zorn und Angst, alle Verletzlichkeit, alle Schwäche, bis ich plötzlich frei war und mich rückwärts in fremde Armen fallen ließ, um im Rhythmus eines unbekannten Herzens atmend, endlich Frieden zu finden. Einen Moment nur, dann wechselte die Musik.

Ich blinzelte. Genauso gut hätte man mir das Eiswasser aus dem Champagnerkübel über den Schädel kippen können. Meine Ernüchterung nutzte mein Verstand, um Verlegenheit auf mich loszulassen. Eine Berührung in einer Region, die eindeutig Stoff zwischen Hand und Bein verlangt hätte, erinnerte mich daran, wo ich gerade war.

Ich wich einen Schritt zurück.

„Das reicht fürs Erste", erklärte ich kühl.

Mein gleichfalls schwer atmender Tanzpartner grinste breit, auch wenn sein Blick keinen Zweifel daran ließ, dass das gerade für ihn so besonders gewesen war wie für mich. Dann sprang er geschmeidig vom Tisch und hob mich wie ein Püppchen herunter. „Du warst gut", sagte er mir dabei ins Ohr. „Richtig, richtig gut. Vielen Dank."

Er ging, ohne sich noch einmal umzudrehen. Doch das war nur gespielt, ich wusste genauso gut wie er, wir würden einander nie vergessen.

Seine Kolleginnen musterten mich mit professioneller Neugier und folgten ihm.

Dankbar nahm ich von Sebastian ein Glas entgegen und trank es unfein auf einen Zug. Ich war mir der Blicke meiner Begleiter sehr bewusst und fühlte mich, als würde mich der gesamte restliche Club fassungslos anstarren, obwohl mein Verstand mir eindringlich bestätigte, dass das gewiss nicht der Fall war.

„Voller Einsatz", lobte mein Kollege, dem Shens begehrlicher Blick natürlich auch aufgefallen war. „So etwas gefällt Harker. Die Chinesen sind begeistert. Shen hat gerade angeboten, ihm eine komplette Fertigungsstraße in China aufzubauen."

„Glah", krächzte ich immer noch außer Atem. „Ich meine, wofür eine Fertigung? Stellen wir nicht in erster Linie Software her?"

„Nein", sagte Sebastian. „Wir bieten integrierte Lösungen und liefern gegebenenfalls auch passende Hardware-Komponenten, die unsere Programme optimal unterstützen. Was bringt der beste Motor, wenn die Karosserie nicht hält? Tom sucht verzweifelt nach jemanden, der die erforderlichen Transponder bauen kann, die sensibel genug sind, um schwächste Impulse wahrzunehmen. Shens Zusage ist von unschätzbarem Wert."

„Ah", sagte ich und fragte mich, warum ich hiervon weder von Tante Google noch von Robin etwas erfuhr. Wie sollte ich denn spionieren, wenn ich gar nicht wusste, wo ich ansetzen musste?

Der Gedanke an Robin war irgendwie ernüchternd, was mich erstaunte, denn normalerweise entließ mein Herz spätestens bei der mentalen Erwähnung seines Namens Schmetterlinge in meinen Bauch, die jeden weiteren geordneten Gedanken unterbanden und problemlos das große Ballett von Schwanensee aufführen konnten.

Sebastian hatte gar nicht bemerkt, dass ich abgelenkt gewesen war und ungebremst weitererzählt: „… steht jedenfalls höchsten Funktionärskreisen innerhalb der Partei sehr nahe und daher ist dieses Angebot nicht nur ein Meilenstein in unserer Produktentwicklung, sondern eröffnet uns zugleich einen Milliardenmarkt."

Unwillkürlich sah ich zu Harker, der gerade angeregt mit Shen und Liu plauderte. Er musste meinen Blick gespürt haben, denn er hob sein Glas und zwinkerte mir zu. In seinem Blick lag etwas, das da vorher nicht gewesen war. Etwas, das ich nicht deuten konnte.

Ich lächelte zurück und kam mir ertappt vor. Ich wüsste ja zu gern, worüber sie sprachen, aber bei dem Lärm im Club war es völlig ausgeschlossen sie zu belauschen. Schade, dass ich nicht Lippenlesen konnte. Wobei das bei der eigenwilligen Aussprache von Shen vermutlich eine Herausforderung gewesen wäre, zumal das Licht der blauen Neonleuchten auch nicht das Beste war.

Bao ließ sich gerade die Rechnung bringen und gab mir ein Glas Wasser, das er offenbar noch bestellt hatte. „Ich nehme an, nach einem Tanz wie diesem werden Sie Wasser für Abkühlung brauchen."

Ich dankte ihm.

Champagner war definitiv nichts zum Durst löschen.

Auf Shens Zeichen hin brachen wir etwas später auf.

69

Es war spät geworden und mir steckte ein langer Tag in den Knochen. In der kühlen hanseatischen Luft fröstelte ich. Das beige Jackett war zwar sehr schön, aber eindeutig nicht warm genug.

Sebastian wies auf das wartende Großraumtaxi, auf das Bao gerade zusteuerte.

„Komm, du musst nicht frieren." Lächelnd schob er mich in den Wagen. Während ich durchrutschte, fiel mir auf, dass ich gar nicht wusste, wo wir eigentlich unterkamen.

„Ein schickes Hotel in der Speicherstadt", erklärte Harker, der gerade von der anderen Seite her einstieg. Er warf mir einen spöttischen Blick zu. „Wer so heiß tanzt, sollte nicht so verfroren sein."

„Stillstand liegt mir eben nicht", erklärte ich, genau in dem Moment, als sich das Taxi in Bewegung setzte.

Das Hotel war opulent ausgestattet und äußerst hübsch eingerichtet. Eigentlich wäre alles wunderbar gewesen – bis auf den Umstand, dass ich keinerlei Übernachtungssachen dabei hatte.

Befand sich in meiner Handtasche wenigstens eine Reisezahnbürste? Eingekeilt zwischen Harker und Sebastian und drei betrunkenen Chinesen auf der Rückbank im Nacken hatte ich keine Lust auf eine klischeebestätigende Frau-wühlt-in-ihrer-Handtasche-Szene und versuchte mich damit zu beruhigen, dass es das menschliche Gebiss durchaus verkraftet, wenn eine Routinereinigung einmal ausfällt.

„Ich gehe davon aus, dass André sich weisungsgemäß um alles Erforderliche gekümmert haben wird, Lisa. Für uns liegen Toilettenartikel ebenso wie Wechselkleidung bereit."

Unwillkürlich rückte ich näher zu Sebastian. Konnte Harker Gedanken lesen? Der Mann wurde mir unheimlich. Auch jetzt konnte ich im dunklen Wagen nur seine Augen in seinem im Schatten liegenden Gesicht schimmern sehen, aber seiner Stimme war das übliche spöttische Grinsen förmlich anzuhören.

Obwohl ich mich so sehr auf eine entspannende Dusche und ein Bett gefreut hatte und damit eigentlich keine besonders schwer zu erfüllenden Träume hegte, ging an der Rezeption der Alptraum munter weiter.

Ich verstand nicht genug Mandarin um die heftige Debatte zwischen Bao und Shen zu verfolgen, aber irgendwann fiel dabei mein Name.

Nicht direkt arglos, aber dafür umso pflichtbewusster ging ich zu den beiden und fragte, ob ich helfen konnte. „Youzhu yu ma?" Das war garantiert falsch, aber hoffentlich dennoch verständlich.

Sie hatten mich nicht kommen sehen und unterbrachen sich nun irritiert und etwas verlegen.

„Lisa, das ist ein ungewöhnliches Angebot, aber es ist ein ungewöhnlicher Abend. Da Sie ja für unser Wohlbefinden sorgen wollen, wissen wir nicht, mit wem Sie die Nacht verbringen werden …"

Mir mussten sämtliche Gesichtszüge entgleist sein, denn Bao hielt irritiert inne. Manchmal hilft auch das beste Pokertraining nichts.

„Verzeihung", sagte Shen womöglich noch verlegener als zuvor. „Wenn die Zuteilung in Deutschland so selbstverständlich ist, müssen wir uns für unsere Unkenntnis der Gebräuche entschuldigen. Wir bereisen Ihr ehrwürdiges Land zum ersten Mal."

„Äh …", sagte ich, um das peinliche Schweigen zu überbrücken.

„Sind Sie denn nicht *baopo*?"

„Äh …" sagte ich nochmals. Bekannt und bewährt, und weil mir immer noch nichts einfiel. Prostitution in China ist verboten, aber allgegenwärtig. Neben den diversen Straßenstrich- und vor allem Massage-Bordell-Unternehmerinnen gibt es meines Wissens *peino* genannte Hostessen und Dauerbegleiterinnen. Und *baopo*, die für einen längeren Zeitraum als Begleiterin gemietet werden, so wie seinerzeit Julia Roberts von Richard Gere in *Pretty Woman*. Oft werden *baopo* auch von den einladenden Geschäftspartnern vermittelt. Edel Bunga Bunga quasi.

Mir wurde schlecht, denn plötzlich verstand ich Shens Reaktionen, wobei ich nicht wusste, wie der kleinwüchsige Triebbeutel mich mit einer Hostess verwechseln konnte.

„Für einen so kurzen Besuch …", setzte ich an, musste mich dann aber räuspern und suchte nach Worten, die es uns allen erlaubten, irgendwie das Gesicht zu waren. Wo war mein Prinz, der mich aus der Hand des doppelköpfigen roten Drachens rettete?

„… erschien uns das Engagement von dauernder Begleitung nicht erforderlich."

Tom Harker stand wie besagter Prinz mit einem aufrichtig besorgt wirkenden Lächeln neben mir und wedelte mit zwei Tüten, in denen sich vermutlich die von André besorgten Nachtutensilien befanden. Nun, der Kerl war an der Prinzenfront wahrlich nicht meine Wunschbesetzung, aber da er aktuell der einzige Bewerber für den Posten war, wollte ich ihn nicht zurückweisen. Man darf mit dem Schicksal nicht kleinlich sein.

„André hat aber Vorkehrungen getroffen, die sicherstellen, dass es Ihnen auf Ihren Suiten an jeglicher Form von Entspannung nicht fehlen wird."

„Aber Lisa", setzte Shen noch einmal an und warf mir einen schon fast rührend sehnsüchtigen Blick zu.

„Lisa ist meine *ernai*."

Das saß, denn damit wäre jedes weitere Aufbegehren unverzeihlich unhöflich gewesen, mir und vor allem Harker gegenüber. Andererseits war eine *ernai* so eine Art Konkubine, offizielle Dauergeliebte, was nun auch nicht mit meinem aufgeklärten Frauenbild in Einklang stand.

Doch während ich noch nach Worten für eine höfliche Berichtigung suchte, die es zum gegenwärtigen Zeitpunkt gar nicht mehr gab, hatte Harker sich schon bei mir eingehakt und mich zum Aufzug dirigiert, der uns in die oberste Etage fuhr.

Gehorsam folgte ich ihm in seine Suite.

„War das nötig, mich als Mätresse hinzustellen?", fauchte ich, kaum dass sich die Tür hinter uns geschlossen hatte.

„Lustig war es jedenfalls."

Damit hatte er mich. Denn irgendwie entbehrte die Situation tatsächlich nicht einer gewissen Komik. Blöd nur, dass der Witz exklusiv auf meine Kosten ging.

„Schauen Sie nicht so böse", sagte Harker, während er sich auf das Sofa lümmelte, von dem man einen atemberaubenden Blick über das nächtlich beleuchtete Hamburg hatte. „Eine solche Klassefrau wie sie, um die sich zwei angesehene chinesische Geschäftsleute und Parteifreunde öffentlich streiten, als *ernai* zu haben, wertet mich ungemein auf und damit haben Sie erheblich zum Erfolg dieser Geschäftsanbahnung beigetragen."

„Nicht mehr als Ihre Kreditkarte, denn ich war nur Mittel zum Zweck", bemerkte ich pampig.

„Aber nein!" Harker schüttelte den Kopf und wirkte aufrichtig enttäuscht, weil ich nicht selbst erkannte, wo mein Beitrag lag. „Sie haben mich doch erst überhaupt auf die Notwendigkeit hingewiesen unsere neuen Freunde kulturell in China abzuholen. Ohne Sie wäre der Tag nicht so überaus gut verlaufen, ohne Ihren Rat hätte ich vor allem nicht Erkundigungen eingeholt, wie man Chinesen am besten restlos glücklich macht und nichts von *baopas* und *ernais* gehört."

„Es heißt *baopo* und im Mandarin gibt es keinen Plural."

Wieder grinste Harker. „Ich sehe schon, Sie sind künftig noch nützlich."

Er zog eine Münze aus der Jeans und hielt sie mir entgegen. „Kopf oder Zahl?"

„Wofür?"

„Bett oder Sofa."

Entrüstet schnappte ich nach Luft. „Weder noch! Ich gehe jetzt in mein Zimmer und damit hat es sich! Sie glauben doch nicht ernsthaft, dass ich diese lächerliche Posse auch nur noch eine Sekunde länger mitmache, geschweige denn hier bei Ihnen übernachte."

Harkers gute Laune verpuffte als hätte ich einen Schalter umgelegt. „Ich glaube es nicht, weil ich es *weiß*. Ich habe Sie als PR-Managerin für Novamove eingestellt und als solche werden Sie alles tun, was erforderlich ist, um mein Unternehmen gut darzustellen. *Alles*, hören Sie? Dafür bezahle ich Sie schließlich auch fürstlich. Wir können unsere Zusammenarbeit angenehm gestalten, und ich bin ein - wie ich denke – wirklich fairer Chef, oder wir können uns trennen. Wir werden aber gewiss nicht über die Art der Arbeit, die ich eingekauft habe, diskutieren."

Und damit steckte er die Münze wieder in die Tasche.

Ich drehte auf dem Absatz um und stürmte zur Tür, bereit, notfalls zurück nach München zu laufen, als mein Verstand mich vorsichtig darauf hinwies, wie desaströs es um mein Konto stand und dass kein vergleichbarer Job in Aussicht stand, ja eigentlich gar kein Job.

Ich zögerte. Mein Herz schloss sich der Opposition an. Wenn ich am ersten Arbeitstag schon den Job hinwarf, würde ich Robin nämlich garantiert nicht zurückbekommen.

Robin. Er war es wert, sagte mein Herz. Und dein Konto hat es nötig, bestätigte mein Vestand.

Also kehrte ich um. „PR steht für Public Relations", erklärte ich. „Public nicht Private."

Harker, der sich keinen Millimeter von seinem Platz bewegt hatte, nickte.

„Public ist aber die Masse des Privaten und daher ist meiner allein maßgeblichen Meinung nach Private im Preis enthalten. Jedenfalls, wenn es sich um so wichtige Personen wie Shen und seine Jungs handelt."

„Für Prostitute steht das P jedenfalls nicht!"

Harker lachte. „Am Ende des Tages prostituieren wir uns alle. Was auch immer wir tun oder geben, immer geht es darum, was wir im Austausch bekommen. Aber keine Sorge, falls es Ihnen nicht aufgefallen ist, habe ich Sie ja vor Shen gerettet. Wie ein romantischer Prinz, ist das nicht rührend? Sorry, dass das weiße Pferd heute Urlaub hatte."

Eigentlich hatte ich bereits eine scharfe Antwort parat gehabt, aber jetzt stutzte ich. Tatsächlich hatte ich ihn ja mit einem Prinzen verglichen.

„Dafür bin ich Ihnen auch dankbar", sagte ich daher kühl. „Sie haben uns allen ermöglicht, das Gesicht zu wahren. Das war sehr chinesisch. Trotzdem möchte ich jetzt auf mein Zimmer gehen."

„Das werden Sie nicht tun, denn so fliegt am Ende unsere kleine, aus Ihrer Prüderie heraus geborene Notlüge auf und alles war umsonst, weil wir dann alle unser Gesicht verlieren."

„Wollen Sie mir das verbieten?"

Harker stand auf, ging um den Couchtisch herum und auf mich zu.

„Nein", sagte er ruhig, als er vor mir stand. „Aber ich habe Sie auf die Konsequenzen hingewiesen, Lisa."

Dann ging er an mir vorbei zur Badezimmertür. „Ich würde es begrüßen, wenn Sie noch da wären, wenn ich geduscht habe."

Das Einrasten des Riegels hatte eine befreiende Wirkung. Das Geräusch von Wasser, das gegen eine Duschwand prasselt, versprach mir ein paar Minuten Pause.

Mit einem erschöpften Seufzen ließ ich mich auf den nächstbesten Sessel fallen. Eigentlich war es ganz simpel. Ich konnte es mir weder finanziell noch beziehungstechnisch leisten, zu tun, was mein Stolz verlangte und zu gehen. Meine EC-Karte hätte gegenwärtig vermutlich noch nicht einmal genug Geld für die Rückfahrt mit der Bummelbahn ausgespuckt. Also würde ich bleiben und die *ernai,* die Mätresse spielen. Aber nur spielen! Was bedeutete, dass ich nicht mit Tom Harker schlafen würde. Niemals und unter keinen Umständen. Kritisch betrachtete ich das große Bett, dessen einladend aufgeklappte Laken lüstern auf sich leidenschaftlich räkelnde Körper zu warten schienen. Umsonst!

Ob Harker mich zu Intimitäten zwingen würde? Was dann?

Dann, beschloss ich aus dem Bauch heraus, bevor irgendwelche anderen Körperteile ihr Veto einlegen konnten, würde ich ihm einen Tritt verpassen, den er schon lange verdient hatte und gehen. Im Supermarkt suchten sie gerade Kassenkräfte. Das würde zur Not reichen.

Nebenan im Bad war das Plätschern verstummt. Vermutlich seifte der Kerl sich jetzt ein. Unwillkürlich stellte ich mir vor, wie Harker wie in einem schlechten B-Porno in der Dusche stand und seinen Surferkörper mit Schaum abrieb. Den Gedanken fand ich obszön und so konzentrierte ich mich statt auf unanständige Fantasien lieber auf *50 Ways of No.*

Das Wasser ging wieder an. Gleich würde er aus dem Bad kommen.

Nackt? Er würde ja wohl kaum seine schmutzigen Kleider wieder anziehen.

Oh Gott!

Wie war ich nur in eine derart peinliche Situation geraten?

Die Tür ging auf und ich hielt unwillkürlich den Atem an.

„Bad ist frei", sagte Harker mit nassen Haaren und einem züchtigen Handtuch bekleidet.

Froh um den Aufschub huschte ich an ihm vorbei ins Bad. Dort angekommen fiel mir erst auf, dass ich auch keine Lust hatte, meine getragene Wäsche wieder anzuziehen. Bis mir einfiel, dass ich ja *meine* Sachen vom Morgen noch hatte. Ha!

Mit dem sicheren Gefühl moralischer Überlegenheit kletterte ich in die Dusche und genoss das warme Wasser auf meiner Haut. Ob Harker sich so wie ich gerade ausmalte, wie ich mich einseifte? Wie ich mit langsam kreisenden Bewegungen meinen wohlgeformten … naja trotz Verbesserungspotentials nicht völlig unförmigen Körper … mit duftender Seife abrieb und dann das Wasser den Schaum von meiner Alabasterhaut spülte?

Bestimmt. Der Mann war ein machtversessener Wüstling. Ich hatte beschlossen, Migräne, Übelkeit, Gliederschmerzen und meine Tage vorzubringen und darauf hinzuweisen, dass es gerade in China völlig undenkbar war, eine unreine Frau zu besteigen. Man wäre dann auch selbst unrein und könne nicht mehr auf Augenhöhe anderen Männern begegnen, bis man sich rituell von dem Makel befreit habe.

Keine Ahnung, ob das stimmte.

Aber während ich in Baumwollwäsche und mein Shirt schlüpfte, fand ich die Geschichte wunderbar plausibel und war bereit, sie notfalls mit meinen durch viele, viele Jackie-Chan-Filme gefestigten Martial Arts-Kenntnisse zu verteidigen.

Ich freute mich schon fast auf Harkers blödes Gesicht, wenn statt des in ein Handtuch gewickelten Betthäschens eine emanzipierte, halbwegs bekleidete Schwerkranke aus dem Bad kam. In meiner Handtasche hatte ich sogar eine Reisezahnbürste gefunden.

Das nenne ich einmal unabhängig.

Siegessicher entriegelte ich die Tür und trat aus dem Bad.

Der Raum war dunkel.

Ich blinzelte und das nicht nur, um mich an das bisschen Licht zu gewöhnen, das vom Fenster her einfiel.

Das Bett war leer. Wo war Harker?

Vorsichtig tappte ich weiter in den Raum. Auf dem Bett lagen zusammengelegt ein paar Dessous, ein groß geschnittenes Shirt und eine Tüte mit einigen Kosmetikutensilien.

77

Richtig. Harker hatte vorhin im Foyer die Tüten dabei gehabt, die André für uns eingekauft hatte.

Ein leises Seufzen lenkte meinen Blick auf das im Schatten liegende Sofa. Und auf den Schatten darauf. Die dunkle Tagesdecke hob und senkte sich im Takt des ruhigen Atems eines tief und fest schlafenden Menschen.

Harker hatte es offenbar nicht für nötig befunden, auf mich zu warten, sondern sich gleich auf dem Sofa eingerichtet.

Irgendwie hatte er mich so um meinen Sieg betrogen. Und zugleich beleidigt.

Nachdenklich kletterte ich ins Bett und zog mir die Decke bis ans Kinn. Es macht überhaupt keinen Spaß nicht zu wollen, wenn man nicht gewollt wird.

„Und wie war die erste Woche?"

So kannte ich Robin. Mit Nebensächlichkeiten hielt er sich nie auf.

„Frag nicht", rief ich aus meiner allenfalls notdürftig aufgeräumten Küche, während Robin sich aus seiner Jacke schälte und mit einer Flasche Rotwein in der Hand zu mir kam, um mir im Weg zu stehen.

„Aber deshalb bin ich doch gekommen ..."

„Ich dachte, für eine warme Mahlzeit", neckte ich und schob ihn mit der Hüfte beiseite, um das Kartoffel-Kürbis-Gratin aus dem Ofen zu holen.

„Das auch. Ich hab nicht dich, sondern auch deine Kochkünste vermisst. Was für ein Anblick." Er leckte sich demonstrativ die Lippen und zwinkerte mir dabei zu. Allein diese Geste jagte mir einen Schauer über den Rücken, der mein albernes Herz zu einem Stakkato-Beifall verleitete. Ich hatte mich für ein einfaches, aber figurbetontes Kleid entschieden, das Robin sehr mochte. Mein Verstand verwies hiervon unbeeindruckt mit einer gewissen Resignation auf vorrangige Pflichten in Bezug auf das Abendessen. Eine Ansicht, die mein Magen teilte. Sein Knurren jedenfalls bändigte die Schmetterlinge.

„Dann bring die Flasche an den Tisch, bevor ich hier wegen Überfüllung schließen muss", sagte ich streng. „Und bei der Gelegenheit kannst du gleich decken. Du kennst dich ja aus."

Während ich die heiße Kasserolle abstellte und die Ofentür wieder schloss, wünschte ich mir so eine große Küche wie Robin sie hatte. Es war unfair, dass er, der einen Kühlschrank allenfalls für kalte Getränke brauchte, und im Vorratsschrank nur eine Sammlung Flyer diverser Bringdienste aufbewahrte, eine so tolle Küche hatte, während ich mich mit einer zwei Quadratmeter-Zwergkocheinheit zufrieden geben musste. Der Umstand, dass ich dann wenigstens ungeniert und genussvoll essen durfte, war definitiv der einzige Vorteil gewesen, den ich mit der Entscheidung verband, das mit der Karriere als Profitänzerin bleiben zu lassen. Ich hatte auch gedacht, ich würde in einem *anständigen Beruf* mehr verdienen, aber das hatte sich als Irrtum erwiesen und so lebte ich nach wie vor in meiner gemütlichen, aber eben kleinen Studentenbude in einem alten Haus in der Au, wo es zweimal die Woche nach Hopfen stank, wenn in der nahegelegenen Brauerei Bier angesetzt wurde.

„Was gibt es denn?" fragte Robin.

„Omas legendären Schmorbraten mit Gratin."

„Und zum Dessert?" Er war offenbar mit seinem Auftrag fertig und stand nun in der Tür, um mir Platz zum Hantieren zu lassen.

„Seit wann bist du ein Süßer?"

„Immer schon", grinste er diabolisch. „Auch wenn ich dazu keinen Zucker brauche."

„Das ist gut, denn du solltest auf deine Linie achten", missverstand ich ihn betont. „Du warst auch schon fitter, mein Lieber."

„Die Art von Nachtisch, an die ich dachte, käme Figur und Fitness durchaus zugute."

Dieses Mal ließen sich die Schmetterlinge nicht in die Ecke knurren.

„Geh lieber Musik auflegen", sagte ich mit belegter Stimme, bevor ich hier vor lauter Erregung noch mein gutes Essen verhunzte. Es wäre nicht das erste Mal. Mir war schon einmal für schnellen Küchensex eine wunderbare Sahnesauce ausgeflockt und wenn ich Robins Blick richtig deutete, befand sich gerade auch mein Rinderbraten in fürchterlicher Gefahr. Außerdem wurde das Gratin kalt.

„Woran liegt das nur, dass mich der Anblick von Lisa beim Kochen so unfassbar scharf macht? Lass uns den Nachtisch vorziehen."

„Raus jetzt!" rief ich schnell, bevor es zu spät war und meine im Küchendampf rapide dahinschmelzende Selbstbeherrschung völlig dahin war. „Musik, Kerzen, Setzen! Das Essen ist gleich fertig."

Tatsächlich gehorchte er und als ich kurz darauf mit zwei schön angerichteten Tellern ins Wohnzimmer kam, saß Robin brav an einem sauber gedeckten Tisch, auf dem Rotweingläser im Kerzenlicht vielversprechend funkelten.

„Auf unsere Liebe", sagte Robin und hob sein Glas.

Meine Schmetterlinge flatterten aufgeregte Zustimmung.

„Ist das beim zweiten Date nicht etwas dick aufgetragen?", sagte ich, stieß aber artig mit ihm an. „Seit wann bist du ein Freund so großer Worte?"

„Beim Neustart ist die Zählart anders." Diese Behauptung ergänzte Robin mit einem glutvollen Blick, der mir heiße Schauer über den Rücken jagte. „Kannst du mir nicht verzeihen?"

Mit seiner freien Hand griff er nach meiner und drückte sie kurz.

Wir aßen schweigend, was mir reichlich Gelegenheit gab, Robin eingehend zu beobachten. Eine angenehme Tätigkeit. Ich fand an diesem Mann einfach alles heiß. Seine Haltung, wie er präzise das Messer beiseitelegte, wie er seine Gabel mit dem letzten Bissen zu seinen wunderbaren Küss-mich-Lippen hob.

Und doch, irgendwas nagte an mir. Mein Verstand blieb misstrauisch.

Robin bemerkte meinen Blick und lächelte mich an. „Was ist?"

„Ich frage mich, was jetzt anders ist", sagte ich unter Protest meines in seliger Glückseligkeit betäubten Herzens. Dabei hatte ich solche Angst, dass er sagen würde, dass ich jetzt einen Chef hatte, der Robins Interesse geweckt hatte, ich damit eben plötzlich nützlich geworden war.

Doch Robin ergriff wieder meine Hand und küsste zärtlich meine Handflächen. „Lass es uns herausfinden."

„Wie meinst du das?", fragte ich betont neutral, während ich mit meinem Fuß langsam die Innenseite seines Beins vom Knöchel aus nach oben fuhr. Zu Hause lief ich immer barfuß herum und hatte mich vorhin schon geärgert, dass ich vor lauter Küchenstress vergessen hatte, meine High Heels anzuziehen, doch jetzt fand ich das eigentlich ganz praktisch.

Robin hob fragend den Kopf und grinste dann verführerisch, als er meine betont unschuldige Miene bemerkte. Der Kerzenschein spiegelte sich in seinen dunkelblauen Augen und verlieh seinem Blick schon fast magisch anmutende Intensität.

Behutsam schob ich meinen Fuß ein wenig höher.

„Wo hast du eigentlich gelernt, so zu kochen", fragte Robin, doch seine Stimme hatte plötzlich einen vielversprechend heiseren Unterton angenommen.

„Liebe ist der beste Lehrer", erklärte ich, bevor ich betont langsam mit den Lippen eine Kartoffelscheibe von meiner Gabel zog. „Und wahre Meisterschaft erlangt nur, wer sich einer Sache hingibt."

Mein Fuß rutschte noch ein wenig höher. Provozierend wackelte ich mit meinen Zehen.

Robin wich unwillkürlich etwas zurück, bevor er sich zögerlich entspannte und die Berührung an seiner empfindlichsten Stelle akzeptierte.

„Hingabe ist es also, was du verlangst?"

Ich erhöhte den Druck. „Man bekommt, was man mitbringt."

„Okay …"

Robins Hand lag plötzlich auf meinem Knie und schob langsam und bedeutungsvoll meinen Rock nach oben. Mein Herz begann wie wild zu schlagen.

„Aber bevor ich gar keinen klaren Gedanken mehr fassen kann, solltest du mir noch erzählen, wie es dir an der Seite eines der begehrtesten Junggesellen der Stadt ergangen ist."

Das war ernüchternd. Ging es Robin doch nur um Harker und nicht um mich? Doch die Art, wie er langsam und unfassbar zärtlich über die nackte Haut meines Schenkels strich, barg so viel mehr Sehnsucht als Neugier, so viel mehr Gefühl als Verstand, dass meine Zweifel in dem sich in mir ausbreitenden Feuer schmolzen.

„Harker bereitet einen großen Deal mit einer regierungsnahen chinesischen Firma vor. Es geht dabei um den Aufbau von Produktionsstätten in der Provinz Jiangshu.

„Jiangshu?", fragte Robin. „Wo liegt das?"

„Grob gesagt im Südosten, gegenüber von Korea", antwortete ich geschäftsmäßig, während ich die Beweglichkeit meiner Zehen testete.

Robins Hand rutschte ein kleines bisschen höher und wanderte dabei mehr nach innen. Er wäre gern mit seinem Stuhl nach vorn gerutscht, aber damit müsste er seine edlen, nun langsam zu Leben erwachenden Teile, fest gegen mein zierliches Ballerina-Füßchen pressen und davor scheute er sich.

Ich ließ ihn leiden. Dieses Gespräch auf zwei Ebenen hatte durchaus seinen Reiz.

„Weißt du, was Novamove in China produzieren will?"

Robin überwand sich, sein Griff verstärkte sich und langsam, so langsam schob er seinen Stuhl nach vorn. Ich spürte seinen Penis unter meiner Sohle härter werden.

„Nicht genau", räumte ich ein. „In der ersten Woche wollte ich auch nicht zu detaillierte Fragen zu einzelnen Projekten stellen. Es geht jedenfalls um viel Geld und die Chinesen sind sehr interessiert. Das Treffen in Hamburg verlief sehr gut."

„Ihr wart in Hamburg?"

„Ja, gleich am ersten Arbeitstag." Ich lächelte bei der Erinnerung an diesen Tänzer in dem Nachtclub, der meine wahre Liebe, die Liebe zum Tanz, wieder neu entfacht hatte. Meine Zehen zitterten neckisch und Robin sog kaum hörbar die Luft ein.

„Respekt." Das klang aufrichtig. „Du scheinst ja einen aufregenden Job ergattert zu haben. Wie kommst du denn mit Tom Harker aus?"

Meine Zehen stockten, als ich überlegte.

„Er ist schwierig", räumte ich schließlich ein, als Robin mich aufmunternd in den Schenkel kniff. „Er ist sehr distanziert und zugleich unverschämt bestimmend, hat vor nichts Respekt und macht sich über alles lustig. Immerhin hat er mir das Bett überlassen."

Robins Hand, die sich gerade an meinem Slip zu schaffen gemacht hatte, fuhr zurück, als hätte er sich verbrannt. „Er hat was?"

„Das ist eine längere Geschichte", wich ich aus. „Jedenfalls mussten wir uns ein Zimmer teilen und er hat mir unerwartet gentlemanlike das Bett überlassen und auf der Couch geschlafen."

„Du hast ihn auf der Couch schlafen lassen?" Robin konnte es nicht fassen. Ich wertete das als Kompliment. Keine Frage, so wie seine Hand

83

jetzt wieder ihre Erkundung meiner Unterwäsche fortsetzte, hätte er sich das nicht gefallen lassen.

Dass Harker längst geschlafen hatte, als ich aus dem Bad gekommen war, wollte ich ihm nicht sagen. Das klang eindeutig wenig begehrenswert.

„Sagen wir so", erklärte ich gedehnt, während ich diskret meine Beine um eine hoffentlich ermutigende Winzigkeit öffnete, „ich habe deutlich gemacht, dass ich seinen Reizen gegenüber nicht empfänglich bin."

„Aber warum das denn?" Robin schüttelte den Kopf. „Du weißt doch, dass wir an Harker ranmüssen. Wie kannst du ihn da abweisen?"

„Soll ich etwa mit ihm schlafen?", fuhr ich pikiert auf und schloss meine Beine mit Nachdruck. „Du glaubst doch nicht im Ernst, dass ein Mann wie Harker mir dann aus lauter Dankbarkeit all seine geheimsten Geheimnisse anvertraut, nur weil ich ihn zu ein bisschen Matratzenakrobatik auffordere."

Robin packte meinen Schenkel und schob ihn wieder nach außen. „So unfassbar heiß wie du bist, würde mich das jedenfalls nicht wundern", grollte er.

Ich drückte meine Zehen ein wenig fester gegen seine Erektion. „Aber nur, wenn ich es will."

Das klang endgültiger als ich – beziehungsweise mein Robin rettungslos verfallenes Herz – es meinten, obgleich mein Verstand keine andere Möglichkeit sah, künftiger investigativer Prostitution zu entgehen.

Robin zog prompt seine Hand zurück und nahm einen Schluck Wein.

„Ich wollte dich zu nichts zwingen", sagte er dann betont sachlich, obwohl ich sehen konnte, wie es in ihm arbeitete.

Scham? Zorn? Enttäuschung? Schwer zu sagen, aber so wie ich Robin einschätzte, tippte ich auf Zorn. Die anderen Emotionen kannte er vermutlich nur aus Büchern. Um nicht zu verraten, wie ängstlich ich auf seinen Rückzug reagierte, setzte ich meine Pokermiene auf und verkroch mich hinter mein Weinglas.

„Ich stehe ziemlich unter Druck", räumte Robin unvermittelt ein. Er würgte fast an den Worten. „Wir stecken fest, meine Vorgesetzten

84

erwarten Ergebnisse, die man in Berlin berichten kann." Mit einem unterdrückten Seufzer schob er sein Glas beiseite und sah mich an. „Schnell, sonst wird man statt Ergebnissen eben einen Schuldigen präsentieren wollen. Und das dürfte dann ich sein."

Ich schluckte. Wie verzweifelt musste Robin, der allzeit Starke, sein, dass er es hier vor mir zugab?

„Ich habe ja nicht gesagt, dass ich dir nicht helfen will", erklärte ich. „Aber dann vertrau mir auch. Du willst doch nicht wirklich, dass deine sexy Agentin mit einem anderen Kerl ...?"

„Der Gedanke macht mich wahnsinnig!" Robin grinste und schob seinen Stuhl zurück. „Wobei ich zugeben muss, dass mich die Vorstellung irgendwie erregt. Dich etwa nicht?"

Doch noch bevor ich dazu etwas sagen konnte, stand er auf und ergriff meine Hand. „Komm, lass uns tanzen."

Mein Herz stolperte vor Freude, doch mein Verstand blieb misstrauisch.

„Tanzen? Du willst mit mir tanzen?"

Obwohl Tanz mein Leben war, hatte Robin nie, noch nicht einmal zur Hochzeit seiner Schwester, auch nur einziges Mal mit mir getanzt.

Trotzdem ließ ich mich hochziehen. Robin legte meine Hand auf seinen Arm und führte mich vom Esstisch weg ins Wohnzimmer. Seine Hand lag leicht unter meiner Schulter als er meine andere Hand fest umfasste und anhob. Unwillkürlich spannten sich meine Muskeln und ich nahm Haltung an. Jahrelange Übung entwickelt irgendwann ein Eigenleben.

„Wie komme ich zu der Ehre?" Meine Stimme klang belegt und als ich sein Lächeln sah, schluckte ich unwillkürlich. So hatte er mich noch nie angesehen.

„Ich habe eigens Unterricht genommen", sagte Robin leise. „Es war nicht richtig, wie ich dich behandelt habe. Es war falsch, deine Leidenschaft zu ignorieren ..."

Langsam begann er, mich zu einer verjazzten Rumba zu drehen, seine Hände an meiner Taille fand ich hoch erregend. Langsam wiegten wir uns

85

zur Musik. Robin führte sanft, fast schüchtern. Diese neue Seite an ihm fand ich süß.

„Und dass ich dich zur Lösung meiner Probleme missbrauchen wollte, war auch nicht richtig."

„Hör auf", murmelte ich in seine Schulter, während ich mich aus seinem Arm drehte, hinter ihm zum Stehen kam und mit meinen Händen unter seinen Achseln hindurch über seine Brust strich. „Agentin 006 hat alles im Griff." Neckisch zupfte ich an seinem Hemd.

„Nullnullsexy!"

Robin packte meine Hand und drehte sich und mich eine halbe Pirouette zurück in Position, und wir wechselten in einen etwas zu engen Wiegeschritt.

Ich verlor mich in Robins Armen, als wir aneinandergeschmiegt zur Musik in der typischen Rumba-Acht in der Mitte meines Wohnzimmers schwebten. Unsere Körper passten perfekt zusammen, obwohl wir nie vorher zusammen getanzt hatten, bewegten wir uns im exakt selben Rhythmus. Robin ließ meine Hand los, packte mich stattdessen an der Taille und zog mich noch etwas enger an sich. Rück – Seit – Vor. Ich ertrank in seinen Augen. Unsere Lippen kamen sich näher, berührten sich fast. Vor – Seit – Rück. Sein warmer Atem auf meiner Haut jagte mir einen wohligen Schauder über den Rücken. Gerade als Robin mich küssen wollte, drehte ich mich aus und in eine Promenade.

Robin griff um und zog mich zurück, fest in seinen Arm. Seine linke Hand bewegte sich langsam abwärts bis sie auf der empfindlichen Stelle über meinem Po ruhte. Dort erst ließ er meine Rechte los, die ich um seinen Hals legte. Rück – Seit – Vor. Unsere Becken bewegten sich in perfekter Synchronisation in einer Acht, während Robins Finger sanft über meinen Rock strichen. Seine rechte Hand bewegte sich von meiner Schulter nach oben zu meinem Nacken und hielt mich dann fest, als er mich ein weiteres Mal küsste.

Seine Lippen waren so weich, so vielversprechend. Zögernd erwiderte ich seinen Kuss, öffnete leicht meine Lippen und erlaubte unseren Zungenspitzen einen ganz eigenen Tanz. Unser Kuss wurde fiebriger, leidenschaftlicher, und mir wurde heiß.

Plötzlich zog Robin sich zurück und umfasste mit beiden Händen mein Gesicht. Ich öffnete die Augen und sah ihm fragend ins Gesicht. Ich schob meine Hüfte gerade weit genug vor, um ihn wieder zu berühren; weit genug, um seine Erregung zu spüren. Robin griff nach meiner Hand und langsam drehte er mich unter seinem Arm hindurch, bis ich mit dem Rücken an seiner Brust lehnte. Seine freie Hand hielt mich an der Taille. Rück – Seit – Vor. Seine Hand lag dort fest, fordernd, führend. Ich spürte seinen Atem in meinem Nacken, als Robin sich eng an mich zog. Im Takt der Musik schob sich sein Becken gegen meinen Po, während seine Hände langsam über meinen Körper glitten, meinen Rock nach oben schoben und mit dem Stoff auf meiner Hüfte zu liegen kamen. Er hielt mich fest, als er begann, mich mit seinem Körper in eine leicht gegenläufige Kreisbewegung zu schieben.

Ich stöhnte, als seine Hand hinauf bis unter meine Brust rutschte. Ich griff nach seiner anderen Hand. Unsere Finger verschränkten sich ineinander. Robin drückte fest genug zu, um mir einen weiteren Schauder den Arm hinauf zu jagen. Oh Gott, so hatte ich noch nie auf einen Mann reagiert. Ich drückte behutsam mein Gesäß gegen seinen Schenkel und begann einen hoch erotischen Ritt.

Die Musik wechselte und Robins Griff lockerte sich. Ich wollte mich umdrehen, doch das ließ er nicht zu. Langsam, träge und doch verheißungsvoll drückte sich sein Becken gegen meinen Po und wir fanden einen neuen Rhythmus. Wir wiegten uns gemeinsam hin und her, völlig gefangen im Rausch unserer Gefühle. Robin zog an meiner Hand und willig drehte ich zurück in eine normale Tanzhaltung. In der nächsten Vorwärtsbewegung trat ich so weit nach vorn, dass ich die Beule in seiner Hose, die schon seit einiger Zeit gegen meinen Oberschenkel drückte, in ihrer ganzen Pracht erfühlen konnte. Robin hob sein Bein um eine

Winzigkeit und drückte es so unter dem Rock gegen mein längst verräterisch feuchtes Höschen.

„Oh mein Gott, was stellst du mit mir an", murmelte Robin mir ins Ohr; eine Frage, die ich ihm gerade auch gern gestellt hätte. Er wich zurück, gab mir Raum und glitt dann mit seiner freien Hand unter meinen Rock. Das konnte ich auch. Aufreizend langsam zog ich den Reißverschluss seiner Hose auf.

Robin zog seine Hand zurück und küsste mich stattdessen zärtlich. Seine Hände lagen nun wieder sittsam auf meinem Rücken.

„Ich kann einfach nicht so gut tanzen, Lisa …"

„Findest du?" Mir war peinlich, wie atemlos ich klang.

Robin ließ sich auf meinen Sessel fallen. „Tanz für mich. Bitte."

Ich zögerte, bis er grinste. „Lass mich lernen." Dabei schnappte er sich die Fernbedienung und stellte die Musik lauter.

Langsam begann ich mich allein im Rhythmus der Musik zu wiegen und ließ mich fallen. Ich spielte mit meinem Rock wie einst Marilyn, auch wenn ich nicht so einen praktischen Lüftungsschacht hatte. Dennoch konnte ich Robins hungrigen Blick auf meiner Haut spüren. Ich schloss die Augen und betonte meinen Hüftschwung. Langsam fuhr ich mit meinen Händen über meinen Körper, dort, wo ich gerade Robins Hände gern gehabt hätte. Ich umspielte meine Brüste und begann dann die Knöpfe meines Kleides zu öffnen.

Mit einem Ruck zog ich mein Haarband auf und schüttelte meine Lockenpracht wie das Shampoo-Model. Mein Kleid fiel auseinander und ich stand in meiner schönen neuen Seidenunterwäsche vor Robin, der mich nun mit großen Augen ansah, als hätte er mich nie zuvor gesehen.

Ich ging in einen Seitknicks und machte einen Schmollmund.

Die Wirkung war die erhoffte, denn Robin sprang auf und zog mich am Kragen meines Kleides dicht zu sich heran. Hatte ich schon erwähnt, wie unfassbar gut er roch?

„Zeigst du mir dein Schlafzimmer?", flüsterte er mir ins Ohr, seine Stimme dunkel vor Verlangen. „Jetzt?"

Am nächsten Tag saß ich nicht als PR-Managerin von Novamove in meinem eleganten Arbeitszimmer mit dem großen Schreibtisch im Industrial Design, sondern als Agentin in Sachen Liebe. Ich würde Tom Harker all seine Geheimnisse entreißen und sie Robin zu Füßen legen, damit wir gemeinsam auf dem metaphorischen Schimmel in den Sonnenuntergang einer glanzvollen Zukunft und heißen Nächten entgegenreiten konnten.

Nach der gestrigen Nacht hatte ich den Cowboy-Gang jedenfalls schon drauf.

Vorsichtig streckte ich mich. Schwer zu glauben, dass etwas Aufgewärmtes so gut schmecken kann.

Sebastian klopfte an die Glastür und riss mich aus meinen Gedanken.

„Tom verlangt nach dir", rief er mir durch die Tür zu und verschwand in Richtung Kaffeeküche.

Statt den Weg über die offene Treppe in Harkers Allerheiligstes anzutreten, folgte ich Sebastian. In Hamburg hatte er das Zimmer schon verlassen, bevor ich aufgewacht war und mich auch zurück in München nur im Team-Meeting kurz vorgestellt. Eingearbeitet wurde ich von Kara, einer rassigen Klischee-Latina mit viel zu lautem Lachen und Sebastian, den ich insgeheim im Verdacht hatte, Vorsitzender des Tom Harker Fan-Clubs zu sein. So nett er sonst war, über Harker durfte man nicht einmal ein kleines Späßchen machen.

„Zu Toms Büro geht es da lang", bemerkte Sebastian, ohne von der hochanspruchsvollen Bedienung der Kaffeemaschine aufzusehen, die eigentlich nicht mehr verlangte, als den richtigen Knopf für den gewünschten Kaffee zu drücken.

„Ist irgendwas Besonderes?", fragte ich besorgt. Ich befand mich noch in der Probezeit, war dramatisch pleite und würde so schnell weder einen vergleichbaren Job finden noch die ausgelobte Bezahlung für erfolgreiche Spionagedienste bekommen. Und außerdem musste ich Robin helfen.

„Nein, ist es so ungewöhnlich, dass der Chef seine PR-Managerin sprechen will?"

„Bisher wollte er das auch nicht." Ich errötete. „Und seit Hamburg lebe ich in beständiger Angst, dass ich dem Job nicht gewachsen bin."

„Ach was", sagte Sebastian versöhnlich. „Harker hat mehrfach erwähnt, dass es allein dir zu verdanken sei, dass der China-Deal so wunderbar geklappt hat. Und zu André sagte er letztens sogar, du seist eine Bereicherung für Novamove. Also mach dir keine Sorgen."

„Hm." Ich war bei weitem nicht so überzeugt wie Sebastian. „Auf mich wirkte er weit weniger zufrieden."

„Das ist normal. Tom ist ein guter Kerl, aber er braucht immer eine Weile, bis er jemandem vertraut." Er grinste. „Und Tom weiß verdammt genau, was er will."

Dann prostete er mir mit seiner Cappuccino-Tasse zu. „Und im Augenblick will er dich. Also geh lieber, denn was er gar nicht leiden kann, ist Warten!"

Trotzdem hatte ich noch kurz mein Makeup erneuert, bevor ich mit höchst unprofessionell pochendem Herzen die Treppen nach oben stieg, wo zwischen den Besprechungsräumen und dem Technikraum Kara residierte, die Harkers dahinter liegendes Büro bewachte wie Cerberus die Unterwelt.

„Ah, Lisa", sagte sie und sah von ihrer Arbeit auf. „Ich fürchtete schon, dass Sebastian vergessen hat, dir auszurichten, dass Tom dich erwartet."

Kara sagte das mit diesem sexy spanischen Akzent, der einfach immer heiß und leidenschaftlich klang. Aber wenn sie *Tom* sagte, klang es irgendwie nochmal um fünf Grad heißer. Ich unterdrückte ein Seufzen. Waren denn in dem Laden einfach alle Harkers Charme verfallen? Jenem, der mir völlig entgangen war?

Kara drückte auf einen Knopf am Telefon. „Lisa wäre jetzt da."

Dann musterte sie mich prüfend. Ich trug ein Seidentop zu einem eleganten Marlene-Anzug und sehr hohe Schuhe. Offenbar genügte das den Ansprüchen, denn mit einem Nicken wies Kara auf die Tür ins Allerheiligste, bevor sie sich wieder mit wichtiger Miene ihrer Arbeit widmete. Wenn ich mich nicht verschaut hatte, der Reiseplanung für Harkers nächsten Ausflug.

Ich klopfte kurz, wartete Harkers „Herein" nicht ab, sondern trat ein. Kara hatte mich ja angemeldet.

Erstaunt stellte ich fest, dass mein albernes Herz aufgeregt schneller schlug. Warum eigentlich? Hatte ich Angst, dass ich wieder in eine Boutique gezerrt würde?

„Gehen Sie mir aus dem Weg?"

„Hallo Tom", sagte ich betont und ignorierte erst einmal die unhöfliche Frage. „Ich ging davon aus, dass Sie es mich wissen lassen werden, wenn Sie meiner bedürfen."

Da war es wieder, dieses Grinsen … zu dem Harkers Augen doch immer eine ganz eigene Geschichte erzählten. Meist eine, deren Pointe ich nicht verstand. Das war deprimierend.

„… *wenn Sie meiner bedürfen*. Wow, das hat Stil. Meine PR-Frau kann was."

„Sie waren es, der auf Professionalität bestand. Dass Sie jetzt überrascht sind, relativiert allerdings die Ihre. Kara meinte, Besetzungsfragen entscheiden Sie allein."

Harker warf mir einen scharfen Blick zu, griff dann aber zu drei Mappen, die auf seinem, bis auf ein stylisches Laptop makellos leeren Schreibtisch lagen. Über seiner unvermeidlichen Jeans trug er heute ein weißes Leinenhemd. Ich würde ihn wirklich gern einmal im Anzug erleben – live, nicht nur auf einem Foto. Als hätte er meine Gedanken gelesen, lächelte er und wies auf die Ledercouch im hinteren Teil des Raums.

„Dann lassen Sie uns mal auf die Besetzungscouch gehen."

Ich runzelte die Stirn.

„Sie haben den Begriff *Besetzung* aufgebracht."

Da war es wieder, dieses Grinsen. Mistkerl! Wenn du wüsstest, warum ich wirklich hier bin.

Mit demonstrativem Hüftschwung stolzierte ich zu der Couch und ließ mich mit lässig überschlagenen Beinen nieder.

„Lassen Sie uns über das Geschäftliche reden."

„Nein." Tom ließ sich in einen der Sessel fallen, zog einen Kuli aus seiner Hemdtasche und sah mich prüfend an.

„Nein?"

„Nein. Ich möchte mehr über Sie erfahren, Lisa. Ich will meine Mitarbeiter kennen, ihr Leben, ihre Vorlieben und Ängste. Nur dann kann ich sie zum Wohle von Novamove einsetzen."

Sein Blick war mir unangenehm. Die Aussicht, sich vor ihm zu offenbaren, war mir unangenehm. Plötzlich wäre mir sogar körperliche Nähe lieber gewesen als diese geistige.

„Tom, mein Berufsprofil haben Sie in meiner Bewerbungsmappe. Ich war da sehr ausführlich. Mein Privatleben hingegen geht Sie nichts an. Bitte nehmen Sie mir das nicht übel."

„Sie haben eine Lücke von etwa einem Jahr in einem ansonsten makellosen Lebenslauf", antwortete Harker ungerührt, den Blick in eine schwarze Mappe gesenkt, in der vermutlich meine Unterlagen waren. „Warum?"

Ich wäre froh gewesen, wenn ich etwas gehabt hätte, hinter dem ich mich verkriechen könnte. Was sollte ich sagen? Dass ich nach der Trennung von Robin tagelang nicht mehr aus meinem Bett herausgekommen war und beschlossen hatte, zu sterben?

Logischerweise war mir mein Job egal gewesen und das wiederum war nicht ohne Folgen geblieben.

„Ich habe mir ein Sabbatical genommen", erklärte ich knapp.

Harker ließ mich nicht aus den Augen. „Wofür?"

„Für mich!"

„Das hoffe ich und genau deshalb frage ich auch." Wieder dieses halbe Grinsen. „Was macht Sie aus, Lisa? Was tun Sie, wenn Sie etwas für sich tun?"

„Die Idee dabei ist, dass man es für sich tut und sich dann nicht rechtfertigt."

„Natürlich. Doch ist eine Mitteilung keine Rechtfertigung." Wieder blätterte Harker in meinen Unterlagen. „Sie geben an, Tanzen und Reisen seien Ihre Leidenschaften. Doch auf Reisen waren Sie nicht."

Mir wurde kalt. „Woher wollen Sie das wissen?"

„Sie haben Kara Ihren Reisepass für künftige Reisebuchungen fotokopieren lassen, schon vergessen?"

Harker klappte die Mappe zu und musterte mich eingehend. „Da Sie doch eine Spionin sein wollen, erachte ich diese ohnehin rhetorische Frage als Versuch, von meinen Fragen abzulenken. Weder als Arbeitgeber noch als Mann schätze ich es, wenn man Geheimnisse vor mir hat."

Ich dachte an Robin und gab mich selbstbewusster als ich war. „Das gehört dazu", sagte ich ruhig. „Denn nur wenn ein Geheimnis stört, ergründet man es und darum geht es doch, nicht wahr? Also jedenfalls bei den an den Mann gerichteten."

Versuchsweise zwinkerte ich Harker zu.

„Ich weiß, dass ich jedes Geheimnis lüften kann und daher reizt mich die Aufgabe nicht", erwiderte er ungerührt. „Und vom Ergebnis bin ich meist gelangweilt."

„Soso." Und dazu ein Schulterzucken. Mehr bekam er von mir nicht. Das war nur zur Hälfte ein Bluff, denn tatsächlich langweilte mich in dem Ausmaß, in dem Harker keine Geheimnisse mochte, wenn mein Gegenüber ständig Offensichtliches aussprach. Er wusste, dass er gut ist, ich wusste es auch, denn sonst hätte ich mich wohl kaum hier beworben, also was sollte das hier?

„Können wir dann zum eigentlichen Thema kommen?"

Harker lehnte sich in seinem Sessel nach vorn. „Wie kommen Sie darauf, dass es mir um mehr geht, als um ein Kennenlernen meiner engen Mitarbeiter?"

„Die anderen Mappen für den Anfang, Ihre Reiseplanung, mit der sich Kara gerade beschäftigt und der Umstand, dass Sie heute schon beinahe gut gekleidet sind."

„Sagt die Frau, die in einem Kaufhauskostümchen chinesische Parteibonzen empfangen will."

Kein Mensch mag es, ausgelacht zu werden und in diesem einen Punkt war ich durch und durch Mainstream. „Wir sprechen von Boutiquenware und lassen außer Acht, dass ich von diesem Termin nichts wusste! Es war mein erster Arbeitstag."

„Heute wissen Sie auch nicht, dass wir Geschäftspartner aus Oman treffen und doch sehen Sie manierlich aus", erwiderte Harker völlig unbeeindruckt von meiner scharfen Antwort. „Offensichtlich haben Sie Sebastians Rat, immer auf alles gefasst zu sein, beherzigt. Sehr gut."

Ich schluckte an meinem Ärger. Noch so ein Kompliment und ich war wirklich beleidigt.

„Könnten wir uns dann über diese Geschäftspartner unterhalten? Ich möchte ungern nochmals so improvisieren müssen wie in Hamburg."

„Heute geht es nach Salzburg, wo wir uns zum Abendessen treffen", sagte Harker und stand auf. „Wir arbeiten schon einige Jahre für diese Leute. Alles Weitere erzähle ich Ihnen unterwegs."

„Abendessen?" Pflichtbewusst erhob auch ich mich. „Bleiben wir über Nacht?"

„Ja, doch ich kann Sie beruhigen, Kara bucht zwei Einzelzimmer", erwiderte Harker knapp und schob mich vor sich her aus dem Büro.

Kurz darauf saßen wir in seinem Wagen, einer Sportlimousine, auf dem Weg zur Autobahn.

Nur mit Mühe hatte ich Harker überreden können, mir noch einen Zwischenstopp zu Hause zu gewähren, um ein paar Sachen einzupacken und – auch wenn ich ihm das nicht sagte – Robin eine SMS zu schreiben, dass aus unserem Kinoabend nichts wurde. Leider.

„Was verbinden Sie mit dem Begriff Medusa?"

95

„Medusa?", fragte ich erstaunt. „Quallen. Wunderschön anzusehen, aber nur aus der Entfernung."

„Die tragische Geschichte ihrer Namensgeberin kennen Sie nicht? Das Mädchen, das von der Göttin Athene als Strafe für seine Hingabe an Poseidon in ein Monster verwandelt wurde?"

„Die Frau mit dem Schlangenhaar?" Ich lachte. „Doch, mit der kann ich mich gut identifizieren. Jeden Morgen vor dem Spiegel."

Das hatte ich auf meine ein höchst widerspenstiges Eigenleben führende Locken und meine allgemeine Morgenmuffeligkeit bezogen. Doch Harker grinste wieder so komisch, das machte mich misstrauisch. Ich dachte über Medusa nach, die sich mit dem Meeresgott in Athenes Tempel vergnügt hatte. War sie nicht letztlich als Strafe dafür verflucht worden, dass sie für ihre Liebe zu weit gegangen war?

„Warum nehmen Sie mich zu diesem Treffen mit?", fragte ich schließlich, um sehr unerfreulichen Gedanken zu entkommen. „Ich kenne weder das Projekt, noch die Gesprächspartner. Es ist nicht das klassische Tätigkeitsfeld einer PR-Managerin, denke ich."

„Aber der Spionin nehme ich an", erklärte Harker, während er über die linke Spur dahinjagte und alle anderen Fahrzeuge hinter sich ließ. „James Bond geht ständig in irgendwelche eleganten Lokale."

Ich warf ihm von der Seite einen verstohlenen Blick zu. Wusste er, der alle Geheimnisse lüftete wie andere Leute ihre Bettwäsche, von Robins Angebot?

„Und jetzt überlegen Sie, warum ich ständig auf die Spionin zu sprechen komme."

Ich kam mir ertappt vor, spürte, wie ich rot anlief und fühlte mich prompt wie eine Maus in der Falle. Konnte der Mistkerl Gedanken lesen?

„Ja", sagte ich knapp, und packte damit den Stier an den Hörnern. Sonst blieb mir auch nichts übrig. „Womit habe ich mich verraten?"

Harker grinste zufrieden und erinnerte dabei stark an eine Katze, die gerade entdeckt hat, dass die Maus nur drei Beine hat. „In Bezug auf ihre Überlegungen oder ihre Spionage?"

„Letzteres", erwiderte ich hoheitsvoll.

„Sie sind eine sehr aufmerksame Beobachterin." Harker fuhr mit Schwung dicht auf einen BMW auf und gab wieder Gas, sobald der die Spur gewechselt hatte. „Sie achten dabei auf Details, die anderen entgehen und denken mehrschichtig. Das ist ungewöhnlich."

„Und das macht mich zu einer Spionin?"

„Sie lassen sich ungern in die Karten schauen und sind sehr kontrolliert. Für Ihre Ziele gehen Sie an Ihre Grenzen und wenn der Einsatz lohnt, auch darüber hinaus. Dieser letzte Zusatz unterscheidet Sie übrigens angenehm von den Hasardeuren, mit denen ich in meiner Branche allzu oft zu tun habe."

„Und das macht mich zu einer Spionin?" Ich verstand gerade überhaupt nicht, worauf Harker hinauswollte und das gefiel mir nicht. Kontrollfreak eben.

Harker beachtete auch diesen Einwand nicht.

„Und doch sind Sie ungewöhnlich leidenschaftlich, wenn man Ihr Herz erreicht." Wieder dieses Grinsen. „Der Schlüssel zu ihrer Seele ist die Musik. Soviel habe ich schon herausgefunden."

„Da ein Spion, dessen schwache Seite man kennt, keine Bedrohung mehr darstellt, können wir an dieser Stelle die wenig erbauliche Diskussion beenden", bemerkte ich. „Eine Antwort auf meine an sich einfache Frage scheine ich ja nicht zu bekommen."

Harker sah mich prüfend an, was mir gar nicht recht war, da wir mit deutlich über 200 km/h über die Autobahn bretterten. „Es ist ein Bauchgefühl. Aber ich sag Ihnen Bescheid, wenn ich es begründen kann." Er sah wieder nach vorn. „So oder so."

Ich war mir nicht sicher, ob ich diesen Nachsatz recht gehört hatte und hoffte, dass es nicht so war. Es klang für meinen Geschmack eindeutig zu sehr nach Drohung. Ich stellte besorgt fest, dass Harker ein Mann war, vor dem ich mich leicht fürchten konnte.

Der Wagen raste am Chiemsee vorbei und fraß die Kilometer.

„Jetzt haben Sie mir immer noch nicht gesagt, warum Sie mich dabei haben wollen", nahm ich das Gespräch wieder auf.

„Hat Ihnen Sebastian das nicht erklärt?" Harker schüttelte den Kopf. „Weil ich solche Termine hasse und eigentlich Wichtigeres zu tun hätte. Ich möchte, dass Sie, soweit irgend möglich, künftig solche Termine alleine übernehmen. Sie sind das neue Gesicht von Novamove. Und ein ausgesprochen hübsches noch dazu. Shen hat mir mehrfach versichert, wie er sehr er mich um meine *ernai* beneidet."

„Ich bin kein guter Verhandlungsführer", sagte ich. „Mit Pressetexten, Werbekonzepten, Eventplanung habe ich keine Probleme, aber wie soll ich mit Geschäftspartnern Millionendeals verhandeln, wenn ich schon unsere Produkte von der Technik her nicht verstehe?"

„Die Technik müssen Sie nicht verstehen und die Details auch nicht. Sorgen Sie einfach dafür, dass die Welt Novamove mag und sich speziell meine Geschäftspartner bei uns wohlfühlen. Das ist kein Hexenwerk, Lisa. Nach meiner Erfahrung ist das Wichtigste für einen erfolgreichen Abschluss, dass die Menschen *wollen*. Wir handeln mit Erwartungen und bekommen dafür Millionen. Sie müssen nichts anderes machen als in Hamburg."

„Da hat man mich gleich mal für eine *baopo* gehalten. Für eine Kurtisane! Das scheint mir wenig professionell."

Harker lachte. „Sie haben die Chinesen im Alleingang überzeugt. Ohne Ihre Tipps, Ihre Begeisterung in diesem Nachtklub und Ihre charmante Reaktion in Bezug auf meine Notlüge hätte Shen nie ein so weitreichendes und großzügiges Angebot unterbreitet. Nicht nur Hardware für unsere Entwicklungen, sondern eine eigene Fertigungsstraße …"

„Und um was ging es bei dem Deal genau?"

„Das ist kompliziert und das brauchen Sie nicht zu wissen." Seine Stimme hatte einen barschen Ton bekommen und im Auto schien es plötzlich spürbar kälter geworden zu sein.

Doch, dachte ich und zog einen Schmollmund, bei dem Robin regelmäßig dahingeschmolzen war. Genau das muss ich wissen, für Robin und mein liebeskrankes Herz. „Erklären Sie es mir trotzdem. Erstens haben wir gerade nichts Besseres zu tun und zweitens kann ich Ihnen umso besser dienen, je genauer ich Ihre Bedürfnisse kenne."

„Sie klingen, als würden Sie sich für eine Komparsenrolle in einer dieser Erotik-Verfilmungen bewerben. Sie wollen mir dienen? Und dafür meine Bedürfnisse kennenlernen? Respekt. Ist das jetzt das Sexangebot der Spionin oder testen Sie ihre Kurtisanentauglichkeit aus?"

Er tätschelte mein Knie, woraufhin ich halb erschrocken, halb empört zurückwich.

„Keine Sorge. Ich habe keinerlei Interesse an Ihnen. Sie hätten sich auch in Hamburg nicht ins Bad einsperren müssen. Für solche Spielchen bin ich nicht empfänglich."

Sprach's und drückte aufs Gas.

Mein Herz klopfte erleichtert, doch mein Verstand empfand das als Beleidigung und wollte nicht lockerlassen. Was bildete der Kerl sich eigentlich ein?

Na warte! *Challenge accepted.*

Salzburg ist bei Tageslicht bereits eine schöne Stadt, aber ihren wahren Charme entfaltet sie erst, wenn es dunkel wird und die Burg spektakulär ausgeleuchtet und in Szene gesetzt über den Häusern erstrahlt. Ich hatte mich darauf gefreut, diesen wundervollen Anblick genießen zu dürfen und war herb enttäuscht, dass wir direkt den Flughafen ansteuerten, wo in einem umgebauten Hangar ein österreichischer Limonadenfabrikant zwischen lauter liebevoll restaurierten Flugzeugen ein Gourmetrestaurant unterhielt.

Wir waren an der Bar zu einem Aperitif verabredet, wie man das eben so macht. Obwohl ich ein großer Freund von Cocktails bin, hätte ich hier und heute aus verschiedenen Gründen gerne darauf verzichtet. Einmal, weil ich den Eindruck hatte, dass ich absolut gut beraten war, in Tom Harkers Gegenwart alle verfügbaren Sinne einsatzbereit zu halten und zum anderen, weil diese Bar sich direkt unter dem Dach des Hangars befand und nur über eine Rampe mit Glasboden zu erreichen war. Für einen Menschen, den jenseits einer einfachen Hebefigur Höhenangst ergriff, war das absolut keine Location für entspannte Plaudereien.

Entsetzt starrte ich auf die Rampe und den vor mir liegenden Leidensweg. Harker, der zunächst weitergegangen war, drehte sich mit fragender Miene nach mir um. „Was ist?"

„Ich bin nicht schwindelfrei", sagte ich kläglich. „Müssen wir wirklich da rauf?"

„Ja." Harker hatte eine Begabung, in ein einfaches Wort einen ganzen Roman zu legen. Und mir Elend, Tod und Verderben in Aussicht zu stellen. Ich schluckte und setzte vorsichtig einen Fuß auf die Glasfläche. Und noch einen. Und dann schob ich den ersten Fuß am zweiten vorbei. Jede fußkranke Schnecke könnte mich überholen. Metaphorisch natürlich. Schnecken haben keine Füße. Aber ich. Nur die gehorchen nicht in so luftigen Höhen. Sorry.

Harker war umgedreht und stand nun neben mir. „So schlimm?"

Ich wollte nicken, schüttelte aber den Kopf. Und schob den anderen Fuß ein Stückchen weiter.

Plötzlich spürte ich einen starken Arm an meiner Schulter. Erstaunt sah ich zu Harker, der nun neben mir stand und mit seiner freien Hand die meine ergriff und beruhigend drückte. „Sie stellen sich vor, dass wir jetzt nebeneinander her in den Himmel tanzen", erklärte er fröhlich. „Und dabei schauen Sie mich an. Wehe, Sie unterbrechen den Blickkontakt. Dann lasse ich Sie irgendwo im Nirgendwo stehen."

Mit diesen Worten schob er mich mit Nachdruck auf die Rampe und nach vorne.

„Wie heißt denn diese Tanzfigur?"

„Promenade", piepste ich, froh, dass meine Füße auf den Trick hereingefallen waren und sich vorwärts bewegten.

„Sieh mir in die Augen!" Seine Stimme klang so befehlend, dass ich tatsächlich meinen magisch nach unten gezogenen Blick wieder hob. Harker hatte schöne Augen und über dem rechten eine kleine Narbe, die ihm ein verwegenes Aussehen verlieh. Die Falten verrieten Humor, auch wenn ich den bei ihm noch nicht bemerkt hatte. Wenn niemand zusah, schien er also doch zu lachen. Erstaunlich.

„Sehr gut. Solange du überlegst, wer ich bin, hast du keine Zeit, dich um deine Ängste zu kümmern ...", lobte er. „He! Nicht nach unten schauen." Energisch schob er mich weiter. Die Rampe war endlos.

Harker verfügte über ein markantes Profil und einen Mund, den man gewiss gut küssen konnte. Mit Robins Götterlippen konnte er nicht konkurrieren, doch bei genauerer Betrachtung war das Gesamtbild trotz der für meinen Geschmack zu langen Haare durchaus stimmig. Er war muskulöser als Robin, stellte ich fest, während wir uns der Skybar näherten. Seine Arme könnten die eines Tänzers sein. Die Hand unter meinem Schulterblatt verlieh mir Sicherheit und erstaunt stellte ich fest, dass ich Harker nicht nur fürchten, sondern auch vertrauen konnte. Forschend suchte ich wieder Blickkontakt. Harker hatte keine Probleme damit und so versuchte ich zu ergründen, wer mein Chef wirklich war. Der gefürchtete Manager, der mutmaßliche Kriegsverbrecher und Landesverräter, der Spötter und Retter …

„Joker", sagte er unvermittelt. „Ich bin ein Joker. Immer schon. Ohne Platz in der Ordnung, für sich genommen ein Taugenichts, aber außerordentlich nützlich, wenn man mit ihm umzugehen weiß."

Und dann zog er unvermittelt an meiner Hand, die immer noch fest in seiner lag und wirbelte mich herum, bis ich in Tanzposition vor ihm stand.

„Schau, wir haben es geschafft. Manchmal lohnt es, sich seinen Ängsten zu stellen."

Vorsichtig äugte ich über seine Schulter und taumelte. Mir wurde schon auf Trittleitern schwindlig! Hier aber befand ich mich gefühlte 100 Meter in der Luft mit nur ein bisschen Glas, das mich vor dem Abgrund schützte.

„Es sind nur etwa zwölf Meter", flüsterte mir Harker ins Ohr und drehte mich behutsam von der Rampe weg in die Bar. „Das hast du gut gemacht."

Willig ließ ich mich zu einer Sitzgruppe führen und sank, dem dringenden Vorschlag meiner wachsweichen Knie gehorchend, in die Polster.

Harker setzte sich mir gegenüber und musterte ich belustigt.

„Danke", seufzte ich, während der Kellner uns Getränkekarten reichte. „Ich bin so eine Null!"

„Das wäre schön", erwiderte Harker, der doch immer Topleistungen forderte, überraschend. „Die Null ist die faszinierendste Zahl von allen und meine Glückszahl. Für sich genommen ist sie nichts, doch richtig eingesetzt, kann sie den Wert jeder anderen vervielfachen und bringt zudem Ordnung in den Sauhaufen."

„Dann passt sie ja zum Joker", grinste ich. „Dennoch hätte ich den Weg hierher allein nie geschafft. Sie haben mich jetzt zum zweiten Mal gerettet."

„Zum dritten" korrigierte Harker, „und darum sollten wir jetzt endlich zum du wechseln. Das gehört sich so in Retterkreisen."

102

„Wieso dreimal?", fragte ich irritiert, nachdem ich mir jene Energy-Brause bestellt hatte, die diese edle Location finanzierte und mir dem Werbeversprechen zufolge dringend benötigte Flügel verleihen würde.

„Einmal in Hamburg vor Shens Fantasien und jetzt gerade vor einer sicheren Bruchlandung. Weitere Rettungsversuche sind mir entgangen."

„Offenbar bist du unehrlich mit dir", sagte Harker, während er zwei elegant gekleideten Männern winkte. „Letztlich ist doch diese Stellung schon eine Rettung, nicht wahr? Was immer du im letzten Jahr gemacht hast, es war nicht gut. Sonst wäre es dir nicht so unangenehm gewesen, als ich danach gefragt habe."

Auf dem Weg zurück von der Bar zum bieder im ersten Stock gelegenen Restaurant war Harker wieder neben mir. „Konzentrier dich einfach auf Tareks Schultern und geh ihm hinterher", empfahl er, während er mir erneut seinen Arm als Lehne und Rückhalt anbot.

Ich nickte. Tarek bot fraglos einen imposanten Blickfang wie er so nach unten walzte und tatsächlich gelangte ich ohne Ausfälle und Panikattacken wieder auf sicheren Boden. Dennoch hatte ich das Bedürfnis, niederzuknien und das Parkett zu küssen. Doch das war dem Papst und im Schulhof tyrannisierten Moppelkindern vorbehalten und so ließ ich es natürlich bleiben.

„Ich bewundere Menschen, die ihre Ängste überwinden. Und es war mir eine Ehre, dass ich dabei zusehen durfte", raunte mir Harker zu und ging an mir vorbei zu unseren arabischen Gästen.

Fünf Gänge und zwei Stunden Power-Smalltalk später hatte ich viel über die politische Situation in Oman gelernt, war hinreichend verwirrt in Bezug auf den Syrienkonflikt und wusste immer noch nicht, wie ich Harkers letzte Bemerkung einstufen sollte. Ich gestand mir ein, dass mich seine Worte viel zu sehr beschäftigten, um dem Tischgespräch mit der erforderlichen Aufmerksamkeit zu lauschen. Tarek hatte erzählt, dass er technischer Berater der königlichen Familie war und als solcher mit Novamove verschiedene Sicherheitskonzepte realisieren wollte, doch

Details waren nicht besprochen worden. Auch von Murat, seinem Begleiter hatte ich nur erfahren, dass er Chefpharmazeut des Royal Hospitals war, und damit vermutlich noch deplatzierter in dieser Runde als ich. Das war außerordentlich deprimierend, denn ich hätte nur zu gern Robin bei unserem nächsten Treffen erste Ergebnisse präsentiert.

Die Araber drängten nach dem Essen relativ bald zum Aufbruch, da sie am nächsten Tag zu einer Falknerei fahren wollten, um sich dort mit Greifvögeln für die Balz einzudecken. So wie der Pillendreher dabei strahlte, war das der einzige Grund, warum er überhaupt dabei war.

„Kara hat uns ein Hotel in der Altstadt besorgt", erklärte Harker als wir wieder im Auto saßen. „Es ist seltsam, zu einem solchen Menü nur Wasser zu trinken."

Ich zuckte die Schultern. „Ich trinke höchst selten Alkohol und habe nichts vermisst. Haben Sie unseren arabischen Freunden wegen auf Wein verzichtet?"

„Du", korrigierte Harker. „Der Ritter in seiner funkelnden Rüstung hat sich eine persönlichere Anrede verdient."

Ich lachte bei der Vorstellung von Harker hoch zu Ross in Rüstung. „Doch kein Joker?"

„Joker in Ritterposition", grinste Harker und setzte den Wagen zum Ausparken zurück. Dabei berührte er meine Schulter. Obwohl ich mir dessen sehr bewusst war, schien er es gar nicht bemerkt zu haben. Zufall, reiner Zufall, weil man sich beim Rückwärtsfahren eben umdreht. Mich ärgerte, dass so offensichtlich keine Absicht dahinter steckte, noch mehr, dass ich trotzdem so darauf reagierte, und am allermeisten, dass ich mich über so einen Blödsinn ärgern konnte.

„Ich bin als Jugendlicher viel geritten und von daher als Ritter durchaus tauglich."

Woher wusste der Kerl immer so genau, was ich dachte?

Den Trick sollte ich mal lernen, dann könnte ich Robin gewiss viel besser helfen. Bis dahin musste ich eben mit meinen Möglichkeiten arbeiten.

„Warum reitest du heute nicht mehr?", fragte ich also und zwang mich, interessiert zu wirken. Irgendwie musste ich Harkers Vertrauen gewinnen, damit er mir erzählte, was Robin wissen musste.

„Keine Zeit und keine Gelegenheit."

Die Antwort klang knapp und endgültig. Die Hände fest am Lenkrad sah Harker stur geradeaus, während er den Wagen durch die Nacht in die Stadt lenkte.

„Zeit hat man nicht", erwiderte ich, ohne ihn aus den Augen zu lassen. „Die nimmt man sich. Dann finden sich Gelegenheiten."

„Prioritäten verschieben sich, Lisa. Bedürfnisse wechseln." Sein Blick wanderte kurz von der Straße zu mir, begleitet von diesem halben Harker-Lächeln. „Hast nicht auch du aufgehört zu tanzen?"

Er wusste, dass er damit wieder an meinem unfreiwilligen Sabbatical rührte. Er wusste es! Auch wenn mir ein Rätsel blieb, wie er das machte.

Wir fuhren schweigend durch die Außenbezirke der Stadt. Ich schob meine wachsende Sorge, Robin nicht helfen zu können, beiseite und genoss den Anblick der Burg auf ihrem Berg, als wir an einer Ampel standen, die übereifrig den Verkehr auf einer bis auf uns menschenleeren Kreuzung regelte.

„Was lässt dich mitten in der Nacht so strahlen?"

Weil ich nicht zugeben wollte, wie sehr mich ein grenzwertig kitschiges Touristenpanorama begeistern konnte, griff ich den Faden wieder auf:

„Weil du das Tanzen nicht verstehst", sagte ich bedächtig. „Ich mag mich nicht bewegt haben, aber in meinem Herzen werde ich nie aufhören zu tanzen, solange ich fühle. Meine Seele tanzt auch ohne meine Füße."

Harker antwortete nicht, sondern legte den Gang ein und fuhr mit quietschenden Reifen an, als die Ampel auf Grün sprang.

„Meine Seele tanzt auch ohne meine Füße", wiederholte er leise. Sehnsucht schwang in seiner Stimme.

Als ich mich drehte, um ihn besser beobachten zu können, warf er mir einen raschen Blick zu und der intime Moment verging. „Starke Worte. Ich habe mir am Ende doch eine gute PR-Managerin gesucht."

„Das ist erst der Anfang." Entschlossen, ihn nicht wieder vom Haken zu lassen, setzte ich nach. Wir hatten die Tiefgarage erreicht und stiegen aus. „Und ich bin viel mehr als nur eine gute PR-Frau."

Harker lachte und nahm unsere Taschen aus dem Kofferraum. „Das ist schön, wenn wir uns darin einig sind, denn wie dir jeder bei Novamove bestätigen wird, verlange ich von meinem Team vollen Einsatz, weit über die normale Stellenbeschreibung hinaus."

„Und was verlangst du von mir?" Eine gute Frage, denn das war der Preis, den ich für Robin bezahlen musste.

Die Antwort ließ auf sich warten. Harker stellte die Taschen neben mir ab und griff an mir vorbei nochmals in den Wagen, um die Hotelreservierung aus dem Handschuhfach zu ziehen. Dadurch waren wir uns plötzlich sehr nah. Nah genug, um sein Aftershave zu riechen. Frisch und verheißungsvoll, wie ein Tag am Meer. Er war eben eher Surfer als Ritter. Unsere Blicke trafen sich so wie ein paar Stunden zuvor auf dem Weg zur Skybar. Nur diesmal, mit festem Boden unter den Füßen, war ich stärker.

„Was ich von dir verlange?" In Toms Stimme lag etwas Lauerndes, Hungriges …

Fragend legte ich den Kopf schief und rechnete mit dem Schlimmsten.

„Loyalität."

Ich folgte Harker schweigend ins Hotel, nahm schweigend von der freundlichen Rezeptionistin meinen Zimmerschlüssel entgegen und wartete geduldig, bis der Concierge Harker ausgiebig begrüßt und sich wortreich für die Ehre, von einem so geschätzten Gast beehrt zu werden, bedankt hatte.

Schweigend fuhren wir im Aufzug nach oben und ließen uns vom Pagen unsere Zimmer zeigen, die natürlich nebeneinander lagen. Harker suchte Trinkgeld heraus und stand vor mir auf dem Gang.

„Warum ist dir ein so einfacher Wunsch so unangenehm, Lisa?" Er lächelte, doch die Geste erreichte seine Augen nicht.

106

„Weil ich denke, dass man Loyalität weder kaufen noch verlangen kann", sagte ich mit belegter Stimme und kam mir vor wie beim russischen Roulette.

Harker nickte und lächelte breiter, dieses Mal wie so oft spöttisch. „Gut gekontert, Lisa. Doch wenn es nicht nur auf den Preis ankommt, den man geboten bekommt, achte darauf, dass du diesen klugen Grundsatz nicht an anderer Stelle über Bord wirfst."

Mit einer formvollendeten Verneigung drehte er sich um und ging in sein Zimmer.

Nachdem ich Tür hinter mir geschlossen hatte, atmete ich erst einmal tief durch. Im Spiegel, der an der Garderobe hing, betrachtete ich mich kritisch. Was ich sah, gefiel mir nicht. Ich kam mir schmutzig vor, missbraucht, blöd und falsch.

Obwohl diese Emotionen alle in dieselbe Richtung zielten, nämlich nach unten, waren sie doch verwirrend. Ich setzte mich im dunklen Schlafzimmer auf mein Bett und dachte nach.

War man, wenn man einen Verräter verriet, auch ein Verräter?

Abgesehen davon, dass Harkers Verlangen nach Loyalität exakt meinen schwachen Punkt traf, stellte ich fest, dass ich wirklich wollte, dass er mich mochte. Was in Anbetracht meiner Absicht, ihn wegen seines verräterischen Verhaltens zu vernichten, schwierig werden würde.

Warum wollte ich Harker ausspionieren? Die von Robin beschworene Weltrettung war für mich allenfalls ein schöner Nebeneffekt. Das Geld, das mir für verwertbare Informationen geboten worden war, motivierte mich schon eher. Eine Frau muss praktisch denken. Und dann war da Robin, den ich – auch wenn mein Verstand bei dem bloßen Gedanken frustriert rebellierte – eben immer noch liebte. Jawohl! Robin, der bei seiner Aufgabe meine Hilfe brauchte. Seine Verzweiflung bei unserem letzten Treffen war echt gewesen. Er brauchte mich wirklich. Doch wollte ich ihn mir wirklich zurückkaufen?

Autsch. So hatte ich das noch gar nicht betrachtet. Würde Robin bei mir bleiben, wenn ich versagen sollte?

Seufzend ließ ich mich nach hinten in die Kissen fallen.

Kam es darauf an? Wenn ich ihn liebte, musste ich ihm helfen. Auch ohne Gegenleistung.

Viel zu aufgewühlt, um zu schlafen, verließ ich mein Zimmer und ging zum Fahrstuhl. Eigentlich hatte ich nochmal um den Block laufen wollen, doch im Aufzug entdeckte ich, dass das Hotel eine Dachterrasse hatte und drückte den entsprechenden Knopf. Solche Orte meide ich

108

normalerweise, aus lauter Angst am Rand sitzen zu müssen. Aber heute war ich mutig.

Wie erwartet hatte ich die Terrasse um diese Uhrzeit für mich. Im Streulicht der Stadt warfen die großen Pflanzkübel lange Schatten, die wie Finger über die freie Fläche zwischen den Lounge-Sesseln am Rand zu tasten schienen, wo hinter einer stabilen Mauer der Abgrund lauerte. Irgendwo raschelte etwas missbilligend. Offenbar hatte ich eine Maus gestört. Unter mir wummerte aus einem Nachbarhaus ein dumpfer Bass, der erstaunlich gut zu den Walzerklängen passte, die aus dem Hotelkanal dudelten, der hier beim Aufräumen offenbar nicht abgestellt worden war. Mit einem Mal wurde die Terrasse zur Tanzfläche. Ich nahm Haltung an und warf mich der Musik entgegen. Walzer ist nicht gerade mein Favorit, aber sein spezieller Takt erlaubte mir, die Zerrissenheit auszutanzen, die ich gerade fühlte.

Geh, wohin dein Herz dich zieht, sagte immer meine erste Tanzlehrerin – Frau Mühler mit langem Ü. Aber sie verschwieg dabei, was zu tun ist, wenn besagtes Herz unentschlossen umhertorkelt wie ein betrunkenes Huhn.

Tänzerisch konnte ich umsetzen wie ich zwischen widerstreitenden Pflichten, wechselnden Wünschen und schwer zu fassenden Ängsten zerrissen wurde. Ich gab mich hin, gab den Gefühlen Raum und ließ sie in mir und durch mich, durch meinen Tanz stofflich werden. Und so klärte sich das Chaos allmählich, gab meine Seele frei und all die niederdrückenden Gedanken wichen. Ich improvisiere gern und so arbeitete ich mit Armen und Beinen, genoss die Spannung in meinem Rumpf, drehte und sprang bis der seltsame Einklang aus Tradition und Moderne, Walzer und House auseinanderbrach und mich außer Atem und allein zurückließ.

Eine Antwort hatte ich immer noch nicht, aber irgendwie war ich dennoch mit mir im Reinen. Ich würde die Beweise suchen und dann in Ruhe entscheiden, ob und gegebenenfalls wem ich meinen Fund geben wollte.

109

Wieder in meinem Zimmer angekommen hörte ich vom offenen Fenster laute Stimmen, die offenbar aus dem Nachbarraum kamen. Hatte ich da meinen Namen gehört? Neugierig trat ich ans Fenster.

„Das mag ja sein", sagte eine Stimme mit einem ungewöhnlich harten Akzent. „Aber wir haben sie trotzdem nochmals überprüft."

„Und?" Die andere Stimme troff vor Sarkasmus. Harker?

„Sie hat Kontakte zum Innenministerium."

„Inwiefern?" Harker! Eindeutig.

„Sie lässt sich von einem dieser Büroagenten vögeln."

Ich konnte gerade noch ein empörtes Schnauben unterdrücken. Was ging diese Kerle mein Privatleben an? Meine Intimsphäre!

„Na und?" Irgendetwas an Harkers Stimme hatte sich verändert. Er klang mit einem Mal anders, gereizt? Offenbar missfiel ihm diese Information. Aber warum? Er hatte in schon beleidigendem Ausmaß keinerlei Interesse an mir.

„Hören Sie, Harker. Entfernen Sie diese Frau aus ihrem Wirkungsfeld. Unsere Mission ist wichtig. Sie programmieren Medusa hier nicht für die Games Convention, sondern für Technik, die im realen Leben verwendet wird. Verstehen Sie den Unterschied denn nicht?"

Harker lachte, ein Geräusch frei von Fröhlichkeit. „Ich fürchte, Sie verstehen nicht. Meine PR-Managerin hat mir bereits hervorragende Dienste geleistet und nachdem wir sie in einem umfangreichen Assessment wirklich auf Herz und Nieren geprüft haben, werde ich sie nicht feuern, nur damit Sie besser schlafen können. Und das ist ein gutes Stichwort. Wenn Sie mich jetzt allein lassen würden …? Es ist spät genug, um müde zu sein."

Ein Stuhl wurde zurückgeschoben und kurz darauf fiel die Tür vernehmlich ins Schloss. Ich lauschte noch eine Weile, um zu hören, was Harker trieb, doch offenbar verharrte er reglos, wo auch immer er war, denn aus dem Nachbarzimmer drang kein einziger Laut.

Behutsam zog ich mich zurück und ließ mich auf mein Bett fallen.

Was sollte ich mit dieser Information anfangen?

Ich lag auf dem Rücken und starrte an die zugegebenermaßen allenfalls mäßig spannende Decke des Hotelzimmers. Weiße Öde, die nur von dem obligatorischen Rauchmelder unterbrochen wurde.

Mein ursprünglicher Gedanke war gut gewesen. Ich musste erst einmal herausfinden, was es überhaupt herauszufinden gab. Dann würde ich die entsprechenden Beweise sichern – mit etwas Glück im selben Arbeitsschritt – und dann ... tja, und dann musste ich mich endgültig zwischen Herz und Verstand entscheiden. Das könnte schwierig werden. Ich wünschte mir aus der Tiefe meines Herzens, wieder mit Robin zusammen zu sein. Aber zu meiner Vorstellung gehörte eben auch, dass er mich liebte – und da meldete mein Verstand nach wie vor Zweifel an, die selbst mein sonst in Bezug auf Robin so überaus eigenwilliges Herz nicht völlig ignorieren konnte. Dass er genau in dem Moment zurückkam, in dem ich ihm etwas bieten konnte, war schon auffällig. Andererseits hatte seine Erklärung plausibel geklungen. Er hatte mich eben, solange es ging, schützen wollen.

Schließlich war da noch Tom Harker, der ewig grinsende Joker. Faszinierend und geheimnisvoll, der Gedankenleser, allzeit allen einen Schritt voraus. Tatsächlich war Robin im Verhältnis zu Harker ungefähr so spannend wie Bruce Wayne zum Joker. Doch hatte er wirklich geheime Batman-Qualitäten? Ich wusste es nicht. Und wie Vicky Vale in den Comics stand ich plötzlich zwischen allen Fronten, wollte eigentlich nur Bruce und konnte niemandem trauen – am allerwenigsten mir selbst!

Harker war ein furchtbarer Mensch, und dass er meine Gedanken lesen oder jedenfalls beängstigend gut erraten konnte, machte es nicht besser. Und doch löste der Gedanke an ihn eine wohlige Wärme in mir aus, ein Ziehen in der Leistengegend, ein Kribbeln im Bauch, das ich bisher so nur bei Robin verspürt hatte – oder in ganz besonderen Momenten beim Tanzen. Aber das war etwas anderes. Da dirigierte meine Seele meinen Körper.

Spontan griff ich nach meinem Handy und drückte die Kurzwahltaste. Ein paar nette Worte könnte ich gerade gut gebrauchen.

Freizeichen.

Gerade als ich mich selbst verfluchend wieder auflegen wollte, erklang am anderen Ende eine verschlafene Stimme. „Was, um Himmels willen, ist denn? Weißt du, wie spät es ist?"

„Ich bin in Salzburg und irgendwer in Harkers Umfeld hat herausgefunden, dass ich mit einem Typen aus dem Innenministerium verkehre", bemerkte ich sachlich. Romantik war von Robin in dieser Laune nicht zu bekommen. „Wie soll ich mich jetzt verhalten?"

„Zunächst einmal solltest du den Kontakt mit mir auf das absolut nötige Mindestmaß beschränken, Lisa."

„Nein!", widersprach ich energisch. Hier waren sich Verstand und Herz endlich einmal einig. „Das wäre ja so richtig dämlich und förmlich ein Schuldeingeständnis. Im Gegenteil, wir sollten das Pärchen geben, das sie vermuten."

Irritiert hielt ich inne. Und was war, wenn unser Gespräch abgehört wurde? Klang deshalb Robins Stimme etwas blechern und mit einem minimalen Echo aus dem Hörer?

Herrgott, ich war nicht zum Spionieren geschaffen. „Ich will meinen Job nicht wegen eines solchen Blödsinns verlieren, *Schatz*", sagte ich deshalb mit möglichst viel Nachdruck auf dem letzten Wort. „Aber noch weniger will ich mir meine Liebe verbieten lassen. Ich wollte dich nicht von mir stoßen, sondern dir vielmehr erzählen, was mir Unglaubliches passiert ist. Das mit dem Datenschutz scheint nicht nur die NSA eher locker zu sehen, scheint mir."

„Das ist natürlich eine Unverschämtheit, Sweetey", stimmte Robin nach einigem Zögern zu. „Aber da wir nichts zu verbergen haben, müssen wir uns da keine Sorgen machen. Mein Job ist der Inbegriff der Langeweile." Er lachte etwas gezwungen.

„In Salzburg bist du also", sagte er dann. „Wie romantisch."

„Mit meinem Chef ist das nicht im Geringsten romantisch", widersprach ich rollengerecht, obwohl ich das nach diesem verstörenden Tanz gegen meine Angst in die Skybar nur ungern beeidet hätte. „Du fehlst mir."

„Ich? Aber wir sprechen doch gerade miteinander."

„Das ist nicht dasselbe. Ich würde dich gern spüren." Ich gurrte diese Worte förmlich, während ich mich auf meinem Doppelbett räkelte. „Wir sind viel zu oft getrennt, mein Schatz. Wenn du mich mit deiner Liebe nicht ausfüllen kannst – und das meine ich wortwörtlich – darfst du dich nicht wundern, wenn ich mich nach Ersatz umsehe."

Robin lachte. Mein Gott, ich liebte dieses Geräusch. Dann flüsterte er mir über mein Handy ins Ohr: „Sweetey, ich verspreche dir hoch und heilig, dass ich dich packen und aufs Bett werfen werde, in dem Moment, in dem du durch die Tür trittst. Und dann werde ich dir erfüllte Liebe geben, bis du um Gnade bittest."

„Ich hasse es, wenn du nicht da bist." Als schmollende Geliebte klang ich durchaus überzeugend.

Es hatte was, jetzt endlich einmal ehrlich sein zu dürfen. Auch wenn das nur ging, weil Robin dieses Geständnis gerade für die Lüge hielt. Wahrheit durch die Hintertür. Der Gedanke, dass wildfremde Menschen in irgendwelchen Schaltzentralen dabei zuhörten, machte das alles noch bizarrer - und verwegener.

„Ich vermisse dich. Im Moment wäre ich so gern bei dir", sagte Robin mit belegter Stimme.

„Ich weiß", gurrte ich lasziv und streckte mich wieder. Ich stellte mir vor, wie Robin in seinem Bett lag, mitten zwischen seinen sündigen Satinlaken und all den verbotenen Sexspielsachen in seiner Schublade. Nicht, dass wir die bisher gebraucht hätten. „Wo genau?"

„Ich würde mich in dich versenken und in deinen Augen ertrinken, während ich genieße wie deine feuchte, hungrige Hitze mich umfängt."

Wow! Ich stellte mir vor, wie die Abhörjungs gerade die Luft anhielten. Unwillkürlich fuhr meine Hand über meinen Bauch.

„Bist du nackt?", fragte Robin in dem Augenblick, in dem sich meine Hand unter meine Bluse schob.

„Ich?" Verwirrt blinzelte ich. Wie kam er darauf? „Nein!"

Robin lachte lüstern. „Normalerweise bist du schon nackt, wenn wir telefonieren", erklärte er mir mit jener selbstbewussten Lässigkeit, mit der er mir immer schon den Schneid abgekauft hatte. Harker wäre da keineswegs besser. Um Situationen wie dieser künftig zu entkommen, musste ich also an mir arbeiten.

„Das mag sein", gab ich deshalb gelassen nach. „Doch heute musst du dich eben etwas mehr anstrengen."

Da war ein Zögern, das verriet, dass er damit nicht gerechnet hatte. Normalerweise gab er in allen Lagen den Takt an. Ha! Das war Geschichte.

„Ich hätte es schöner gefunden, wenn wir beide nackt wären", maulte Robin schließlich. Ich grinste. Guter Schachzug.

Unwillkürlich stellte ich mir Robin nackt auf seinem Sünderbett vor, groß und muskulös und in jeder Hinsicht mächtig, wie er mit einer seiner starken Hände nun seinen Penis hielt, der längst Habachtstellung eingenommen hatte und einsatzbereit perfekt im Rhythmus seines Herzens pulsierte, in freudiger Erwartung von Liebkosungen, Küssen und Massagen.

„Was hast du denn noch an?"

„Eine minimal transparente Businessbluse, die ich gerade aufknöpfe, damit du einen Blick auf meinen sündhaft teuren Seiden-BH werfen kannst, unter dem sich meine harten Nippel aufreizend deutlich abzeichnen."

„Hmmm", seufzte Robin. „Und was noch?"

„Eine weich meine Figur umspielende Marlene-Hose, die mir gerade so weit heruntergerutscht ist, dass sie den Bund meines heißen, heißen String-Tangas frei gibt. Auch aus Seide. Winzig klein."

Robins Atem drang deutlich an mein Ohr. „Ich würde dir den mit den Zähnen vom Leib reißen!"

Ich lachte. „Genau dafür trage ich ihn."

„Aber ich bin doch gar nicht da."

Schade, dass er mein diabolisches Grinsen nicht sehen konnte – oder die Abhörjungs, die jetzt bestimmt nicht mehr denken würden, ich sei ein

114

dummes liebeskrankes Huhn, das für seinen Lover zum Verräter wurde. „Ich habe dabei nicht zwingend an dich gedacht, mein Schatz."

„Wie gemein!"

„Ach was", sagte ich, während ich träge meine Brüste unter meinem BH massierte und meine Finger wie bei einem sehr intimen Paso Doble um die deutlichen Erhebungen unter dem Stoff tanzen ließ. So allmählich kam ich in Fahrt. „Wie lang würdest du denn brauchen, um mich auszuziehen?

„Nicht lang", antwortete Robin prompt. „Ich finde dich auch auf die Distanz sehr erregend."

„Du wirst dich beherrschen", befahl ich streng. „Ich bin noch nicht so weit."

„Dann fang sofort an!" Robin schien meine Autorität nicht anzuerkennen. Na warte!

„Wer sagt denn, dass ich das noch nicht habe?"

Sein Lachen an meinem Ohr hatte etwas sehr erregendes. „Liegst du im Bett?"

„Ja ..."

„Mit Straßenkleidung? Böses Mädchen! Steh auf und zieh dich aus ... Moment."

Im Hörer raschelte es. Plötzlich erklang *Wicked Game*, aber nicht in der bekannt-schwülstigen Version, sondern in der einer Dark Rock-Band, die einerseits rockiger und andererseits verletzlicher klang ...

„Mach dein Handy laut und tanz für mich vor der Kamera. Schick mir den Film. Ich will, nein, Lisa, ich muss dich sehen!"

Das war abgefahren. Mit einem breiten Lächeln stellte ich die Handy-Kamera ein, justierte nach und tanzte dann vor meinem Bett stehend einen sehr ungewöhnlichen Striptease.

Langsam begann ich mich zum Song zu bewegen, mich mit der Melodie zu wiegen, tauchte in einen trägen Strom und ließ mich treiben.

Dazu spielte ich mit meiner Bluse, zog sie über den BH, zauste meine Haare und leckte mir schließlich langsam die Lippen, während ich mich

115

nach vorn zur Kamera lehnte. Dabei ließ ich die Bluse endgültig mit einem Zucken meiner Schulter zu Boden gleiten.

Dann richtete ich mich wieder auf, wog mich zur zweiten Strophe und fuhr langsam, so langsam mit den Händen über meinen Körper. Meine Finger fuhren unter die Träger meines BHs, während meine Hüften dem verruchten Spiel folgten.

Mit einem Ruck zog ich den BH nach unten. Der Verschluss war so konzipiert, dass er aufging, sobald er nicht mehr unter Spannung stand. So auch dieses Mal. Ich tanzte zurück und warf den Stoffstreifen hinter die Kamera. Nun fuhr ich mit meinen Händen über meine sich träge wiegenden Hüften und von dort nach unten. Dabei nahm ich meine Hose wie zufällig mit, bis sie etwa auf Höhe meiner Knie den Halt verlor und auf den Boden rutschte. Ich stieg langsam aus dem Stoffring und fuhr dann mit meinen Händen über meine Beine, wechselte von eher Latin entlehnten Bewegungen dabei in Hip Hop und entledigte mich der Hose mit zwei Rejects. Dann schob ich mein linkes Bein nach vorn und glitt mit den Armen in einer arabesken Bewegung über meine Schenkel langsam nach unten. Die Musik trieb mich weiter. Ich brachte mein Gewicht auf ein Bein und richtete mich auf. Langsam schwang mein rechter Fuß zurück und nach oben. Ich spannte den Bauch an und richtete mich auf einem Bein stehend auf. Nun nackt bis auf meinen Slip und gespannt wie eine Bogensehne.

Wicked Games.

Eine Drehung brachte mein hoffentlich knackiges Hinterteil vor die Kamera, ich schwang mein Bein nach unten und griff mit beiden Händen an mein Gesäß, so als hätte ich sie in imaginäre Taschen gesteckt. Meine beiden Daumen hakte ich unter den Saum und wackelte aufreizend, während ich langsam auch meinen Slip nach unten zog.

Ich glaubte Robins Atem unter der Melodie zu hören.

Ohne mich umzudrehen, nutzte ich drei Glides um dicht an mein Handy zu kommen. Erst dann drehte ich mich um. Auf diese Distanz dürfte Robin nicht mehr als meinen fraglos wundervollen Bauchnabel sehen.

116

„Hat es dir gefallen?"

„Oh ja", keuchte Robin. „Ich wusste ja, dass du heiß bist, aber das hier ist unfassbar. Dass du in deinem Hotel keinen Feueralarm ausgelöst hast."

Ich deaktivierte die Kamera und ging zurück zum Bett.

„Und jetzt stell dir vor, dass ich nackt und willig in einem Bett liege, das sich keine drei Meter von einem der attraktivsten Junggesellen der Stadt befindet."

„Oh fuck! Das ist doch nicht dein Ernst …"

Ich grinste. Es war noch nicht so lange her, dass Robin mir gerade das mehr oder weniger unverblümt vorgeschlagen hatte. „Da du mich vernachlässigst, Schatz, muss ich eben sehen, wo ich bleibe. So wie ich weiß, was du brauchst und du weißt, was ich will, weiß das vermutlich auch Tom Harker. Ist es nicht an der Zeit, das herauszufinden?"

Robin zögerte. Natürlich bemerkte er die Doppelbödigkeit.

„Hm", stöhnte er ins Telefon." Es klang nicht so überzeugt. Er war nicht sicher.

„Ich weiß nicht, ob ich das will", sagte er dann.

Das war Musik in meinen Ohren und genüsslich streckte ich mich auf dem Bett, so sahen Sieger aus.

Robin wechselte komplett zurück zum Sex Talk. „Ich will dich, Lisa. Jetzt. Ganz und gar, mit Haut und Haar. Ich will dich in meinen Armen halten und dich spüren. Schon der Gedanke bringt mich zu einem Orgasmus …"

„Das wirst du lassen", rief ich. „Wenn du dich nicht beherrscht, stehe ich auf und gehe zu Tom Harker, noch bevor du fertig bist."

„Lisa! Was verlangst du von mir? Wie soll ich mich zurückhalten, wenn ich weiß, dass du dich nackt auf dem Bett räkelst."

„Von Räkeln war nicht die Rede", unterbrach ich. „Und es ist mir egal, solange du tust, was ich dir sage."

„Ja?" Robins Frage verriet seine Erregung ebenso wie seine Zweifel. Er vertraute mir nicht. Natürlich. Er vertraute niemandem.

Sein Atem ging schneller, als ich fortfuhr: „Du nimmst jetzt deine Hand von deinem Penis weg und stellst dir vor, wie ich zwischen deinen Beinen knie. Wie ich langsam mit beiden Händen von deinen Schultern bis zu deiner Brust fahre und dich in die Nippel kneife. Wie ich mich über dich beuge und deinen Nabel küsse. Und die empfindliche Haut zwischen ihm und deinem Schamansatz. Wie ich beginne, deine Schamhaare zu kraulen und schließlich behutsam deinen Penis in die Hand nehme und etwas aufrichte."

„Oh, Lisa!" seufzte Robin genießerisch. „Und was ist mit dir? Was machst du gerade?"

„Meine Finger umtanzen meine Vagina, erforschen die Stelle, wo die Schenkel enden und die Haut besonders empfindsam ist, tasten sich langsam zu den Schamlippen vor…"

„Das will ich sehen … Bei dem Anblick …."

„Beherrschung, Schatz. Sonst erzähl ich dir das nächste Mal, wie es mit Harker war."

Ich bemerkte, wie ich allmählich in Fahrt kam. Lag das an der vollkommen frei erfundenen möglichen Affäre mit Harker oder an Robins genussvollem Leiden?

„Wie fühlst du dich bei dem Gedanken, dass ich es mir von Harker besorgen lasse?"

„Es bringt mich um, Lisa. Sag, dass das nur ein Scherz war."

„Sag du es mir." Ich hoffte, dass Robin wusste, was ich damit meinte.

„Der Gedanke, dass du mit Harker …", knirschte Robin ins Telefon. „Der Gedanke bringt mich um. Bitte tu mir das nicht an."

„Wo hast du deine Hände?"

„Eine am Telefon und eine an meinem Oberschenkel. Du wolltest ja, dass ich sie wegnehme."

„Brav", lobte ich. „Und jetzt stell dir vor, wie ich mit meiner Hand meine Vagina bedecke, wie ich sie langsam streichle und schließlich einen Finger tief dorthin schiebe, wo du jetzt so gerne wärst. Wie ich den Finger bewege. Langsam erst, dann schneller …"

Meine Stimme bekam einen heiseren, gepressten Unterton. Ich stöhnte, stöhnte laut.

118

„Bitte, Lisa!"

„Na gut", presste ich hervor. „Mach mit!"

Und legte schnell auf.

Das musste reichen. Für Robin und für die Abhörjungs, falls sie da draußen saßen. Mir konnte niemand nachsagen, dass ich für mein Publikum nicht alles gäbe.

Gerade wollte ich mich in mein Kissen rollen, als das Telefon läutete.

Ich nahm ab, „Robin?", doch da war niemand.

Das Telefon läutete weiter. Irritiert fiel mein Blick auf das Zimmertelefon auf dem Nachttisch. Zögernd griff ich zum Hörer. „Hallo?"

„Lisa?" Es war Harker. „Ist alles in Ordnung? Ich höre so seltsame Geräusche aus deinem Zimmer. Soll ich rüberkommen?"

„Nein!" rief ich panisch. Wie peinlich wäre das denn. „Bitte! Ich brauche keine Hilfe!"

„Das klingt für mich aber ganz anders. Ich komme."

„Ich lasse dich aber nicht rein."

Dummerweise hatte Harker schon wieder aufgelegt.

Hektisch schnappte ich mir meine Bluse und zog sie über. Im selben Augenblick pochte es auch schon an der Tür.

„Lisa?" Harker klang tatsächlich besorgt. „Bitte mach die Tür auf."

„Das schickt sich nicht", rief ich kläglich und kämpfte gegen die prompt besonders widerspenstigen Knöpfe. Als könnten die dummen Dingern riechen, wann sie mit Bockigkeit den größten Schaden anrichteten! „Weißt du überhaupt wie spät es ist?"

„Sagt die Frau, die schon in der ersten Nacht mit mir das Schlafzimmer geteilt hat?"

Verflucht, wo hatte ich meine Hose hingeworfen? „Das war eine Suite und wir lagen brav und züchtig getrennt."

„Mach jetzt auf!" Tom wurde ungeduldig. Sebastian hatte mich mehrfach davor gewarnt, ihn zu verärgern. Mein Blick fiel auf meinen Slip, den ich mir rasch überzog. Oh mein Gott, war das peinlich.

„Lisa!" Das Donnergrollen in seiner Stimme war nun unüberhörbar.

Also gab ich auf und öffnete die Tür.

Harker trat ohne zu zögern ein, ging an mir vorbei ins Zimmer und sah sich dort misstrauisch um.

„Ist wirklich alles in Ordnung? Du hast doch geschrien!"

Der Impuls, sich im Bad zu verstecken, war übermächtig.

Harker beendete die Inspektion meines Zimmers mit einer etwas zu langen Betrachtung meines zerwühlten Bettes und drehte sich zu mir um.

„Lisa? Was ist denn los mit dir? Kann ich dir helfen?"

Mir fiel erst jetzt auf, dass Harker nur seine Baumwollhose trug und damit einen ausgesprochen appetitlichen Anblick bot. Muskulös und durchtrainiert, ohne aufgepumpt zu wirken und mit einem filigranen Schlangentattoo, das sich von seinem Oberarm über die Schulter bis zu seinem Hals wand. Das war ja klar, der Kerl ließ auch kein Klischee aus.

„Was soll sein?", fragte ich vorsichtig. „Hier ist niemand. Ich weiß wirklich nicht, was du hast."

120

Harker kam zu mir und musterte mich unangemessen gründlich.

„Ich war offensichtlich zu besorgt", sagte er dann. „Das tut mir Leid." Er grinste anzüglich. „Da du nicht vor Schmerz gestöhnt und vor Angst geschrien hast, habe ich dich wohl bei einer … eher intimen Handlung gestört."

Sein Blick blieb an meinen sich deutlich unter der halb transparenten Bluse abzeichnenden Brüsten hängen. Er lächelte.

Endlich zeigte er mal Reaktion. Kein Wunder. So erregt wie ich vor einem Augenblick noch gewesen war, musste ich ja Sinnlichkeit aus jeder Pore verströmen.

„Dann ziehe ich mein Hilfsangebot natürlich zurück, und lasse dich wieder allein."

Mit sittlichem Abstand schob er sich an mir vorbei zur Tür.

So viel also zur Sinnlichkeit! Wenn ich halbnackt nicht an ihn herankam, wurde das mit meiner Spionagetätigkeit nie was.

„Tom?"

„Ja?"

„Danke." Ich lächelte. „Es ist neu für mich, dass sich jemand um mich sorgt."

Er nahm die Hand wieder von der Tür und stand nun vor mir in dem engen Gang. „Das könnte daran liegen, dass du sehr selbstständig bist."

„Vielleicht, weil du auf mich nicht so fürsorglich wirkst."

„Nicht?" Unwillkürlich zog Harker sich wieder etwas zurück. Wie ein Schneck, der in sein Haus zurückkriecht.

Wie konnte man nur so eine Mimose sein, wenn man zugleich bei jeder sich bietenden Gelegenheit so austeilte?

Er öffnete die Tür und verließ mein Zimmer. Jetzt war er wieder ganz und gar der arrogante Schnösel, als den ich ihn kennen gelernt hatte. Und doch berührte sein Lächeln irgendwie mein Herz.

„Pass auf dich auf. Es gibt Menschen in meinem Umfeld, die du nervös machst."

Noch bevor ich antworten konnte, hatte er die Tür zugezogen und ich stand allein im dunklen Gang vor dem Badezimmer.

Nachdenklich ging ich zurück ins Schlafzimmer und setzte mich auf das Bett.

Dem offenen Fenster warf ich einen bitterbösen Blick zu. Ihm hatte ich es zu verdanken, dass ich gerade die größte Blamage meines an Pannen nicht gerade unterversorgten Lebens erlitten hatte.

Leise stand ich auf und drückte mich an den Fensterrahmen. Es wäre nur fair, wenn ich umgekehrt Harker auch bei etwas Peinlichem erwischen würde. Doch aus dem Nachbarzimmer drang kein Laut. Nichts.

Auch als ich zur Vermeidung von störenden Nebengeräuschen die Luft anhielt, war da nichts zu hören. Was trieb er denn?

Einen verrückten Moment lang erwog ich, nach Harker zu rufen. Ich hatte das dringende Bedürfnis, noch einmal mit ihm zu sprechen. Je länger ich das nämlich herauszögerte, desto peinlicher würde es werden. Seine letzte Bemerkung beunruhigte mich auch. Worauf sollte ich aufpassen? Außerdem fühlte ich mich einsam.

„Kann ich vielleicht doch irgendwie behilflich sein?"

Den dumpfen Knall, mit dem mein Kopf gegen den Rahmen stieß, als ich rasch zurückfuhr, konnte man vermutlich als *Ja* werten.

„Äh", stammelte ich. „Ich stand nur am Fenster. Die Nacht genießen, der Sternenhimmel ist wunderbar, findest du nicht?"

Harker lachte leise. „Und am Fenster hast du keine Höhenangst?"

Unwillkürlich wich ich noch einen Schritt zurück. „Jetzt, wo du mich daran erinnerst, schon."

„Du solltest schlafen. Morgen ist ein langer Tag. Bevor wir zurückfahren, müssen wir noch in die Berge. Unsere arabischen Freunde möchten eine Demonstration unserer Produkte und ich dachte, es schadet nicht, wenn du auch mal live siehst, wozu unsere Technik fähig ist."

Der Umstand, dass Harker nur mit mir über private Dinge sprach, wenn er mich retten musste, und sofort danach auf geschäftliche Themen zurückschwenkte, kränkte mich. Ich war eine attraktive, begehrenswerte, junge Frau. Normalerweise entwickelten sich Gespräche in die exakt umgekehrte Richtung. Robin zum Beispiel würde mir gar nicht glauben, dass mein berüchtigter Sex-Appeal bei Harker so versagte. Mein Stolz bekam prompt Verstärkung durch nicht ganz verheilten Liebeskummer.

Nebenan ploppte es. So als würde eine Champagnerflasche entkorkt.

Kippte sich mein Chef noch etwas hinter die Binde? Na warte, dachte ich mir. Nur ein Schwein säuft allein.

Dem Ploppen folgte ein Geräusch, als hätte Harker einen Koffer auf sein Bett geworfen. Oder sich selbst … Ungewollt lebhaft stellte ich mir vor, wie er sich dabei mit Champagner anspritzte und seine wohlgeformten Sixpacks nässte. Diese und andere völlig unpassende Gedanken aus dem Kopf schüttelnd, wagte ich mich todesmutig näher ans Fenster.

Ich beschloss, Harkers Helfer-Syndrom auszunutzen. Zumal das erlaubte, die Themen anzusteuern, die mich wirklich interessierten …

„Tom, mir gehen deine Worte nicht aus dem Sinn. Wovor genau wolltest du mich warnen?"

Ein zufriedenes Lächeln huschte über meine Lippen. Ich hatte genau die richtige Stimmlage getroffen

Leider blieb die erwünschte Reaktion aus.

„Tom?"

Keine Antwort.

„Tom!"

Nun war ich es, die beunruhigt war. Ich schnappte mir aus meiner Tasche meine Jazzpants und schlüpfte hinein. Dann trat ich auf den Gang und klopfte nachdrücklich an Harkers Tür.

„Tom!"

Wieder nichts. Ich schätzte Harker nicht so ein, dass er sich vor mir verstecken würde. Wäre ja zu albern, wo ich doch genau wusste, dass er im Zimmer war.

„Tom?" Auch auf mein erneutes Klopfen erfolgte keine Reaktion.

Nun wirklich besorgt ging ich zurück in mein Zimmer. Aus dem Nebenzimmer drangen keinerlei Geräusche. Doch! Ein leises Rascheln?

123

Inzwischen war ich felsenfest überzeugt davon, dass da drüben etwas ganz und gar nicht stimmte. Vielleicht hatte er einen Herzinfarkt erlitten und brauchte Hilfe. Sollte ich an der Rezeption Alarm schlagen? Ich sah auf die Uhr. Um diese nachtschlafende Zeit würde ich mir da mit einem blinden Alarm keine Freunde machen und mir auf ewig den Spott aller zuziehen.

Aber sollte sich mein Gefühl bewahrheiten und ich hätte nichts unternommen, würde ich mir nie mehr im Spiegel in die Augen sehen können.

Mist!

Ratlos trat ich ans Fenster. Es war nicht zu fassen. Harker war keine zwei Meter von mir entfernt. Ich konnte fast zu seinem Fenster hinübergreifen. Der Sims der mit altmodischen Stuck überreich verzierten Hotelfassade war im ersten Stock, wo er zugleich als Regenschutz für die Lobby diente, über einen Meter breit und sollte für einen normalen gesunden Menschen kein Hindernis darstellen.

Nur war ich nicht normal. Allein der Gedanke, aus dem Fenster zu klettern, brachte mich ins Schwitzen. Zu meiner Ehre sei gesagt, dass in diesem Altbau die Decke des Erdgeschosses vermutlich höher lag als in einem modernen Gebäude die des ersten Stocks.

„Tom!"

Wieder nichts.

Verfluchter Mist!

Entschlossener als ich mich fühlte, setzte ich mich aufs Fensterbrett und hob meine Füße. Ich hielt die Luft an und schob sie durch den Fensterrahmen ins Freie. Vorsichtig rutschte ich hinterher und hielt mich am Fensterbrett fest, während ich den beruhigend festen Stein unter meinen bloßen Füßen fühlte. Zittrig atmete ich aus. Es war so albern, schalt mich mein Verstand. Es war hier draußen genauso hoch wie drinnen. Es gab überhaupt keinen Grund, sich zu fürchten. Meinem Bauch war das egal, er rumorte protestierend. Gletscher bewegten sich schneller als ich auf meinem krebsgleich zurückgelegten Weg zu Harkers Fenster.

Selbst wenn ich in Ohnmacht fiele, würde ich nicht stürzen – der Sims war wirklich breit. Außer, wenn ich geradeaus über die Kante fiel ... Oh Gott!

Mir tat mein Rücken weh, so fest hatte ich mich gegen die rau verputzte Wand gepresst und mir war schlecht. Sehr schlecht.

„Wehe, der Kerl hat keine sehr gute Entschuldigung für sein Schweigen", murmelte ich zwischen zusammengebissenen Zähnen, nur um mich davon abzuhalten, nach vorn zu sehen und mir bewusst zu machen, wie weit oben ich mich gerade befand.

Ich schloss ganz fest die Augen und schob mich weiter. Endlich, endlich ertasteten meine Finger den Fensterrahmen von Harkers Zimmer. Ich kniete mich hin und drehte mich behutsam so, dass ich in den Raum spähen konnte.

Das Zimmer war dunkel. Allenfalls mäßig erhellt vom Streulicht der Straße. Champagner konnte ich keinen entdecken. Dafür lag Harker bäuchlings über dem Fußteil des Bettes. Gerade wollte ich mich über seine seltsam verdrehte Haltung wundern, als ich einen Schatten am Schreibtisch bemerkte.

„Hallo?" Das war dumm und fahrlässig, fuhr es mir sofort durch den Kopf. Weder ein Betthäschen noch ein Einbrecher würden sich freuen, wenn sie durchs Fenster von Harkers Angestellter belästigt wurden.

Der Schatten wirbelte herum, erkannte mich im Fenster und erstarrte. Wieder ploppte es.

Dann warf sich der Kerl herum und hetzte zur Tür, riss sie auf und war verschwunden.

Ich ließ mich vornüber in den dunklen Raum fallen und war erst einmal nur froh, dass ich dem Abgrund glücklich entkommen war.

Sobald ich das Gefühl hatte, dass meine Knie wieder belastbar waren, zog ich mich am Fensterbrett hoch und tastete mich zu Harker vor.

„Tom?" Behutsam rüttelte ich ihn an der Schulter.

„Tom!"

Verflucht, was war nur los?

125

Ich ließ *behutsam* weg und schüttelte ihn heftiger, doch mit demselben Erfolg.

Dann schloss eine hässliche Erkenntnis zu mir auf. War das Ploppen etwa das Geräusch eines Schalldämpfers gewesen? Da ich üblicherweise eher zur Fraktion *Romantische Komödie* gehöre und auch sonst einen eher unauffälligen Lebensstil pflege, war ich mir nicht so sicher. Zitternd tastete ich nach seinem Hals, um dort den Puls zu fühlen. Der war da. Immerhin.

Da meine Knie schon wieder den Dienst quittierten, tastete ich mich unsicher ans Kopfende zur Nachttischlampe. Im Licht entdeckte ich, dass Harkers Bett unter seiner Schulter blutdurchtränkt war. Ebenso seine Haare.

„Oh mein Gott!"

Ich zwang mich zur Ruhe und ging unter Aufbietung all meiner über lange, lange Tanzjahre erworbenen Disziplin ins Bad um einen Waschlappen zu befeuchten.

Den legte ich Harker in den Nacken und versuchte nochmal, ihn aufzuwecken.

„Tom!", rief ich. „Herrgott! Tom, jetzt wach doch auf!"

Das erstickte Gurgeln wertete ich als ermutigendes Zeichen. Um ihn zum Weiteratmen zu ermutigen, zog ich die Decke unter ihm fort und drehte behutsam seinen Kopf zur Seite.

„Geht es einigermaßen? Soll ich den Notarzt rufen? Oder die Polizei? Was war denn überhaupt los? Hast du Schmerzen?"

„Klappe, Lisa!", stöhnte Harker, betastete mit einer Hand vorsichtig die Platzwunde an seinem Kopf und drehte sich zur Seite. „Deine Stakkato-Fragen kann doch kein Mensch beantworten!"

„Pass auf", riet ich trotzdem. „Deine Schulter!"

„Ach ja? Wie konnte ich nur vergessen, dass ich angeschossen wurde!"

Ich stutzte. „Das war jetzt ironisch, oder?"

Das brachte mir das typische Harker-Grinsen ein.

126

„Muss ich mich jetzt dafür entschuldigen, dass Mafia-Wissen nicht zu meinem Stellenprofil gehört?", bemerkte ich und erschrak selbst vor dem hysterischen Unterton in meiner Stimme. Mein Gott war ich uncool.

Harker schüttelte den Kopf, zuckte stöhnend zusammen und ergriff behutsam meine Hand.

„Wir können jetzt keine Polizei gebrauchen", erklärte er eindringlich. Es klang wirklich wie in einem Mafia-Film. Fehlte nur der italienische Akzent. Ich kicherte nervös und hasste mich dafür.

„Aber einen Arzt ..."

„Das sehen wir noch."

Er drückte beruhigend meine Hand und strich mir eine Strähne aus dem Gesicht, die sich aus meinem Haarband gelöst hatte.

„Wie kommst du überhaupt hierher?"

„Durchs Fenster. Du konntest mir ja die Tür nicht öffnen."

Harkers Blick ging zum Fenster, dann zu mir, dann wieder zurück.

„Tapfer", sagte er gedehnt. „Fast könnte man meinen, dir läge was an mir."

„Vor allem meiner Bank liegt was an dir. Du bezahlst mein Gehalt. Und ich wollte wissen, warum du nicht antwortest."

Er lachte. „Curiosity killed the cat."

Etwas zittrig lachte ich mit.

„Geht es dir wieder besser?" So wie Harker das sagte, klang seine Sorge sogar einmal aufrichtig.

„Fragt der Mann, der niedergeschlagen und angeschossen wurde?"

Das wertete er offenbar als *Ja*, denn er rutschte an die Bettkante, stand vorsichtig auf und ging leicht schwankend um mich herum zu seiner Reisetasche, die umgeben von einem typisch männlich zwanglosem Wäschearrangement auf einem Hocker stand.

Nach kurzem hektischen Kruscheln fluchte er unterdrückt.

„Der Mikrochip ist wohl weg", bemerkte ich halb im Scherz. Was war ich für ein lausiger Spion.

127

„Du bist wirklich eine lausige Agentin", bestätigte Harker prompt mein Versagen und seine hellseherischen Fähigkeiten. „Wer verwendet denn heutzutage noch Mikrochips?"

Darauf wusste ich keine Antwort und hüllte mich stattdessen in hoffentlich geheimnisvolles Schweigen.

Harker sah sich inzwischen suchend im Raum um. „Verflucht!"

„Was fehlt noch?", fragte ich.

„Mein Handy. Das ist blöd."

„Sag nicht, dass du da geheime Sachen drauf hast ..."

Sein Blick brachte mich zum Schweigen. „Ich bin wirklich froh, dass du nicht für unsere IT-Sicherheit zuständig bist."

Ich wollte zu einer heftigen Bemerkung ansetzen, doch da bemerkte ich das frische Blut an seiner Schulter.

„Ich nehme an, du willst nicht zum Arzt?"

„Das würde zu lange dauern. Ärzte müssen Schusswunden melden. In der Folge säßen wir hier Tage fest."

„Ich hab mal einen Erste-Hilfe-Kurs gemacht", sagte ich wenig überrascht von seiner Weigerung. „Wenn du mir deinen Autoschlüssel gibst, hole ich Verbandszeug aus dem Kofferraum."

Harker griff in seine Jacke und reichte mir den Schlüssel. „Inzwischen werde ich ein paar Anrufe tätigen. Gib mir bitte dein Handy. Und ich suche nach der Kugel. Die sollten wir hier nicht lassen."

„Die wird in deiner Schulter sein."

„Nein, Lisa." Wieder dieses Harker-Grinsen. „Wäre das kein Durchschuss, könnte ich mich nicht so bewegen."

Ich hatte meine Übelkeit vorhin überbewertet. Jetzt wurde mir wirklich schlecht. „Das sind mehr Informationen als ich benötige", erklärte ich schwach und flüchtete aus dem Zimmer.

Gut eine Stunde später saß ich mit Harker im Auto. Ich hatte seine Kopfwunde behutsam gereinigt und für nicht so schlimm befunden. Seine Schulter zierte ein kleines Loch unterhalb seines Schlangentattoos, dem ein deutlich größeres Loch zwischen Achsel und Schlüsselbein auf der Vorderseite entsprach. Auch das hatte ich gereinigt, bestmöglich desinfiziert und mit einem ziemlich professionell wirkenden Druckverband versehen.

„Immerhin ist die Schlange ganz geblieben", hatte ich gesagt und etwas gezwungen mit Harker gelacht. Solange ich beschäftigt war, ging es. Da war ich von dem Wahnsinn abgelenkt, in den ich irgendwie hineingeraten war. Nun allerdings schlossen die Schrecken wieder zu mir auf und erstaunt stellte ich fest, dass Höhenangst im Augenblick meine geringste Sorge war.

„Ich hätte dir nicht zugetraut, dass du in gut und gern vier Metern Höhe auf einem Sims herumkraxelst, um mich zu retten", übte sich Harker in Konversation. Wenn das seine Art war, sich zu bedanken, sollten wir daran noch arbeiten.

„Manchmal muss man seine Ängste überwinden. Das wurde mir kürzlich erst wärmstens empfohlen."

„Ich hätte nicht erwartet, dass du überhaupt etwas machst, um mir zu helfen."

Darauf sagte ich nichts. Stattdessen überlegte ich, warum er das nicht erwartet hätte, oder warum ich ohne zu Zögern meinen höhenängstlichen Schweinehund überwunden hatte. Sicher war nur eines: Ich hatte dabei keinen einzigen Moment an Robin und seinen Spionageauftrag gedacht.

Die Straßenschilder flogen nur so an uns vorbei, während Harker seinen Wagen über die Landstraße jagte. Die Ortsnamen sagten mir nichts, aber das musste nichts heißen. Ich bin eine geografische Niete.

„Wo fahren wir eigentlich hin?"

„Das wirst du nicht kennen." Und wieder dieser Ton. Hart, kalt, abweisend.

Konnte der Kerl mich aufregen!

„Mit dieser Antwort gewiss nicht. Aber gut. Andere Frage: Glaubst du nicht, dass wir Ärger bekommen, wenn der Zimmerservice die Schweinerei in deinem Zimmer sieht?"

„Wird er nicht. Hab mich schon darum gekümmert."

Wieder eine Antwort, die mehr Fragen aufwarf als befriedigte. Wenn wir nicht gerade mit gut und gern 140 Sachen über eine nächtliche Landstraße ins Salzburger Hinterland gebraust wären, hätte ich Harker an dieser Stelle vermutlich erwürgt. Aber ich verstand, warum er mich nicht hatte fahren lassen wollen. So schnell wäre ich nicht unterwegs gewesen.

„Eine seltsame Art hast du, mit deinen Leuten umzugehen", sagte ich stattdessen patzig. „Da muss ich mir echt überlegen, ob ich dich das nächste Mal wieder rette."

Harker ging auf die Provokation nicht ein, sondern bog schwungvoll von der gut ausgebauten Landstraße in eine kleinere Seitenstraße ein, die deutlich kurvenreicher durch einen Wald führte. Wie es sich für eine Bergnacht gehörte, war es stockdunkel und so konnte ich gar nichts sehen, nur die protzig glimmenden LED-Leuchten des Bordcomputers.

„Warum nimmst du mich eigentlich mit, wenn du nicht mit mir sprichst?"

„Weil es für dich im Hotel zu gefährlich ist, Lisa."

„So wie du fährst, ist es hier nicht besser", bemerkte ich schnippisch. Ich war selten zickig, aber im Moment fand ich das durchaus berechtigt. „Im Übrigen wurde auf dich und nicht auf mich geschossen."

„Herrgott!" Harkers Ausbruch kam für mich so vollkommen unerwartet, dass ich erschrocken zurückwich, bis ich mit der Schulter gegen den Holm zwischen Beifahrersitz und Rücksitz stieß.

„Jetzt hör gefälligst mit dem Rumgezicke auf. So hätte ich dich gar nicht eingeschätzt. Wir haben ernste Probleme. Ich erkläre dir das alles, sobald ich mir selbst einen Reim darauf gemacht habe."

130

Da es darauf nichts zu erwidern gab, was in der gegenwärtigen Situation auch nur das Geringste gebracht hätte, rasten wir schweigend durch die Nacht.

Eine halbe Stunde später verließ Harker diese Straße und lenkte den Wagen in eine Einfahrt, deren Tore offen standen. Im Vorbeifahren entdeckte ich ein Schild an der Säule.

Privatweg – Durchfahrt strengstens verboten.

Der Weg führte durch ein Wäldchen auf einen Hügel. Von dort aus sah man ein klassisches Jagdschlösschen, dass sich vor ein paar hundert Jahren vermutlich irgendein vergnügungssüchtiger Erzherzog hingestellt hatte und um das sich nun Russen und Amerikaner mit Ölscheichs prügelten.

„Ist das unser Ziel?", brach ich bei diesem Anblick nun doch das Schweigen.

„Nein, hinter dem Schloss gibt es eine Umgehungsstraße, die nach Salzburg Downtown führt. Ich wollte nur sicherstellen, dass uns niemand folgt."

Kies knirschte, als Harker den Wagen schwungvoll vor den Eingang lenkte und hart abbremste. Ich hätte erwartet, dass ein Butler herauskäme und mit britischem Akzent fragen würde, ob wir eine angenehme Fahrt gehabt hatten.

Aber da war kein Butler. Dafür begann es zu nieseln.

Harker stieg aus und ging zum Kofferraum, um unsere Taschen zu holen. Unglücklich folgte ich ihm. Dieser Ort verlangte nach Abendgarderobe. Ich hingegen trug einen Blazer über einer blutverschmierten Bluse, Jazzpants und keine Schuhe. In der Eile des Aufbruchs hatte ich nur meine ohnehin noch nicht ausgepackte Tasche geholt, meine paar herumliegenden Habseligkeiten obenauf gestopft und war Harker zum Aufzug nachgelaufen.

Die hochherrschaftliche Tür war natürlich verschlossen. Klingel war keine zu sehen.

Ich setzte meine Tasche ab und mich darauf.

131

Wie so oft, nahm das Schicksal auch diese Geste zum Anlass, umzudisponieren. Es ist ein bisschen wie mit dem Regen, der nie fällt, wenn man einen Schirm dabei hat. Kaum setzt man sich, geht es weiter.

In diesem Fall ging über uns ein Licht an und tauchte die Stufen in mildes Licht. Die Tür summte. Moderne Butler sind elektronisch. *Irgendwie schade*, bemerkte ich resigniert und tappte hinter Harker her in die Halle.

In der Halle hingen die Geweihe ganzer Hirschrudel und auf einer Säule stand ein ausgestopfter Fuchs, der, seiner Ruhe beraubt, die Ewigkeit zum Einstauben nutzte.

„Tom", ertönte es über uns. „So schnell hätte ich nicht mit einem Wiedersehen gerechnet." Den Akzent konnte ich nicht einordnen, aber die Stimme klang wie pure Sünde.

Links und rechts von der Tür führte eine Treppe nach oben. Auf dem Absatz über der Tür stand eine Frau in Jeans, einem Norwegerpulli, und einem dicken roten Zopf, der ihr über die Schulter bis zur Hüfte hing. Sie war groß, schlank und athletisch, eine jener Frauen, von denen Männer träumen, wenn sie mutig genug sind.

„Unverhofft kommt oft", erwiderte Harker. Dabei strahlte er über das ganze Gesicht, als sich das rote Gift nun in Bewegung setzte und langsam die Treppe hinunterschwebte.

Mein Verstand vermerkte mit Interesse, dass Harker weiblichen Reizen gegenüber nicht völlig immun war, während mein Herz missmutig ergänzte, dass eben meine speziellen Reize dafür offenbar nicht ausreichten. Mein Verstand versuchte, mein daniederliegendes Selbstwertgefühl zu beruhigen. Ich wollte Harker ja nicht wirklich, sondern nur notfalls Sex gegen Informationen tauschen. *Aber das weiß Harker nicht*, gab mir mein Herz schwer widerlegbar den Gnadenstoß.

Die beiden fielen sich in die Arme und hielten sich, als wollten sie in Sachen Kitsch gegen *Vom Winde verweht* konkurrieren. Ich stand dabei wie bestellt und nicht abgeholt und genau so fühlte ich mich auch.

„Wen hast du da mitgebracht?" Immerhin bemerkte man mich schließlich. Nun, blutverschmierte, barfüßige Frauen fielen im ansonsten höchst edlen Ambiente natürlich auf.

„Oh, wo sind nur meine Manieren?", fragte Harker. Völlig berechtigt – das hatte ich mich im Umgang mit ihm schon öfter gefragt.

„Adriana, das ist Lisa, meine geschätzte PR-Managerin. Lisa, das ist Adriana."

Nun, damit war klar, dass mich schon mal nicht anging, wer oder was diese Adriana war. Aber gut. Der Hinweis, dass das struppige Etwas in Jazzpants die PR-Managerin eines international gefeierten Unternehmens sein soll, war fraglos erforderlich.

Ich lächelte gezwungen und tauschte mit Adriana einen unerfreulich angenehmen Händedruck. Das Weib war einfach zu perfekt.

„Kannst du dir mal meine Wunde ansehen?", kam Harker zu den wichtigen Themen, bevor hier sich noch die Peinlichkeit so verdichtete, dass das Atmen schwer wurde. „Lisa hat ihr Bestes gegeben, aber ein kundiger Blick kann ja nicht schaden."

Adriana nickte und wies auf eine Tür zur Rechten. Dabei fiel ihr Blick wieder auf mich. „Lisa, möchtest du dich inzwischen frisch machen?"

Ich war unentschlossen, nickte aber zögerlich. Einerseits wollte ich weder gleichgültig noch überflüssig wirken, andererseits konnte ich einer Kundigen vermutlich nicht helfen und würde im Moment wirklich für eine Dusche töten. „Wenn ihr mich nicht braucht?"

Adriana lächelte. „Ich glaube nicht. Einfach die Treppe nach oben und dann die zweite Tür rechts. Daneben ist das Bad, das du dir allerdings mit Tom teilen müsstest."

„Das heißt, ich krieg wieder das Turmzimmer?" So wie er das sagte, wirkte Harker wie ein Schuljunge, der im Baumhaus übernachten durfte. Fehlte nur noch, dass er vor Begeisterung in die Hände klatschte.

Doch bevor es zu solchen, durchschossenen Schultern gewiss nicht förderlichen Gefühlsausbrüchen kommen konnte, schob ihn Adriana an mir vorbei durch die Tür.

133

Allein in der Halle atmete ich erst einmal durch. Ich kam mir vor wie in einem durchgeknallten Action-Film, und da ich offenbar nicht der Love-Interest des Helden war, musste ich aufpassen, dass ich nicht als weibliche Nebenrolle zur Quotentoten wurde. Zur Hilfsbereitschaft erzogen wie ich war, nahm ich nicht nur meine, sondern auch Harkers Tasche mit nach oben. Da das Schlösschen nur einen Turm hatte, sollte ich Harkers Zimmer finden können.

Außerdem erlaubte mir das, diskret seine Sachen zu durchsuchen. Da er im Hotel neben mir gesessen hatte, als ich seine Sachen zusammengesucht hatte, war keine Gelegenheit dazu gewesen. Aber das würde ich jetzt nachholen.

Vielleicht war ich ja auch der überraschende Plot-Twist. Ha!

Mein Zimmer war … einfach nur Wow. Dominiert wurde der Raum von einem Bett, das in vielen hippen Metropolen lässig als Ein-Zimmer-Appartement durchginge. Mit einem mächtigen, fein geschnitzten Himmel (oder nannte man das in diesem Fall Dach?) und zarten Vorhängen, die sich leicht im Luftzug bewegten, den ich beim Öffnen der Tür erzeugt hatte. Ein mächtiger Kronleuchter brachte das dunkel geölte Parkett zum Schimmern und der Ausblick aus den hohen Fenstern über Wiesen und Wälder war gerade jetzt im ersten zaghaften Dämmerlicht einfach unbeschreiblich.

„Wir zwei haben gleich eine Verabredung." Ich warf dem Bett einen verschwörerischen Blick zu und stellte meine Tasche ab.

Dann ging ich weiter. Die nächste Tür war das Badezimmer und die daneben musste das besagte Turmzimmer sein. Ich stieß die Tür auf und verstand Harkers Freude.

Die Einrichtung war nicht groß anders als bei mir, das Bett deutlich kleiner, aber der Rundumblick der höchst spektakulär in die Rundung eingepassten Fenster vermittelte inmitten tonnenschwerer Mauern trotzdem ein Gefühl von Freiheit, das gut zu Harker passte.

Ich ging zu dem Hocker am Fußende des Bettes und öffnete den Reißverschluss der Segeltuchtasche. Da seine Sachen bereits von dem unbekannten Angreifer durchsucht worden waren, hatte ich geringe Chancen etwas zu finden. Trotzdem wollte ich mir wenigstens ein Gefühl für meinen Chef verschaffen, der zugegebenermaßen inzwischen nicht nur meinen Verstand interessierte. Ich überlegte wie ein kontrollierter, schlauer Mensch wie Robin vorginge, fand keine befriedigende Antwort und kippte kurzentschlossen alles aufs Bett. Hilfreiches Bienchen war eine gelungene Tarnung für das, was ich vorhatte.

Schnell begann ich die Sachen glatt zu ziehen, Säume und Taschen abzutasten und ordentlicher zusammenzulegen als ich das mit meinen eigenen Klamotten je täte.

Nichts, außer einem verwaschenen Parkticket.

Mein Blick fiel auf zwei Bücher. *Menschen lesen* und *Gehirn und Geist*, der Aufmachung nach beides todlangweilige Fachwerke. Dem Thema nach allerdings nicht.

Ich hielt mich nicht damit auf, sondern überprüfte stattdessen noch rasch Harkers Kulturbeutel. Im Verhältnis zu meinem war das Ding höchst übersichtlich bestückt: Seife, Zahnbürste, 2in1-Duschbad-Shampoo, Haargel, Kamm ... nichts davon ungewöhnlich und alles sehr zweckmäßig. Ein Päckchen Kondome bewies, dass er zumindest theoretisch paarungswillig war. Ein vergilbtes und abgewetztes Foto von einer Frau auf einem Pferd könnte ein Hinweis auf seine Vorlieben sein. Also die Frau vor allem. Groß und schlank, eine brünette Version von Adriana und ganz anders als der dunkelblonde Zwergspion, der sie neiderfüllt betrachtete. Dann war da nur noch ein Blatt mit eingeschweißten Tabletten. Offenbar gehörte auch ein Tom Harker zu den Sterblichen. Gerade wollte ich den Beutel neben die ordentlich gefalteten Sachen auf den Hocker legen, als mir etwas auffiel. Rasch zog ich die Pillen noch einmal hervor.

Projekt Medusa, C4/4 stand da auf einem aufgeklebten Klarfolien-Etikett. Das war ungewöhnlich. Meine Medizin hieß anders und trug ihren Namen vielfach auf dem Alurücken. Um ganz sicherzugehen, dass auch der dümmste Patient kapierte, was er da nahm. Ich besah mir das Blättchen

135

genauer. Es fehlte sogar der übliche eingestanzte Haltbarkeitsaufdruck. Sehr seltsam.

Nachdenklich legte ich die Dinger zurück und griff nochmals zu den Büchern. In einem lag als Lesezeichen die Rechnung des Online-Buchhändlers, wonach der Kauf von Harker vor etwa 4 Wochen getätigt worden war. Interessant war das nicht gerade.

Genug geschnüffelt.

Leicht frustriert ging ich zurück in mein Zimmer und von dort ins Bad. Ich hatte ein Date mit diesem Wahnsinnsbett und dafür wollte ich gut aussehen.

Als ich frisch geduscht zurück in mein Zimmer kam, lag ein Zettel auf dem Bett.

Komm runter, ich habe gekocht.

A.

Ansonsten war alles unverändert. Kein Wunder, der Spion war ich. Robin wäre stolz auf mich. Liebevoll tätschelte ich mein Bett, vertröstete es auf später und suchte mir in meiner Tasche ein Kleidchen heraus. Und Schuhe.

Dabei holten mich Zweifel ein, die mein Verstand willig empfing. Ich hatte Robin nichts zu bieten, nichts außer dem Hinweis, dass Harker nichts Verdächtigeres bei sich hatte, als ein vergilbtes Foto von irgendeiner Tussi mit Pferd. Und einer Kugel in der Schulter.

Gut, das war schon was. Mein Herz hüpfte, solcherart ermutigt, begeistert mit mir die Treppen hinab. Allerdings nichts, was Robin dabei half, Harkers verräterisches Treiben nachzuweisen, bemerkte mein Verstand, der schon immer ein schlechter Verlierer war, hämisch.

Entsprechend gedämpft folgte ich den Stimmen und betrat einen der an die Halle angrenzenden Räume.

Harker saß mit offenem Hemd und einem Glas Wein an einem Tisch, der groß genug gewesen wäre, um die Ritter der Tafelrunde zu beherbergen.

„Hier sitzt der weiße Ritter, leicht verdengelt aber ansonsten fidel. Magst du auch ein Achterl?"

So verwaschen wie er das sagte, war der Wein in seinem Glas eher der Rest von einer Halben!

Trotzdem schlüpfte ich auf die Bank neben dem Kachelofen und ließ mir einschenken. Mein Bauch freute sich rumpelnd, überhaupt etwas zu bekommen, auch wenn mein Verstand warnte, dass frühmorgendlicher Wein auf nüchternen Magen definitiv die denkbar dümmste Füllung wäre.

„Wo ist Adriana? Ich dachte, ich hätte Stimmen gehört?"

„Magst du mit mir nicht allein sein?" In seiner Stimme lag plötzlich etwas Lauerndes, das ich nicht einschätzen konnte.

„Wir waren insgesamt mehr allein miteinander als unter Leuten", bemerkte ich über mein Weinglas hinweg.

„Korrigiere... nicht mehr allein sein."

Ich warf ihm einen prüfenden Blick zu, schwieg aber.

„Danke, dass du meine Sachen aufgeräumt hast", wechselte Harker das Thema und griff dabei über den Tisch nach meiner Hand. „Ich bin es nicht gewohnt, dass man für mich sorgt."

Verlegen zog ich meine Hand zurück und nahm noch einen Schluck Wein. Im Moment kam ich mir sehr schäbig vor.

Robin bedankte sich nie. Für ihn war immer alles selbstverständlich.

Andererseits sagte er mir auch nie, wie ich zu sein hatte und ich durfte sein, wie ich wollte.

„Ich stehe in deiner Schuld", lallte Harker weiter. „Du hast mir sehr geholfen."

„Loyalität", sagte ich. „Das hast du dir doch gewünscht."

„Du bist über einen Abgrund geklettert, um mich zu retten!"

„Dann bin wohl eher ich der weiße Ritter und du die Prinzessin."

Jede Gleichstellungsbeauftragte wäre stolz auf uns gewesen. .

Harker lachte. Es war das erste Mal, dass wir zusammen lachten. Es fühlte sich erstaunlich gut an. „Da siehst du mal, wie modern Novamove ist. Wir sind wirklich völlig geschlechtsneutral aufgestellt."

„Woher weißt du eigentlich immer so genau, was ich denke?"

Harker legte den Kopf schief. „Ich würde meistens ein Vermögen dafür geben, zu wissen, was du gerade denkst."

Soviel Glück konnte doch kein Zufall sein.

Endgültig verwirrt leerte ich mein Weinglas.

Mit einem Schulterzucken nahm Harker mir mein Weinglas aus der Hand. „Müssen Glückstreffer sein."

Ich warf ihm einen fragenden Blick zu und ertrank prompt in seinen Augen. Das war ein Mann, mit dem ich Tango tanzen wollte. Er stellte das Weinglas ab und griff erneut nach meiner Hand.

„Tom, das ist genau das was du brauchst", rief in dem Augenblick Adriana mit sicherem Gespür für den denkbar schlechtesten Augenblick, und kam mit einer großen Pfanne Kartoffeln aus einer weiteren Tür, hinter der die Küche liegen musste.

„Oh, Lisa? Frisch geduscht? Hol doch bitte aus dem Buffet dort drei Teller. Besteck ist in der rechten Schublade."

Adriana hatte jene Art von natürlicher Freundlichkeit, die es einem schwer machte, sie zu hassen. Während ich missmutig im Buffet nach den Tellern suchte, beschloss ich, trotzdem einen Versuch zu unternehmen. Das rote Gift hatte mir mit ihren blöden Kartoffeln tatsächlich einen Gefühlstango vermasselt. Einen *Tango*! Das würde ich ihr nie verzeihen.

Harker war offenbar zum Kaffeeholen in die Küche geschickt worden. Jedenfalls kam er jetzt mit einer ganzen Kanne davon zurück. Ich packte noch drei Tassen auf meine Teller und ging zurück zum Tisch.

Wir setzten uns, verteilten Geschirr, Kartoffeln und Kaffee und begannen schweigend unser Frühstück oder unseren verspäteten Mitternachtssnack. Lieber letzteres, denn ich hatte ja immer noch mein Date mit diesem Zauberbett.

„Geht es dir besser?", fragte ich schließlich, nachdem wir unter den Bratkartoffeln hinreichende Verwüstung angerichtet hatten.

Harker nickte.

„Er hat einen harten Schädel und auch sonst eine Konstitution wie ein Nashorn", bemerkte Adriana und verteilte die restlichen Kartoffeln.

Ich grinste. Dickhäuter eben.

„Nashörner sind die einzig wahren Einhörner", nuschelte Harker mit vollen Backen. „Dickhäuter sagen nur Neider!"

Und schon wieder fühlte ich mich ertappt.

139

„Die Schweinerei im Hotel hast du in den Griff bekommen?", fragte Adriana vom Einhorn offenbar völlig unbeeindruckt. „Sind wir ansonsten noch auf Kurs?"

Harker kaute fertig, schluckte und grinste dann sein üblich spöttisches Harker-Grinsen. „Ich schon, und du?"

Mit einem Schulterzucken legte Adriana ihr Besteck beiseite. „Ich bin hier an deiner Seite. Das ist schon mal nicht schlecht."

Die Art, wie Harker daraufhin geschmeichelt den Blick senkte, versetzte mir einen Stich. Ich wüsste zu gern mehr über diesen Kurs, der Robin garantiert brennend interessieren würde.

"Du weißt, dass mit einer Heckler & Koch auf dich geschossen wurde?" So wie Adriana das sagte, hatte das eine Bedeutung über den Wortlaut hinaus, die sich mir allerdings nicht erschloss.

"Jep", bestätigte Harker knapp. "Eine P30 V6 würde ich sagen. Die mit dem tollen Abzugssystem."

Adriana pfiff leise durch die Zähne, aber ich wusste nicht warum. Meine Erfahrung mit Waffen beschränkte sich auf Wasserpistolen in Kindertagen und selbst da gab es inzwischen Weiterentwicklungen, die ich nicht mehr verfolgt hatte.

"Für Leute, die sonst nur mit Wasserpistolen hantieren", wandte sich Harker an mich, "sollte man hinzufügen, dass dies Waffen sind, die auch die Bundespolizei verwendet."

Ich nickte nur. Für sein typisches spöttisches Lächeln würde er sicher eines Tages eine Extrarunde in der Hölle drehen!

"Die V6 ist aber nicht Standard." Adriana wirkte nun auch einmal besorgt. Meinen diesbezüglichen Vorsprung würde sie allerdings nicht einholen können.

Nachdenklich sammelte ich das Geschirr ein und trug es in die Küche. Blöd, dass die beiden offenbar kein Interesse daran hatten, mit mir zusammen ihren Kurs oder ihre Pläne zu besprechen. Blöder noch, dass man hinter diesen dicken Mauern ohne Wanzen so gut wie gar nicht lauschen konnte. Am allerblödesten, dass ich natürlich nichts dergleichen hatte. Auf dem Weg zurück hatte ich eine Idee. Ich griff in meine Tasche und zog mein Handy hervor. Die Diktierfunktion verwendete ich als Besitzer eines Siebhirns gern, um mich an Dinge zu erinnern, die ich sonst vergessen würde. Schnell aktivierte ich die App.

Mal sehen, was das Mikro taugte und wie lange es aufnahm.

Unauffällig steckte ich meinen kleinen Spion zwischen die Kissen auf der Eckbank, während ich lässig auf den Tisch klopfte.

„Ich bin hundemüde. Es macht euch doch nichts aus, wenn ich schon mal ins Bett gehe? Im Gegensatz zu euch brauche ich meinen Schönheitsschlaf."

„Aber nur, weil bei mir eh Hopfen und Malz verloren ist", lächelte Harker und winkte mir zum Abschied zu.

Adriana lächelte. „Wenn du noch was brauchst, sag Bescheid."

Da ich mir eine deutliche Aussprache bei wichtigen Themen schlecht wünschen konnte, gähnte ich nur demonstrativ und trollte mich nach oben.

Um ganz ehrlich zu sein, war es mir ganz recht, die zwei zurückzulassen, denn ich hatte ja noch eine Belohnung für mich.

Ich konnte es wirklich kaum erwarten, bis ich die Tür hinter mir geschlossen hatte und allein mit diesem Bett war.

Unabhängig davon, dass ich wirklich nicht mehr genau wusste, wann ich das letzte Mal geschlafen hatte, war dieses Bett eben ein König unter seinesgleichen, geschaffen, damit sich selbst eine gescheiterte Tanzmaus wie ich einmal wenigstens als Prinzessin fühlen konnte.

Fast andächtig strich ich mit den Händen über die samtweichen, schwach nach frischer Wäsche duftenden Laken.

Ich beschloss, dass ich in dieses Bett nur mit prinzessinnengleicher Bekleidung klettern wollte und zog mein Seidenhemdchen aus der Tasche hervor, das ich Harkers Wunsch nach angemessener Kleidung zuliebe eingepackt hatte.

Und ich legte sogar noch etwas Parfüm auf.

Für ein königliches Schlafvergnügen, auch wenn es nur ein paar Stunden währen würde.

Das Bett knarzte nicht, als ich hineinkletterte, sondern hieß mich willkommen, schmiegte sich mit seiner Matratze zärtlich an meine Konturen und bot mir genügend Raum für hingebungsvolles Räkeln. Was ich hier alles mit Robin anstellen könnte.

Ich rollte mich zur Seite, vergrub mich in das Kopfkissen und schloss die Augen.

„Morpheus, ich komme."

Gerade als ich mich glückseliger Ohnmacht hingeben wollte, klopfte es.

Ich beschloss, das erst einmal zu ignorieren. Mein Bett hatte all meine Aufmerksamkeit verdient.

Es klopfte wieder. Nachdrücklicher diesmal. Der Störenfried meinte es offenbar ernst.

Ich fluchte nicht, als ich mich aus meinen Kissen schälte und über den glatt polierten Holzboden zur Tür tappte. Aber nur weil Prinzessinnen so was nicht machen.

Andererseits hatten die Zofen und Diener, die ihnen solch niedere Tätigkeiten abnahmen. Entsprechend unwillig riss ich die Tür auf.

Ein nonverbales *wer stört?* gestattete ich mir dann doch.

Vor mir stand Harker, die Hand zum erneuten Klopfen erhoben. „Schläfst du schon?"

„Ja", sagte ich, „ich schlafwandle nur. Was willst du?"

Harker zögerte. „Gesellschaft."

Nun war ich es, die stutzte.

„Gesellschaft", echote ich wenig eloquent. „Als ich raufgegangen bin, wirktest du auf mich nicht gerade vereinsamt. Im Gegenteil, mir schien, als hätten Adriana und Herr Harker sich viel zu erzählen."

„Hätten sie. Aber abgesehen davon, dass sie sich nicht genug über den Weg trauen, um sich über die wirklich spannenden Sachen auszutauschen, hat Adriana gerade nach dem Vorfall im Hotel noch viel zu tun."

„Äh", sagte ich, weil ich mich nicht entscheiden konnte, ob mich mehr ärgerte, dass ich offenbar die Reservebankbesetzung war oder dass ich immer noch nicht wusste, was hier eigentlich gespielt wurde. Und es auch nicht erfahren würde, wenn die zwei Idioten sich noch nicht einmal dann darüber unterhielten, wenn ich nicht dabei war. Herrgott! Wie machte das James Bond nur immer?

„Darf ich reinkommen?"

„Äh!" Never change a winning team, vor allem, wenn einem noch nichts anderes eingefallen ist. „Warum ... ich meine ... wozu? Also, äh ... klar!"

„Von meiner PR-Managerin würde ich etwas mehr Eloquenz erwarten", sagte Harker und trat ein.

„Die ist nicht im Dienst", erwiderte ich pampig. „Also?"

Harker drehte sich um und bedachte mich mit einem sehr seltsamen Blick. Mir wurde plötzlich bewusst, dass ich hier in Negligé und Spitzenpanties vor ihm stand, was auch eher unschicklich für eine Geschäftsbeziehung war.

„Ich kann nicht schlafen", sagte er und wirkte dabei wie ein kleiner Junge, den ein Gewitter aufgeweckt hat. Nun, das war jetzt nicht mein Problem, meinte mein Verstand, aber mein Herz befahl Schweigen.

„Auf mich ist noch nie geschossen worden. Ich habe nie zuvor darüber nachgedacht, dass ich einmal sterben könnte." Er schüttelte den Kopf. „Lisa, es ist nicht so, als sei ich ein kleiner Bub, der bei jedem Donnergrollen nach der Mutti schreit. Und natürlich weiß ich, dass ich nicht ewig leben werde." Auf der Suche nach Worten sah er mich so hilflos wie ebenjener Schulbub an. „Aber bis heute war mir nie bewusst, dass es wirklich jede Sekunde vorbei sein könnte. Ganz und gar vorbei. Ohne Zugabe, ohne Extrarunde. Aus, tot. Ruhe. Das fühlt sich furchtbar an ..."

„Liegt darin nicht auch ein wunderbarer Trost?" Meine Stimme war belegt und so räusperte ich mich. „Enthebt uns das nicht all der großen Dinge, an denen wir uns immer überheben? Es kann vorbei sein, jederzeit. Lebe den

Augenblick. Er ist einzigartig, denn du kannst ihn nicht zurückholen und selbst wenn, wozu? Du wärest nicht mehr derselbe."

Ich lächelte, selbst überrascht von meinem philosophischen Ausbrauch. "Was ist dann noch wirklich wichtig? Lebe jetzt, hier, so wie es sich ergibt. So intensiv wie möglich."

„Und wie?" Er schrie das fast. Überrascht von diesem Gefühlsausbruch wich ich unwillkürlich einen Schritt zurück. „Jeder will was von mir, jeder versucht jeden zu manipulieren. Immer geht es nur um Macht und Geld, doch nichts von alledem kann wärmen."

„So wie es dein Herz befiehlt", sagte ich schließlich vorsichtig. „Damit deine Seele das Fliegen nicht vergisst."

Harker sah mich an als hätte er mich noch nie zuvor gesehen. Verunsichert hielt ich seinem Blick stand.

„Vielleicht musst du aber erst wieder lernen, deine Seele zu spüren?" Er schien nach innen zu lauschen und nickte.

„Tanz mit mir!"

Ich wollte nicht wissen, wie blöd ich gerade schauen musste. „Was?"

„Tanz mit mir!"

Harker zog sein Smartphone aus der Jeans und schaltete auf laut.

Etwas blechern, aber deutlich vernehmbar meldete sich Amie Winehouse zu Wort. *Back in Black.*

„Wie passend für einen Totentanz."

Harker nickte verlegen, einmal mehr der Schulbub und hob linkisch die Hände.

Ich legte den Kopf schief. „Kannst du überhaupt tanzen?"

So wie er vor mir stand, beantwortete sich das von allein.

„Nein. Aber du sollst es mir lernen. Jetzt."

Auch wenn es albern war, plötzlich war ich aufgeregt.

Harker ließ mich nicht aus den Augen. „Bitte tanz mit mir."

Ich hob meine rechte Hand und legte sie in die seine. Wie ein zerbrechliches Vögelchen in dieser schwieligen Surferpranke …

Behutsam legte Harker seinen Arm um mich und zog mich zu sich.

„Nicht so eng, Foxtrott ist ein Standardtanz, da geht man nicht auf Tuchfühlung." Nachdrücklich rückte ich wieder von ihm ab.

„Und jetzt?"

„Jetzt sollten wir tanzen."

Langsam, linkisch setzte sich Harker in Bewegung.

Ich lachte unwillkürlich und hielt ihn zurück.

„So wird das nichts."

Harker grinste und legte fragend den Kopf schief. Die Spannung, die ich deutlich spüren konnte, ließ wenigstens ein bisschen nach.

„Also." Ich begann seine Haltung zu korrigieren. „Standardtänze werden relativ eng in der sogenannten Standardhaltung getanzt. Dabei schaust du mir über meine rechte Schulter und ich betrachte deine rechte Schulter. Speziell wenn ich Zwerg barfuß unterwegs bin."

Ich schüttelte ihn. „Standard hat nichts mit *steif* zu tun. Du zelebrierst Körperbeherrschung. Nur mit der nötigen Kontrolle vermittelst du die Leichtigkeit, die du brauchst, damit dein Gefühl aus deiner Seele fließt."

„Und um die Seele geht es."

Als Harker sich straffte, näherten wir uns tatsächlich einer Tanzhaltung. Erstaunt stellte ich fest, dass ich mich in seinen Armen wohl fühlen konnte.

„Die Schrittfolge ist an sich nicht schwer", dozierte ich, während ich Harker langsam durch den Raum schob. „Vor, vor, seit, schließen. Und dann rück, rück, seit, schließen."

Harker folgte mir willig. „Und jetzt musst du mich führen", erklärte ich lächelnd und legte mich etwas gegen seinen Arm. „Der Foxtrott hat seinen besonderen Reiz durch lange, stetig fließende Bewegungen über die Tanzfläche. Mit kaum einem anderen Tanz kann man sich so gut vorstellen, im Strom des Lebens zu treiben."

„Rück, rück, seit, schließen", murmelte Harker konzentriert.

„Tja, selbst schuld. Da hast du dir was Anspruchsvolles ausgesucht."

I died a hundred times … you go back to her, klagte Amy.

145

„Ich persönlich denke ja bei *Back in Black* eher an die Variante von AC/DC", sagte Harker, meine Befürchtungen bestätigend, rhythmisch abgehackt, sichtbar innerlich mitzählend... *lang, lang, seit, ran.*

„Warum dann diese?"

„Ich dachte, sie passt besser zu dir."

„Achte auf deine Füße", sagte ich schnell. „Ferse oder Ballen, sauber heben und senken, so dass du immer deinen Schwerpunkt über deinen Füßen hältst."

„Du wirkst auf mich so verletzlich", fuhr Harker fort, der den Grundschritt inzwischen schon ganz gut beherrschte. „Ein Glück, dass du nicht Amy bist."

„Ich kann zum Beispiel nicht singen."

„Du bist stärker."

„Rechtsdrehung", befahl ich. „Eindrehen, schließen, drehen, drehen, seit, an, seit" Ich schob ihn weiter. „Und wieder in den Grundschritt ..."

Und Amy sang in Dauerschleife. *I died a hundred times.*

Wir übten noch Linksdrehung und Kreuzschritt. Harker hatte ein natürliches Gespür für Rhythmus und Bewegung, was es leicht machte, mit ihm zu tanzen und so überließ ich ihm wieder die Führung und duldete, dass er mich etwas enger an sich zog.

Amy drückte meine Stimmung. Ich hatte das Lied nach der Trennung von Robin gut hundert Mal gehört und meine zurückgewiesene Liebe herausgeweint.

Harker fuhr mit seiner Hand von meinem Schulterblatt ein wenig nach oben und streichelte mich sanft. Eine kleine Geste nur, aber doch verstörend intensiv.

Rolling up the walls inside.

„Ich würde viel dafür geben, einmal so geliebt zu werden."

Ich sah auf und begegnete Toms Augen. Warmen, freundlichen Augen.

Es wäre einfach gewesen, zu fragen, wie er darauf kam. Aber auch feige. Und das wollte ich nicht sein. Ich schob mich an ihm vorbei in einen Kreuzschritt. „Dazu müsstest du erst einmal selbst so lieben."

146

Harker hielt mich fest im Griff und brachte mich wieder in die Standardposition zurück. Und immer noch war ich gefangen in seinem Blick, der den Spott des Harker-Lächelns von seinen Lippen nahm und die Frage ehrlich klingen ließ. Weshalb sie mich viel mehr und umso härter traf.

„Hat er dich so geliebt?"

Mir fiel erst auf, dass ich stehen geblieben war, als Harker mit seiner Brust gegen mich stieß. Ich blinzelte, sprachlos, unfähig zu antworten.

Ich wusste nicht, ob Robin mich liebte. Natürlich wusste ich es nicht. Verstand und Herz lagen darüber seit Monaten im Clinch. Was also hatte mich jetzt so unvorbereitet getroffen?

I love you much, it's not enough.

„Das wird jetzt etwas zu persönlich."

„Findest du?" Harker ragte so groß über mir auf. „Ich hab dir von meinen Todesängsten erzählt."

„Das war deine Entscheidung." Ich wäre plötzlich am liebsten ganz woanders gewesen und wollte mich wenigstens aus der Tanzhaltung befreien, aber Harker hielt mich zurück.

„He …" Das war alles, was ich sagen konnte, bevor er mich küsste.

Rolling up the walls inside.

Es war ein eigenartiger Kuss, warm und weich und federleicht, ganz ohne Forderung.

Und doch … sprach er in mir eine Seite an, die so verschüttet gewesen war, dass ich selbst nicht mehr an ihre Existenz geglaubt hatte. So, wie man auch nicht genau sagen kann, wann man aufgehört hat, an das Christkind zu glauben oder eben an den wahren Kuss der Liebe.

Wow! Das hatte ich nicht erwartet. Nostalgische Erinnerungen an Schulhofküsse wurden wach – oder vielmehr an die kribbelnde Vorfreude darauf, als man solchen Gesten noch eine Bedeutung beigemessen hat, die im täglichen Austausch von Bussi-Bussis mit Menschen, bei denen man allenfalls so tut, als würde man sie mögen, schon lange verloren gegangen ist.

Harkers Lippen lösten sich von meinen, doch das Gefühl blieb. Er atmete leise aus, zog mich an seine Brust und hielt mich fest.

Irgendwie unschuldig.

Doch was wollte Unschuld in einer durch und durch zynischen Welt? Ich spürte wie mir Tränen in die Augen traten, weil Robin mich nie so halten würde. Weil ich ihm immer und immer wieder all meine Liebe entgegenwarf und einfach kein Echo erhielt. Nur eine Liste von Anforderungen, Bedingungen und Begehrlichkeiten, ohne die es seiner Meinung nach schon keine Beziehung geben konnte, geschweige denn Liebe. Doch konnte man sich Liebe verdienen?

Ich wollte nicht weinen und schniefte stattdessen so diskret wie möglich. Erst jetzt fiel mir auf, dass Harker nicht nur mich in seinen Armen wiegte, sondern sich zugleich an mir festhielt, gefangen im Schock der eigenen Unzulänglichkeit.

Behutsam hob ich meinen Arm und strich sanft über seinen Rücken. Meine Finger ertasteten den Verband, der seine Schulter zierte.

Musste unser Tanz Harker nicht fürchterliche Schmerzen bereitet haben?

Zart fuhr ich an dem Mull entlang über seinen Rücken.

Eine kleine Geste nur, um den Trost zurückzugeben, der mir gerade zuteil geworden war. Und doch löste ich damit irgendetwas in Harker aus.

„Oh, Lisa." Mit einem unterdrückten Stöhnen hob er mich auf und trug mich – lang, lang, kurz – zum Bett, auf das er mich nicht etwa leidenschaftlich warf, sondern so behutsam legte, als sei ich ein unfassbar zerbrechliches Fantasiegeschöpf, eine Elfe vielleicht.

Er lächelte auf mich herab. „Zauberfee", sagte er leise und lag damit endlich mal wenigstens ein bisschen neben meinen Gedanken.

Fragend sah ich zu ihm auf. „Hast du dich jetzt müde getanzt?"

„Nein." Das Lächeln wurde breiter. „Aber in Richtung Frieden bewegt. Die Seele bequemer gebettet."

Zögernd antwortete ich dem Hunger in seinen Augen und gab damit auch meiner eigenen Verwirrung nach. „Willst du bleiben?"

Harker legte stirnrunzelnd den Kopf schief. „Das ist aber ein unmoralisches Angebot."

„Es wäre fahrlässig, Menschen in Todesangst allein zu lassen. Meine innere Krankenschwester ist stark."

Ich rutschte demonstrativ zur Seite. Mein Königsbett war groß genug für einen Gang Bang mit einer halben Fußballmannschaft. Und ich wollte im Augenblick auch nicht allein sein. Um nichts in der Welt, denn dann würde ich mich wieder innerlich mit all den Fragen, die um Robin kreisten, selbst zerfleischen. Obwohl ich dennoch nicht um Gesellschaft betteln würde.

Harker kämpfte mit sich, ich kannte das aus eigener täglicher Praxis und ging dann, um Amy schlafen zu schicken. Anschließend schlüpfte er etwas ungelenk aus Jeans und Hemd und präsentierte in rührender Arglosigkeit seine absolut sehenswerte Surfer-Figur, bevor er fast schon verlegen zu mir ins Bett kam. Irgendwie süß – speziell wenn man wusste, wie er sich im Tagesgeschäft gab.

Ich wandte mich ihm für einen hungrigen Kuss zu, aber er hielt mich zurück. „Es ist so spät, dass es schon wieder früh ist. Wir sind beide völlig übernächtigt und brauchen dringend ein paar Stunden Schlaf." Behutsam drehte er mich an der Schulter herum, um mich sehr zärtlich in den Nacken zu küssen, bevor er sich in der Löffelchenstellung an mich schmiegte. „Es tut mir gut, jetzt nicht allein zu sein."

Plötzlich war ich heilfroh, dass er mein Gesicht nicht sehen konnte, denn damit sprach er mir aus der Seele. Es war mein Herz, das unter Harkers Armen die verräterische Frage stellte, ob ich mich so an Robin gehängt hatte, weil es umgekehrt so wehtat, niemanden zu haben? War diese Liebe und der mit ihr verbundene nie ganz verheilte Herzschmerz nicht mehr als ein emotionales Stockholm-Syndrom? Mein Verstand gab sich versöhnlich und kramte Erinnerungen an die guten Tage mit Robin hervor, den großartigen Sex, die tollen Ausflüge, unseren Urlaub in Istanbul. Aber es war bizarr, solchen Gedanken mit einem fremden Mann im Bett nachzuhängen. Und sie hatten alle keinen Bestand vor jenem Kuss, der immer noch auf meinen Lippen brannte.

„Willst du mir einen Gefallen tun?", murmelte Harker in mein Haar.

Unmerklich nickte ich und lauschte in die Dämmerung.

„Könntest du in mir bitte nicht immer nur Harker sehen? Ich möchte viel lieber Tom für dich sein."

Dieses Mal nickte ich etwas nachdrücklicher.

War mein Chef wirklich so ein Softie? Ein Löffelkuschler unter der harten Schale?

Doch woher er auch immer seine hellseherischen Fähigkeiten hatte, in Bezug auf meine Müdigkeit traf seine Prophezeiung ein und so war ich eingeschlafen, bevor ich eine befriedigende Antwort auf diese Fragen gefunden hatte.

Ich wachte auf – viel zu früh natürlich – weil mich irgendein Geräusch geweckt hatte.

Schnarchte Harker etwa? Ohne Rücksicht auf im Weg befindliche Männerarme setzte ich mich abrupt auf und lauschte.

Da war nichts. Nicht einmal jene Geräusche, die üblicherweise ein altes Haus so von sich gab, wenn es sich unbeobachtet fühlte.

„Hm?"

Harker drehte sich auf die Seite und blinzelte schlaftrunken.

„Mich hat irgendein Geräusch geweckt", erklärte ich leise. Normalerweise bin ich nicht übertrieben schreckhaft und Hysterie ergreift mich nur ab einer Höhe von zwei Metern. Dass ich so nervös war, verwunderte mich daher zugegebenermaßen sehr. Waren das die Nebenwirkungen des Schusswechsels gestern im Hotel? Auf mich war immerhin auch geschossen worden. Oder die Nebenwirkungen der Nebenwirkungen in Form eines traumatisierten Chefs mit Anlehnungsbedürfnis?

Adrenalin ist ein tolles Zeug. Harker, der sich vor einem Augenblick noch schlaftrunken in den Kissen gewälzt hatte, schlug, wohl alarmiert von meinen eindringlichen Worten, die Augen auf und glitt lautlos aus dem Bett. An der Tür verharrte er und lauschte.

Was immer er gehört haben mochte, drang nicht bis zu mir vor. Harker jedenfalls straffte sich, schlüpfte in seine Jeans und sein Hemd und öffnete die Tür.

Eine innere Stimme sagte mir, dass es Zeit war, zu packen. Während ich mich anzog und meine Tasche packte, grübelte ich, welchem meiner

151

Ratgeber diese Stimme gehören könnte. Bis auf mein Handy hatte ich alles.

Mein Handy!

Ich schulterte meine Tasche und öffnete die Tür.

Der Gang war leer, doch von unten erklangen Stimmen. Männliche Stimmen.

Mindestens zwei. Sie klangen unfreundlich.

Vorsichtig schlich ich zur Treppe.

Das ist einer der Vorteile, wenn man Tanzen kann: Mit genügend Körperbeherrschung kann man auch schleichen.

„Harker", schnarrte eine Stimme mit hartem Akzent. „Machen wir es kurz und ersparen uns die Schweinerei. Wo ist das Mittel?"

„Woher wisst ihr denn davon?"

Harker klang beherrscht, nicht wirklich besorgt. Das fand ich beruhigend.

Das Klatschen, das der Frage folgte, ordnete ich als Ohrfeige ein. Dieses Agentenleben schulte mein Gehör.

Inzwischen hatte ich die Treppe erreicht und tastete mich langsam, seeeeehr langsam Stufe für Stufe nach unten. Wo steckte eigentlich Adriana?

„Wo ist Adriana", fragte Harker, von den Schlägen scheinbar unbeeindruckt, und mit zuverlässig sicherem Gespür für die Themen, die mich beschäftigten.

„Das tut nichts zur Sache. Sagen wir so, sie ist ein guter Grund für dich, vernünftig zu sein, Ich frage dich das letzte Mal. Wo ist der Stoff?"

Harker blieb die Antwort schuldig.

„Jemal!" Die fremde Stimme vibrierte förmlich vor Ungeduld.

Etwas klickte.

Während ich die letzten drei Stufen hinunterglitt, übte sich mein Verstand eindringlich in Assoziationen zu lautem Klicken.

Schnappmesser, Dosenbier, Kaugummibehälter, Pistolen.

Mein Herz reagierte auf die gefährlichen Sachen deutlich intensiver als auf die anderen.

Lautlos stellte ich meine Tasche an der Treppe ab und glitt zur Tür, die zur Stube führte, in der wir gedinfastet hatten – oder wie immer man jenen Hybriden aus spätem Dinner und frühem Frühstück nannte. Gebreakiert? Mein Verstand schien sich mit den Gefahren dieser Situation nicht befassen zu wollen. Ich fühlte mich allein gelassen und schluckte.

Ein Stöhnen vertrieb alle deplatzierten Gedanken.

„Harker, bist du bereit für das Mittel zu sterben?"

Ich hielt die Luft an. Haltsuchend schlossen sich meine Finger um die Geweihschaufel, die etwa auf Kopfhöhe neben mir an der Wand hing. Langsam rutschte ich weiter nach vorn, bis ich in die Stube spähen konnte. Ein Mann lehnte lässig am Buffet, während ein anderer vor Harker stand, der zusammengesackt in einem Lehnstuhl hing. Blut troff aus einem Schnitt, Metall glitzerte in der Hand seines Gegenübers.

„Nein." Der Schmerz in Harkers Stimme steigerte meine Angst zu Panik.

„Wann ist man schon bereit?"

Mit hocherhobenem Geweih sprang ich in die Stube. Das Überraschungsmoment war auf meiner Seite und das war gut, denn mehr Unterstützung war nicht zu erwarten. Mit der Entschlossenheit des Amateurs schlug ich Jemal das Geweih auf den Kopf. Statt ordnungsgemäß umzufallen, drehte er sich um, ein gefährlich schimmerndes Messer in der Hand.

Erstaunen stand ihm ins Gesicht geschrieben. Mir auch, denn er hielt das Messer, als wolle er mich damit bedrohen. Doch ich fing mich schneller und schlug nochmals zu. Blut spritzte mir auf die Haare, als Jemal mir entgegen stürzte.

Panisch wich ich ihm aus. Eine Hand packte mich grob am Arm und riss mich herum. Jemals Chef!

„Scharmuta", zischte er und starrte mich hasserfüllt an. In seinem Griff wurde ich gegen seinen Bauch gedrückt und gegen die Ausbuchtung in seinem Jackett. Bestimmt hatte er dort eine Pistole. Ich schlug wieder zu. Offenbar hatte der Kerl damit gerechnet und blockte die Bewegung mit seiner freien Hand. Das Geweih polterte zu Boden

153

Autsch! Der Kerl war kräftig.

Ich riss mein Knie hoch. Wie erhofft, traf ich ihn gut zwischen den Beinen. Als er sich stöhnend krümmte, befreite ich mich mit einem Ruck und wich zurück.

Ich sah wie seine Hand in seine Jackettasche fuhr und wollte nochmals zuschlagen.

Doch mein Geweih war fort. Hilflos erstarrte ich mitten in der Bewegung.

Plötzlich stand Harker neben mir, mit Jemals Messer in der Hand.

„Lass es sein, Amir."

Er sagte das ganz ruhig, beinahe freundlich. Dennoch war die Drohung greifbar. Vielleicht lag das an der lässig-lockeren Art, mit der er dieses riesige Messer hielt, an dessen Klinge noch Blut klebte. Sein Blut vermutlich, das ihm im Gesicht klebte, gut verteilt um einen hässlichen Schnitt, der vom Ohr entlang des Kiefers führte. Vielleicht lag es aber auch an seinem Blick, in dem kalte Mordlust stand. War dieser Killer der Mann, der die Nacht nicht allein sein konnte, der mit mir und Amy getanzt hatte? Ohne einen der beiden aus den Augen zu lassen, bückte ich mich nach dem Geweih. Es war nicht die Waffe meiner Wahl, aber besser als nichts.

„Du kommst mit einem Messer zur Schießerei?", presste Amir, hörbar gezeichnet von meinem Tritt heraus. „Du Narr."

„Pass auf", brüllte ich, als ich in meiner gebückten Stellung sah, dass Amirs Hand sich in der Tasche bewegte.

Ein Schuss gellte durch den Raum.

Harker ging zu Boden.

Ohne nachzudenken, schlug ich zu und traf Amir am Knöchel. Als sich das Geweih verhakte, zog ich mit aller Kraft.

Amir schrie auf und stürzte. Er krümmte sich und versuchte, sich von dem in seiner Wade steckenden Geweihende zu befreien. Ein Anblick, von dem ich mich nicht losreißen konnte.

Und nun?

Amir hatte immer noch seine Pistole und nun auch noch allen Grund, mich zu hassen.

„Scharmuta", presste er schmerzerfüllt hervor.

„Das wird dadurch nicht richtiger, dass du es wiederholst."

Harker beugte sich über ihn und drückte ihm das Messer gegen den Hals, während er mit der anderen Hand die Pistole aus dem zerfetzten Jackett zog.

Unwillkürlich rutschte ich auf den Knien zurück, bis ich an die Sitzbank stieß.

Die nun auf ihn gerichtete Pistolenmündung übte auf Amir eine offenbar hypnotische Wirkung aus.

„Steh auf!"

„Ich kann nicht. Meine Sehne ..."

Harker zuckte die Schultern.

„Woher wisst ihr von dem Mittel?"

Amir lachte. „Das ist mein Geschäft. Ich handle mit Informationen. Meine Preise sind gut."

„Das ist keine Antwort."

„Mehr wirst du nicht bekommen. Dein Preis ist zu schlecht."

„Ich biete dir dein Leben."

„Das steht nicht in deiner Macht. Allah allein bestimmt über mein Schicksal und wenn du mich jetzt tötest, so sei es. Willst du meine Antwort, ist mein Leben vorbei, selbst wenn es nicht deine Hand ist, die das Ende setzt."

„Wie theatralisch."

Immerhin lenkte es sie von mir ab.

Langsam wanderte meine Hand zwischen die Kissen, auf der Suche nach meinem dort verborgenen Handy.

Dabei fiel mein Blick auf Jemal, der gerade versuchte, sich eben so unauffällig wie ich zu meinem Handy, auf Harker zuzubewegen.

„Pass auf", rief ich in dem Moment, in dem Jemal angreifen wollte.

Harker fuhr herum, meine Warnung war gerade noch rechtzeitig gekommen. Die beiden rangen erbittert miteinander. Während Harker ihn mit einem wuchtigen Schwinger in den Magen bedachte, stach Jemal mit den Fingern nach Harkers Augen.

Ich blinzelte und schluckte. Eine Tanzausbildung bereitete nicht auf solche Brutalität vor.

Mit einem wilden Schrei stürzten die beiden zu Boden und wären auf mir gelandet, wenn ich mich nicht schnell auf die Bank zurückgezogen hätte. Endlich fand ich mein Handy und stopfte es mir in die Tasche. Jemal schlug gegen Harkers verletzte Schulter und befreite sich, als der schreiend zurückwich, aus dessen Würgegriff.

Hilflos sah ich mich nach einer geeigneten Waffe um. Doch noch bevor ich einen geeigneten Prügel entdeckt hatte, schlug Harker Jemal mit dem Knauf der Pistole erneut bewusstlos.

Schwer atmend zog er sich an der Tischplatte hoch.

„Wo ist Amir?"

Verdutzt sah ich mich um und starrte auf den leeren Teppich!

Ich atmete zittrig ein paar Mal ein und aus.

Zu viel mehr war ich im Moment nicht in der Lage. Was war ich doch für ein behütetes Püppchen! So viel rohe Gewalt hatte ich bisher in meinem ganzen Leben noch nicht gesehen, von gelegentlichen Schlägereien mit meinem Bruder abgesehen, die aber irgendwie nicht zählten.

„Man ist nicht unbedingt verhätschelt, wenn man schlucken muss, bevor man einem Fremden ein Geweih in die Wade rammt", tröstete mich Harker und lächelte.

Das sollte mich vermutlich aufheitern, aber wie seine Zähne in dem über und über mit Blut in verschiedenen Gerinnungsstadien verschmierten Gesicht leuchteten, hatte gar nichts Beruhigendes. Im Gegenteil.

„Wo ist Amir", echote ich, obwohl ich das ja eigentlich gefragt worden war. Amir war mein Gegner gewesen. Harker hatte sich ja mit Jemal befasst und war im Gegensatz zu mir entschuldigt.

Statt einer Antwort wies Harker auf eine Blutspur, die in die Halle führte. Dann riss er die Bänder von dem Kissen der Sitzbank, um damit Jemal zu fesseln.

Es sah so aus, als mache er das nicht zum ersten Mal.

„Surfer verstehen viel von Knoten", erklärte er beiläufig, obwohl ich doch gar nichts gesagt hatte.

„Willst du mir nicht endlich sagen, was hier abgeht?" Ich erschrak selbst vor dem hysterischen Unterton in meiner Stimme, bemühte mich aber um einen strengen Blick.

Auch wenn ich mir meine Agententätigkeit einfacher vorgestellt hatte, würde ich jetzt keinen Rückzieher machen.

Das klang heldenhafter als es war, denn mir blieb im Moment auch gar nichts anderes übrig.

„Das hast du dir vermutlich für deine Rettung verdient", räumte Harker ein. „Aber darf ich einer Spionin meine Geheimnisse anvertrauen?"

„Wie kommst du eigentlich darauf, dass ich eine Spionin sei?" Diesmal klang ich entrüstet. Oscarreif.

„Nur so eine Assoziation. Ich habe selten einen Menschen gesehen, der so genau beobachtet. Vielleicht liegt das aber auch nur an deinen wundervollen großen Augen."

Das war nett, aber nicht nett genug, um mich zu täuschen. „Lenk nicht ab, denn als deine PR-Frau weiß ich von der Macht der Worte."

Harker seufzte. „Ich werde dir alles erklären. Später. Wir müssen jetzt erst Amir suchen und wichtiger noch – nach Adriana sehen!"

Oh.

Adriana hatte ich total vergessen.

Ich warf einen letzten Blick auf Jemal, der immer noch bewusstlos und nun gut verschnürt auf dem Boden lag und folgte Harker in die Halle.

„Such du oben nach Adriana, ich sehe mich hier und im Keller um."

„Ist das schlau, sich zu trennen?"

In den Filmen, aus denen ich den Großteil meiner Erfahrung bezog, war es das definitiv nicht.

„Beeil dich lieber!" Harker schob mich kopfschüttelnd zur Treppe. „Wir sind hier in keinem Horrorfilm, Lisa."

Na gut, dachte ich mir und hastete die Treppe zurück nach oben.

Laut nach Adriana rufend öffnete ich systematisch alle Türen, die vom Gang abgingen. Es waren einige.

Mein Zimmer war so wie ich es verlassen hatte, das Bad ebenso. Harkers Turmzimmer war durchsucht worden, was mich nicht wunderte. Das musste mich wohl geweckt haben.

Aber von Adriana keine Spur.

Ich sah noch in die angrenzende Bibliothek, doch da war außer Büchern und Sesseln nicht viel zu sehen. Seufzend drehte ich um und widmete mich den Räumen auf der anderen Seite des Ganges. Das Schlafzimmer war offenbar das von Adriana. So interpretierte ich jedenfalls die neben einem schwarz-pinken Koffer über einem Stuhl hängenden Kleider und den BH obenauf. Zum Nebenraum gab es eine Verbindungstür, die offen stand. Neugierig ging ich hindurch und betrat ein Arbeitszimmer, in dem sich gleich drei Monitore auf dem Schreibtisch befanden und obendrein ein paar seltsame technische Apparaturen, von denen ich noch nicht einmal eine Ahnung hatte, wozu die dienen könnten. An einem hing ein Zettel: *Projekt Medusa*. Die Beschriftung sagte mir etwas. Das hatte ich kürzlich schon einmal gelesen.

Spontan machte ich von ihnen Fotos. Für Robin, der sich als echter Spion mit solchen Dingen gewiss besser auskannte. Ansonsten herrschte in dem Raum ein heilloses Durcheinander. Blätter waren über den Boden verstreut und Schubladen herausgezogen. Sehr dramatisch.

Ich öffnete die Tür, die auf den Gang führte und staunte, dass sie klemmte. Ich ruckte etwas fester und prompt gab sie mit so viel Schwung nach, dass ich fast gestürzt wäre.

„Lisa?"

„Ich komme!"

Schnell inspizierte ich den letzten Raum, ein weiteres Badezimmer, in dem außer dem üblichen Zeugs, das Damen aus ihrem Kulturbeutel nehmen und ums Waschbecken herum verteilen, nichts Außergewöhnliches zu sehen war.

Harker wartete bereits in der Halle.

„Sollen wir nicht noch auf dem Dachboden schauen? Ich habe im Gang oben eine Speicherklappe gesehen …"

„Nicht nötig", wehrte Harker ab. „Amirs Blutspur führte nach draußen und zum Parkplatz, wo sich seine Spur verliert. Ich fürchte, ich weiß, wo wir Adriana finden."

„Willst du nicht noch deine Sachen packen?"

Er schüttelte den Kopf. „Mein Handy haben sie schon und sonst ist nichts Wertvolles dabei."

Hm. Das war es bei mir auch nicht. Trotzdem nahm ich meine Tasche auf dem Weg nach draußen mit. Man weiß ja nie.

Ich saß noch nicht einmal ganz im Wagen, da gab Harker schon Gas. Die Tür wurde vom Anfahrschwung zugedrückt und das mahnende Gebimmel erinnerte mich mit mechanischer Penetranz daran, den Gurt anzulegen.

Überflüssig. Bei dem Fahrstil war ich für jedes bisschen Sicherheit höchst dankbar.

Wir rasten durch den einsamen Wald, der Motor brüllte in jeder Kurve, in der Harker nach unten schaltete, zornig auf und mir war, als würden sich die Bäume neugierig zu den beiden Irren neigen, die durch die Bergeinsamkeit rasten.

„Wohin fahren wir?"

Er konnte mich eigentlich nicht überhört haben. Und doch gab er mit nichts zu erkennen, dass er mich gehört hatte. Höchst konzentriert jagte er den Wagen durch eine Haarnadelkurve, in der ich mich vermutlich auch halb so schnell fahrend überschlagen hätte.

„Entspann dich, ich hab alles im Griff."

„Ach", höhnte ich. „Das hast du aber bislang geschickt verborgen. Ohne mich hätten sie – wer immer sie sind - dich ja schon im Hotel erledigt und gegen Jemal und Amir hättest du ohne meine Hilfe auch eher alt ausgesehen. Vielleicht bin ich ja manchmal zu sehr Perfektionist, aber für mich schauen Dinge, die man im Griff hat, anders aus!"

„Hm." Die nächste Kurve verengte sich vor meinen Augen, bevor sich der Wagen quietschend quer stellte und wir schon hindurch waren. „Aus deiner Perspektive betrachtet, verstehe ich das sogar."

Ich schwöre, dass Harker im Augenblick allein das halsbrecherische Tempo davor rettete, von einem ansonsten absolut friedfertigen Menschen erwürgt zu werden.

Endlich entdeckte ich ein Schild:

Wanderweg Attersee

Wenn ich nur nicht so eine geografische Niete wäre! Von dem Tümpel hatte ich noch nie zuvor gehört.

War das eigentlich Freiheitsberaubung, wenn man an einen unbekannten Ort verschleppt wurde? Würde ich Harker deswegen anzeigen? Ich dachte an die Nacht und war mir nicht mehr sicher.

Ein paar Wanderer schüttelten die Fäuste, als unser Wagen dicht an ihnen vorbeibrauste und sie in eine Staubwolke tauchte.

Tümpel wird dem Attersee nicht gerecht, wie ich kurz darauf feststellen musste, als Harker den Wagen über eine Kuppe lenkte und sich uns ein atemberaubender Blick über den langgezogenen, zwischen den Hügeln liegenden See bot.

„Wir fahren zu einer Hütte unweit von Parschallen."

Diese Auskunft kam so unvermittelt, dass ich mir erst nicht sicher war, ob ich mir das nicht nur eingebildet hatte.

„Und was machen wir da?"

„Adriana befreien."

Ich rollte mit den Augen. Jetzt, wo Harker mit mir sprach, war ich auch nicht schlauer. Jede dieser Antworten warf sofort tausend neue Fragen auf. Ich schluckte widerwillig Zorn, Frust und Panik herunter.

„Wenn du mir nicht sofort sagst, um was es hier geht, wer auf uns schießt, uns verfolgt, in fremde Häuser eindringt und unschuldige Menschen entführt", begann ich mit bewundernswert ruhiger Stimme, „dann werde ich aus diesem verflixten Wagen aussteigen, sobald du anhältst, und gehen. Und nie, nie wiederkommen."

Ich nahm nicht an, dass ihn diese letzte Aussage auch nur im Geringsten störte. Aber für mich war es wichtig, das auszusprechen. Dinge erhalten Stofflichkeit, wenn man sie ausspricht und noch mehr, wenn man sie aufschreibt. Wie konnte ich an Robin zweifeln? Zeigten meine Erlebnisse nicht, dass er wirklich Gründe hatte, mich vor seinem Leben zu schützen? Dass Harker offenbar sehr viel zu verbergen hatte und tatsächlich Kontakt zu Kriminellen unterhielt.

„Das klingt nach übler Erpressung", bemerkte Harker, während er auf den See zuhielt.

„Ich passe mich eben an. Zwischen Freiheitsberaubung, Körperverletzung und Hausfriedensbruch dachte ich, würde sich eine kleine Erpressung gut machen."

Harker lachte. Ehrlich und aus vollem Herzen.

Automatisch lachte ich mit, obwohl mir überhaupt nicht danach zu Mute war.

An der nächsten Kreuzung hielt er an.

Ich sah mich verwundert um und bemerkte seinen Blick, der mich gefangen nahm.

„Es tut mir leid, dass ich dich da mit hineingezogen habe. Damit hatte ich nicht gerechnet. Wenn du willst, kannst du aussteigen. Die Straße führt nach Altenberg. Das sind etwa zwei Kilometer. Ich schicke Tonio; damit er dich abholt. In vier Stunden bist du zu Hause und wenn du kündigen willst, dann tu es. Ich werde dir dein Gehalt für die nächsten sechs Monate weiterzahlen. In der Zeit sollte eine PR-Managerin deines Formats leicht eine bessere Stelle finden."

Er sagte das ganz ruhig. Und lächelte sogar. Nicht höhnisch, sondern fast etwas wehmütig.

Mein Verstand bestand darauf, die Gelegenheit zu nützen und dem Irrsinn zu entkommen, aber mein Herz … war gerührt.

Ich zögerte.

161

„Noch kannst du gehen, Lisa." Harker ergriff meine Hand. „Doch mit jeder Information, die du hierzu erhältst – von wem auch immer – wächst die Gefahr. Ich wäre froh, wenn ich ausgestiegen wäre."

Nachdenklich starrte ich auf meine Hand in seiner. Sekunden dehnten sich wie Stunden.

Robin hatte mich verlassen, um mich zu schützen. Harker schickte mich gerade aus demselben Grund weg. Wollte ich schon wieder andere für mich entscheiden lassen? Noch dazu, wo mir keiner genug erzählte, um mir überhaupt eine Entscheidung zu ermöglichen.

Ich konnte den kleinen, stetig wachsenden Grollknoten in meinem Magen richtiggehend spüren. Ob so auch Magengeschwüre entstanden?

Mein Herz schwenkte um. Er meinte es ja gut. Und es klang ehrlich.

Unentschlossen entzog ich Harker meine Hand und öffnete den Gurt.

Mein Verstand war ähnlich beweglich und wollte plötzlich bleiben. Ich wollte nicht länger herumgeschubst werden. Bisher hatte ich mich gut behauptet und ich fand, dass ich ein Recht darauf hatte, zu wissen, wovor mich denn alle beschützen wollten.

Also schloss ich den Gurt wieder.

„Fahren wir weiter", verkündete ich.

Harker lächelte, senkte aber rasch die Augen. „Lisa ..."

„Komm mir nicht mit *Lisa*", befahl ich streng. „Wir gehen jetzt deine Adriana retten und unterwegs erzählst du mir endlich, was los ist."

„Sicher?"

„Sicher!" Ich sagte das viel überzeugter, als ich mich fühlte, aber was half es?

Harker startete den Wagen wieder, legte den Gang ein und fuhr los. Beim Schalten berührte er mein Knie. Kurz nur, beiläufig. Aber dennoch fand ich die harmlose Geste irgendwie erregend. Adrenalin schien tatsächlich ein Aphrodisiakum zu sein. Aber von lüsternen Gedanken würde ich mich nicht ablenken lassen. Darauf war ich bei Robin schon hereingefallen, bei Harker würde ich das nicht wiederholen.

„Also?"

„Für den Anfang wäre es mir ein Anliegen, wenn ich Tom für dich sein dürfte."

Ich war mir sicher, dass ich ihn nie Harker gerufen hatte. Jetzt sagte er mir das schon zum zweiten Mal. Konnte der Kerl wirklich Gedanken lesen?

„Was ist mit Adriana?", fragte ich, ohne auf diesen seltsamen Wunsch näher einzugehen.

„Zu der fahren wir jetzt."

„Hör auf, mir auszuweichen. Woher weißt du überhaupt, wohin wir müssen?"

„Ich habe eine Visitenkarte gefunden."

„Klar. Moderne Entführer schnipseln nicht mehr mit Zeitungen herum. Die hinterlassen Visitenkarten. Hör gut zu, so wie unser Gespräch hier läuft, können wir ausschließen, dass in meiner Ahnenreihe Inquisitoren waren. Dieses Fragespiel finde ich daher ziemlich ermüdend. Du hast versprochen, dass du mich aufklärst. Also los!"

„Adriana ...", setzte Harker an, brach ab, schaltete für eine Kurve und wandte sich dann mir zu.

„Augen geradeaus. Zum Reden musst du mich nicht anschauen!"

„Adriana ... ist zunächst einmal nicht meine Adriana. Sie war es nie."

Das war ja interessant. In die Pause zwischen den beiden Sätzen passte eine spannende Geschichte.

„Warum willst du sie dann retten?"

„Adriana hat mir geholfen und wäre nicht in dieser Lage, wenn sie das gelassen hätte. Außerdem steht sie in dieser Sache auf unserer Seite."

„Das ist ein gutes Stichwort", unterbrach ich. „Was ist diese Sache und welche Seiten stehen zur Auswahl?"

„Es geht um eine Technologie, die totale Überwachung erlaubt und für die stehen gute und böse Jungs Schlange und wenig überraschend rempeln sie sich gegenseitig an."

„Und entwickelt wurde das Teufelszeug von Novamove", ergänzte ich.

„Wozu?"

„Aus dem einfachsten aller Gründe." Harkers Hände umklammerten das Lenkrad fest, obwohl die Straße kerzengerade vor uns lag. „Neugier."

„Neugier? Worauf?"

Dieses Mal musste ich auf die Antwort warten, die auszusprechen Harker sichtlich Überwindung kostete.

„Wie soll ich sagen? Ich war auf der Suche nach meiner Seele."

Darauf wusste ich erst einmal nichts mehr zu erwidern. Weil ich so vieles zugleich sagen wollte. Weil ich plötzlich unseren seltsamen Tanz gestern ganz anders sah. Weil ich verstand, weshalb er in der Skybar so seltsam auf meinen nur so dahingesagten Spruch mit der tanzenden Seele reagiert hatte. Weil ich schon wieder nicht wusste, wie mit diesem Mann umzugehen war. War er wirklich der Joker in diesem Spiel?

„Vertagen wir das", bemerkte ich, bevor das Schweigen endgültig jene stoffliche Qualität annahm, unter der jedes weitere Wort zur Qual und jedes Nebeneinander eine Strapaze wurde. „Jetzt sag mir erst einmal, wo Adriana ist, woher du das weißt, wer da noch ist und was wir da wollen."

„Adriana ist höchstwahrscheinlich in einem Bauernhof, der oberhalb von Parschallen liegt. Das Anwesen gehört einem guten Freund von mir. Dort habe ich einen Teil der in Frage stehenden Technologie entwickelt und programmiert. Nachdem sie bei mir nicht gefunden haben, was sie suchen, werden sie sicherlich dort ihr Glück versuchen."

„Wer sind *sie?*"

Harker grinste. „Habe ich dir schon einmal gesagt, wie sehr ich deine Fähigkeit bewundere, kursiv zu sprechen?"

„Ja, jetzt", erwiderte ich ungnädig. „Lenk nicht ab, sonst sind wir am Ende zu früh auf deinem Bauernhof."

„Unsere Gegenspieler sind eine extrem militante Gruppierung, die unter dem Deckmantel wechselnder Terroreinheiten versuchen, Einfluss auf die politischen und wirtschaftlichen Entscheidungen hier zu nehmen. Verständlich, dass sie an meinen Gimmicks großes Interesse haben."

Ich knirschte vor unterdrückter Wut mit den Zähnen. „Könntest du nicht anfangen, mir das alles in größeren Zusammenhängen zu erzählen. Ich warne dich. Du wirst mich nicht zermürben. Ich kann sturer sein als ein in Erz gegossenes Maultier. Meinen Fragen entkommst du nicht. Was wollen diese Superterroristen mit dem Einfluss und wozu haben sie Adriana mitgenommen, wenn sie etwas von dir wollen?"

„Anfangs wollten sie mächtig sein, um reich zu werden. Dann haben sie festgestellt, dass das eine das andere bedingt und dabei wird Macht sehr schnell zum Selbstzweck. Sie wollen mächtig bleiben und dafür müssen sie – so paradox das klingt – immer mächtiger werden. Sie haben ihre Agenten heute schon überall, in allen Behörden und allen Konzernen. Es gibt Gerüchte, dass letztlich die NSA vorrangig für sie arbeiten soll…“

„Klar, und dann schicken sie Amir und Jemal, um dir diese superwichtige Entwicklung abzunehmen. Zwei Oberluschen, die eine kleine Tanzmaus und ein angeschossener Surfer niederringen.“

„Weil sie dachten, das reicht. Hätte es auch, wenn die Tanzmaus nicht plötzlich Kanalratten-Kampfqualitäten entwickelt hätte.“

Seufzend verschob ich die spannende Frage ob die Kampfkanalratte jetzt eine Beleidigung oder ein Kompliment gewesen war auf später. „Was wollen diese MGMs von Adriana?“

„MGM?“

„Machtgeile Machos. Kennst Du das nicht?“

„Nein. Sie hoffen, dass Adriana, die mir in der Entwicklungsphase … nahestand … vielleicht etwas weiß, mich aber mindestens zur Kooperation bewegen kann.“

„Ihr wart also zusammen?“

Harker verzog unglücklich das Gesicht. „Wir hatten intensive Stunden. Adriana ist das leidenschaftlichste, das mir bisher im Bett begegnet ist …“

„Diese Informationen benötige ich nicht“, unterbrach ich brüsk und verbot meinem Verstand, das Kopfkino anzuwerfen. Harker, der sich mit Adriana in den Kissen wälzte… Rotes Haar, das wie Feuer über seine Schlange floss. Pfui! Aus! Licht aus!

„Es hat nicht über den Sommer gehalten“, kürzte Harker gehorsam ab.

„Und jetzt fahren wir dahin, um was zu tun?“

„Adriana befreien und die… MGMs? Die Typen ausheben.“

„Hmhmhm“, sagte ich, weil mir nichts Intelligenteres einfiel. Ein guter Freund von mir machte das auch immer und kam damit meistens durch.

Gut, bei einem Arzt in einer Uni-Klinik wird, anders als bei einer gescheiterten Tanzmaus, Intelligenz vorausgesetzt.

„Und das hältst du jetzt für eine gute Idee? Internationale Superterroristen mit keiner weiteren Hilfe als einer Tanzmaus auszuheben? Einer pazifistischen Tanzmaus wie ich betonen möchte."

„Halb so wild. Adriana ist auch noch da."

Ich verdrehte die Augen. „Na dann."

Parschallen ist ein typischer österreichischer Ort, bei dem die Entscheidung, ob er vom Tourismus oder der Landwirtschaft leben will, noch nicht endgültig gefallen ist. Wir hielten an einem mit landestypisch *Trafik* überschriebenen Laden in Parschallen Downtown. Also am Marktplatz.

Harker stieg aus, ging in die Trafik und kam kurz darauf mit zwei Kaffeebechern und Müsliriegeln zurück.

„Vor der Schlacht sollten wir uns noch stärken", erklärte er, als er mir die Packung mit den Müsliriegeln zuwarf.

„Meine Henkersmahlzeit habe ich mir immer anders vorgestellt."

„So viel Optimismus verleitet zu Leichtsinnsfehlern", bemerkte Harker mit vollen Backen, spülte mit seinem Kaffee und startete den Wagen. „Ich hatte nicht vor, dich einen Heldentod sterben zu lassen."

Wider Willen grinste ich. „Das würde auch schon am *Helden* scheitern."

„Mein Plan ist ganz einfach, Lisa. Ich lenke die Jungs ab. Mit mir rechnen sie, auf mich warten sie und von mir wollen sie etwas. Du schleichst ins Haus, befreist Adriana und kommst mit ihr wieder raus."

„Und was ist mit dir?"

„Ich ziehe mich dann wieder zurück. Ich habe nicht vor, das Haus zu betreten."

Unglücklich betrachtete ich das Bauernhaus, das auf einem Hügel vor drei mächtigen Tannen über dem Dorf lag. Es sah aus wie eine größere Version des Hauses von Heidis Almöhi.

„Ist es das?"

167

„Ja. Ich hab es damals gemietet, weil es mich mit den drei Tannen an das Haus von Heidi erinnert hat."

„An Heidi hatte ich auch gerade gedacht."

„Wir verstehen uns eben." Harker leerte seinen Kaffeebecher und warf ihn zielsicher aus dem Fenster in eine neben der Bushaltestelle stehenden Mülleimer. Dann wandte er sich mir zu und drückte meine Hand. „Das schätze ich sehr."

An der nächsten Biegung ließ er mich aussteigen. Er selbst ging zum Kofferraum, kruschte dort herum, drückte mir einen Schlüsselbund, ein Taschenmesser und eine Pistole in die Hand.

Ich starrte ihn an, als hätte er mir damit auf den Kopf geschlagen.

„Nur für alle Fälle."

„Spinnst du?", stammelte ich. „Mit so einem Ding kann ich überhaupt nicht umgehen."

Harker nahm mir die Pistole wieder weg und zeigte mir, wie man sie entsicherte. „Gib sie Adriana. Die ist routinierte Sportschützin."

Warum wunderte mich das nicht?

Zögernd nahm ich das Ding entgegen, sicherte es unbeholfen und stopfte es in meine Jackentasche.

„Also dann." Ich versuchte ein Lächeln, auch wenn ich vermutete, dass es kläglich misslang. „Wir sehen uns."

Harker nickte. Überraschend zog er mich an sich und umarmte mich fest. „Du bist so tapfer. Unfassbar."

Behutsam schob ich meine Hände zwischen uns und stemmte mich gegen seine Brust. „Adriana wartet."

„Du hast recht", stimmte Harker zu und hauchte mir einen Kuss auf die Wange. „Wünsch mir Glück."

„Viel Glück", sagte ich artig, während er ins Auto stieg, den Motor startete und losfuhr.

„Und wer wünscht mir Glück?"

Aufmunternd sah ich mich um. Doch da war niemand. Nur mein pochendes Herz. Also musste es ohne gehen. Ohne Glückwünsche natürlich.

Mein Weg führte über einen Hohlweg, der an einem Bach endete, über den ich auf einem umgestürzten Baumstamm balancierte. Ich trabte gehorsam durch das Wäldchen, das Harker mir beschrieben hatte, hielt mich an dem Jägersitz rechts und kam tatsächlich oberhalb des Bauernhofs heraus, in dem wir Adriana vermuteten. Das heißblütige, scharf schießende, alles verstehende, Harker verschmähende Superweib.

Ich stutzte. Das klang ja richtig eifersüchtig! Andererseits war es meinem Projekt sehr dienlich, wenn ich Harkers Ex das Leben rettete. Die könnte mir gewiss so einiges über den Mistkerl erzählen. Und das würde mir bei meinem Ex-Ex sehr helfen. Ob sie Harker geliebt hatte, fragte mein Herz, während ich mich langsam an den Waldrand vorarbeitete. Ich schüttelte den Kopf. Einmal weil die Frage gerade völlig unpassend war und andererseits, weil man einen Typen wie Harker natürlich nicht lieben konnte. Einen, der ein Mädchen am ausgestreckten Arm zappeln ließ, sie all ihrer Würde beraubt vor den Kollegen bloßstellte, sie so manipulierte, dass sie sich seinetwegen in brandgefährliche Abenteuer stürzte …

Das Kopfschütteln rief meinen Verstand auf den Plan, der korrigierte, dass ich ausdrücklich darauf bestanden hatte, bei Adrianas Befreiung zu helfen, und eigentlich nur hier war, weil Robin mich mindestens genauso geschickt an der Nase herumgeführt hatte.

Immerhin hatte ich mit dem Sex gehabt. Grandiosen Sex.

Ein seltsamer Gedanke, und etwas unpassend während man auf dem Bauch durchs Brombeergestrüpp robbte, um irgendwelchen Superterroristen ihre Geisel wegzunehmen.

Harker fuhr vor und stieg aus. Er hatte wegen des Bachs zurück ins Dorf gemusst, um von dort aus die andere Straße zu nehmen. Mit so banalen Dingen wie einer Klingel hielt er sich nicht auf und drückte einfach auf die Hupe.

Ich bemerkte eine Bewegung hinter einem der Fenster und duckte mich. Dann hörte ich, wie vor dem Haus jemand Harker ansprach, konnte aber nichts sehen.

Ich setzte alles auf eine Karte, gab meine Deckung auf und hastete zu der Tür, die seitlich in den Keller führte. Harker zufolge war sie nicht abgeschlossen. Wehe, wenn er mich hereingelegt hatte.

Sie war offen. Erleichtert schlüpfte ich hinein. Der Keller war düster, aber ein bisschen Licht fiel durch einen Lichtschacht ein und erlaubte mir die Orientierung. Ich wich einigen Kisten und verstaubten Gerätschaften aus und tastete mich zur Tür, die nach oben führen musste.

Vorsichtig lauschte ich, bevor ich noch vorsichtiger öffnete.

Vor mir lag eine Treppe. Behutsam, geradezu schlangengleich glitt ich über die Stufen hinauf. Ich achtete sorgfältig darauf, nur ganz am Rand aufzutreten und jeden meiner Schritte möglichst weich abzurollen. Wieder einmal waren meine jahrelangen Tanzübungen von Vorteil. Es knarrte nur einmal, und da ganz leise. Angespannt hielt ich die Luft an.

Stimmen drangen durch die Tür, gedämpft, relativ weit entfernt. Dann mussten sie vor dem Haus stehen, so wie Harker es vorhergesagt hatte. Ein Mistkerl mochte er sein, aber ein schlauer, gestand ich ihm widerwillig zu, bevor ich äußerst vorsichtig die Tür einen Spalt öffnete. Vor mir lag ein in Dämmerlicht getauchter Hausflur. So wie er in Bauernhäusern eben war. Lang, schmal, gerade. Effizient. Ohne Verstecke, ohne Deckung. Schöner Mist.

Die Stimmen klangen lauter und gereizter. Das wunderte mich nicht. Harker hatte etwas an sich, das einen auch ohne Kletterhilfen auf die Palme brachte und gerade legte er es ja darauf an. Solcherart beruhigt wagte ich mich aus meiner Deckung. Wo sollte ich mit der Suche nach Adriana beginnen? Mein Herz maulte, mein Verstand war für systematisches suchen in allen Räumen, so wie wir das auch auf dem Jagdschloss getan hatten, mein Bauch war für das Dachgeschoss. Ihm folgte ich, schon weil er sich so selten zu Wort meldete. Leise, behutsam und auf Zehenspitzen schlich ich die Treppe nach oben. Hier waren es nur drei Türen und ein verstaubtes Dachfenster, durch das hilfreich ein paar Sonnenstrahlen bis zu mir vordrangen.

Ich lauschte angestrengt, konnte jedoch nichts hören, außer einem wütenden Schrei, Harker möge endlich die Hände über den Kopf legen.

Oh, oh. Das lief nicht gut, denn ich glaubte nicht, dass ich erst Adriana und dann auch noch Harker befreien können würde.

Entschlossen öffnete ich die erste Tür zu meiner Linken. Es handelte sich um ein spartanisch eingerichtetes Schlafzimmer. Bett, Nachttisch, Schrank, Kommode. Offensichtlich unbewohnt, der schon leicht eingestaubten Jacke am Haken neben der Tür nach zu schließen.

Ich hielt mich nicht mit sinnlosen Schnüffeleien auf, sondern betrat das Zimmer zur Rechten.

Ein vergleichbar ausgestatteter Raum, der sich nur dadurch unterschied, dass Adriana gefesselt auf dem Bett lag und mich ungläubig anstarrte.

Nun, etwas mehr Euphorie dürfte sie schon zeigen. Andererseits war das vielleicht mit Tape vor dem Mund und ans Kopfteil gefesselten Händen gar nicht so einfach. Ich zog das Taschenmesser aus der Jacke, das mir Harker vorhin in die Hand gedrückt hatte und schnitt behutsam Adrianas Fesseln durch. Sie nickte mir dankbar zu und zupfte erst vorsichtig und dann mit mehr Entschlossenheit das Tape von ihrem Mund. Das musste ziemlich wehtun, denn dort, wo das Klebeband entfernt worden war, zeigte sich sehr gerötete und gereizte Haut.

„Dich schickt der Himmel", erklärte Adriana. „Ist Tom auch da?"

„Draußen." Ich deutete zum Fenster. „Er streitet mit deinen Entführern."

Adriana setzte sich auf und während sie ihre Handgelenke massierte, schien sie aufmerksam zu lauschen. Sie schloss jedenfalls die Augen und atmete flach durch den Mund.

Man konnte die Stimmen draußen gut hören, aber keinen ganzen Satz verstehen.

„Wer ist diese Medusa?", griff ich einen der Wortfetzen auf, die ich herausfiltern konnte.

Adriana, die inzwischen aufgestanden war und sich streckte, hielt mitten in der Bewegung inne. „Wie kommst du darauf?", fragte sie lauernd.

Ich zuckte die Schultern. „Hab ich gerade gehört."

Trotzdem entspannte sich Adriana nicht, sondern bedachte mich mit einem Blick so voller Misstrauen, den ich jetzt unmittelbar nach ihrer Rettung gewiss nicht verdient hatte.

„Wir sollten sehen, dass wir hier wegkommen", erinnerte ich an dringendere Aufgaben.

„Wir sollten sehen, dass auch Tom wieder wegkommt."

„Im nächsten Schritt." Ungeduldig wies ich auf die Tür. „Nur wenn wir frei und beweglich sind, können wir anderen helfen. Bist du unverletzt?"

Adriana nickte. In dem Augenblick hörte ich Schritte auf der Treppe.

Verflixt! Hektisch sah ich mich um.

„Das Fenster. Wir müssen durchs Fenster!"

Ohne zu zögern ging Adriana zum Fenster und versuchte es zu öffnen. Der Riegel war schwergängig, gab aber schließlich mit einem Knirschen nach. Unwillkürlich hielt ich die Luft an.

Etwas ungelenk schob Adriana ihre Endlosbeine durch die kleine Öffnung und rutschte nach unten. Die Schritte kamen näher.

Ich hastete von der Tür weg durchs Zimmer.

„He!" Der Kerl, der das Zimmer betrat, brauchte keine Sekunde, um zu erfassen, was los war. Gut, es war ja nicht zu kompliziert.

Ich wusste, dass ich nicht so ohne weiteres durchs Fenster klettern konnte, nicht in dieser Höhe. Ich wusste aber auch, dass ich keine Wahl hatte. Also überwand ich auf dem Weg zum Fenster meinen Schweinehund und ergriff mit fest geschlossenen Augen das Fensterbrett, setzte mich darauf, zog die Knie an und schwang meine Beine hindurch. Ich konnte den Abgrund unter meinen Füßen *fühlen*.

Mit einem verzweifelten Schrei ließ ich mich fallen.

Der Fall dauerte nicht so lang wie angenommen. Ich spürte Boden unter meinen Füßen, federte mit dem jahrelangen Training eines Tänzers nach und stabilisierte mich mit den Händen. So kniete ich auf allen Vieren und glotzte Adriana an, die mich packte, hochriss und um die Ecke herum außer Sichtweite zerrte.

Hinter uns gellten Schreie durch das Haus.

„Und nun?" Adriana drückte sich flach gegen die Mauer und sah sich hektisch um. „Wie lautet der Plan?"

Ich zögerte. Harkers Plan hatte darin bestanden, dass er die Jungs ablenken wollte, während ich Adriana holte. Das klang jetzt irgendwie mager. Und das wollte ich nicht zugeben, um hier nicht endgültig einen Rollentausch miterleben zu müssen, bei dem die Gerettete zum Retter des Retters wurde oder so ähnlich.

Bevor mein Verstand sich endgültig in den Wendungen und Abgründen der deutschen Grammatik verirrte, fasste ich mir ein Herz und fantasierte.

„Wir schlagen uns zum Wäldchen durch und dann im Bogen zurück zur Straße. Entweder Harker kann uns dort einsammeln oder wir holen Hilfe."

„Du willst Tom im Stich lassen?"

„Ich respektiere Toms Wunsch, vorrangig dich zu retten", schnappte ich böse, „auch wenn ich es nicht verstehe! Und jetzt komm."

Adriana zögerte, folgte mir dann aber die Hauswand entlang bis zur Ecke. Vor uns lag eine freie Fläche mit einem verwilderten Gemüsebeet und dahinter eine Scheune, die wieder Deckung versprach. Nirgends war jemand zu sehen.

„Jetzt mach schon", zischte Adriana hinter mir. „Wir werden verfolgt …"

Ich nickte und hetzte geduckt über den Hof und am Gemüsebeet vorbei.

„Da sind sie!" Der Ruf hatte auf mich die Wirkung eines Turbos. Ich beschleunigte auf meinem Weg zur Scheune und sprang über das Beet in die Sicherheit der Scheune. Das war die richtige Entscheidung gewesen, denn dort wo ich eine Sekunde zuvor noch gestanden hatte, spritzte begleitet von einem lauten Knall Sand.

„Adriana", rief ich, sobald ich mich hinter die Scheune geduckt hatte. „Die schießen!"

Doch von Adriana war nichts zu sehen. Dafür kam jetzt ein Mann um die Ecke, eine Pistole in der Hand. Mein Herz landete mit einem spürbaren Plumps in meinem Magen.

Vorsichtig zog ich mich weiter zurück. Sie hatten auf mich geschossen, also hatten sie mich gesehen. Daher wäre es ziemlich schlau, nicht zu bleiben, wo ich war, weil sie mich dort vermuteten. Ich entdeckte eine Lücke in der Bretterwand und quetschte mich hindurch. Dann griff ich hinaus und verwischte behutsam im Staub meine zur Lücke weisenden Fußabdrücke.

Ohne mich weiter aufzuhalten, verzog ich mich ins Innere der Scheune. Im Zwielicht der durch die Ritzen einfallenden Sonne entdeckte ich mehrere Stapel mit Kisten, die offenbar hier geöffnet worden waren. So jedenfalls wäre zu erklären, dass vor dem vorderen Stapel ein Stemmeisen lag und mehrere Frachtsiegel gebrochen waren.

Neugierig trat ich an eine heran und hob den Deckel. Im Inneren schimmerte dunkles Metall... Pistolen zwischen Computersachen! Schnell schloss ich die Kiste wieder.

Mit weichen Knien sah ich auch noch in eine der Kisten des nächsten Stapels. Erst dachte ich an Ostereier, was belegte, dass ich ein furchtbar naiver Mensch bin. Der Schnappvorrichtung und dem Sicherungsring zufolge musste es sich um Handgranaten handeln.

Draußen hörte ich Schritte. Ich duckte mich hinter den Stapel und hielt die Luft an.

Die Schritte entfernten sich wieder.

Erleichtert atmete ich auf und suchte nach einem Ausgang. Vorzugsweise einem, an dem niemand wartete, um mich zu erschießen.

Doch da war nur noch das Tor, das direkt auf den Platz vor dem Haus führte. Dort hatte Harker sich mit den Entführern gestritten. Leise schlich ich näher, um durch den Spalt zwischen den beiden Flügeln zu spähen. Harkers Auto stand keine drei Meter von mir entfernt, aber sonst war niemand zu sehen. Keine Entführer, keine Adriana und kein Chef.

Ich nutzte die Gelegenheit, schlüpfte durchs Tor und hastete zu dem Wagen. Wie erwartet war er nicht verschlossen. Schnell öffnete ich die hintere Tür und ließ mich auf den Rücksitz fallen. Durch die verdunkelten Scheiben konnte man mich nur von vorne sehen und auch das nicht, wenn ich die Genickstützen als Deckung nutzte. Aber ich hatte sozusagen uneingeschränkte Rundumsicht.

Leider gab es wenig bis nichts zu sehen. Vor mir war die Front des Bauernhauses mit einem hübschen Eingangsbereich mit Geranienkübeln und bunten Glaskugeln links und rechts der Haustür. Ein idyllischer Platz für eine Entführung. Zur Straße hin befand sich ein klassischer Bauerngarten und seitlich neben mir eben die Scheune, der man von außen auch nicht ansah, dass sie nicht die üblichen Traktoren, sondern ein Waffenlager beherbergte, mit dem man einen mittleren Guerillakrieg ausrüsten könnte.

Gerade erwog ich, auf der anderen Seite auszusteigen und mich hinter dem Zaun des Bauerngartens zu verstecken, als sich die Haustür öffnete und ein Mann im Anzug und dunkler Sonnenbrille auf mein Auto zuging. Ich duckte mich hinter den Sitz.

Die Fahrertür wurde geöffnet.

„Was machst du?" rief eine Stimme vom Haus her. Eindeutig Amir. Dessen Stimme würde ich überall wiedererkennen.

„Ich fahr den Wagen hinter die Scheune. Dann sieht ihn keiner. Harker war ja nicht allein in Salzburg."

„Meinst du nicht, seine Begleitung ist auch hier? Wer sonst sollte Adriana geholt haben?"

Doch darauf antwortete der Kerl nicht, sondern stieg ein, steckte den Schlüssel ins Schloss und startete den Wagen.

Er fuhr wie angekündigt hinter die Scheune und stellte den Wagen unter einer Kastanie ab. So weit, so gut. Doch statt auszusteigen begann der elende Mistkerl herumzuschnüffeln. Er öffnete das Handschuhfach, durchsuchte die Seitenablagen, stieg aus und ging zum Kofferraum. Kurz darauf ging er zur Beifahrertür, und inspizierte nochmals das Handschuhfach.

Dann hörte ich einen dumpfen Schlag und den Aufprall eines Körpers. Neugier kann die Angst besiegen und so wagte ich einen Blick hinter dem Fahrersitz hervor.

Der Mann lag bewusstlos mit dem Gesicht im Fußraum unter dem Handschuhfach. Blut sickerte ihm aus der Nase. Er rutschte aus dem Wagen auf den Boden und die Beifahrertür wurde zugeschlagen. Ich hielt die Luft an.

Sekunden später öffnete sich die Fahrertür, jemand ließ sich auf den Sitz fallen und startete den Wagen. Er setzte ihn in hohem Tempo zurück, an der Scheune vorbei und wieder auf die Zufahrt vors Haus. Dort wendete er und schoss auf den Bauerngarten zu, wo er kurz anhielt. Die Beifahrertür wurde aufgerissen und Harker hechtete förmlich ins Auto. Noch bevor er die Tür geschlossen hatte, jagte der Wagen die Straße hinunter.

Lautes Bimmeln bemängelte, dass sich irgendwer nicht ordnungsgemäß angegurtet hatte, während wir in halsbrecherischem Tempo den engen Weg zurück ins Dorf jagten.

„Halt an", befahl Harker. „Wir können nicht ohne Lisa hier weg. Sie hat allein keine Chance."

„Sie hätte dich auch nicht gerettet", widersprach Adriana vom Fahrersitz aus. „Sie hat keine Sekunde gezögert, sich in Sicherheit zu bringen, als wir entdeckt wurden."

„Sie hat keine Sekunde gezögert, ins Haus zu schleichen, um dich zu befreien." In Harkers Stimme klirrte Eis und ich hoffte, dass ich nie von ihm so angesprochen werden würde.

„Und dann hat sie sich geweigert, dich zu holen."

„Ich habe ihr gesagt, sie soll mit dir aus der Gefahrenzone raus und in Ruhe den nächsten Schritt überlegen. Das ist das übliche Vorgehen. Anders als sie wusste ich genau, worauf ich mich einlasse."

„Schade, dass deine Lisa sich daran nicht gehalten hat." Adrianas Stimme troff vor Spott. „Sie hat mich gefunden und befreit, das ja. Aber dann hat sie tölpelhaft die halbe Mannschaft alarmiert, mich mitten im Schusswechsel im Stich gelassen und sich irgendwo versteckt. Wie willst du sie denn finden?"

„Ich werde sie eben auslösen."

Das rührte mich. Gerade wollte ich mich zu erkennen geben, als Adriana so abrupt bremste, dass ich mir den Kopf am Sitz stieß.

„Für mich hättest du das nicht getan?"

„Nein." Harker lachte, aber es klang nicht lustig. „Du doch umgekehrt für mich auch nicht. Aber immerhin haben wir dich gerettet."

„Das ist noch nicht raus", knurrte Adriana und gab wieder Gas.

„Halt!" Harkers Hand legte sich auf Adrianas Rechte, als sie gerade in den nächsten Gang schalten wollte. „Ich habe gesagt, wir holen erst Lisa."

„Nicht nötig", rief ich schnell, bevor die beiden sich noch ernsthaft prügelten und vor allem unsere Flucht verzögerten. „Ich bin hier."

„Lisa?" Harker drehte sich erstaunt nach mir um und strahlte erfreulicherweise über das ganze Gesicht. „Heilige Scheiße, was bin ich froh, dass du hier bist."

Gerade wollte ich trotz der derben Worte geschmeichelt die Augen senken, als er an Adriana gewandt fortfuhr: „Das erleichtert die Sache aber außerordentlich, wir fahren jetzt bis Prien, dort nimmst du den Wagen und fährst, wohin immer du musst, um deine Leute zu informieren. Uns kann Tonio abholen. Lass mich wissen, wo und wie wir die Karre zurückbekommen."

Adriana nickte sauertöpfisch und nahm die nächste Kurve eindeutig sportlicher als erforderlich gewesen wäre.

Ich schlug mir den Kopf am Seitenholm und sah im Vorbeirasen eine Kuh, die uns nachdenklich wiederkäuend nachstarrte.

Harker stöhnte und hielt sich bei der nächsten Kurve, die in die andere Richtung führte und daher ihn nach außen drückte, die Schulter.

„Fahr etwas langsamer. Wenn uns jetzt ein übereifriger Gendarm aufhält, haben wir richtige Probleme."

Adriana setzte zu einer hitzigen Erwiderung an, ließ es dann aber und nahm gehorsam den Fuß vom Gas.

So wie die beiden miteinander umgingen, hatte das wirklich was von Ex-Pärchen. Ich hoffte automatisch, dass ich mit Robin nicht genauso verbiestert wirkte. Aber das war, wenn ich so an unsere letzten Treffen dachte, völlig ausgeschlossen.

„Geht es dir gut?"

Harkers Frage riss mich aus frivolen Gedanken.

„Das sollte ich eigentlich dich fragen", erwiderte ich. „So wie du deine Schulter hältst, hast du größere Schmerzen als du zugibst."

„Das ist wie es ist und vor München werden wir wohl keine Gelegenheit haben, meine Schulter behandeln zu lassen. Ich muss mich glücklich schätzen, dass ich zwei so begabte Ersthelfer hatte."

Ich musterte ihn genauer. „In Inzell wohnt mein Cousin", sagte ich. „Er ist Arzt an der dortigen Rehaklinik. Er könnte dir helfen. Du könntest Tonio genauso gut dorthin bestellen."

Harker wirkte unentschlossen, aber dieses Mal kam mir Adriana zu Hilfe: „Das ist ein guter Plan. Ich setze euch ab und fahre bis Prien weiter. Am Seeparkplatz fällt der Wagen nicht auf und du kannst ihn holen lassen. Oder sollen ihn dir meine Leute bringen ...?"

Mich hätte an dieser Stelle ja brennend interessiert, wer nun genau Adrianas *Leute* waren, die eine Oberklasse-Limousine mal eben so durch die Gegend schoben wie ich vielleicht ein paar Socken.

Leider ging Harker darauf gar nicht erst ein. „Ich werde nicht noch mehr Menschen in diese Sache hineinziehen."

„Musst du nicht", lieh ich an dieser Stelle der Vernunft meine Stimme. „Alex stellt keine blöden Fragen und tut was ich ihm sage. Er himmelt mich an."

„Und da schlägst du mit deinem Schwarm auf und bittest für ihn um Hilfe. Das ist schon grausam."

Adriana lachte humorlos, während sie den Wagen auf die Autobahn lenkte.

„Was heißt hier Schwarm? Die korrekte Bezeichnung ist Chef." Mir fiel selbst auf wie patzig das klang. Aber ehrlich gesagt, konnte ich Adriana nicht leiden. Sie hatte vorhin zwar nicht unbedingt gelogen, aber von dort aus war es noch ein langer Weg zur Wahrheit.

Auch jetzt war ihr Lächeln falsch und verlogen. „Lisa, Liebes, das schließt sich nicht aus und so wie du mich angiftest, bist du furchtbar eifersüchtig. Das erklärt auch dein Strahlen, wann immer du mit ihm sprichst."

Ich lächelte lieblich in den Rückspiegel. „Man bekommt was man gibt, Adriana. Denk darüber nach, wenn du dich das nächste Mal wunderst, warum ich zu ihm so viel freundlicher als zu dir bin."

„Könntet ihr bitte aufhören, über mich zu sprechen als sei ich nicht da?" Harker wirkte gereizt, und damit hatte er jene Laune, die ich meinen erfahreneren Kollegen zufolge unter allen Umständen vermeiden sollte.

179

„Immerhin bezahle ich diese Oberklasse-Limousine, die ihr hier durch die Gegend schiebt, wie ein paar gebrauchte Socken. Wie kommst du darauf, dass wir die in Prien lassen könnten?"

„Weil es vernünftig ist", bemerkte Adriana sachlich. Wenn sie Harkers Zorn bemerkte, verbarg sie jede denkbare Reaktion äußerst geschickt. „Ebenso wie der Vorschlag, dich zu einem Arzt zu bringen."

Ich griff in meine Jackentasche, um mein Handy zu suchen. Rasch wählte ich Alex' Nummer. Freizeichen, dann Mailbox. „Alex, hi. Lisa hier. Ruf mich bitte zurück. Es ist dringend. Danke, Bussi!"

„Wenn er sich nicht meldet, bis wir an der Ausfahrt sind, fahren wir weiter bis Prien und von dort mit dem Zug zurück nach München", befand Harker. „Das ist das Sicherste und Unauffälligste."

„Zug?", lachte Adriana. „Du?"

Harker schniefte würdevoll. „Deine unangemessene Reaktion bestätigt meine Vermutung. Niemand, der mich kennt, würde das von mir erwarten."

Alex meldete sich erst, als wir in Prien auf dem Bahnhofs-Parkplatz standen und Adriana nachwinkten. Vielmehr Harker winkte. Der Idiot.

„Alex", meldete ich mich. „Schön, dass du zurückrufst, aber es hat sich schon erledigt. Ich war mit meinem neuen Chef in Salzburg und wollte dich auf dem Rückweg besuchen. Aber jetzt bin ich schon in Prien."

„Du warst mit Tom Harker unterwegs? Schade! Deinen prominenten Chef hätte ich gern kennengelernt. Wie ist er denn so?"

„Interessant", sagte ich ehrlich. Und weil Alex wirklich ein guter Freund war, auch noch: „Er ist zwar gelinde gesagt schwierig, aber faszinierend. Sehr charismatisch. Das muss ich dir in Ruhe erzählen."

„Klingt, als könntest du bei dem schwach werden", lachte Alex.

Ich überlegte. „Nein. Er hat etwas an sich, das mich daran erinnert, dass ich schwach bin."

„Soll ich in Prien vorbeischauen? Da bin ich ja gleich", schlug Alex vor, der ja nicht ahnte, was ich eigentlich von ihm gewollt hätte.

„Nein." Das klang überzeugend enttäuscht. „Mein Zug geht in nicht mal einer Stunde, das lohnt nicht." Wir tauschten stattdessen üblichen Familientratsch aus und dann besorgte ich noch schnell für Harker und mich Getränke und Gummibärchen, während er die Fahrscheine löste.

Der Zug fuhr pünktlich ein, was mich irgendwie überraschte.

„Nicht einmal auf die Unpünktlichkeit der Bahn ist mehr Verlass", bemerkte in dem Augenblick auch Harker und zwinkerte mir zu.

„Willst du mir nicht endlich verraten, wie du das machst, dass du immer so genau errätst, was ich gerade denke?"

Harker lachte. „*Seelenverwandtschaft* lässt du wohl nicht gelten?"

Nein. Ließ ich nicht.

Aber ich sagte nichts. Wozu auch? Wusste er ja eh.

Der Zug fuhr ein und wir wurden in der Masse der in den Zug drängenden Passagiere ins Abteil gespült.

Harker war versucht, seine wunde Schulter vor unachtsamen Rempeleien zu schützen, doch der Misserfolg stand ihm ins Gesicht geschrieben. Ich nahm mir ein Herz und schob mich vor ihn, um so als Rammbock zu dienen. Mit der Erfahrung langjährigen Bummelbahnreisens drückte ich Harker auf den nächstbesten Sitz und hievte meine Reisetasche ins Gepäckfach gegenüber, nachdem die beiden Monsterkoffer des Kerls vor uns mit unverschämter Selbstverständlichkeit auch unseren Platz beanspruchten. Dann setzte ich mich mit einem Lächeln auf meinen Gangplatz. „In einer Stunde sind wir in München. Und als allererstes bringen wir dich zu einem Arzt."

Harker nickte. Er sah erschöpft aus, so wie er vorsichtig seine für den Fußraum zu langen Beine streckte und sich in strategischer Diagonalhaltung gegen das Fenster lehnte. Ich grinste unwillkürlich. „Ein Stumpen wie ich hat diese Probleme nicht. Du kannst gern meinen Fußraum mitbenutzen."

„Zu gütig." Harker schloss die Augen.

Mit hochgezogenen Beinen lümmelte ich mich in meinen Sitz und zog mein Handy hervor. Mal sehen, was sonst so in der Welt passiert war. Nicht viel, soweit ich sehen konnte, aber immerhin eine SMS von Robin.

Ich vermisse Dich.
Wann kommst Du mich besuchen?

Und dazu ein Herzchen.

Hach!

Solcherart angesprochen begann mein eigenes Herz sofort unsachlich vorzuglühen, während mein Verstand darauf hinwies, dass ich zuallererst Harker einer dringend benötigten ärztlichen Versorgung zuführen musste. Notfalls gegen seinen Willen.

Trotzdem ging es mir sofort besser. Es war schön, vermisst zu werden. Was sollte ich ihm antworten? Mir fiel keine gute Antwort ein und so entschied ich mich für einen Kuss-Smiley.

Die Antwort kam sofort: ein Bett-Emoticon. Unwillkürlich musste ich lachen. Das war typisch. Immer eins drauf setzen.

„Wenn du dich freust, strahlst du regelrecht von innen", sagte Harker neben mir. „Faszinierend."

„Und das ganz ohne Seidendessous", bemerkte ich spöttisch, schon um zu überspielen, wie ertappt ich mir gerade vorkam.

„Aber in Seide ist es einfacher." Harker gab sich unbeeindruckt und lehnte sich wieder zurück. „Seide bringt den Sexappeal zum Strahlen."

Der Zug hielt in Rosenheim, eine Schulklasse stieg zu und blockierte für eine gefühlte Ewigkeit den Betrieb. Endlich waren alle verstaut und vom Schaffner ordnungsgemäß registriert und wir fuhren weiter. Seit ich wusste, dass Robin auf mich wartete, war ich deutlich ungeduldiger geworden. Mein Herz schlug mir vorfreudig bis zum Hals beim bloßen Gedanken daran, dass er mich bald schon wieder in die Arme schließen würde.

Das Rattern des Zugs motivierte meine Blase und so verließ ich meinen Sitzplatz. Auf dem Weg zurück blockierten zwei Männer mir den Weg. Der

Kleidung nach typische Pendler, allerdings auffallend gut gebaut. Ich lächelte höflich, doch sie bemerkten mich gar nicht.

„Wir brauchen Medusa", erklärte der eine gerade. Stress troff aus jeder Silbe.

„Sie müssen ja im Zug sein", beruhigte der andere. „Ich gehe nach vorn, du nach hinten."

Sie trennten sich und ich drängte mich an dem, der wie ich zum Zugende wollte, vorbei, solange der kritisch die Passagiere in diesem Abteil inspizierte.

Schon wieder schlug mir mein Herz bis zum Hals, dieses Mal allerdings aus schlichter Existenzangst. „Willst du mir nicht endlich sagen, wer diese Medusa ist?", zischte ich, noch während ich mich wieder auf meinen Platz schob.

„Hm?", brummte Harker, der offenbar eingenickt war.

„Me-Du-Sa", raunte ich böse. Es kostete mich körperliche Kraft, mich nicht hysterisch umzudrehen. „Ich habe gerade zwei Typen getroffen, die verzweifelt nach Medusa suchen."

Harker schlug die Augen auf und betrachtete mich prüfend. Ich funkelte zornig zurück. „Also?"

Statt einer Antwort packte er mich am Genick und zog mich zu sich, um mich zu küssen. Damit hatte ich nun gar nicht gerechnet und versuchte, mich loszureißen, doch seine Hand hielt mich unerbittlich. Eingekeilt in dem blöden Bahnsitz gab es kein Entrinnen. Ich wollte ihn wenigstens wegstoßen, doch mit spielerischer Leichtigkeit fing er meine Fäuste ab und presste sie fest an seine Brust.

Trotz allem fiel mir auf, wie warm und weich seine Lippen waren, wie gut er roch …

So fest er meinen Körper hielt, so leicht war dennoch der Kuss.

Der Druck um meine Hände ließ nach, als Harkers Mund meine Oberlippe umfasste und unfassbar zärtlich daran sog und wieder nachgab. Seine Lippen bewegten sich und umfassten meine untere und liebkosten sie genauso.

Zum Klingeln in meinen Ohren hob in meinem Bauch ein ganzes Geschwader von Schmetterlingen, ach was, von Flugzeugen ab. Das war mir noch nie passiert. Ich unterdrückte ein Stöhnen und erwiderte den Kuss, fuhr sacht mit meinen Zähnen über seine Oberlippe und ließ mich von ihm noch enger an sich ziehen. Mein Mund hatte seinen siamesischen Zwilling gefunden, und ich folgte der kleinsten Bewegung seines Kopfes, um seine Berührung auf meinen Lippen voll auszukosten. Ich spürte seinen Atem auf meiner Wange, als wolle er mich auch damit streicheln. Ich schmolz förmlich dahin. Dabei benutzte er kein einziges Mal seine Zunge. Sie war nicht nötig. Es war ein Kuss, nur ein Kuss und doch eröffnete er mir hier in einem überfüllten Zugabteil eine neue Welt. Es war ein Lippenbekenntnis, ein Versprechen, das mich in einer Form erregte, die ich nicht für möglich gehalten hätte. Ich öffnete meine Lippen und lud ihn ein, mich zu nehmen. Jetzt, auf der Stelle, wenn es sein musste …

Doch Harker löste sich von mir und verstieß mich in eine triste Welt ohne Farbe.

„Hu …?" Ich blinzelte, schluckte und versuchte mäßig erfolgreich mich zu fassen.

Harker lehnte sich an mir vorbei und spähte in den Gang des Abteils.

„Sorry", setzte er zu einer völlig berechtigten und dringenden Entschuldigung für diesen Abbruch an. „Mir ist auf die Schnelle nichts Besseres eingefallen, um nicht gesehen zu werden."

„Wow." Aircraft grounded. Ich schluckte nochmals und kam mir gerade unfassbar benutzt – nein, *missbraucht* – und billig vor, wie ein Wegwerfartikel. Und hässlich, das war meine übliche Reaktion auf jegliches Unbill. Und blöd, das vor allem. Als wäre ich beim Tanzen beim ersten Grundschritt hingefallen und nicht nur auf diesen Mistkerl hereingefallen. Wobei er mich dazu ja erst hätte täuschen müssen … Was es noch schlimmer und vor allem verwirrender machte.

„Lisa", hörte ich Harker wie aus weiter Ferne. „Ich wollte dich gewiss nicht missbrauchen. Es war eine Verzweiflungstat."

Klar, man musste schon sehr verzweifelt sein, wenn man eine Tanzmaus wie mich küsste, eine die man erst in Designerklamotten stecken muss, damit man sie überhaupt ansehen kann.

Wenn nicht diese furchtbaren Menschen nach uns suchen würden, hätte ich mich erst ins Zugrestaurant begeben, um mir mit irgendwas Hochprozentigem den Mund auszuspülen, den Magen wegzubrennen und den Verstand in Watte zu packen. Und danach hätte ich mich im Klo eingesperrt, bis mich das Reinigungspersonal herauswarf. So konnte ich zur inneren Reinigung nur weinen. Und tatsächlich spürte ich, wie mir Tränen in die Augen stiegen.

Schnell wandte ich mich ab und vergrub mich in meine unter dem Vordersitz wartende Handtasche. Das nämlich ist der Grund, warum Frauen so große Handtaschen brauchen: Um sich notfalls darin zu verkriechen, damit man sie nicht sehen kann. Deshalb müssen sie nämlich nicht wie skrupellose Männer über hilflose Frauen herfallen, wenn sie nicht erkannt werden wollen.

Was mich auf ein ganz anderes Thema brachte.

„Wir waren dabei stehen geblieben, dass du mich über Medusa aufklären wolltest", erklärte ich fest und tauchte aus meinem Behelfsversteck wieder auf.

„Wollte ich das?" Harker grinste, aber irgendwie anders. Ich erkannte die Maske, die seine Verunsicherung kaschieren sollte.

„Früher oder später wirst du wollen", grollte ich. „Nur früher tut weniger weh."

„Mein großer Bruder ist ein Depp."

Diese angesichts des kleinen Bruders wenig überraschende Erkenntnis verwirrte mich trotzdem. „Wieso?"

Und schon wieder hatte ich mich ablenken lassen.

„Er hat mir gesagt, die beste Methode schöne Frauen von schwierigen Fragen abzuhalten, sei es, sie durch einen Kuss am Reden zu hindern."

„Als PR-Managerin rate ich von der praktischen Umsetzung solcher Binsenweisheiten ab", erklärte ich kühl. So ein arroganter Mistkerl.

185

Klatsch!

Mit der Ohrfeige hatte er nicht gerechnet. Ich übrigens auch nicht. Hatte mein grollender Bauch doch tatsächlich meinen Verstand überrumpelt.

„Als Frau denke ich hingegen, dass eindrucksvolle Lektionen nicht wiederholt werden müssen."

Harker funkelte mich wütend an. Ich hielt ungeachtet meiner nunmehr sehr wahrscheinlich gewordenen, fristlosen Kündigung seinem Blick stand.

„Wer ist Medusa?", fragte ich.

Wahrscheinlich hätte man in der Zone zwischen unseren Augen Marshmallows rösten können, aber es war Harker, der nach langen, quälenden Momenten aufgab und als Erster wegsah.

„Medusa ist ein System, das es erlaubt, Mindmapping zu betreiben."

„Hahaha", sagte ich böse. „Dazu bedarf es nicht mehr als eines pseudowissenschaftlichen Büchleins, eines Zettels und eines Stifts."

Harker grinste und ein guter Teil seiner alten Überheblichkeit kehrte zurück. „Für den eigenen Verstand schon ..."

Einer der Medusenjäger kam wieder in unser Abteil und unwillkürlich fragte ich mich, ob Harker mich wieder küssen würde. Noch bevor ich abschließend klären konnte, wie ich das fände, riss ein Schulkind eine Tasche aus dem Gepäckfach und drei weitere purzelten hinterher. Eine platzte auf und gab ein Sammelsurium von Wäschestücken, Spielkarten und Schulheften frei. Dazu erhob sich infernalisches Geheul und Gelärme und lautstarke Beschwerderufe.

Der Kerl sah uns und grinste. In dem Moment kam der Schaffner.

„Bitte gehen Sie alle auf ihre Plätze", forderte er. Die Kinder setzten sich, der Kerl zögerte, ging dann aber unter dem auffordernden Winken des Schaffners aus dem Abteil.

Und nun? Fragend sah ich zu Harker.

„Wir steigen am nächsten Bahnhof aus", erklärte Harker. „Und zwar hinten."

„Der nächste Halt müsste bereits der Münchner Ostbahnhof sein", sagte ich. „In dem Gewühl dort verlieren wir sie bestimmt."

„Mir recht!" Harker nickte. „Solange es umgekehrt auch funktioniert."

Als der Zug in den Bahnhof einfuhr, war ich so aufgeregt wie bei meinem ersten Soloauftritt. Ich schulterte meinen Shopper und ließ mir vom charmanten Schaffner meine Tasche geben.

Dabei schielte ich immer wieder über meine Schulter, ob nicht der Medusenkerl wieder auftauchte, doch in der allgemeinen Aufbruchhektik war ohne Waffengewalt kein Durchkommen.

Der Gedanke war unter den gegebenen Umständen keineswegs beruhigend, stellte ich fest.

Harker packte meine Hand und zog mich ohne Rücksicht auf seine verletzte Schulter an den Schülern vorbei zur hinteren Tür.

Der Zug stoppte und ich wollte die Tür entriegeln, doch Harker hielt mich zurück. „Warte", befahl er.

Ein Pfiff erklang, die Türen vorn schlossen sich, in dem Augenblick schob Harker den Fuß zwischen die Türen und schubste mich auf den Bahnsteig, bevor er hinterhersprang.

Ich hatte meine Taschen noch nicht wieder sauber im Griff, als er mich bereits mitten in einen Trupp empörter Schotten stieß.

„Sorry for that", erklärte er den Touristen. „She has trouble with her Ex." Das brachte uns die gewünschte Deckung und mir jede Menge anzüglicher Witze ein. Ich lächelte gezwungen und tröstete mich mit Rachefantasien. War ja klar, dass ich es war, die Beziehungsprobleme hatte. Mein Ex wartete sehnsüchtig auf mich. Bei seiner hatte das anders ausgesehen ...

„Mädchen hilft man lieber", flüsterte mir Harker eine Antwort auf eine nie gestellte Frage ins Ohr.

Wir ließen uns im Pulk fröhlicher Schotten den Bahnsteig entlang und die Treppe hinunter zum Verbindungstunnel schieben. Doch statt mit unseren neuen Freunden zum Busterminal zu pilgern, bogen wir in die andere Richtung ab, um uns am hinteren Ausgang ein Taxi zu besorgen, das Harker zu einem Arzt bringen würde.

Als wir endlich in relativer Sicherheit auf dem Rücksitz des Wagens saßen und mir eine Zentnerlast vom Herzen fiel, gab Harker meine Adresse an.

„Du wolltest zum Arzt ..."

„Das mache ich allein, Lisa", widersprach Harker, während das Taxi losfuhr. „Du hast genug mit mir durchgemacht. Morgen gibt es viel zu tun, immerhin haben wir heute unsere arabischen Freunde granatenmäßig versetzt."

„Morgen ...?", stammelte ich. Nach einer Schussverletzung sollte man sich vermutlich irgendwann einmal schonen.

„Natürlich. Mir reicht eine Nacht in einem guten Bett und du bist nicht lange genug dabei, um schon Urlaub zu nehmen."

„Aber ..." Außerdem wurden Angestellte, die ihre Chefs schlugen üblicherweise gekündigt.

Harker grinste, als er sich wie beiläufig über seine Wange fuhr, die schwach aber doch sichtbar drei Streifen zierte. „Ich akzeptiere die

Lektion und hoffe, dass ich umgekehrt nicht zu ähnlich drastischen Mitteln greifen muss."

„Selbst wenn ich solcher Ermunterungen bedürfte, was ich nicht tue, würde ein Gentleman sich niemals zu solchen Maßnahmen hinreißen lassen", erklärte ich würdevoll. Und doch wussten wir beide, dass er nicht eine Ohrfeige, sondern die Kündigung gemeint hatte.

Schweigend ließen wir uns durch die Stadt kutschieren. Obwohl wir nebeneinander auf dem Rücksitz saßen, war es, als seien wir Meilen voneinander entfernt. Ich überlegte mir gerade, ob ich nicht demonstrativ Robin anrufen sollte, ließ es aber bleiben. Robin hatte gesagt, ihm wäre es am liebsten, wenn Harker von seiner Existenz nie erfuhr. Also zog ich meine Hand, die bereits nach dem Handy greifen wollte, wieder zurück. Erstaunlicherweise klopfte mein Herz daraufhin etwas schneller, so als wäre der Anruf keine gute Idee gewesen. Sorgte ich mich, dass ich Robin verärgern könnte? Er wusste ja, wo ich war. Oder Harker?

Das war absurd! Mein Verstand allerdings wies darauf hin, dass ich am Telefon mit einem *Schatz* wohl kaum Robins Identität und mit seinem Vornamen nicht seine Stellung preisgegeben hätte. Also doch Harker.

Ich schielte unauffällig zur Seite. Wie er so zurückgelehnt halb eingeschlafen neben mir saß, sah er auf seine leicht verwilderte Harker-Art schon gut aus. Der Dreitage-Bart stand ihm. Und ich war noch nie so geküsst worden …

„Darf ich dich für meine Großmut …", er wies ohne die Augen zu öffnen auf seine Wange, „… um etwas bitten?"

„Hm?"

„Nenn mich nicht Harker. Das ist so geringschätzig."

„Ich habe dich doch nicht …"

„Doch. Du siehst in mir immer nur *Harker*. Aber nicht Tom. Ich sehe mich aber als Tom und nicht als Harker. Und ich würde mir wünschen, von dir als *ich* wahrgenommen zu werden."

„Ist das so?"

189

Harker setzte sich auf und wandte sich mir zu. „Das bitte ich jetzt zum dritten Mal."

Das klang ja jetzt wie im Märchen. „Du sagst das, als hätte es eine Bedeutung."

„Im Märchen hätte es die", bestätigte er meinen Gedanken, aber das war unter den gegebenen Umständen einfach gewesen. „Hier zeigt es nur, dass es mir wichtig ist."

„Keine Drohung?"

„Nein." Er senkte den Blick und griff nach meiner Hand. „Die Gedanken sind frei. Aber es würde mich freuen."

Der Wagen hielt an und der Taxifahrer stieg aus, um meine Tasche aus dem Kofferraum zu nehmen.

„Ich verlange viel von den Menschen in meinem Umfeld." Langsam hob er meine Hand an und beugte sich darüber. „Aber ich weiß zu schätzen, wenn jemand so zu mir steht, wie du das getan hast."

Dann küsste er mir die Hand. Nicht ganz formvollendet, denn dazu hätte er den Kuss nur angedeutet, aber sehr gefühlvoll. Seine Bartstoppeln kitzelten auf meiner Hand und sensibilisierten sie für die Berührung seiner Lippen, die sanft die Haut bewegten, bevor sie sich mit einem flüchtigen Druck wieder lösten.

Ich stieg aus.

Der Taxifahrer sah uns fragend an, oder vielmehr seinen immer noch im Wagen sitzenden Fahrgast. „Ich fahre noch weiter", erklärte Harker … *Tom.* „Bis morgen."

Das Taxi setzte sich wieder in Bewegung und ich blieb zurück, versonnen über meinen Handrücken streichelnd.

Obwohl ich nur zwei Tage weg gewesen war, hatte ich mich selten mehr gefreut, wieder zu Hause zu sein. Lebensgefahr hatte etwas eindeutig Belebendes. Man freute sich plötzlich wieder an den kleinen Dingen, den vielen schönen Selbstverständlichkeiten. Wie beispielsweise einer Tür, die man hinter sich schließen konnte.

Es war früher Abend und ich hatte nicht erwartet, dass Harker ... Tom, wie ich mich brav verbesserte ... ohne mich zum Arzt fahren würde. Die unerwartete Zeit würde ich für eine kleine Belohnung für überstandene Abenteuer nutzen. Robin arbeitete immer lang und so hatte ich gewiss noch Zeit.

Ich checkte mit meinem Handy rasch meine Mails und antwortete auf eine dringende Anfrage von Sebastian und begab mich endgültig in den Feierabend. Dazu ließ ich die Rollläden an meinen Fenstern so herab, dass zwischen den Ritzen gerade noch genug Licht einfiel, um die Wohnung nicht in völlige Dunkelheit zu tauchen.

Dann ließ ich mir ein heißes Bad ein und suchte eine Playlist mit wirklich gefühlvoller Tanzmusik heraus, die mir das Abtauchen in eine schöne, freundliche, wohlriechende Welt erlaubte, die keinen Platz für Spione, Pistolen und unverschämte Chefs bot.

Die Stereoanlage war laut genug, um mir das Eintauchen in eine Klangwolke zu erlauben.

Zurück im Bad genoss ich den Anblick des schäumend in die Wanne laufenden Wassers, aus der ein citrusduftender Hauch von Sommer stieg. Nach einigen Augenblicken ging ich ins Schlafzimmer, um mich auszuziehen. Dabei ließ ich mir Zeit. Es war Teil des Rituals, das Eile verbot. Ich betrachtete kritisch im Spiegel zwei blaue Flecken, die ich mir irgendwo bei unserer Flucht zugezogen haben musste. Der am Oberschenkel sah mit etwas Fantasie aus wie ein Herz. Wie putzig, wenn man seine Herkunft bedachte.

Endlich war es soweit und ich stieg in die Wanne und genoss das Gefühl, als das heiße Wasser mich empfing, mich umschloss und willkommen hieß.

Ich rutschte behutsam umher, bis ich die perfekte Position gefunden hatte, in der sich meine Muskeln entspannten und meine Haut die pflegenden Substanzen aufnahm. Mit geschlossenen Augen erfreute ich mich dieses Augenblicks absoluter Entspannung und war für einen herrlichen Moment im Einklang mit mir selbst.

Doch dieser Zustand hielt nicht an. Das tat er nie und in meiner gegenwärtigen Situation erst recht nicht. Ich musste dringend nachdenken.

Über meine Spionageergebnisse, auch wenn das mangels großartiger Erkenntnisse nicht lange genug dauern dürfte, um ein Vollbad zu rechtfertigen.

Über die Araber und diese seltsamen Superterroristen.

Über Adriana und ihre geheimnisvollen Leute.

Über den Schuss und die Verfolgungsjagd und natürlich über Tom.

Über den vermutlich seltsamsten Mann, den ich je gesehen habe, der mitten in der Nacht tanzen lernen will, um seine Seele zu fühlen, der mit mir im Bett liegt, weil er nicht allein sein kann, der mich zur Rettung seiner Exfreundin entsendet und der besser küsst als Casanova.

„Joker", sagte ich, als ich spürte wie beim bloßen Gedanken an diesen Kuss mein Körper reagierte. Wohlige Wärme breitete sich in meiner Körpermitte aus und meine Brüste richteten sich etwas auf. Gerade genug, dass meine hart gewordenen Brustwarzen aus dem warmen Wasser ragten und sich von der kalten Luft liebkosen ließen.

Ich schloss die Augen und rutschte tiefer ins Wasser, während meine Hände träge über meinen Körper strichen. Würde ich nach dem Einschlafen von Tom oder von Robin träumen?

Die Frage ernüchterte mich, denn eigentlich hatte ich ja vorgehabt, Robin heute noch zu treffen.

Wie bestellt läutete es in diesem Moment an der Tür. Ich fluchte unterdrückt und erwog schon, die Klingel zu ignorieren.

Da läutete es wieder. Laut und befehlend, klarer Sieger gegen die Musik, die gedämpft aus dem Wohnzimmer drang.

Also kletterte ich aus der Wanne …

Nass und nur notdürftig in mein Badetuch gehüllt, eilte ich zur ungeduldig Sturm schrillenden Tür.

„Hallo?"

„Lisa", rief Robin schon vor der Wohnungstür. „Ich bin es! Mach auf."

192

„Wer ist ich?", fragte ich ungerührt.

Irritiertes Schweigen auf der anderen Seite. „Robin." Das klang viel versprechend verunsichert. Mein Chef genügte mir völlig. Ich wollte mich jetzt nicht auch noch vom Ex-Ex herumkommandieren lassen.

„Machst du mir bitte auf?"

Ich grinste, als ich Tür öffnete. Geht doch.

Robin hatte den Kopf schief gelegt und sah mich über einen wunderschönen Blumenstrauß hinweg so rührend fragend an, dass sich mein Verstand sofort verabschiedete, weil mein Herz wie wild in der Brust zu trommeln begann, um nur ja auch den letzten Schmetterling in der darunterliegenden Etage aufzuschrecken.

„Komm rein", sagte ich. „Ich war gerade im Bad."

„Das sieht man." Robin lächelte. „Du tropfst."

„Wasser für die Blumen."

„Sollten wir sie nicht besser in eine Vase stellen?"

Ich nickte. „Vermutlich. Das kannst du ja übernehmen, während ich mich schnell fertig mache."

In Robins Blick stahl sich ein lüsternes, fast raubtierhaftes Element, das ich außerordentlich anziehend fand. Mit einem koketten Lächeln drehte ich mich um und ging hüftschwingend zurück ins Bad und stieg in die Wanne, um mich abzubrausen.

„Wie die schaumgeborene Venus", sagte Robin, der mir offenbar gefolgt war.

„Wolltest du nicht die Blumen ins Wasser stellen? Wenn du mir schon mal welche mitbringst, möchte ich solange wie möglich etwas davon haben."

„Die fühlen sich im Waschbecken sehr wohl." Demonstrativ legte er sie dort ab und drehte den Wasserhahn auf. Dann setzte er sich auf die Toilette.

„Willst du nicht sittsam im Wohnzimmer warten?", fragte ich und überlegte, ob ich mich in mein Schaumbad zurückziehen sollte. So wie ich jetzt nackt vor ihm stand, fühlte ich mich entblößt.

„Nein." Er grinste wölfisch. „Du hast mich bei unserem letzten Gespräch so scharf gemacht, dass ich mich jetzt nicht mehr vertrösten lasse."

„Ich will mir ja nur noch schnell den Schaum von der Haut spülen."

„Nur zu."

Meinen strengen Blick erwiderte Robin mit streitlustigem Trotz. Also gab ich seufzend nach und griff zur Brause.

„Mach langsam. Ich möchte, dass du wirklich sauber bist für ein paar schmutzige Sachen."

Das war mir jetzt zu viel der Aufforderung und so wollte ich mich zurück in mein duftendes, schäumendes Bad gleiten lassen, um mich vor lüsternen Blicken zu verbergen.

„Nein", sagte Robin von seinem Zuschauersitz aus. „Bitte lass mich dich ansehen."

Irritiert zögerte ich.

„Ich sehe dich so gern. So wie du hier stehst, genauso stelle ich mir dich vor, wenn ich an dich denke. So träume ich von dir."

Hatte ich schon erwähnt, dass Robins Stimme die Qualität von Honig hatte? Verführerisch süß und betörend genug, um zu vergessen, dass da stets irgendwo auch Bienen lauerten.

„So wie du vor mir stehst, kann ich glauben, dass das Leben an deiner Seite das Beste ist, was mir passieren konnte."

Ich lachte verlegen und wusste nicht, wohin mit meinen Händen, die ich deshalb wie zufällig über meine Brüste und meine Scham legte. Natürlich hatte Robin alles an mir bereits gesehen. Aber nicht *so*.

Robin erwiderte mein Lächeln. Es war ein seltsam intensiver Moment, fast als sähe er mich das erste Mal.

„Wolltest du dich nicht abseifen?"

Eigentlich nicht, meldete sich mein Verstand zu Wort, doch mein Herz ignorierte ihn und befahl meinen Händen zum Schaumbad zu greifen und das Gel zwischen meinen nassen Fingern aufzuschäumen.

Ich spürte Robins Augen auf meiner Haut brennen, jeder meiner Bewegungen folgend, jede meiner Kurven bewundernd als meine Hände

194

erst über meine Seite und dann um meine Brüste herum die aufgeschäumte Seife verteilten und mich in einen verführerisch frischen Duft von Blutorangen und Passionsfrucht tauchten.

„Beweg dich", bat Robin. „Wenn du tanzt, beginnst du zu leuchten. Mach mich heiß, Lisa."

36 Grad waren da kein schlechter Anfang. Zaghaft begann ich, mich mit geschlossenen Augen zur Musik von 2Raumwohnung zu bewegen. Es war wie es immer war, ich tauchte in die Musik und vergaß die Welt um mich herum. Da waren nur Inga und die Klänge, die meinen Körper steuerten, wie eine Stimmgabel in Bewegung setzten und meine Hände, die ihn dafür belohnten. Robins heisere Stimme drang wie von weit weg an mein Ohr, obwohl er keine zwei Meter von mir entfernt saß.

„Oh ja. Ich liebe es, dich so zu sehen, wie die Wassertropfen von deiner Haut abperlen, wie der Schaum langsam an dir hinabgleitet. Du machst mich so heiß, Lisa, es ist unglaublich. Sag mir, dass du mich willst."

„Aber nicht doch", gurrte ich und führte aufreizend langsam meine linke Hand zwischen meine Beine. Ich konnte hören, wie Robin die Luft einsog. Behutsam bewegte ich mit einer aus der Schulter kommenden Bewegung meine Hand vor und zurück, Teil eines sehr intimen Tanzes. So hatte ich mich noch nie berührt und war überwältigt von der Kombination verschiedener Sinnesreize. Ich genoss es, mich statt eines Mannes der Musik hinzugeben. Wohl wissend allerdings, dass bald schon Robin übernehmen würde. Aufreizend schob ich das Becken ein wenig vor, hörte Robin unterdrückt stöhnen und wiegte mich genussvoll herum, bis Robin nur noch meinen Rücken zu sehen bekam.

Ich hatte ihn nicht aufstehen gehört und erschrak, als ich plötzlich seine Hand an meiner Schulter spürte. Er drehte mich zu sich herum und zeigte mir den Massagehandschuh, den er sich über seine andere Hand gezogen hatte. Ohne mich aus den Augen zu lassen, bückte er sich und tauchte den Handschuh in das Badewasser, dann begann er langsam von meiner rechten Schulter, die er immer noch hielt, meinen rechten Arm zu schrubben. Dabei fand er genau den richtigen Druck, mit dem er meine Haut kräftig zum Prickeln brachte, ohne dass es unangenehm geworden wäre.

Von meinem Arm aus arbeitete er sich über Schulter und Nacken zurück und meinen Rücken hinunter. Langsam, methodisch, schweigend.

Es fühlte sich gut an. *Richtig*. So als würde er nun all die Narben, die er mir zugefügt hatte, demütig entfernen, um mich in neuem Glanz erstrahlen zu lassen. Wo immer meine Haut noch nicht bearbeitet worden war, sehnte ich mich nach seiner Berührung, genoss es, wie er sich geduldig von meinem Rücken über mein Gesäß zu den Schenkeln vorarbeitete. Diese Massage war erregend und entspannend zugleich, erfrischend und überaus befreiend. Meine Hände folgten den seinen, steuerten sie behutsam, dirigierten den Druck und die Intensität der Behandlung. Robin rubbelte mich mit diesem gerade nicht zu groben Massagehandschuh am ganzen Körper von den Ohren bis zu meinen Zehen ab, wo immer er mich erreichen konnte, jedenfalls äußerlich, neckte mich an den intimen, empfindlichen Stellen, ließ aber stets ab, bevor unser Spiel allzu hitzig werden konnte.

Dann griff er zur Brause und spülte mit der Seife allen Stress, allen Kummer und Zorn hinfort. Robin war auch hierin sehr gründlich, widmete aber weder meinen hoch aufgerichteten Nippeln noch meiner Scham die von mir insgeheim ersehnte Aufmerksamkeit.

Als nächstes griff er immer noch schweigend zu den Handtüchern, die ich zuvor schon bereit gelegt hatte, um mich ebenso gründlich abzutrocknen,

196

wie er mich zuvor eingeseift hatte. Dabei umarmte er mich schließlich fest und hob mich mit einem Ruck aus der Wanne, die leise gurgelnd protestierte. Das Handtuch zwischen uns als sittliche Grenze, umarmte er mich fest. Meine überaus stimulierte Haut reagierte nach dem warmen Frottee auf die leichte, eher kühle Baumwolle seines Hemdes mit einem erneuten Prickeln. Seine Hände zitterten leicht vor unterdrückter Erregung und ich hob meinen Kopf für einen Kuss. Dabei spürte ich seine Erektion hinter dem Handtuch wie ein Versprechen auf künftige Freuden, die sein gieriger Kuss nur vorwegnahm. Seine Zähne auf meinen Lippen, seine Zunge, die nach meiner suchte … Dahinter lag eine so übermächtige Forderung, der ich doch längst allzu willig nachgegeben hatte.

Unsere Lippen lösten sich, als Robin mich hochhob. Während er sich umdrehte und mich ins Schlafzimmer trug, sah ich noch das Badetuch verlassen zu Boden fallen.

Robin warf mich aufs Bett und riss sich förmlich die Kleider vom Leib. Ich kuschelte mich in meine kühlen, seidenglatten Laken, die sich auf meiner immer noch prickelnden Haut so wundervoll weich anfühlten. Versunken in diese simple Freude, sah ich Robin zu, der gerade seine Boxershorts von den Hüften streifte.

Seine Miene ließ keinen Zweifel daran, dass ihm an deutlich handfesteren Freuden gelegen war. Seine Erektion auch nicht.

Ich hob einladend die Bettdecke und Robin rutschte zu mir. Er begann mich am Rücken zu streicheln, nur mit den Fingerspitzen, doch nicht an allen Stellen, an denen ich es mir gerade gewünscht hätte. Robin kannte sich aus und berührte mich an so vielen Stellen, an denen hungrige Nerven laut nach *mehr* schrien, ohne an die für eine Liebesnacht typischen Stellen zu gelangen. Mein Körper wurde für Robins Finger zu einer Welt, die sie erkundeten. Da war die empfindliche Stelle im Nacken, wo Hals und Kopf sich begegnen, der Engpass zwischen den Schulterblättern, das Tal auf Höhe der Hüftknochen oder eben den Eingang in die Schlucht zwischen meinen Pobacken. Es war unfassbar intensiv, ihn langsam meinen Körper durchwandern zu spüren, als hätte er ihn nie zuvor gesehen, nie zuvor wahrgenommen.

Langsam wanderte er über meine linke Pobacke und kam an eine etwas intimere Stelle. Willig öffnete ich meine Schenkel ein Stück für ihn. Langsam bewegten sich seine Finger weiter, stiegen hinab in die dampfige Dunkelheit der Liebesgrotte.

Ich kicherte albern über den schwülstigen Begriff. Seine Finger begannen zu tanzen und waren plötzlich überall zugleich. Für mich schien die Zeit stillzustehen.

Ich streckte meine Hände nach ihm aus, fuhr über seinen Körper, umspielte seine Brust, strich federleicht über die Muskeln an seinen Armen.

Robin küsste mich, drehte mich auf den Rücken und war im selben Augenblick über mir. Für einen Augenblick vermisste ich seine zärtliche Berührung, doch im nächsten Augenblick spürte ich seinen harten Penis zwischen meinen Beinen und unmittelbar darauf in mir. Hart und mit Schwung.

Ich hatte ihn erwartet, doch nicht mit so brachialem Hunger. Ein lautes Stöhnen entfuhr ihm und übertönte meinen Schreckenslaut. Er stieß tief vor, erst langsam, dann schneller, immer und immer wieder bis ich seine Hoden gegen meine Schenkel schlagen spürte. Ich krallte mich an seinen Schultern fest und öffnete meine Beine etwas weiter, um ihn gewähren zu lassen. Normalerweise mochte ich wilden Sex, aber dieser Zorn, diese nur schlecht maskierte Gewalt hinter Robins Verlangen ängstigte mich.

Zögernd passte ich mich seinen Bewegungen an, wechselte mit ihm den Rhythmus, mal schneller, mal langsamer, der Urtanz des Lebens. Ich suchte seinen Blick, doch er hielt die Augen geschlossen, die Miene angespannt.

Mit einem Stöhnen beschleunigte er nochmals seine Stöße und entlud sich dann, bevor er mich mit einem Lächeln küsste, das all meine Sorgen fortwischte, und sich an meine Schulter gekuschelt entspannte.

Ich hätte gerne den Augenblick genossen. Was gibt es Schöneres, als mit dem Mann, den man liebt, glücklich vereint im Bett zu liegen?

„Wie war dein Trip?", fragte Robin jedoch.

„Vergleichsweise unbefriedigend."

„Erzähl mir von Salzburg." Robin war von meinem Ausweichmanöver völlig unbeeindruckt. „Deine Drohung, dich deinem attraktiven, gewitzten, stinkreichen Chef an den Hals zu werfen, hat mich sehr getroffen. Wie soll da ein armer Beamter mithalten?"

„Ist es nicht James Bond, der all die schönen Frauen kriegt?"

„Da du hier die Agentin bist, passt es ja. Du verdrehst allen Männern den Kopf." Robin lachte und küsste mich auf die Schulter. „Agentin Nullnullsexy."

Trotzdem war der Moment der Entspannung vorbei und etwas Lauerndes, Feindseliges, Kaltes lag plötzlich zwischen uns, so eng wir aneinander gekuschelt liegen mochten.

„Was hast du herausgefunden?"

„Ich weiß nicht", sagte ich zögernd. „An Tom Harker ist nicht so leicht heranzukommen."

„Lisa, du enttäuscht mich." Wieder küsste Robin meine Schulter, diesmal näher am Hals, einer Stelle, an der ich sehr erregbar war. „Du warst zwei Nächte mit ihm allein. Seid ihr euch da gar nicht näher gekommen?"

„Sag mal, hältst du mich für eine Nutte? Harker ist mein Chef, nicht mein Freier."

Robin drehte sich zur Seite und stützte seinen Kopf ab, um mich kritisch zu mustern. „Um an ihn heranzukommen, kannst du doch etwas flirten. Da musst du ja nicht gleich mit ihm schlafen." Er lächelte. „Glaubst du, mir macht das Spaß? Aber es ist wirklich wichtig. Wir müssen verhindern, dass er sein Programm an unsere Gegner verhökert."

„Wie kommst du darauf, dass er das tut?"

Robin seufzte und strich mir mit der Hand eine Strähne aus dem Gesicht. „Vertrau mir. Ich arbeite mit Leuten zusammen, die ihren Job verstehen."

„Deshalb brauchst du jetzt auch meine Hilfe."

199

Robins Mund verspannte sich. „Mit wem habt ihr euch in Salzburg denn getroffen?"

„Mit arabischen Geschäftsleuten aus Dubai, die sich für ein Software-System für ihre Exporte interessierten. Es geht um Logistik, nicht um Verrat. Die wollen Export, nicht Import."

„Und sonst?"

„Wie sonst?" Mein Herz war beleidigt, dass ich nach gelungenem Sex so verhört werden sollte, mein Verstand hingegen zutiefst misstrauisch, denn irgendwas hielt mich davon ab, Robin gegenüber offen zu sein.

„Nun, ich hörte, ihr hättet das Hotel sehr überraschend verlassen, auch wenn eure Zimmer von Mitarbeitern von Novamove übernommen worden seien."

Ich zuckte die Schultern. „Wir waren noch wo eingeladen."

„Ich weiß", sagte Robin zu meinem Erstaunen. „Hat dir das Schlösschen gefallen?"

Nun setzte ich mich auf. „Sag mal, lässt du mich beschatten?"

„Es ist mein Job, Bescheid zu wissen. Ich muss doch auf dich aufpassen." Sein Lächeln besänftigte mich etwas.

„Wer ist diese Frau, die ihr besucht habt?"

„Adriana. Sie ist eine Freundin von Harker."

„Adriana Nopasowa. Sie arbeitet für verschiedene Geheimdienste gleichzeitig. Ihr ist nicht zu trauen. Dass eine wie sie mit Harker befreundet ist, sollte dir eigentlich zeigen, was von deinem hübschen Chef zu halten ist."

„So genau hat sie sich mir nicht vorgestellt."

Robin lachte. „Natürlich nicht." Er lehnte sich wieder zu mir. „Für sie warst du nur eine von Harkers Gespielinnen." Aufreizend fuhr er mit einem Finger meine sich unter der Decke abzeichnenden Konturen nach. „Dabei hat sie dich unterschätzt. Und du hast wirklich nichts über Tom Harkers Pläne herausgefunden?"

„Du bist nicht der Einzige, der sich dafür interessiert", sagte ich schließlich. „Wir wurden im Schlösschen überfallen, Harker zuvor schon von Unbekannten angeschossen."

„Wo wart ihr, nachdem ihr das Schlösschen verlassen habt?"

„Adriana befreien. Sie wurde von den beiden Kerlen, die Harkers System wollen, entführt."

„Die Nopasowa wurde entführt?" Jetzt wirkte Robin verblüfft. „Von nur zwei Mann? Unmöglich!"

„Eigentlich nur von einem", korrigierte ich sanft. „Der hat sie zu einem Bauernhof gebracht, wo noch andere Leute einer supergeheimen Superterroristengruppe waren."

Robin lachte. „Lisa, da hast du bestimmt etwas durcheinander gebracht ..."

„Nein!" Allmählich wurde ich ärgerlich. „Ich selbst habe Adriana gefesselt in dem Bauernhaus gefunden und befreit."

Er musterte mich kritisch, doch immer noch zornig, war ich es, deren Blick er schließlich auswich und den Kopf schüttelte. „Das ist interessant."

Seine Hand wanderte langsam wieder nach oben. An meiner Taille angekommen, packte er zu und zog mich zu sich.

„Und dann?"

„Dann sind wir mit dem Zug heimgefahren."

Sanft strich seine Unterlippe über meine Schulter zu meiner Brust. Ein seltsamer Kontrast zu seinen fordernden Händen, die mich besitzergreifend zu sich zogen.

„Dass du Alex nicht besucht hast, wird ihm das Herz gebrochen haben."

Ich versteifte mich. Woher wusste er das? Andererseits waren wir gemeinsam mit Alex beim Segeln gewesen. Robin hatte schon immer gern geraten und gegen die hellseherischen Fähigkeiten meines Chefs war er ein Waisenknabe.

„Au!" Hatte der Kerl mich doch glatt gebissen.

Robin lachte, als er mich fest in den Po kniff. „Du hast mir nicht erzählt, was ihr in diesem Zimmer gemacht habt."

201

Unwillkürlich wollte ich von Robin abrücken, doch er hielt mich fest, seine Hände lagen fest auf meinem Gesäß. Als er die Finger anspannte, konnte ich seine Nägel auf meiner Haut spüren. Eine sanfte Drohung.

„Ich habe ihn verbunden. Wie gesagt, er wurde angeschossen."

Die Finger gruben sich fester in mein Fleisch, pressten mich an ihn. „Ich meine danach im Schlösschen."

„Woher …?"

Robins Hände hielten mich unerbittlich bei ihm.

„Falsche Frage, Lisa. Interessant ist, warum!"

Das schloss sich zwar nicht aus, aber gehorsam fragte ich trotzdem.

Sein Lächeln belohnte mich und mein albernes Herz.

„Weil mich meine Eifersucht rasend macht."

Er küsste mich. Gierig.

„Also? Was habt ihr dort getrieben? Oder sollte ich besser fragen, wie?"

Ich schüttelte den Kopf. „Du wirst enttäuscht sein, mein Lieber", flüsterte ich und gab seinen fordernden Händen endlich nach.

„Wir haben getanzt. Einfach nur getanzt. Ich habe deinem Rivalen nur eine Foxtrott Stunde gegeben."

Robins Lippen fanden die meinen. Sein Kuss war brutal, fordernd, besitzergreifend.

„Und? War es schön?"

„Ja", sagte ich ehrlich. „Tanzen ist immer schön."

Wie zur Strafe kniff Robin mich wieder. Und doch wollte ich in seinen Armen sein. Ich verbannte den seltsamen Tanz aus meinem Kopf.

Stattdessen erwiderte ich Robins Küsse. Leidenschaftlich.

„Und ihr habt euch nicht einmal geküsst", bohrte Robin weiter, als er wieder zu Atem kam.

„Wir haben nur getanzt."

„Du Lügnerin".

Robin lehnte sich über mich und schob siegesgewiss meine Schenkel auseinander. „Und was war im Zug? Habt ihr es da auf der Toilette getrieben? So wie in einem schlechten Porno?"

202

„Wenn ich mitspiele, wäre es ein guter Porno gewesen", neckte ich ihn. Seine über meiner Vagina liegende Hand, brachte mich noch um den Verstand. „Aber ich schwöre, auf dem Klo war ich allein."

Doch selbst als wir nochmals miteinander schliefen, konnte ich den Kuss im Zug nicht vergessen.

So grandios der Sex mit Robin immer noch war, sobald ich mich ihm hingab, so genau er meine Bedürfnisse kannte ... etwas war anders. Ich konnte das widersetzliche Gefühl nicht in Worte fassen.

„Du musst müde sein", keuchte Robin schließlich und rollte sich zur Seite.

„Eher verwirrt", gab ich zu und akzeptierte unvermeidliche Missverständnisse.

Robin zog mich fest an sich und blies mir eine lose Strähne vom Ohr. „Ich liebe dich", murmelte er, bevor er einschlief.

Es war seltsam, denn eigentlich hätte mein Herz wild applaudieren müssen. Wie viele Wochen hatte ich mich nach diesen Worten aus diesem Mund verzehrt?

Stattdessen meldete sich höhnisch mein Verstand, der ja schon immer den Haken an meiner Robinmania vermutet hatte.

Stattdessen galt mein letzter Gedanke, bevor ich einschlief, Tom.

Am nächsten Morgen saß ich allein in meiner Küche und rührte unschlüssig in meinem Frühstückskaffee.

Robin hatte ihn für mich gekocht und sogar den Tisch gedeckt. Mit einem Platzset und einem kleinen Papierherzchen, auf dem stand, dass er mich jetzt schon vermisste, aber er seine Traumfrau hatte träumen lassen wollen. Mit einem Kännchen aufgeschäumter Milch, die allerdings wieder etwas zusammengefallen war, und frisch aufgebrühtem Kaffee.

Das war neu. Und irgendwie rührend.

Eigentlich müsste mein Himmel voller Geigen hängen. Tat er aber nicht. Mein persönlicher Himmel hatte sich dem Münchner angepasst, der sich heute in Regengrau mit etwas Niesel kleidete.

Auch mein Verstand, der eigentlich frohlocken müsste, dass ich endlich zur Vernunft gekommen war, hing überraschend versöhnlich der Idee nach, dass man einem Menschen, der sich so darum bemühte, mein Herz zu erfreuen, eine Chance geben sollte. Mein Herz hingegen vermisste die Schmetterlinge im Bauch, obwohl es doch nun mehr von Robin geboten bekam als ich mir selbst in meinen kühnsten Träumen ausgemalt hätte.

Und mein Bauch? Der verlangte nach mehr Kaffee. Schöner Mist.

Seufzend spülte ich meine Tasse aus und ging ins Schlafzimmer, um mich für einen Bürotag anzukleiden. Um die Erwartungen von Novamove an seine PR-Managerin nicht zu enttäuschen hatte ich mir letzte Woche ein todschickes Scuba-Kleid gekauft. Und passende Schuhe. Passende Schuhe sind wichtig, damit steht und fällt das gelungene Outfit. In diesem Fall bekam mein neues Kleidchen Verstärkung in Form von farblich passenden Ankle-Boots mit einer wirklich raffinierten Schnürung an der Ferse.

Während ich mich im Spiegel betrachtete, fiel mein Blick auf mein Gepäck, dem ich mich gestern gar nicht mehr gewidmet hatte.

Ich beschloss, dass ich nach den ausgestandenen Abenteuern durchaus etwas später ins Büro kommen könnte, und bückte mich nach der von meiner Reisetasche heruntergerutschten Jacke.

Ihr Gewicht ließ mich stutzen.

Richtig, ich hatte ja noch Harkers Giveaways einstecken.

Seufzend räumte ich sie aus. Zu blöd, dass ich keine Gelegenheit gehabt hatte, die Sachen Adriana zu geben.

Das Messer, mit dem ich sie befreit hatte. Die Pistole, mit der ich nicht umgehen konnte und deren bloßer Besitz vermutlich schon strafbar war. Mit spitzen Fingern packte ich beides in einen Beutel, um ihn Tom bei nächster Gelegenheit in die Hand zu drücken. Und dann war da noch der Schlüsselbund, von dem ich nicht wusste, wo die Schlösser dazu sein könnten.

Zögernd untersuchte ich sie genauer. Normale Standardschlüssel, wie man sie für jede Haustür nahm. Nichts Besonderes und von daher schwer zuzuordnen. Drei Stück an einem Ring. Und ein kleiner dazwischen, der könnte für ein Vorhängeschloss oder ein Schließfach sein. Der Schlüsselanhänger bestand aus einem altem, schon ziemlich abgewetzten Ledertäschchen wie sie in einer Zeit üblich gewesen waren, als man unterwegs zum Telefonieren noch Telefonzellen benötigt hatte, die mit Kleingeld gefüttert werden wollten. Meine Mama hatte auch so eins an ihrem Schlüsselbund gehabt.

Mit einem nostalgischen Lächeln besah ich den Anhänger genauer. Dabei ertastete ich den Inhalt und sah neugierig hinein. Ein Tablettenstreifen mit vier Pillen und einem Aufkleber *Medusa C4/4.* Ich schluckte. Den hatte ich schon einmal in der Hand gehabt. Genau diesen. Ich erkannte ihn an dem Knick wieder, der durch das *M* verlief. Diesen Streifen hatte ich in dem Kulturbeutel meines Chefs gesehen und wieder zurückgelegt. Zusammen mit dem verblassten Reiterbild.

Wie waren sie aus dem Kulturbeutel, den wir zusammen mit Harkers Tasche im Schlösschen zurückgelassen hatten, hierher in meine Wohnung geraten?

Nachdenklich ging ich in die Hocke und starrte auf die Tabletten, die förmlich auf meiner Haut brannten.

Tom hatte sich bedankt, weil ich sein Gepäck geordnet hatte. Dabei musste er die Tabletten geholt haben. Aber warum hatte er sie in das Schlüsseltäschchen gestopft? Und warum hatte er es mir gegeben?

Medusa C4/4. Medusa?

Nachdenklich holte ich mein Handy von der Ladestation und gab erst einmal *Medusa* ein.

Medusa, so erfuhr ich, war nicht nur eine Quallenart, sondern auch eine Figur der griechischen Mythologie. Das war nichts Neues. Gleichwohl las ich weiter. Oft kam es ja auf die Details an.

Medusa, die Schönste der drei Gorgonen genannten Dämonen, hatte sich mit dem Meergott Poseidon in einem Tempel der offenbar recht humorlosen Göttin Athene vergnügt und war von dieser zur Strafe in ein Ungeheuer mit grüner Haut und Schlangenhaar verwandelt worden.

Dann entdeckte ich unweit des eher trockenen Wikipediaeintrags einen weiteren Link, der die wahre Geschichte der Medusa versprach.

So begab es sich, dass der mächtige Meergott sich dem wunderschönen Mädchen näherte, sie beobachtete, wie sie am Brunnen des Tempels niederkniete, um ihren Eimer zu befüllen.

Getrieben von seinem Verlangen, das bei diesem Anblick in seinen Lenden rumorte, befahl der Gott mit einem Wink seines Dreizacks den Wassern, Medusa zu ergreifen und in den Brunnen des Tempels zu ziehen.

Das Wasser umspülte Medusa im Brunnen, durchweichte ihr Kleid und drang mit Leichtigkeit an ihre intimsten Stellen und so gehörte sie dem Gott, noch bevor er ihr körperlich erschienen war.

Medusa hatte Angst, doch obwohl das Wasser im Brunnen mit dem seltsamen Eigenleben sie nicht freigab, ließ es sie doch nicht untergehen. Sanfte Wellen kreisten um ihre Brüste. Langsam, zögerlich entspannte Medusa sich. Wasser umspielte nun auch ihre Scham, dort mit mehr Druck und bereiteten Medusa auf das Kommende vor. Sie sträubte sich gegen das Gefühl, doch konnte sich ihrer Erregung nicht erwehren.

Ich stellte mir vor, wie es sein musste, mit der Macht der Gezeiten geliebt zu werden und fand den Gedanken überraschenderweise pikant.

Medusa spürte, wie sich die Wasser über den Rand des Brunnens erhoben und sie über den Beckenrand spülten, aberwitzigerweise die Treppen hinauf zu dem erhöhten Podest, auf dem Athenas Altar im Licht von tausend Kerzen erstrahlte.

Sie blinzelte verwirrt, als sie dort einen Krieger in blau schimmernder Rüstung stehen sah. Noch nie hatte sie einen so perfekten Körper und ein so schönes Gesicht gesehen. Dann fiel ihr Blick auf den Dreizack in seiner Hand und sie verstand.

„Poseidon" hauchte sie. „Oh mein Gott."

Solcherart angesprochen lächelte der Gott und reichte ihr die Hand. Medusa konnte den Blick nicht von ihm wenden, als er ihr aufhalf.

Die Berührung versprach Liebe und gab Medusa das Gefühl, die begehrenswerteste Frau der Welt zu sein. Auf eine Handbewegung von ihm spülte das Wasser hinauf zum Altar, und bedeckte ihn wie eine wundervolle Decke. Poseidon küsste Medusas Hand, bevor er sie über ihren Kopf zu einer Ecke des Altars führte und ins Wasser drückte, das sofort zu Eis erstarrte und sie festhielt. Der Gott wiederholte dies mit ihrer anderen Hand und schließlich auch mit ihren Beinen.

„Was geschieht mit mir", fragte Medusa mit aufkeimender Panik, doch Poseidon legte ihr nur einen Finger auf die Lippen und lächelte.

Hilflos lag Medusa also da, gefangen in einer seltsamen Mischung aus Angst und Erregung.

„Bitte tut mir nicht weh", flüsterte sie. „Ich habe noch nie mit einem Mann geschlafen."

„Ich bin kein Mann, Mädchen", erwiderte Poseidon.

Er beugte sich über sie, um sie zu küssen. Mit der Berührung seiner Lippen schwanden Medusas Ängste, waren wie fortgespült. Und zurück blieb nur das brennende Verlangen, den Gott zu erfreuen.

207

Ich dachte an Toms Kuss, erschrak vor diesem Gedanken und las schnell weiter.

Medusa ahnte, dass der Gott sie verzaubert hatte, dass sie seinem Glanz erlegen war, doch das änderte nichts an der Intensität, mit der ihr Körper auf seine Berührung reagierte. Sie wagte nicht, den Kuss zu erwidern, doch sog jede seiner Berührungen seiner nun über ihren wehrlos vor ihm ausgestreckten Körper streichenden Hände so gierig auf, wie ein Schwamm Wasser.

Sein Mund löste sich von ihren Lippen und umschloss kurz darauf eine ihrer Brustwarzen. Medusa stöhnte unter diesem Kuss. Wie gern hätte sie Poseidon berührt, sein langes, seidiges Haar unter ihren Händen gespürt, liebkost, während seine Zunge nun mit ihrer anderen Brust in einer Weise spielte, die ihr Herz in Aufruhr versetzte.

Dabei fuhr seine Hand langsam über ihren Körper, über ihre Hüfte nach unten und fand ihren Weg zwischen ihre, aufgrund ihrer Eisfesseln weit geöffneten Schenkel.

Medusa zitterte, als Poseidon begann, ihren Körper mit Küssen zu bedecken, ihren Nabel, ihren Bauch, ihre Scham. Sein Bart kitzelte ihre empfindliche Haut und entlockte ihr ein Kichern.

Sie sah unter seinem Chiton eine mächtige Beule, die ihr verriet, worauf dieses Spiel unweigerlich hinauslaufen würde und erschrak vor der Größe dessen, was sie aufzunehmen hatte.

„Schsch!" Poseidon hatte ihre Sorge bemerkt und bedachte sie mit einem Lächeln, das ihre Angst sofort linderte.

Er beugte sich zwischen ihre Beine und küsste sie auf ihre Vagina. Öffnete mit seiner Zunge ihre Schamlippen und drang ohne weiteres tiefer vor.

Medusa sog laut die Luft ein. Damit hatte sie nicht gerechnet. Und schon gar nicht mit ihrer Reaktion darauf. Seine Küsse schürten ein Feuer in ihr, in dem all ihre Ängste und Sorgen verbrannten und in ihr nur noch Raum für einen Wunsch übrig ließen. Den Wunsch nach mehr.

Plötzlich spürte sie etwas in ihr. Etwas hartes, das sich langsam hin und her, auf und ab bewegte. Sie verspannte sich erst, doch Poseidons Kuss verhinderte, dass sie sich verkrampfte. Zu herrlich war dieses Gefühl.

Poseidon weitete erst mit einem, dann mit zwei Fingern ihre Scheide, damit sie ihn aufnehmen konnte. Es tat weh, wenn er sich bewegte und Medusa bekam wieder Angst, wie es erst sein würde, wenn er sie nun wirklich nehmen würde. Doch da er sie mit der anderen Hand weiterhin zärtlich streichelte, versuchte sie sich zu entspannen und ihm zu vertrauen. Was sonst blieb ihr auch übrig, in Eis geschlagen wie sie war?

Tatsächlich ließ der Schmerz bald nach und das Vergnügen nahm zu. Sie begann unwillkürlich mit dem Becken seiner Bewegung zu folgen und jeden Vorstoß seiner Finger aufzunehmen. Sie stöhnte, als langsam erst sich Gefühle aufbauten, die sie bisher nicht für möglich gehalten hätte, um sich dann wie bei einem Dammbruch mit einem Schrei zu entladen.

Poseidon hielt inne und richtete sich auf, um sie zu küssen und dieses Mal erwiderte sie den Kuss, schmeckte das Salz ihrer eigenen Erregung und wollte mehr. Mehr von ihm, mehr von diesem wundervollen Gefühl.

Mit einem Schlag fiel die Rüstung von seinem Körper und Medusas Eisfesseln zersprangen mit einem Klirren. Poseidon trat ans untere Ende des Altars, umfasste ihre Hüften und zog sie an die Kante. Medusa hob den Kopf und sah seinen riesigen Penis nun steil wie eine Lanze vor ihr aufragen.

Sie spürte seine Eichel zwischen ihren Schenkeln und ließ sich zurückfallen, in der sicheren Erwartung, gleich zu zerreißen. Noch immer vor Erregung gerade genossener Freuden zitternd, spreizte sie ihre Beine so weit sie konnte.

Sie spürte, wie er nun langsam in sie eindrang, tiefer und immer tiefer, sich mit seinem Gewicht gegen den Altar legte und unbarmherzig ihre schmalen Hüften zu sich heranzog, um noch weiter in sie vorzustoßen.

Medusa stöhnte. Es tat weh, aber weniger als erwartet. Dann zog Poseidon sich wieder zurück und ihre Muskeln entspannten sich. Als er wieder vorstieß, war es leichter und dieses Mal fühlte es sich richtig an, entfachte ein Feuer in ihr, das nie verglühen sollte.

„Oh bitte", stöhnte sie. „Bitte."

Der Gott hielt ihre Hüften fest umklammert als er nun begann, mit gleichmäßigen Stößen in sie einzudringen, sich zurückzuziehen, nur um wieder einzudringen. Medusa spürte, wie ihr Zopf sich löste und ihr Haar wie ein goldener Wasserfall über den Altar floss, als sie sich seinem Rhythmus ergab und dem sie nun zur Gänze ausfüllenden Gott auf der Welle eines neuen Orgasmus entgegenritt. Mit ihren Schenkeln umfasste sie seine Hüften und versuchte, noch mehr von ihm in sich aufzunehmen, bis es soweit war und sie sich mit lauten Schreien einem Genuss hingab, der für den Augenblick ihre Welt ausfüllte. Poseidon schwoll tief zwischen ihren Beinen an, wurde härter und heißer und dann entlud er sich tief in ihr, gefolgt von einem dunklen Stöhnen, das ihre spitzen Lustschreie ein letztes Mal in neue Höhen trieb.

Sie richtete sich auf und ließ sich von ihrem göttlichen Geliebten in die Arme schließen, während die Spuren ihrer Ekstase sich mit ihrem Jungfrauenblut auf dem Altar vermischten. Lange Momente hielten sie einander und rangen nach Atem. Gerade als Medusa sich erschöpft zurückfallen ließ, fiel ihr Blick auf eine große, athletisch wirkende Frau in goldener Rüstung, die sie hasserfüllt betrachtete.

Dann verlor Medusa das Bewusstsein.

Ich persönlich fand es ja unfair, dass Athena ihren Ärger nicht etwa an ihrem lüsternen Onkel, sondern an der armen Medusa ausließ, aber mich fragte ja keiner. Wie hätte sie denn Poseidon widerstehen sollen? Ein Leben als Ungeheuer mit Schlangenhaar und einem Blick, der alle anderen zu Stein erstarren ließ, hatte sie jedenfalls nicht verdient.

Gefangen zwischen Lust und Loyalität konnte ich mich durchaus mit Medusa identifizieren, deren Schicksal mir daher durchaus nahe ging. Vor wessen Zorn fürchtete ich mich mehr? Vor Toms, wenn er von meiner

Spionage erfuhr, oder vor Robin, wenn ich ihm meine Ergebnisse vorenthielt? Der Gedanke war äußerst unerfreulich.

Stattdessen überlegte ich, was nun Medusa mit den Forschungen von Novamove zu tun haben könnte. Doch das konnte ich auch unterwegs begrübeln. Es war eh spät geworden. Als ich mir meinen Mantel aus dem Schrank im Schlafzimmer holte, fiel mein Blick wieder auf Messer, Pistole und Schlüssel.

Einem meiner beiden Männer musste ich die geben. Nur welchem? Mein Herz verlangte Robin, dem ich Hilfe zugesagt hatte und der sagte, dass er mich liebt. Mein Verstand sah das anders und verwies darauf, dass dies höchst unmoralisch war und Tom Loyalität verdient hatte. Ich seufzte frustriert. Da diese Entscheidung eindeutig etwas Endgültiges hatte, vertagte ich sie erst einmal. Ich war noch nie übermäßig entscheidungsfreudig gewesen. sollte ich verstecken. Nur wo? Da ich insoweit als Anfängerspion gegen Superterroristen antrat, musste ich mangelnde Ausbildung und fehlendes technisches Equipment wie etwa atombombenfeste Tresore durch Kreativität ausgleichen. Gar nicht so einfach. Hier behalten wollte ich das Zeug aber auch nicht.

Wenn man nach ihnen suchen würde, sicher in der Wohnung. Kurz entschlossen warf ich sie auf dem Weg nach draußen in den Briefkasten meiner Nachbarin, für die ich während ihres Krankenhausaufenthalts die Post leeren sollte. Das wusste nämlich außer uns beiden keiner und so würde dort niemand suchen.

Als ich ins Büro kam, surrte es dort vor unterdrückter Aufregung wie in einem Bienenkorb, in dem gerade Bärenalarm ausgelöst worden war.

„Was gibt's?"

Madeline, Sebastians Assistentin kam gerade mit einem Bündel Papiere aus dem Kopierraum. Das von Tom so hochgepriesene papierlose Büro funktionierte nur in seiner virtuellen Realität.

„Keine Ahnung", schnaufte sie. „Ich würde sagen, der Chef hat seine Tage. Kam heute Morgen mit einer Saulaune ins Büro und scheucht uns seither alle durch die Gegend."

„Und warum?"

Madeline zuckte die Schultern. „Das habe ich noch nicht herausgefunden."

So kam ich nicht weiter. Kopfschüttelnd ging ich erst einmal in mein Büro und fuhr meinen PC hoch. 87 Mails im Postfach. Super! Ich sah auch ohne hormonschwankende Chefs einem arbeitsreichen Tag entgegen.

Diverse Interviewanfragen, die natürlich alle Tom betrafen, ein Vorschlag unserer Mediaagentur für die neue Anzeigenkampagne, den ich mir in Ruhe ansehen musste, eine Anfrage für eine Firmenpräsentation in einem Fachmagazin …

Outlook erinnerte mich an eine Besprechung mit Tom, die eine Social-Media-Kampagne betraf, die einer unserer Hauptkunden zusammen mit Novamove starten wollte. Und die Auswahl der Fotos für die Imagebroschüre und unsere Homepage, wofür ich eine Vorauswahl zu treffen hatte – oder genauer bereits hätte treffen sollen.

Normalerweise arbeite ich gerne kreativ, aber heute war einfach einer jener saudummen Tage, an denen mir schlicht gar nichts Freude machte.

„Augen auf bei der Berufswahl." Seufzend öffnete ich die Zip-Datei und begann mir erst einmal einen Überblick zu verschaffen. Sebastian zufolge wollte Tom wirklich nur die Letztentscheidung treffen, und zwar auf der Basis gut zu begründender Vorentscheidungen seiner Spezialisten. Er hatte mich gewarnt, denn Tom konnte fiese Fragen stellen. Die Agentur hatte fast zweihundert Bilder in acht Gruppen gesandt. Diese Auswahl musste ich drastisch eindampfen.

Das glaubte ich sofort und hätte keiner gesonderten Warnung bedurft.

Gelangweilt begann ich, durch die Dateien zu zappen. Die übliche Mischung grinsender Modells in Posen, die sich Fotografen unter IT vorstellten. Die übliche Brachialsymbolik, mit der Grafikdesigner stehende Begriffe wie *Datenschutz* oder *Navigation* umzusetzen versuchten.

Bilder, die ich so schon tausendmal gesehen hatte. Bilder, auf denen man kein Image aufbauen konnte. Und ich wollte Bilder, mit denen ich auf den ersten Blick ein Statement setzen konnte. Novamove ist einzigartig, Novamove zeigt, wo es langgeht. Tom erwartete ja schon von seinen Mitarbeitern, dass sie bis ins Detail gestylt waren und Maßstäbe setzten. Da wollte ich ihm Arbeit liefern, die diesen Anspruch aufgriff.

Plötzlich stutzte ich und flippte wieder zurück.

Mich starrte eine Frau an, der der Wahnsinn ins Gesicht geschrieben stand. Kein Wunder, wenn ich etwa hundert Schlangen auf dem Kopf gehabt hätte, wäre ich vermutlich auch wahnsinnig geworden.

Und so fühlte ich mich plötzlich bedroht.

Medusa!

Inmitten lauter harmloser Frauenportraits, denen man gesagt hatte, dass sie Überraschung ausdrücken sollten, war diese zudem aus einer sehr ungewöhnlichen Perspektive gemalte Studie eines antiken Monsters sehr überraschend. Und noch überraschender, wenn man bedachte, wie sehr mich dieses lüsterne Dämonenweib verfolgte.

Das Klopfen an der Tür riss mich aus meinen Gedanken.

„Lisa, Bella!"

Tonio steckte den Kopf durch die Tür und winkte mit einer Kaffeetasse.

„Zeit für einen Cappuccino?"

„Tonio", rief ich und rang mir ein Lächeln ab. „Lange nicht gesehen."

„He", plötzlich wirkte er aufrichtig besorgt. „Was ist denn passiert? Du siehst aus, als hättest du einen Geist gesehen."

Ich schüttelte den Kopf. Zum Teil als Antwort, zum Teil aber auch um den Kopf frei zu bekommen. „Kaffee ist super!"

Es kostete mich körperliche Anstrengung, nicht aus dem Zimmer zu fliehen.

Der irre Blick der Medusa verfolgte mich.

Tonio zog an unserem Hightech-Kaffeeautomaten in der Küche erst einmal einen Cappuccino und reichte ihn mir mit einem mitfühlenden Lächeln.

Nachdem er sich auch eine Tasse befüllt hatte, dirigierte er mich mit sanfter Gewalt an die Bar vor unserem Panoramafenster und setzte mich auf einen der hochbeinigen Hocker.

„Und jetzt erzähl, was meine Lieblingskollegin so erschreckt hat."

Ich war wirklich völlig daneben. Anders war es nicht zu erklären, dass einer Frau, die ihren Lebensunterhalt mit cleveren Antworten verdiente, auf diese simple Frage einfach nichts, geschweige denn etwas Intelligentes, einfiel. „Es klingt albern, aber mich hat gerade ein Foto verstört. Es berührt vermutlich irgendeine ängstliche Seite in mir. Nichts Schlimmes."

„Hmhmhm", sagte Tonio und klang dabei fast wie mein Arztfreund. „Was für ein Bild verschreckt denn eine Löwin wie dich?"

„Löwin? Wie kommst du darauf, dass ich eine Löwin sein könnte? Lämmchen wäre treffender. Harmoniesüchtiges Lämmchen, nebenbei bemerkt."

„Tom ist des Lobes voll von dir. Er sagte heute Morgen erst, du seist der erste und bisher einzige Mensch, der ihm ohne zu zögern den Arsch gerettet hätte."

„Ich habe nicht gesagt, dass ich ein kluges Lämmchen bin."

Tonio lachte, ließ aber leider nicht locker. „Jedenfalls bist du ein vergessliches Lämmchen, Lisa. Du hast meine Frage noch nicht beantwortet, was das jetzt für ein Bild war?"

„Medusa." Ich sagte das widerwillig, nur weil mir immer noch nichts Schlaues eingefallen war, und deshalb entsprechend leise.

Den dramatischen Effekt, der entsteht, wenn man heißen Kaffee durch den Mund aufnimmt und durch die Nase ausscheidet, hatte Tonio also ganz allein zu verantworten.

„Medusa?", hustete er.

Ich senkte beschämt den Blick. „Es soll Menschen geben, die sich vor Schlangen fürchten …"

Tonio musterte mich misstrauisch aus tränenden Augen. „Das hätte ich dir nicht zugetraut. Wie kommt's, dass du dich vor einer Märchenfigur fürchtest?"

„Mythologie hat nichts mit Märchen zu tun. Aber du hast recht, ich hätte auch nicht erwartet, dass ich mich so erschrecke."

„Das ist das Wesen des Schrecks, wenn die Überraschung fehlt, ist es einfach nur Angst. Hast du einen Grund dafür?"

Tonio wirkte so aufrichtig interessiert, dass ich wider Willen gerührt war. Endlich mal jemand, der sich um mich sorgte.

„Hat sie vielleicht für Tom eine besondere Bedeutung? In seiner Nähe trifft man öfter auf dieses Weib."

„Nein. Nicht, dass ich wüsste", erklärte Tonio entschieden. „Wie kommst du darauf?"

„Wir waren an einem Brunnen mit einer Medusa, haben uns im Auto über Medusen, diese Quallen, unterhalten und ich habe noch ein Gespräch über eine Medusa aufgeschnappt, das zwei Männer führten."

„Vielleicht haben dir unbewusst diese Fremden Angst gemacht", mutmaßte Tonio, der wirklich goldig in seiner Sorge war.

Außerdem kam er damit der Sache schon gefährlich nahe. Für einen Chauffeur war der Kerl erstaunlich clever. Und ich unerträglich borniert, wie mein Verstand sofort die innere Zensur einschaltete und meinen spontanen Gedanken verbannte. Vorurteile sind echt übel. Klebrig wie Leim und unmöglich vollständig und rückstandsfrei aus sich heraus zu bekommen.

„Keine Ahnung", sagte ich inzwischen, um die Pause nicht zu lang werden zu lassen.

Leider ließ Tonio nicht locker. „Was waren das denn für Typen?"

„Araber."

„Die Geschäftsleute, die ihr getroffen habt?"

„Nein, andere. Das Bein des einen hab ich auf einer Geweihschaufel aufgespießt ..."

„Wie brachial", lobte Tonio mit einem blutrünstigen Lächeln.

„Du überrascht mich immer wieder. Versuch sie mal zu beschreiben und achte dabei auf die Emotionen, die das bei dir auslöst."

Die vorherrschende Emotion, bei meinem Versuch, Jemal und Amir zu beschreiben, war Verzweiflung. Ich bin ein lausiger Beobachter. Mittelgroß, mittelalt, südländisch, in Amirs Fall mit und in Jemals ohne Bauchansatz – das war keine Beschreibung, mit der man eine erfolgreiche Fahndung starten konnte.

Ich seufzte, das Agentendasein hatte ich mir einfacher vorgestellt.

„Jetzt schau nicht so arm", lachte Tonio und tätschelte meinen Arm. Dann stand er auf, um unsere Kaffeetassen wegzuräumen.

„Pass auf dich auf, ich möchte nicht, dass es noch einer schönen Frau wie Medusa ergeht, weil sie zwischen die Fronten der Mächtigen geraten ist."

Wenn er mich hatte aufheitern wollen, hatte Tonio gründlich versagt, denn ich kehrte deutlich deprimierter als zuvor an meinen Arbeitsplatz zurück.

Das auf meinem Monitor wartende Medusenbild hatte nichts von seiner verstörenden Wirkung eingebüßt.

Man muss den Ängsten begegnen, mit denen man nicht leben will, hatte meine Tanzlehrerin uns immer vor den Auftritten erklärt. Ich wusste nur nicht, wie ich das in diesem speziellen Fall bewerkstelligen sollte.

Medusa jedenfalls war es definitiv nicht bekommen, zwischen die Fronten eines Krachs zweier Götter zu geraten. Unwillkürlich fragte ich mich, wer in meinem Chaos Athena und wer Poseidon war. Der Gedanke war unschön. Ich wollte mir gar nicht ausmalen, wie Tom Harker reagieren würde, wenn er erfahren sollte, dass ich ihn ein paar vergnüglicher

Stunden wegen für Robin ausspionierte. Da wäre eine Schlangenfrisur noch meine geringste Sorge.

Aber unabhängig davon, dass ich Robin nicht enttäuschen wollte, musste ich da jetzt wohl oder übel durch. Tom war ja selbst schuld, wenn er mir einfach nicht sagte, was los war. Auf mich war auf einer Flucht quer durch Österreich geschossen worden! Ich hatte das Recht, zu erfahren, warum ich in Lebensgefahr schwebte.

Nachdem ich mir mein persönliches Weltbild passend geredet hatte, folgte ich einer spontanen Eingebung und gab in unsere Dokumentensuche *medusa* ein.

Gebannt starrte ich auf den pulsierenden Balken der belegte, dass mit digitalem Eifer an der Erfüllung meiner Wünsche gearbeitet wurde.

Leise pfiff ich durch die Zähne. Sechzehn Treffer!

Das erste Dokument war ein von einer Geschichts-Website generiertes PDF, das die Legende von Medusa zusammenfasste. Die anderen befanden sich im Ordner „THarker" und waren passwortgeschützt. Blöd.

Nach kurzem Zögern gab ich versuchsweise *Joker* ein.

Zugriff verweigert.

Meinem Bauchgefühl zuliebe gab ich j0keR ein, wobei ich das „O" durch eine Null ersetzte.

„Tschakka!" lachte ich erfreut.

Mein erster Spionageerfolg als Hacker bei Harker! Vor mir lagen nun ungeschützt nicht nur die geheimnisvollen Medusadateien, sondern Toms ganze Festplatte. Jetzt war ich mal mit Gedankenlesen dran.

Na ja. Fast.

Toms erste Medusa war eine Excel-Datei, in der endlose Zahlenkolonnen ohne, oder jedenfalls in einem sich mir nicht erschließenden System aufgeführt waren.

Ich markierte alles und kopierte es in eine neue Datei auf meinem Rechner. Genauso verfuhr ich mit den anderen Excel-Dateien.

Robin würde stolz auf mich sein.

217

Ein PDF bestand aus schlecht lesbaren Fotokopien eines, den vielen lateinischen Bezeichnungen nach, äußerst wissenschaftlichen Textes, der sich um Gehirnstrommessungen und Spiegeleffekte unter verschiedenen Probanden drehte. Es war jedenfalls etwas, das ich in Ruhe lesen musste, wenn ich den Inhalt verstehen wollte. Irgendwie schien es um Gedankenkontrolle zu gehen. Oder darum, mit bloßen Gedanken Technik zu kontrollieren?

Dann entdeckte ich E-Mails, eine vor drei Monaten mit einem gewissen *Jesolo* im Minutentakt geführte Korrespondenz:

Wir müssen Medusa starten. Bist du bereit, Tom?

Muss ich wohl.

Noch kannst Du nein sagen.

Sollte ich wohl.

Heißt, du steigst aus?

Nein. Sag mir, was ich tun soll!

Treffen wir uns morgen.

Okay

„Mistkerl!" Genau als es spannend wurde, verlegten sie sich auf ein Live-Treffen. Wie unfassbar altmodisch war das denn? Eine weitere, gleichfalls von Jesolo angestoßene Korrespondenz verlief ähnlich unergiebig.

Medusa wirkt. Der Maulwurf wird nervös.

Soll heißen?

Tritt in die Verhandlungen ein und bleib wachsam.

Obwohl mein Verstand aus arbeitsrechtlichen und vor allem auch moralischen Gründen strikt dagegen war und mein Herz aus Angst vor einer hässlichen Szene im Falle einer Entdeckung bis zum Hals schlug, folgte ich meinem Bauchgefühl weiterhin und sah mir auch noch die anderen Dateien an, die in Toms Festplattenordner waren.

Anschauen hieß ja noch nicht weitergeben beruhigte ich mein Gewissen.

218

Bilder von Adriana, die aussahen, als hätten sie irgendwelche Papparazzi aus großer Entfernung geschossen.

Solche Bilder gab es auch von anderen Menschen, die ich nicht kannte.

Dazwischen war mein Bewerbungsfoto gespeichert, was mich irgendwie irritierte.

In einem Unterordner fand ich Bilder von kleinen USB-Sticks oder etwas dergleichen, offenbar Studien zu irgendeinem neuen Produkt, das den Arbeitstitel „M§" trug.

Sehr aussagekräftig.

In einem grün markierten Ordner fand ich Geheimhaltungsvereinbarungen mit den Arabern, die wir in Salzburg getroffen und so schmählich versetzt hatten und einen Vertrag über Wissensmanagement, der etwas kryptisch formuliert war.

Das war, soweit es mich betraf, typisch für dieses Juristendeutsch, dass mir Sebastian immer erst übersetzen musste.

Aber hier ging es um besonders seltsame Dinge, um Informationen, die in Ursprung ebenso wie in ihrer Erhebungsmethodik mit Blick auf einen effektiven Konkurrenzschutz unter allen Umständen vertraulich zu behandeln waren. Informationen, die – hier pfiff ich unwillkürlich durch die Zähne – den wahnwitzigen Betrag von zwei Millionen Euro wert waren.

Das konnte nichts Seriöses sein.

Ich kopierte auch diesen Vertrag, in der Hoffnung, dass Robin besser verstehen würde, um was es ging.

Dann entdeckte ich einen Auftrag an eine Detektei.

Neugierig öffnete ich das Dokument und erstarrte. Novamove hatte einen Detektiv beauftragt, um herauszufinden, was ich in der Zeit vor meiner Bewerbung gemacht hatte.

Ich lehnte mich zurück und atmete erst einmal tief durch. Leider konnte ich nirgends auf die Schnelle den in Auftrag gegebenen Bericht entdecken. Einen verrückten Moment lang hoffte ich, Tom hätte den Auftrag widerrufen, aber daran glaubte in seltener Einmütigkeit kein Teil von mir.

Während mein Verstand sich anfühlte, als wäre ich zu lange Karussell gefahren, wurde mir das Herz schwer.

Ich hatte gerade angefangen, Tom irgendwie zu mögen. Wie kann ein Typ, der so fantastisch küsste und mit mir und Amy nächtens gegen die Dämonen Foxtrott tanzte, so gemein sein?

Mit gutem Instinkt für den denkbar schlechtesten Zeitpunkt teilte mir mein Terminplan mit, dass ich jetzt eine Besprechung mit ebenjenem Scheusal hatte, das es auch ganz ohne Schlangenhaar schaffte, jedenfalls mein Herz in Stein zu verwandeln und meinen Magen mit Wackersteinen zu füllen.

Na, der konnte was erleben! Ich zog so viel von Toms Dateien auf meinen Rechner, wie ich auf die Schnelle wagte, und speicherte das alles auf einem USB-Stick ab, bevor ich alle Spuren von meiner Festplatte löschte. Sicherheitshalber sicherte ich den Ordner über die Dockingfunktion meines Handys mit einem Passwort, das Harker gewiss nicht erraten würde.

TodundVerderben006!

So hatte ich das Gefühl, dass seine Techniker zwar herausfinden könnten, dass und wenn es ganz dicke kam, wohin Dateien gezogen worden waren, aber sie dürften keine Möglichkeit haben, technisch nachzuvollziehen, mit welchem Passwort ich die Dateien vor einem Zugriff geschützt hatte, wenn ich das von einem anderen Gerät aus tat.

Und dann ging ich mit meinen Bildchen und Entwürfen unter dem Arm und Mordgelüsten im Herzen in die Höhle des Ungeheuers hinüber.

„Hallo Lisa!"

Tom wirkte überzeugend erfreut, mich zu sehen.

Der Verräter! Wohl wissend, dass er irgendwie meine Gedanken las, schirmte ich mich ab und bewunderte mit all meiner Kraft die Kaffeetasse auf seinem Schreibtisch. Eine typische Bürotasse mit einem Joker darauf. Wie treffend.

„Hast du dich von unserem Ausflug erholen können?"

„Das sollte ich dich fragen", erwiderte ich nur minimal reserviert. „Du wurdest angeschossen, nicht ich. Was sagten die Ärzte?"

„Ich werde es überleben." Tom lachte. „In ein paar Tagen ist alles verheilt. Bis dahin soll ich mich etwas schonen. Wäre gut, wenn das ginge."

„Was hindert dich?"

„Unsere arabischen Freunde. Wir haben sie mit guten Gründen aber schlechten Entschuldigungen ja gestern schmählich versetzt. Ich treffe mich nachmittags mit ihnen zu einem Ersatztermin. Hast du den Schlüssel noch, den ich dir gegeben habe?"

„Ja, aber nicht hier. Wofür ist der?"

„Für das Bauernhaus natürlich", sagte Tom. „Es eilt nicht, vergiss ihn nur nicht. Heute treffe ich Murat und Tarek am Starnberger See."

Ich glaubte ihm kein Wort, ging aber nicht weiter auf das Thema ein. „Soll ich mitkommen?"

„Nicht nötig." Mein Chef schüttelte den Kopf. „Das mache ich lieber allein. Du hast hier genug zu tun. Wie geht es unserer Imagebroschüre?"

„Gut", antwortete ich, bemüht, mir meine Irritation nicht anmerken zu lassen. Warum sollte ich jetzt, wo es viel weniger Aufwand machte, nicht mehr dabei sein? Es ging doch darum, dass ich unsere Produkte mal im Einsatz sehen konnte.

„Ich habe die Entwürfe soweit fertig, dass du nur noch wählen musst."

„Das überlasse ich dir."

„Mir?" Ich hatte bereits in meiner Mappe nach den Vorlagen gekramt und sah nun erstaunt auf.

Tom lächelte und dieses Mal hatte ich den Eindruck, es galt ganz und gar mir. „Ich bin gut beraten, solche Fragen einer Frau anzuvertrauen, deren Seele tanzt."

„Aber ..." Irgendwie fand ich das jetzt enttäuschend. Tom hatte das wohl bemerkt und langte über den Schreibtisch, um mir die Entwürfe aus der Hand zu nehmen.

„Sehr schön", lobte er nachdem er alle drei betrachtet hatte. „Warum setzt du bei dem hier das Logo so prominent? Bisher hatten wir immer eher auf Product Placement gesetzt."

„Wozu hat man ein Logo, wenn man es nicht verwendet?", fragte ich zurück. „Du hast dir doch bestimmt was dabei gedacht, als du den armen Pegasus aus dem Stall geholt hast."

„Welchen Entwurf würdest du nehmen?"

„Den mit Pegasus", antwortete ich ohne zu zögern.

Tom nickte nachdenklich. „Warum?", fragte er.

Nun zögerte ich doch und entschied mich dann für eine Köder-Antwort.

„Dir scheinen Pferde etwas zu bedeuten. Oder jedenfalls früher. Außerdem ist eine Figur aus den alten Legenden, die für megamoderne Technik steht, spannend. Pegasus ist das Unmögliche gelungen." Ich sah auf und erwiderte Toms erwartungsvollen Blick, als ich bedächtig fortfuhr: „Und weil ich es überaus faszinierend finde, dass aus einer so unglücklichen Liebe wie der zwischen Poseidon und Medusa etwas so wundervolles wie ein geflügeltes Pferd entstehen kann ... Es versöhnt mich mit Medusas Tragödie."

Harkers Lächeln war wie fortgeblasen. „Medusa hat ihre Kinder nie gesehen. Sie entsprangen ihrem enthaupteten Körper, als Perseus sie besiegt hat."

Ich ließ mich von seinem barschen Ton nicht einschüchtern, sondern legte nur leicht den Kopf schief. „Macht das Pegasus zu etwas weniger Wundervollem?"

„Dann nimm den Entwurf, wenn du meinst."

„Ich würde auch auf der Release-Party nächste Woche die Dekoration entsprechend anpassen ..."

Tom hielt immer noch meinen Probeausdruck in der Hand und starrte meinen Pegasus an. „Wie du meinst, ich lasse mich überraschen."

„Was willst du Tarek eigentlich zeigen?", fragte ich doch noch einmal. „Ich hätte so gerne unsere Entwicklungen auch mal gesehen."

„Dann lass sie dir von André zeigen", erwiderte Tom brüsk. „Ich muss die beiden beruhigen. Sie haben gehört, dass Konkurrenten von ihnen einen hohen Preis für meine Erfindung geboten haben. Mir – oder jedem anderen, der sie ihnen bringt."

„Trotzdem wäre ich gern dabei. Eine Kundenpräsentation ist immer anders. Ich will nicht nur das Produkt sehen, sondern auch die Reaktion der Zielgruppe darauf."

„Da sind die beiden wenig aussagekräftig, Lisa. Murat und auch Tarek sind gewiss nicht die Art von Leuten, die wir mit Imagebroschüren und fein ausformulierten Pressemitteilungen für uns gewinnen."

„Inwiefern?" Ich spürte natürlich, wie sich die Luft im Raum verdichtete, wie Toms Laune einem emotionalen Hades entgegensteuerte, wo sie meine treffen konnte, aber ich beherrschte mich vorbildlich. Nicht, weil ich Tom schonen wollte – gar nicht. Sondern weil man Rache kalt genießen soll und dafür brauchte ich Zutaten ... In diesem Fall Zusammenhänge, um aus meinem Wissen etwas Sinnvolles zu machen. Was auch immer ...

„Tom, für jemanden, der Geheimnisse so verabscheut, dass er eine andere Meinung nicht akzeptiert, hütest du selbst verdammt viele."

Er wollte etwas sagen, aber ich hob die Hand und lehnte mich nach vorn, wo ich wieder seinen Blick suchte. „Auf mich wurde geschossen, ich habe für dich meine schlimmsten Ängste bekämpft, bin mit dir durch die Nacht gehetzt, wie Tommy Lee Jones auf der Flucht und habe dir noch dein Liebchen befreit. Findest du nicht, dass es an der Zeit ist, endlich dein Versprechen einzulösen und mir zu sagen, wofür ich mein Leben riskiert

223

habe? Wir haben eine halbe Nacht damit verbracht, dein Nahtoderlebnis zu verarbeiten. Was ist mit meinem?"

Tom schwieg. Aber er hielt meinem Blick stand.

„Ford", sagte er schließlich leise.

„Was?" Nun war ich es, die blinzelte. Verdammt!

„Harrison Ford. Der war auf der Flucht. Tommy hat ihn verfolgt."

„So wie ich dich, wenn du nicht antwortest, Tom. Ich werde dich verfolgen wie Medusa und ihre Schwestern."

„Die Gorgonen waren harmlos, du meinst die Furien, Lisa."

Mein Blick jedenfalls kam dem der Medusa ziemlich nahe. Tom erstarrte zwar nicht zu Stein, aber er wich tatsächlich vor mir zurück.

„Lisa", sagte er schließlich. „Du enttäuscht mich. Du hast bereits alles in Händen, was du wolltest. Ich habe dir alles gesagt, alles gegeben. Wenn du nichts daraus machst, ist das deine Sache, doch dann nerv mich nicht, nur weil du zu faul zum Denken bist. Du sagtest, Loyalität könne man weder kaufen noch verlangen. Das hat mich beeindruckt, und so versuchte ich, sie mir zu verdienen ..."

Ich blinzelte noch einmal und kam mir plötzlich wirklich mies vor. Doch dann fiel mir ein, dass er, der hier von Loyalität sprach, andere beauftragt hatte, in meinem Privatleben herumzuschnüffeln.

Doch noch bevor ich darauf etwas sagen konnte, was ich mir ohnehin erst hätte überlegen müssen, klappte Harker meine Unterlagen zusammen und schob sie zu mir über den Tisch. Falls es nicht ohnehin nur gespielt gewesen war, hatte Tom diesen Moment der Verletzlichkeit schnell wieder überwunden.

„So, jetzt haben wir genug getrödelt. Ich brauche die Testreihen von Murat und kann es mir daher nicht leisten, unsere arabischen Freunde noch länger warten zu lassen. Setze die beiden bitte auf die Gästeliste für unsere Release-Party. Und schick mir eine SMS, wer von den Chinesen kommt."

Damit erhob er sich und ging an mir vorbei zur Tür, ohne mir auch nur die Gelegenheit für eine Erwiderung zu geben.

224

Empört sprang ich auf, um ihm zu folgen, denn jetzt hätte ich eine Menge zu sagen gehabt.

Aber Tom war bereits durch die Tür, als er sich noch einmal zu mir umdrehte:

„Merk dir nur bitte eins: Wie in Medusas Geschichte kann man die Monster auf direktem Wege nicht besiegen."

Obwohl ich ja gesehen hatte, dass ich ausspioniert wurde, nur weil ich mich nicht über mein *Sabbatical* auslassen wollte, hatten Toms Worte mich irgendwie nachhaltig aufgeschreckt. Mein albernes Herz war gerührt von einem einsamen Mann, der versuchte, sich zu öffnen. Mein Verstand hingegen höhnte, dass der blöden Pumpe nicht mehr zu trauen sei, seit mich Tom im Zug geküsst hatte und dass ich mich allmählich entscheiden müsste, ob ich die Schmetterlinge im Bauch jetzt hinter Tom oder hinter Robin herjagen wollten.

Ich stöhnte. Was war nur passiert, dass dieser grässliche Surferheini meine Hormone so in Aufruhr brachte? Er war nicht mein Typ und deshalb war das ausschließlich damit zu erklären, dass er mich nicht wollte. Partout nicht wollte, obwohl er mich – wie ich mir zerknirscht eingestehen musste – mit nur ein bisschen Mühe hätte haben können.

Ich dachte an Robin und wartete auf die Schmetterlinge, die sich sonst regten, wann immer ich an ihn dachte. Sie kamen, aber nur verspätet und wenig enthusiastisch. So war das in letzter Zeit öfter. Als seien sie in die Jahre gekommen. Wie hoch ist die Lebenserwartung von Bauchfaltern?

Vielleicht lag es daran, dass Robin mich dazu gezwungen hatte, mich auf Tom einzulassen und dass ich eigentlich überhaupt keine Lust hatte, Agentin zu sein. Dieses Herumschnüffeln und Rätsel lösen war mir unangenehm, und wenn man dabei auf mich auch noch schoss, war für mich endgültig Schluss mit lustig.

Schon um mich von meinen wirren Gefühlen abzulenken, vergrub ich mich in meine Arbeit, die mir Tom so überaus vertrauensselig überlassen hatte. Dass Sebastian schwer beeindruckt und André zutiefst beleidigt gewesen waren, heiterte mich nur kurzfristig auf.

Erst als Madeline in mein Büro kam und das Licht einschaltete, fiel mir auf, wie spät es schon geworden war. „Du solltest Schluss machen", sagte sie. „Ich jedenfalls gehe jetzt. Komm doch mit ins Fitness-Studio. Die haben dort auch gute Stunden mit Tanzelementen."

226

„Es ist so viel zu tun." Ich lächelte. „Aber ein andermal gern."

Kurz darauf kam Tonio vorbei.

„Es ist halb neun, Bella." Er baute sich vor meinem Monitor auf und knipste ihn aus.

„Spinnst du", fuhr ich ihn ungnädig an. „Ich hab hier zu tun. Die Release-Party organisiert sich nicht von allein."

„Bevor deine wunderschönen Augen noch eckig werden, solltest du nach Hause gehen. Harkers Feier kannst du auch morgen noch planen und mit der Miene, die du heute Nachmittag spazieren getragen hast, kann man ohnehin von dir allenfalls eine Beerdigung erwarten, sicher aber kein heiteres Fest, das möglichst viele Menschen zum Kaufen teurer Dinge anregen soll."

„Blödsinn." Sonderlich überzeugt klang ich selbst nicht. Unwillkürlich musste ich kiefergefährdend gähnen. „Andererseits ist wirklich morgen auch noch ein Tag."

„So ist es brav", lobte Tonio. „Soll ich dich heimfahren?"

„Das wäre nett."

„Das ist mein Job."

Ich lachte. „Schließt sich das aus?"

„Hast du mit Harker gestritten?" Tonio war der neugierigste Mann, den ich kannte.

„Wieso?", fragte ich im sicheren Bewusstsein, dass ich seinen inquisitorischen Fragen nicht entgehen können würde, wenn ich nicht mit der U-Bahn heimfahren wollte.

„Weil er sich den Porsche genommen hat und beim Einsteigen sagte, er würde das Weib mit bloßen Händen erwürgen, wenn er nur eine Sekunde länger im Büro bliebe."

„Und wie kommst du darauf, dass ich das Mordopfer sein soll?"

Tonio lachte. „Weil vor der *Lisa*sion dem Vernehmen nach niemand jemals Harker aus der Ruhe gebracht hat."

227

Etwas gezwungen fiel ich in das Gelächter ein. „Ist es nicht ungewöhnlich, dass ein Team von gut und gern zwanzig Leuten einer einzelnen Person so völlig ergeben ist? So gut ist die Bezahlung nun auch wieder nicht."

„Vielleicht hast du nicht gut genug verhandelt", neckte Tonio mich. „Harker ist einfach faszinierend. Das System ist, soweit ich das überblicke, denkbar einfach. Weil er einen so gut versteht, will man ihm gefallen."

„Echt?" Ich zuckte unentschlossen die Schultern. „Kann ich von mir nicht behaupten."

„Bist du so undankbar?"

„Wie?" Entrüstet starrte ich Tonio an und wollte schon zu einer Erwiderung ansetzen. Dann fiel mir ein, dass ich tatsächlich fest entschlossen war, Toms Geheimnisse für Robin auszuspionieren. Obwohl er mir einen Job gegeben hatte, als ich ihn dringend brauchte.

„Ich meinte eigentlich, dass ich mich von Tom nicht besonders verstanden fühle."

Er konnte beängstigend gut meine Gedanken erraten, aber er verstand weder mein Herz noch meine Seele. Dagegen dachte ich, dass ich Harkers Seele beim Fox ziemlich nah gekommen war.

„Du bist wirklich was Besonderes." Tonio lenkte den Wagen in eine große Parklücke, die vor meinem Haus frei war, was einem mittleren Wunder gleichkam. „Damit passt du zu Harker. Er ist nicht immer der IT-Held gewesen, sondern Autodidakt."

„Was hat er denn gelernt?", fragte ich erstaunt, während ich den Gurt löste.

„Er ist eigentlich studierter Chemiker, zog ein paar Jahre durch die Welt auf der Suche nach der perfekten Welle oder irgendwas in der Art … und dann kam er vor drei Jahren zurück und gründete Novamove, den Grundstein seines kometengleichen Aufstiegs."

Ich versuchte, mir Tom in einem Laborkittel vorzustellen und scheiterte.

„Das klingt alles sehr spannend." Ich lächelte einladend. „Auch wenn das jetzt furchtbar plump klingt – aber magst du noch auf einen Kaffee mit rauf kommen? Wo du schon einen so tollen Parkplatz hast? Wirklich nur Kaffee."

Und Harkers Geschichte ... Da spionierte ich jetzt endlich mal in eigener Regie.

„Wie kommst du nur darauf, dass mich diese Beteuerung, dass es außer Kaffee nichts geben wird, motivieren würde?"

Trotzdem zog er den Schlüssel ab, und stieg mit mir aus.

Ich war mir Tonios Präsenz sehr bewusst, als ich vor ihm die Treppe nach oben stieg. Sein Wissen über Tom interessierte mich allerdings ungleich mehr als sein fraglos sehr appetitlicher südländischer Körper, der unter anderen Umständen genau in mein Beuteschema gepasst hätte. Robin jedenfalls würde vor Eifersucht wahnsinnig werden, wenn er wüsste, was ich hier für einen Leckerbissen in meine Wohnung lockte, um ihn über meinen Chef auszufragen, in dem Robin längst nicht mehr nur beruflich einen Gegner sah. Zu Recht?

Doch bevor ich diese zugegebenermaßen sehr grundlegende Frage mit Verstand und Herz beleuchten konnte, stand ich schon vor meiner Haustür und suchte in den unendlichen Tiefen meiner Tasche nach meinem Hausschlüssel. Es ist ein spezielles physikalisches Gesetz, dass sich in Handtaschen ungeachtet ihrer Aufteilung in Fächer und dem Versuch, durch Etuis und ähnliches für weitere Struktur zu sorgen, *immer* das Benötigte zuallerunterst im allerletzten Zipfel verkrochen hat. Sagt mir, was in eurer Tasche ganz unten liegt und ich sage euch, was ihr als nächstes brauchen werdet. Wobei *unten* in direkter Proportionalität zur Dringlichkeit des Benötigten steht.

Endlich klimperte es dienstbereit und ich bekam den Schlüssel zu fassen. Erstaunt stellte ich fest, dass ich offenbar am Morgen nicht abgesperrt, sondern die Tür nur so ins Schloss gezogen hatte. München ist eine sichere Stadt, da kann man das schon tun, aber meine Zeit in Hongkong hatte mich zur Vorsicht erzogen, sodass das ungewöhnlich war und deutlich zeigte, wie verwirrt ich durch dieses Agentendingens war.

Lächelnd öffnete ich die Tür und wollte höflich Tonio an mir vorbei den Vortritt lassen.

Der jedoch zögerte und legte mir unerwartet seine Hand auf den Arm.

Irritiert sah ich erst ihn und dann seinem Blick folgend meinen Hausflur an.

Meine Handtasche fiel mit einem dumpfen Plumps zu Boden, als ich entsetzt die Hände vor den Mund schlug.

Ich stand inmitten eines Schlachtfelds. Mein Leben in Scherben.

Tränenblind starrte ich das Poster von Swetlana Sacharowa an, das sie mir persönlich auf einer Tournee des Bolschoi-Balletts signiert hatte. Jetzt hing es zerfetzt in seinem zersplitterten Rahmen. Als Zombie in den letzten Atemzügen stolperte ich durch die Trümmer meines Schuhschranks, zwischen denen meine geliebten Schuhe herumlagen wie tote Fische am Strand. Im Wohnzimmer sah es nicht besser aus. Alles war aus den Regalen gerissen und zu Boden geworfen worden. Sogar die Couch hatte ein besonders eifriger Sucher mit einem Messer aufgeschnitten und die Polsterung herausgerissen.

Ich fuhr erschrocken herum, als ich eine Bewegung an meiner Seite bemerkte. Doch es war nur Tonio, der kopfschüttelnd die Verwüstung betrachtete. „Wir sollten hier nichts anfassen, bis die Polizei kommt", sagte er.

„Das waren keine normalen Diebe", widersprach ich kopfschüttelnd. „Der Fernseher ist noch da."

„Wie auch immer." Tonio blieb beharrlich. „Schon der Versicherung wegen."

Ich nickte und stolperte in die Küche, in der reichlich Geschirr zerbrochen worden war. Die alte Teekanne meiner Oma etwa, ein geliebtes Erinnerungsstück an Kindertage, das mir keine Versicherung der Welt ersetzen konnte. Schluchzend hob ich meinen Basilikum auf, der das alles, anders als sein Töpfchen, irgendwie überlebt hatte und setzte ihn in eine leere Kaffeetasse.

„Ruf bitte die Polizei", drängte Tonio. „Und dann überleg dir, wohin du gehen willst. Hier kannst du nicht bleiben."

„Was ist denn hier los?"

In der Tür stand Robin wie der Ritter in der strahlenden Rüstung und sah sich erstaunt um. „Das war aber ein wilder Polterabend."

„Robin!" Ich flog förmlich in seine Arme, wo ich mich sicher und geborgen fühlte. Nun brachen alle Dämme und ich durchtränkte sein makelloses Hemd mit meinen Tränen und etwas Mascara.

„In Lisas Wohnung wurde offenbar eingebrochen und alles sehr gründlich durchsucht", erklärte Tonio gerade. „Wertgegenstände wie Hi-Fi und Fernseher sind jedoch noch hier. Wenn Sie sich um Lisa kümmern, gehe ich."

„Darf ich fragen, wer Sie sind?" Robin klang nicht direkt feindselig, aber es schien definitiv eine Option zu sein, die in der näheren Zukunft lag.

Bereits in der Haustür drehte Tonio sich nochmals um. „Antonio Francone, ich bin Chauffeur bei Novamove. Einen schönen Abend. Also im Rahmen des Möglichen."

„Tschüss, Tonio", schniefte ich. „Und danke für alles."

Dann sah ich mich schweren Herzens um. Irgendwo hatte ich ja meine Handtasche fallen lassen, in der mein Handy steckte.

Robin entließ mich nur unwillig aus seinen Armen. „Wo willst du hin?"

„Mein Handy suchen und die Polizei anrufen", schniefte ich. „Und dann eine Schaufel, um mich am Ostfriedhof zu verscharren."

Wieder stiegen mir Tränen in die Augen. Es war ja nicht so, dass eine kaputte Couch vom freundlichen Schweden unersetzlich wäre, ebenso der Großteil meines Geschirrs, der aus ähnlich preisbewussten Geschäften stammte. Schwieriger waren die immateriellen Dinge, mit denen man sich aus einer Wohnung ein Zuhause macht. Meine Teekanne eben, auch wenn ihr Wert unter einem Euro liegen dürfte. Oder das Plakat meines großen Vorbilds. Mit Signatur. Meine Unterlippe begann zu zittern und um sie festzuhalten, biss ich darauf.

Im Moment fühlte ich mich wie mein Sofa, zerrissen und jeder Würde beraubt. Sie hatten natürlich im Schlafzimmer meine Schränke durchwühlt und meine Bettbezüge aufgerissen. Meine Kleider lagen zerknittert und zum Teil zerrissen auf dem Boden zwischen den Federn meiner toten Daunenkissen.

Seufzend nahm ich mein Handy.

„Du musst die Polizei nicht rufen", unterbrach mich Robin, der gerade aus dem Wohnzimmer kam und nahm mir das Handy aus der Hand. „Das waren keine normalen Diebe."

„Tonio meinte wegen der Versicherung …"

„Das regeln meine Leute. Ich hab schon telefoniert."

Ich lehnte mich an Robins Schulter und atmete erleichtert aus. „Danke."

Es tat so gut, jetzt nicht allein zu sein. „Pack ein paar Sachen zusammen, Lisa. Du bleibst erst einmal bei mir. In ein paar Tagen ist deine Wohnung wieder die alte. Nur neuer. Die Jungs können Wunder wirken."

„Auch an meiner Sacharowa oder Omas Teekanne?"

Robin stutzte. „Wie bitte?"

Ich zog ihn wieder eng zu mir. „Egal."

Auf der Suche nach den Dingen, die ich mitnehmen musste, kam ich auch in die Küche. Dort lag der traurige Rest meiner Teekanne. Ich konnte nicht anders, also bückte ich mich, sammelte die Scherben ein und legte sie behutsam in eine Plastiktüte. Die Scherben meines Lebens.

„Ich habe dir ein paar Sachen eingepackt", rief Robin aus dem Schlafzimmer. „Komm, gehen wir jetzt."

Ich nickte und ergriff seine Hand. Sein Lächeln wärmte mein Herz und belebte die Schmetterlinge in meinem Bauch.

An der Wohnungstür erklang Lärm.

„Das sind die Jungs", erklärte mir Robin, einen starken Arm schützend um meine Schultern gelegt.

Tatsächlich standen im Hausflur drei Männer in den weißen Anzügen, die ich aus amerikanischen Filmen mit Spurensicherung in Verbindung brachte. Ein Outfit, das in mir das seltsame Gefühl weckte, sie alle schon einmal gesehen zu haben. CSI lässt grüßen.

„Sichern und renovieren", befahl Robin knapp.

„Wie gewünscht, Major", erwiderte einer der Männer und deutete sogar einen militärischen Gruß an. Robin lachte und schob mich schnell an den Riesenheinzelmännchen, die meine Wohnung zurückzaubern würden, vorbei ins Treppenhaus.

Da den Premiumparkplatz Tonio besetzt hatte, stand Robins Cabriolet ein ganzes Stück die Straße hinunter. Robins Arm um meine Schultern verlieh mir Sicherheit und ein wundervolles Gefühl der Geborgenheit.

Robin öffnete mir die Wagentür und ließ mich Platz nehmen, bevor er meine Tasche in den Kofferraum legte und sich hinters Steuer klemmte. Dann lächelte er mich an, ergriff meine Hand und drückte mir ein Taschentuch hinein. „Alles wird gut."

Ich schluckte, während ich mir mein zerstörtes Makeup von den Augen tupfte.

„Danke", sagte ich noch einmal und drückte dabei seine souverän auf dem Schalthebel liegende Hand.

Ich lege im Allgemeinen durchaus Wert darauf, eine moderne emanzipierte Frau zu sein, aber jetzt in diesem Moment war es schön, vom Ritter in einem glänzenden Cabriolet in Sicherheit gebracht zu werden.

In der heimischen Burg angekommen, setzte Robin mich erst einmal auf sein Sofa und hüllte mich auch noch in eine flauschige Decke. Solcherart eingeschnuggelt und mit einem frisch aufgebrühten Kaffee versorgt, konnte ich mir langsam vorstellen, doch wieder leben zu wollen.

„Möchtest du was essen?", rief Robin über die Theke hinweg aus der Küche.

„Nicht, wenn du das kochst." Ich dachte an meine Küche und schon wieder brach ich in Tränen aus.

Sofort war Robin bei mir und schloss mich fest in die Arme. „Ich bin doch da."

Er wiegte mich wie ein kleines Kind. „Alles wird gut."

„Meinst du?", fragte ich. Das hatte meine Oma in vergleichbaren Situationen auch immer gesagt und doch lagen die Scherben ihrer Kanne jetzt oben in meiner Handtasche.

„Hier, ein Taschentuch."

Robin ließ mich wieder los und drückte mir gleich eine ganze Packung in die Hand. Der Junge war schon immer vorausschauend gewesen.

„Hast du irgendwas bei Novamove herausgefunden, was diesen … äh … Überfall rechtfertigen würde?"

„Nichts rechtfertigt das", berichtigte ich und trompetete erst einmal absolut undamenhaft in mein Taschentuch.

„Lisa, bitte. Du siehst ja, wie ernst die Sache ist. Das wollte ich dir so gerne ersparen." Robin ergriff meine Hand und legte sie in seine. Mit seinem Daumen fuhr er zärtlich über meinen Handrücken. „Hast du nicht ein paar Dateien für mich?"

Ich hatte glückselig lächelnd die Geste beobachtet und mein Herz applaudieren lassen. Doch jetzt blinzelte ich irritiert. Woher wusste Robin von den Dateien, die ich im Büro gezogen hatte? Oder überhaupt von meinen Fortschritten?

„Lisa?" Robin beugte sich über meine Hand und küsste sie sacht. „Lisa, ich brauche diese Dateien."

„Was für Dateien?", fragte ich schließlich argwöhnisch. „Wir haben noch gar nicht über meine Spionageerfolge gesprochen."

Um Robins Mundwinkel zuckte es. Unmerklich, aber eben doch. Dann war der Moment vorbei und er lächelte, rückte näher, steckte mir eine Haarsträhne zurück hinter die Ohren und küsste mich. Mein Herz dirigierte mein Schmetterlingsgeschwader zu neuen Höhenflügen, aber dieses Mal blieb der Tower unter Kontrolle meines Verstandes.

„Welche Dateien?", wiederholte ich.

„Misstraust du mir?", fragte Robin erstaunlich selbstkritisch, als er sich von mir löste. „Bei dir wurde eingebrochen, um offenbar etwas Kleines zu suchen. Da schien es mir naheliegend, dass es sich um einen USB-Stick oder dergleichen handelt."

„USB ist sowas von 2010", gähnte ich und streckte mich. Es war ein langer Tag gewesen, fraglos einer der längsten meines Lebens. „So etwas hat man doch nicht zu Hause, Robin. Es war völlig sinnlos, mein Heim zu zerstören."

„Sonst hast du nichts?" In Robins Stimme lag unter seiner Enttäuschung etwas Lauerndes. Nun, so wie ich mich ausgedrückt hatte, könnten es auch meine Notizen sein. Doch irgendwas hielt mich davon ab, ihm Toms Daten zu übergeben. Oder meine Schätze im Briefkasten.

„Misstraust du mir?", wiederholte ich nun seine Frage. Mit einer gehörigen Portion Empörung.

Robins Lächeln strafte seinen Tonfall eben Lügen. „Ich will dich nur in Sicherheit wissen", sagte er sanft. „Ich kann dir nur helfen, wenn du mir gibst, was du hast."

Darin lag eine gewisse Logik, der ich folgen konnte. Ein angenehmer Nebenaspekt war, dass ich aus der Verantwortung kam. Also ging ich zu meiner Handtasche und reichte ihm den USB-Stick. „Hol dein Laptop."

Doch da wehrte Robin überraschend ab. „Gib mir nur das Passwort."

Mir war inzwischen alles egal. *„TodundVerderben."*

„Ist das jetzt der rechte Moment zum Fluchen?"

Ich grinste. „Das, mein Schatz, ist das Passwort."

„Mein braves böses Mädchen." Robin küsste mich wieder und dieses Mal gab ich mich ihm williger hin.

Doch als Robin mir an die Wäsche gehen wollte, fing ich seine Hand ab. „Bitte tanz mit mir", sagte ich. Ich wollte wissen, wie es war, ins Leben zurückzutanzen, so wie Tom es mit mir getan hatte.

Robin stutzte und legte den Kopf schief. „Ist das dein Ernst?"

Ich nickte und stand auf.

Doch Robin nicht. Stattdessen umfasste er mit beiden Händen meine Taille und zog mich zu sich zurück aufs Sofa. Er küsste mich auf den Bauchnabel und lehnte sich zurück, bis ich auf seinem Schoß zu sitzen kam. Seine Erektion war deutlich spürbar. Trotzdem wäre ich froh gewesen, wenn ich jetzt Liebe ohne Sex bekommen hätte. So wie mit Tom im Jagdschlösschen …

Robin aber lächelte. „Ich mag doch nicht tanzen, Liebes. Und ich kann es auch nicht gut genug für dich" Er sagte das zärtlich und nur ein klein wenig lüstern. Wahrscheinlich meinte er es wirklich gut.

Dann schob er meinen Rock nach oben und zog mit zwei Fingern meinen String beiseite. Sein Lächeln wurde breiter. „Aber ich kann dich auf andere Weise glücklich machen …" Sein Finger stieß überraschend vor.

Unwillkürlich hielt ich die Luft an, als er tief in mich eindrang.

Mit der anderen Hand hielt er meine Taille fest umfasst und fixierte mich, während er mit seinem Finger einen sehr intimen Tanz begann, dem ich mich nicht wirklich entziehen konnte.

Ich stöhnte unterdrückt und wollte zurückweichen, doch ich wurde festgehalten. Dieser Poseidon brauchte kein Eis, um mich in Position zu halten, während er immer tiefer in mich eindrang.

Robin lachte. „Das hast du dir verdient." Sein Finger zuckte wieder, ich reagierte unwillkürlich und drückte das Rückgrat durch, um ihn besser zu spüren.

„Es gefällt mir, wie du auf den kleinsten Fingerzeig von mir reagierst."

Sein Lachen bekam etwas äußerst diabolisches. „Dir gefällt das auch, nicht wahr?"

„Hmhm", gurrte ich und begann langsam, mich im Takt seiner Hand zu bewegen.

„Gibt dir das dein toller neuer Chef auch?"

Ich versteifte mich und suchte Robins Blick. „Was? Wie kommst du denn jetzt darauf?"

„Du hast doch erzählt, er sei so faszinierend charismatisch."

Hatte ich das? Hatte ich, aber ich wusste nicht, dass ich das auch Robin gegenüber erwähnt hatte.

Robin drückte mich mit der Hand auf meiner Taille wieder fester auf seine Hand, deren Finger nun nicht nur in mir zauberten, sondern zusätzlich meine Klitoris umspielten.

Ich griff hinter mich, fand Robins Reißverschluss und zog ihn langsam auf.

„Lisa, eigentlich wollte ich jetzt nur dich verwöhnen. Dich auf andere Gedanken bringen. Und dich für deine Agentenerfolge verwöhnen, auch wenn du dafür unverschämt gut bezahlt wirst."

„Sei brav", sagte ich leise, während ich mich zu seinen Hoden vorarbeitete.

„Denn ich habe jetzt zwei Geiseln. Und du weißt, dass Geld mir nicht wichtig ist."

Robin rutschte unter mir in eine Position, die mir ungehinderten Zugriff gewährte. „Liebes, wir zwei sind ein geniales Team."

Und dabei hatte ich ihm noch nichts von den Schätzen im Briefkasten meiner Nachbarin gesagt. Aber das wollte ich mir für eine besondere Gelegenheit aufheben. Und dann sah ich in Robins siegesgewiss strahlendes Gesicht und gab mich ihm hin.

Nachts erwachte ich aus verstörenden Träumen, in denen sich meine Erlebnisse aus Österreich und meine zerstörte Wohnung zu einem kafkaesken Gebilde verbanden, aus dem es kein Entrinnen gab, bis ich erschöpft und aufgewühlt zugleich hochfuhr und kerzengerade im Bett saß. Allein.

Auf der Suche nach Schutz und Wärme tappte ich barfuß, angetan nur mit meinem Schlafshirt ins Wohnzimmer. Es war dunkel, erhellt nur vom Schein der Straßenbeleuchtung.

Doch auf der Dachterrasse hörte ich Stimmen. Arglos kam ich näher, bis ich sah, dass Robin offenbar Besuch hatte. Die Uhr am Fernseher verriet mir, dass es deutlich nach Mitternacht war. Seltsam.

„Habt ihr die Sachen gefunden?"

237

„Nein, keine Spur. Entweder haben Adrianas Leute doch Erfolg gehabt oder sie waren nicht in der Wohnung. Das wird Ärger geben. Uns läuft die Zeit davon."

Robin fluchte. Ich auch.

Adriana? Hatte Adriana meine Wohnung durchsuchen lassen? Das würde ich dem Miststück nie verzeihen!

„Geh jetzt wieder", sagte Robin gerade. „Ihr habt noch drei Tage Zeit, um die Wohnung wieder herzurichten. Präpariert sie schön."

Ich war gerührt, dass Robin trotz des Drucks, unter dem er stand, an die Wiederherstellung meines Heims dachte.

„Sei leise. Sie schläft im Schlafzimmer."

„Du lässt auch nichts anbrennen, alter Schwede. Hast du sie schön müde gemacht?"

„Spar dir deine Sprüche", unterbrach Robin barsch. „Sie ist besorgt genug. Ich will nicht, dass sie dich hier sieht."

Er schob seinen Gast von der Terrasse direkt zur Haustür. Rasch drückte ich mich in den Schatten. Es war der Mann, der mir schon in der Wohnung so bekannt vorgekommen war. Da er jetzt Jeans und Jacke trug, konnte es nicht an dem Spurensicherungsanzug gelegen haben.

Robin schloss hinter ihm die Tür, sperrte ab und ging ins Bad.

Ich nutzte die Gelegenheit, um wieder ins Bett zu schlüpfen. Dankbar wie ich war, dass Robin so auf mich achtete, kuschelte ich mich trotz allem glücklich an ihn, als er kurz darauf zu mir unter die Decke kroch. Doch Robin schien müde oder in Gedanken anderswo oder beides zu sein, doch das war vielleicht verständlich.

Da Robin eher ein Morgenmensch ist, war ich am nächsten Tag für meine Verhältnisse ungewöhnlich früh im Büro. Nicht ganz so elegant wie mein Chef es gern gehabt hätte, aber da konnte ich ihm gerade nicht helfen. Im Rahmen der Gegebenheiten sah ich atemberaubend aus, wie Robin mir zum Abschied noch versichert hatte, bevor er mich mit einem Kuss auf die Stirn vor Novamove abgesetzt hatte.

Tonio stand gerade im Foyer als ich hereinkam und begrüßte mich mit einem Lächeln. „Hast du die Nacht gut überstanden?"

„Nun, für mich wurde sehr lieb gesorgt", sagte ich etwas verlegen. „Aber danke nochmals für alles. Ohne dich hätte ich vermutlich einen Nervenzusammenbruch erlitten."

„Ach was", winkte Tonio ab. „Du bist stärker als du glaubst. Dieser Mann gestern ... Ist das dein Freund?"

„Robin?" Ich zögerte. „Ja. Vermutlich schon."

„Ah." Irgendwie gelang es Tonio einen ganzen Katalog unausgesprochener Wahrheiten in diese eine Silbe zu legen. Ich hatte das Gefühl, verstanden zu werden, und das war schön. Gemeinsam stiegen wir die Treppe nach oben.

Als ich mein Büro erreichte, war der harmonische Augenblick jedoch endgültig vorbei. Das gesamte Stockwerk war in Aufruhr.

„Stell dir vor, dein PC wurde verwendet, um sich in Harkers Privatordner zu hacken", rief Kara, als sie mich sah. Hart am Rande einer Ohnmacht, der Schnappatmung nach zu schließen. Tonio drückte beruhigend ihre Hand und tatsächlich entspannte Kara sich. Der Kerl hatte offenbar nicht nur auf mich so eine beruhigende Wirkung.

Gerade kam Sebastian mit hochrotem Kopf aus Harkers Büro und über die Galerie zu uns. „Lisa", sagte er ohne seine übliche fröhlichen Begrüßungssprüche, „das ist eine verdammt ernste Sache."

„Was?" Von Kara fühlte ich mich nicht ausreichend informiert, auch wenn mich das hässliche Gefühl beschlich, dass meine Agentenkarriere gerade einen ersten Knick erlitt.

„Gestern wurde unbefugt auf Harkers passwortgeschützte Dateien zugegriffen."

„Oh Gott!" Ich war selbst erstaunt, wie glaubhaft schockiert ich wirkte. „Ist was weg?"

Sebastian warf mir einen irritierten Blick zu. „Bei Datenklau ist die Ausgangsdatei üblicherweise noch da. Sie wird nur kopiert und auf einem fremden Datenträger gespeichert. Schlimmer ist, dass der Zugriff aller Wahrscheinlichkeit nach über deinen Rechner erfolgte."

„Oh Gott!" Dieses Mal gelang mir sogar noch eine Steigerung, was natürlich auch daran lag, dass ich plötzlich direkt betroffen war und schon spürte, wie sich die Schlinge um meinen Hals zuzog. Jedenfalls bekam ich schon mal vorsorglich keine Luft mehr. Schnappatmung schien ansteckend zu sein.

„Sebastian", unterband Tonio da jedoch weitere Anklagen. „Du verdächtigst die Falsche ..."

„Ich verdächtige gar niemanden", bemerkte Sebastian kühl. „Noch habe ich nur unsere bisherigen Kenntnisse zur Sachlage preisgegeben."

„Noch", piepste ich. Einen Augenblick lang erwog ich, dem spontanen Vorschlag meiner schwach werdenden Knie gehorchend, mich auf den Boden zu setzen.

„Bevor du aber einen Verdacht aussprichst, solltest du zuhören!" In Tonios Stimme lag plötzlich eine Schärfe, die ich bei ihm nicht erwartet hätte. „Bei Lisa wurde gestern eingebrochen. Ihre Wohnung ist vollkommen verwüstet und für mich sieht das nach dem Werk von Profis aus."

„Sagt der Herr Chauffeur ..."

„Wenn das Schloss intakt ist, die Wohnung sehr gründlich und ohne Rücksicht auf Verluste nach einem offenbar kleinen Gegenstand durchsucht wurde, aber sämtliche Wertgegenstände unangetastet

240

blieben, entsteht auch bei einem Laien dieser Eindruck, du bornierter Affe!"

„He", ging ich dazwischen, bevor die zwei sich noch schlugen. „Alle Nerven liegen blank, aber Streit bringt hier gar nichts."

„Warst du bei der Polizei?", fragte Sebastian. „Dann gib mir das Aktenzeichen, damit wir das bei der Anzeige hier mit aufnehmen können. Es scheint ja tatsächlich ein Zusammenhang zu bestehen."

„Wir werden keine Strafanzeige erstatten", erklärte Tom, der gerade aus seinem Büro kam. Er sagte das in einem Ton, in dem Poseidon Medusa zu sich befohlen haben könnte.

Verwirrt blinzelte ich. Wieso fiel mir ausgerechnet jetzt diese dämliche Sage ein? Mit diesem Medusaweib hatte alles angefangen.

„Ich möchte nicht, dass gegen meine Mitarbeiter ermittelt wird." So hatte vermutlich Athena bei ihrem Fluch geklungen.

„Wie kommst du darauf, dass ...", setzte Sebastian an, doch Tom schüttelte abwehrend den Kopf.

„Lisa, kommst du bitte?"

So also fühlte man sich auf dem Weg zum Schafott. Noch saß mein Kopf fest auf den Schultern, aber ich ahnte, dass sich das jeden Augenblick ändern würde. Trotzdem folgte ich gehorsam Toms Befehl und stieg langsam die Stufen zur Galerie herauf.

„Nimm Platz", sagte Tom, kaum dass ich die Tür hinter mir geschlossen hatte und wies auf den Stuhl vor seinem Schreibtisch.

Als ich endlich saß, sah er mich lange und gründlich an. Ich konzentrierte mich darauf, dass ich mich elend fühlte und diesen Blick gerade ganz schrecklich fand.

Ich fand es außerordentlich anstrengend, einem Mann gegenüberzusitzen, von dem ich nicht sicher wusste, ob er meine Gedanken lesen konnte.

„Du vertraust mir nicht", sagte Tom schließlich unvermittelt.

Das beantwortete ich mit einem Schulterzucken. „Man bekommt, was man mitbringt."

Tom lachte. „Ich dachte, du würdest sagen, man bekäme, was man verdient."

Weil es so gut funktioniert hatte, zuckte ich gleich noch einmal mit den Schultern. „Auch das."

Um Toms Mundwinkel trat ein harter Zug. „Ich habe von dir nicht viel verlangt", begann er, doch dieses Mal unterbrach ich ihn.

„Das glaubst du wirklich, nicht wahr? Du hast mich bei unserer ersten Begegnung gedemütigt und seither wie ein dummes Huhn von der Nordsee bis zu den Alpen gescheucht, du erwartest, dass ich meine Ängste besiege, mich beschießen und entführen lasse, verlangst dafür, dass ich meine Intimsphäre aufgebe, so denke, wie du es gerne hättest und dir meine Loyalität schenke. Und das ist nichts?"

Tom blinzelte einmal, zeigte sich aber ansonsten von meinem mich selbst überraschenden Ausbruch bemerkenswert unbeeindruckt. Normalerweise war ich gefasster, solche Szenen waren nicht mein Stil.

„So eine Szene passt doch nicht zu dir", sagte Tom prompt und schwer widerlegbar.

„Doch gut, dass du Loyalität erwähnst. Wie steht es damit?"

„Schlecht", antwortete ich geradeheraus. „Ganz schlecht. Ich habe mich hier als PR-Managerin einstellen lassen, nicht als Psychologin, nicht als Prostituierte, nicht als Tanzlehrerin oder Stuntgirl. Ich fühle mich schlicht überfordert, weil ich schon gar nicht weiß, was du von mir verlangst und zunehmend das Gefühl habe, dass ich es auch gar nicht geben wollen würde."

Meine Rede war gut gewesen, das konnte man Toms dummem Gesicht ansehen. Dass ich jetzt in Tränen ausbrach, verdarb die Wirkung allerdings. Und wie immer, wenn ich mich über mich und meine unpassenden Gefühle ärgerte, verstärkte dieser Zorn sie nur noch.

Ich brauchte, bis ich mich einigermaßen beruhigt hatte, und sah mich hilfesuchend nach einem Taschentuch um. Doch da war keins. Also schniefte ich notgedrungen.

„Heulst du aus Reue oder aus Verzweiflung?"

242

„Weder noch", schluchzte ich. „Aus Zorn! Und weil ich mit den Nerven am Ende bin. Während ihr überlegt habt, ob ich euch ausspioniere, hat man in meine Wohnung eingebrochen und dort alles kurz und klein geschlagen."

„Was?"

Statt einer Antwort griff ich in meine Handtasche und zog die Tüte mit den Scherben von Omas Teekanne heraus. Sie klirrten traurig, als sie auf Toms Glastisch purzelten und dort so armselig liegen blieben wie ich mich fühlte.

Dabei hatte ich nie irgendwem etwas Böses tun wollen. Ich war ein lausiger Spion. Auch aus Scham konnte man wunderbar weinen, stellte ich bei der Gelegenheit fest.

„Es tut mir leid, wenn ich mich deines Vertrauens für nicht würdig erweisen sollte."

„Lisa, nein! Es tut mir leid", widersprach Tom überraschend und langte über seinen Schreibtisch nach meiner Hand.

„Es war mir nicht bewusst, wie unangenehm dir unsere gemeinsamen Abenteuer sind. Vielleicht, weil ich sie so genossen habe, unterstellte ich dir dasselbe."

„Ich hätte keinen Spaß daran, angeschossen zu werden." Ich schniefte noch einmal und wollte meine Hand zurückziehen.

Tom gab sie nicht frei. „Das war der Preis."

„Wofür?"

„Dafür, dass ich mit dir tanzen durfte."

„Ein Anfängerstunde Foxtrott hättest du billiger haben können."

Er schüttelte den Kopf. „Das wäre nicht dasselbe gewesen. Es lag an dir. Seit ich dich in Hamburg mit dem Tänzer gesehen habe, wollte ich unbedingt mit dir tanzen."

Wow! Das kam jetzt überraschend.

„Ich hätte es nicht in Worte fassen können, bis du es getan hast. Du lässt deine Seele tanzen. Das wollte ich auch."

Wo kam der Kloß in meinem Hals nur her? Ich schniefte noch einmal. Leise.

„Dafür braucht es Hingabe, Tom."

„Vielleicht", räumte er mit seinem spöttischen Lächeln ein. „Doch dazu wiederum braucht man ein lohnendes Ziel."

Nun war ich es, die seine Hand drückte. „Ich wünsch dir, dass du eines findest."

Das Lächeln wurde wärmer und erreichte seine Augen. Doch bevor Tom antworten konnte, unterbrach uns Kara. Ich zog mich rasch zurück und hoffte, dass sie uns nicht beim Händchenhalten beobachtet hatte.

„Die beiden Reporter sind da", sagte sie.

Tom nickte. „Das macht Lisa. Dafür haben wir ja jetzt eine PR-Managerin." Ohne ein weiteres Wort für mich stand er auf und ging an Kara vorbei nach draußen.

„Tonio hat mir erzählt, was dir passiert ist. Du Ärmste, das muss furchtbar sein, sein eigenes Leben so vor anderen ausgebreitet zu sehen."

Das traf es ziemlich genau. Ich wollte schon zustimmend nicken, als Kara fortfuhr:

„Es ist nicht okay von Tom, dass er dich jetzt diesem Stress aussetzt."

Das stimmte nicht und so schüttelte ich den Kopf. „Das ist mein Job."

Das klang heldenhafter als ich mich fühlte. Schon, weil ich mich nicht so schwach fühlte, dass ich nicht in der Lage gewesen wäre, ein paar Presseheinis zu empfangen. Und weil ich ja wirklich vorgehabt hatte, Tom zu verraten. Dass ich mich darauf für meine große Liebe eingelassen hatte, war eine Erklärung, aber keine Entschuldigung.

Unglücklich und tief in Gedanken ging ich zum Besprechungszimmer, in dem Arbeit auf mich wartete.

Als ich knapp zwei Stunden später aus dem Termin kam, war ich erheblich besser gelaunt. Die Fragen der Journalisten hatten ein abwechslungsreiches Gespräch ergeben und obwohl man bedauert hatte, dass Tom nicht persönlich für das Interview bereit stand, war es mir gelungen, für die morgen anstehende Jahres-Party das Interesse der Medien zu wecken.

Toms Worte hatten mich beschäftigt und unwillkürlich fragte ich mich, ob wir jemals wieder miteinander tanzen würden. Ob er mich je wieder küssen würde?

Der letzte Gedanke hatte sich eingeschmuggelt, denn eigentlich war mir das einerlei. Mein Herz schlug für Robin und auch wenn mein Verstand gegen Robin immer Einwände hatte, war er mit Tom doch ebenso unzufrieden. Woher also kamen diese unwillkommenen Erinnerungen, noch dazu in so sehnsüchtiger Verpackung?

In meinem Büro installierten gerade zwei Jungs aus der IT-Abteilung meinen neuen PC. Missmutig sah ich zu und fühlte mich schlecht. Die Leute hier waren nett zu mir. War Robin es wirklich wert, ihnen allen den Arbeitsplatz zu zerstören? Und auf das liefe es ja hinaus, wenn man Harker des Landesverrats überführte. Ich dachte an das Geld, das mir Robins Abteilung für sachdienliche Hinweise zahlen würde und schämte mich. Die eigentlich interessante Frage wäre ja, ob Robin bei mir bleiben würde, wenn ich nichts zu bieten hätte.

Ich wusste es nicht. Mein Verstand meldete sich zu Wort und erinnerte daran, dass unsere Beziehung keinerlei Bestand für die Zukunft hatte. Mein Herz wollte das nicht hören und schlug laut beim Gedanken daran, wie Robin gestern Abend für mich da gewesen war. Menschen können sich ändern.

Aufgewühlt wie ich war, ließ ich die Techies machen und wich zum offenen Fenster aus, das einen Blick auf den nur mäßig spannenden Parkplatz bot, aber willkommene Frischluft einließ.

Ich bemühte mich, die Höhe zu ignorieren und trat dicht ans Fensterbrett. Unter mir erklangen zornige Stimmen.

„Warum müssen wir überhaupt in Wohnungen einsteigen? Du wolltest mir den Schlüssel geben, mein Lieber. Du hast es versprochen und Versprechen muss man halten. Ich würde ungern mitansehen müssen, wie ihn sich meine Leute holen. Dir läuft die Zeit davon."

Ich zögerte. War das Adriana? Ich wagte nicht, einfach nach unten zu sehen, was ein normaler Spion in meiner Lage getan hätte, aber ich war

245

mir eigentlich sicher. Dieser singende Akzent, die Stimmlage – das musste sie sein.

„Adriana", rief da Tom hektisch und zerstreute alle Zweifel. „Du weißt genau, weshalb ich ihn dir gerade nicht geben kann. Ich muss ihn mir erst zurückgeben lassen."

„Dass du ihn überhaupt aus der Hand gegeben hast …"

„Verdammt – ich war unterwegs, um dich zu retten. Die Wahrscheinlichkeit, dass sie mich überwinden, war zu hoch, um die Sachen zu behalten. Ich hatte sie ausdrücklich gebeten, alles dir zu geben, sobald sie dich befreit hat."

„Das hat ja super funktioniert." Adrianas Stimme troff vor Hohn. „Und wer sagt überhaupt, dass ich gerettet werden wollte? Du kannst nicht immer dein eigenes Spiel spielen und erwarten, dass du damit durchkommst. Das wird nicht funktionieren."

„Ein Joker kann das durchaus." Tom lachte. Das war typisch für ihn – angesichts einer solchen Drohung noch zu lachen. „Im Übrigen mache ich das nicht, um wie du zu handeln, sondern vielmehr um einen Handel zu verhindern."

Wenn mein Magen nicht so dagegen rebelliert hätte, wäre ich jetzt näher ans Fenster getreten, um nur ja nichts zu verpassen. Hinter mir rumorten die Techniker.

Adriana seufzte. „Pass nur auf, dass du mit deiner Medusa nicht selbst zu einem Monster wirst." Ich hörte Schritte. Füße in hochhackigen Schuhen.

„Würde nicht, wenn überhaupt, *sie* zum Monster?"

Jetzt konnte ich Adriana sehen, wie sie in einem wundervoll geschnittenen Kostüm zu einem schwarzen Sportwagen ging und sich über die Fahrertür hinweg nochmals an Tom wandte: „Ist sie das nicht längst?"

Wenn es leicht wär, könnte es jeder, hat meine Tanzlehrerin immer gesagt. Und deshalb war es mir ein besonderes Bedürfnis gewesen, meine erste für Novamove organisierte Party zu einem ganz besonderen Highlight werden zu lassen. Offen gestanden war ich aber froh, dass ich den Großteil der Planung und Vorbereitung bereits vor unserer Salzburg-Reise erledigt hatte, denn seither war ich nicht so einsatzfähig wie ich es gerne gewesen wäre.

So allerdings war ich mit dem Ergebnis meiner Arbeit recht zufrieden. Der DJ war gut, die Präsentationen gefielen mir sehr gut und hatten bei einem Probelauf sogar dem ewig griesgrämigen André ein kleines Lächeln entlocken können und die Dekoration war einfach der Hammer. Verzückt stand ich neben dem freundlichen Mann vom Messebau in dem alten Wasserturm im Englischen Garten, wo unsere Party steigen sollte. Auf einem großen Banner stand

VISIONS TO FLY

und darunter wartete der Pegasus, der in unserem neuen Firmenauftritt mehr Beachtung finden sollte, sprungbereit auf seinen Auftritt. Die Idee, das riesige Pappmaché-Tier mit Helium zu füllen, um es zu geeigneter Zeit tatsächlich fliegen zu lassen, würde sicherlich für Überraschung sorgen. Gefolgt von dem Feuerwerk, für das wir tatsächlich eine Genehmigung erwirken konnten. Sebastian kannte da wen in der Stadtverwaltung.

Nicht ganz uneigennützig war die Tanzfläche zentral angelegt und mit gutem Sound und einer sehr, sehr feinen Lichtanlage zum Herzstück des Unterhaltungsteils erkoren worden. Dazu passte die Deko, die, so zurückgenommen wie sie war, die eigentliche Präsentation nicht stören würde.

Ich stand in dem großen Raum, den bald schon mehrere hundert Leute füllen würden und sah im seligen Bewusstsein gerade mal alles im Griff zu haben, den Caterern beim Ausladen zu.

„Kann ich die Anlage mal hochfahren?", fragte der DJ und nickte zu seinem Mischpult.

„Natürlich." Mein Blick fiel auf einen Schatten an der Tür.

Gerade kam Sebastian herein und stutzte als er mich im Gespräch mit dem extrem lässig wirkenden Kerl sah.

„Hallo", sagte ich etwas unterkühlt. Auch wenn Sebastian mit seinem Verdacht näher an der Wahrheit gelegen hatte, als er vermutete, kränkte mich, dass er mich so bereitwillig solcher Taten verdächtigte. Ich selbst hätte mir das nämlich nicht zugetraut. Was irritierend war. Doch bevor ich mich endgültig im Dickicht aus schlechtem Gewissen und verletztem Stolz verhedderte, wandte ich mich ihm ganz zu. „Bist du hier um aufzupassen, dass ich keine Wanzen installiere?"

Sebastian senkte den Kopf. „Ich bin eigentlich hier, um mich zu entschuldigen. Ich hab erst danach von Tonio die ganze Geschichte gehört."

Der Rest ging in einem schrillen Kreischen der Lautsprecher unter.

„Sorry!", brüllte der DJ. Doch bevor wir antworten konnten, dass sich die Rechtsabteilung wegen Schmerzensgeld bei ihm melden würde, legten die Bässe los und unterbanden jede weitere Beschwerde.

Ein paar Takte später war alles bestens eingestellt, die Musik klang nicht mehr nach Weltuntergang.

„Passt schon", sagte ich schließlich zu Sebastian, der immer noch abwartend vor mir stand. „Aus deiner Sicht war die Reaktion verständlich."

Womit ich mich elegant um deren Berechtigung herumgedrückt hätte, wie mein Verstand etwas pikiert bemerkte.

„Jetzt komm! Was kann ich tun, damit du mir verzeihst?"

„Du könntest hier die Stellung halten, während ich mich umziehe", schlug ich vor und löste damit womöglich mein letztes logistisches Problem.

„Aber dann sind wir wieder gut?"

Ich nickte huldvoll.

Die Musik wurde wieder lauter.

Sebastian grinste und lehnte sich zu mir, um mir ins Ohr zu brüllen, während AC/DC gerade dezibelstark TNT besangen.

„Tom erwähnte, dass du eine Weltklassetänzerin bist."

„Nicht mehr", rief ich bescheiden. „Ich habe seit Jahren kein Turnier mehr getanzt."

Sebastian lachte. „Ich noch nie. Wobei ich immer gern auf dem Tanzboden unterwegs war." Er verneigte sich übertrieben förmlich. „Wollen wir? Einen Versöhnungstanz quasi?"

Eine australische Rockband ist nicht die klassische Tanzkapelle, aber ich wollte kein Spielverderber sein und so ließ ich mich willig zu einem flotten Jive überreden. Wenn Sebastian mich taktisch um diesen Tanz gebeten hatte, dann hatte er mich gut durchschaut. Und wenn nicht, hatte er es verdient, dass ich ihm unserer gemeinsamen Leidenschaft wegen verzieh. Tatsächlich war er ein guter und einfallsreicher Tänzer.

Entsprechend gut gelaunt holte mich Tonio kurz darauf ab, um mit mir noch schnell ein paar Sachen für den Abend aus meiner Wohnung zu holen. Obwohl Robins *Restaurierungsteam* angeblich fast fertig war, wagte ich mich nicht allein in mein geschändetes Zuhause. Es war seltsam, wie entblößt ich mir dadurch vorkam, dass Fremde so hingebungsvoll in meinen Sachen gekramt hatten. Auch - oder gerade - weil sie offenkundig dabei keinerlei Interesse an mir gehabt hatten. Das nagte an meinem Selbstwertgefühl, das sich von seiner Reise durch das Jammertal, in das mich Robin gestoßen hatte, ohnehin noch nicht wieder völlig erholt hatte.

„So schlimm?", fragte Tonio erstaunlich einfühlsam, als er den Wagen im Halteverbot abstellte.

Ich schüttelte den Kopf. „Das kann aber teuer werden", sagte ich mit einem Verweis auf das Verkehrsschild.

„Brauchst du länger? Ich dachte, wir holen nur ein paar Sachen und fahren wieder?"

„Und wo soll ich mich aufrüschen? Ein bisschen Zeit wird das schon beanspruchen."

„Ich finde dich, so wie du bist, ganz bezaubernd, Bella", grinste Tonio. „Aber nur zu. Wir gehen jetzt rauf, und wenn du der Begegnung mit deiner neuen Einrichtung gewachsen bist, dann warte ich am Wagen, so wie sich das für einen braven Chauffeur gehört."

Meine Wohnung ... Oh Gott! Ich fürchtete, dass man mein Herzklopfen über unsere Schritte auf der alten Holztreppe hinweg hören konnte.

Mir zitterten die Hände so, dass ich die Tür nicht aufsperren konnte und mir Tonio tatsächlich den Schlüssel aus der Hand nahm.

Drinnen sah alles aus wie zuvor. Nur sauberer. Ich war noch nie eine übertrieben gute Hausfrau gewesen.

Bis mein Blick auf die kahle Stelle fiel, an der das Poster der Sacharowa fehlte. Schnell ging ich weiter und ins Wohnzimmer. Auch dort sah alles so aus wie immer. Fast. Bis auf die nigelnagelneue Couch, die viel schöner als meine, schon etwas abgewetzte, alte war.

Auf eine schwer in Worte zu fassende Weise war die Wohnung nicht mehr meine. Sie war zu ordentlich. Zu aufgeräumt. Nicht ich.

In der Küche stand ein wirklich wunderbarer Blumenstrauß mit einer Karte.

Willkommen daheim! Alles wie neu!
Ich freue mich auf unsere Einweihungsparty!
R.

Er meinte es nett. Es war nett. Nein, es war großartig. Aber er verstand nicht, dass es hier nichts zu feiern gab. Es war nicht wie neu. Es war neu. Reboot. Nur ohne mich. Ich gehörte hier nicht her. Hier fehlte zum Beispiel eine alte Teekanne, in der irgendwie der Geist meiner Oma hauste, der mich hier jeden Morgen empfangen hatte und der mir über die Schulter sah, wenn ich mich in der kreativen Interpretation von Kochrezepten übte. Soviel Nostalgie befeuchtete meine Augen.

„Das gibt sich", sagte Tonio sanft. „Wenn du erst ein paar Stunden hier warst, fühlt sie sich wieder richtig an."

„Meinst du?" Ich klang nicht sehr überzeugt.

„Und wenn nicht, räumst du einfach um."

Ich ging ins Schlafzimmer, das mit neuem, offenbar teurem Bettzeug für Robins Einweihungsparty bereitstand, und zog meine Schranktüren auf. Seufzend schnappte ich mir ein schwarzes weit schwingendes Kleid und passende Dessous und stopfte beides in eine Tasche. Ich zögerte mit einem Blick auf den neuen Wecker. Sogar die Zeit war gegen mich. Mir war nicht bewusst gewesen, dass ich mit Sebastian so viel Zeit vertrödelt hatte.

Seufzend zog ich mir mein Shirt über den Kopf und schlüpfte aus meiner Jeans.

„Bin gleich fertig."

Katzenwäsche im Bad würde reichen und schminken konnte ich mich unterwegs. Moderne Frauen nutzen den Berufsverkehr.

„Ich muss nur noch Schuhe suchen", verkündete ich, in mein Cocktailkleid gehüllt, schon wieder auf dem Weg in den Flur. Der weiße Fleck an der Wand tat auch beim zweiten Mal noch weh.

Im sicheren Gefühl, jetzt Verbündete zu brauchen, entschied ich mich für meine schwarzen Tanzschuhe.

„Gehen wir?"

„Willst du dich doch nicht mehr ausgehfein machen?"

„Das kann ich jetzt nicht", gab ich ehrlich zu. „Nicht hier. Ich brauche hier erst ein bisschen Zeit. Meine Wohnung und ich - wir müssen reden."

„Na denn ..." Elegant hielt mir Tonio die Tür auf.

Im Hausflur hielt ich noch kurz an. „Ich schau nur schnell in den Briefkasten", erklärte ich und stopfte den Inhalt aus dem meiner Nachbarin in meine Handtasche.

Dann nahm ich mit einem nervösen Lächeln Tonios Arm. Er geleitete mich wie eine Prinzessin zurück zum Auto und ließ mich auf dem Rücksitz Platz nehmen.

„Für den großen Auftritt", grinste er, während ich bereits nach meinem Schminktäschchen kramte.

Grundierung, Mascara, Lidschatten und Puder gingen auch unterwegs. Für den Eyeliner wartete ich taktisch auf die nächste rote Ampel. Und für den Lippenstift auch.

Ein kritischer Blick in den Spiegel bestätigte mich darin, dass ich nach fünf Minuten im Taxi mit dezentem Makeup atemberaubend aussah. Der Longlash-Megavolume-Black-Sensation-Mascara war sein Geld wert. Das konnte man bei einem solchen überdimensionierten Namen auch erwarten. Vielleicht lag es am Smokey Eye Lidschatten. Egal. Ich zwinkerte mir zufrieden zu.

Tonio fuhr bis direkt vor den Eingang und erlaubte mir einen sensationellen Auftritt, zumal die ersten Gäste bereits eingetroffen waren.

„Platz da, die Prinzession hat Vorfahrt", rief Tonio, brachte den Wagen zum Halten, stieg aus und öffnete mir mit einer formvollendeten Verbeugung die Tür zum Rücksitz.

Lächelnd schwang ich mich aus dem Wagen und ging die fünf Meter bis zur Tür, wo Sebastian einen außerordentlich sympathischen Empfangschef gab.

„Lisa!" Erstaunt drehte ich mich nach Robin um. Ich hatte ihn eingeladen und mir postwendend eine Abfuhr geholt, weil Robin eine Begegnung mit Tom Harker für zu riskant hielt.

„Was tust du hier?"

Statt einer Antwort nahm Robin mein Gesicht zwischen seine Hände und küsste mich zärtlich.

„Ich habe dich vermisst", sagte er leise und küsste mich noch einmal.

„Und du hast mir in Salzburg erklärt, dass wir umso sicherer sind, je mehr wir das Liebespaar spielen."

„Liebespaar *spielen*?" Ich wich etwas zurück.

„Aber nein. Das muss ich nicht heucheln." Robin umfasste mich an der Taille und hauchte mir noch einen Kuss auf die Stirn. „Aber wir stellen es eben mehr zu Schau als ich das normalerweise machen würde. Schamlose, frische Liebe, die alle anderen, die weniger glücklich sind, unweigerlich in den neiderfüllten Wahnsinn treibt." Seine Lippen kitzelten an meinem Haar. „Hab ich dir schon gesagt, wie unfassbar heiß du aussiehst? Seine Hand fuhr über meinen Rücken bis zu meinem Gesäß, dass er irgendwie bedeutungsvoll tätschelte.

Mit einem überraschend heftigen Ruck presste er mich fest an sich und hielt mich dort. „Das Passwort, das du mir gegeben hast, war falsch", raunte er mir ins Ohr. „Meine Vorgesetzten waren sehr deutlich in Bezug auf meine weitere Karriere, sollte ich nicht schleunigst die gewünschten Beweise liefern."

Auf eine schwer zu beschreibende Weise schwang in seinen Worten die Drohung mit, dass das dann nicht ausschließlich sein Problem sein würde.

„Falsch?", piepste ich erschrocken. Robins Verhalten kränkte mich, denn schließlich nahm ich ihm zuliebe all diese Kämpfe auf mich. Die äußeren und die inneren gegen mein Gewissen.

„Falsch", betonte Robin. „Das hätte ich gleich merken müssen. *TodundVerderben* hat zu wenige Zeichen."

Ich befreite mich gerade weit genug aus seinem Griff, um ihn erstaunt anzusehen. „Woher weißt du die Zeichenlänge?"

Robin stutzte. Schmerzhaft verstärkte sich der Druck seiner Hände auf mein Gesäß. „Was soll das, Lisa? Ich dachte, wir sind ein Team? Ich brauche deine Hilfe. Die Sache ist sehr ernst. Du kannst nicht deine Spielchen spielen und erwarten, dass du damit durchkommst. Du solltest darauf achten, nicht aufzufliegen. Dann wärst du nicht nur mich, sondern auch deinen tollen Job bei deinem smarten Chef los."

Als *Team* hatte er uns noch nie gesehen, da konnte ich ihm sogar nachsehen, dass er seinen Stress an mir ausließ. Unwillkürlich lächelte ich.

„Was ist?", fragte Robin nun sichtlich irritiert. „Findest du das lustig?"

Kopfschüttelnd wich ich auf einen anderen, wirklich lustigen Aspekt aus. „Du klangst gerade wie Adriana. Sie hat Tom gestern fast wörtlich dasselbe vorgeworfen."

„Adriana?" Tom fand das offenbar weniger amüsant und so fuhr ich schnell fort: „Auf jeden Fall wollte ich dir keine Probleme bereiten. Im Gegenteil. Bitte sieh mir das Versehen mit dem Passwort nach. Ich war eben völlig durch den Wind inmitten der Trümmer meiner Wohnung."

„Ah", sagte Robin. Überzeugt klang anders. „Dann gib mir doch jetzt einfach das Richtige."

Nein. Darin waren sich Verstand und Herz einig und das war so selten, dass ich mich daran halten sollte.

Doch noch bevor ich mir überlegt hatte, wie ich mich drücken konnte, meldete sich Tonio, der seine Rolle als mein Schutzengel offenbar sehr ernst nahm.

„Ich störe nur ungern, Lisa, aber du wirst erwartet. Ihr habt sicher später noch Zeit füreinander."

Robin ließ mich widerstrebend los.

„Shen! Bao!" Ich eilte auf die beiden Chinesen zu, die mich etwas befremdet ansahen. Natürlich. Sie hielten mich ja für Toms *ernai.* Da sie aber zu höflich waren, das anzusprechen, musste ich hier nicht Unaussprechliches erklären, sondern flüchtete mich in den üblichen Begrüßungs-Smalltalk.

Für längere Gespräche war ohnehin keine Zeit, denn auch für die anderen Gäste, die nun in immer dichteren Scharen herbeiströmten, musste ich zusammen mit Sebastian passende Worte finden. Und doch überlegte ich die ganze Zeit, wie ich Robin von dem Passwort ablenken konnte. Oder warum ich es ihm plötzlich nicht mehr geben wollte. War es nicht bei meiner ganzen Spioniererei darum gegangen?

„Lisa, es freut uns, dass es Ihnen wieder besser geht."

„Und mich erst." Ich lächelte Tarek und Murat mit professioneller Pokermiene zu. Dass es mir jemals schlecht gegangen war, war mir neu. Allerdings nahm ich an, dass Tom den beiden Arabern nicht gesagt hatte, dass uns Terroristen daran gehindert hatten, ihre Einladung wahrzunehmen und daher eine Ausrede benutzt hatte.

„Aber zum Glück ist es jetzt überstanden. Konnte Herr Harker Sie von unseren Leistungen inzwischen überzeugen?"

„Oh ja." Tarek nickte bekräftigend. „Daran hatten wir zu keiner Zeit Zweifel. Tom ist ein begnadeter Chemiker und ein Visionär am PC."

„Ich weiß", log ich munter weiter.

Murat, der nur selten etwas sagte, bedachte mich mit einem anerkennenden Blick. „Ich nehme an, Sie wissen bereits, dass wir gerne C4/4 für Ihr Projekt in Serie fertigen wollen."

Da ich mein Blatt nicht überreizen wollte, wehrte ich weitere Gespräche fürs Erste ab. „Nicht im Detail. Ich bin für Public Relations zuständig und weder in Chemie noch in technischen Fragen ein kompetenter Ansprechpartner. Doch ich hoffe, Sie können mir zu dieser Kooperation später noch mehr erzählen."

Als der Strom der eintreffenden Gäste kurz abriss, stand Robin wieder neben mir.

„Die Daten sind sicher. Du bekommst das Passwort nachher", kam ich jeglichem Einwand zuvor. „Ich muss selbst erst überlegen. Ich war auch beim Ziehen der Daten milde gestresst."

Robin wollte etwas sagen, doch ich legte ihm einen Finger auf die Lippen.

„Ich bin kein Profi. Vergiss das nicht."

Robin erstarrte, als sein Blick auf den nächsten Gast fiel. Einen, den ich nicht auf der Liste gehabt hatte.

Adriana!

Ich konnte Robin verstehen, denn sie sah atemberaubend aus. Sie trug ein wunderbares grünes Kleid, das ihr dunkelrotes Haar höchst vorteilhaft zur Geltung brachte und alle Blicke auf sich zog. Oder ihre perfekte Figur, die der raffinierte Schnitt ihrer Garderobe geschickt betonte. Unwillkürlich kam ich mir klein und grau und hässlich vor. So sahen wahre Prinzessinnen aus.

„Du hast mir gar nicht gesagt, dass Adriana auch kommt", stammelte Robin neben mir.

„Haben wir die Gästeliste überhaupt besprochen?" Bevor ich ging, um sie zu begrüßen, stieß ich Robin neckend an. „Jetzt besorg dir erst einmal was zu trinken, mein Lieber. Wir sprechen nachher weiter."

Sebastian kam mir bei Adriana zuvor und so widmete ich mich erst einmal anderen Gästen.

Es war sicher eine halbe Stunde später, als Adriana mich ansprach. „Ich habe Tom noch gar nicht gesehen."

„Er hält die Begrüßungsrede, hat sich aber standhaft geweigert, schon beim Empfang anwesend zu sein."

Adriana lachte. „Typisch."

Sie sagte das so überzeugt und sicher, auf einer Basis der Vertrautheit, die mir einen Stich versetzte.

„Lisa, ich brauche den Schlüssel."

Irritiert schüttelte ich den Kopf. „Welchen Schlüssel?"

Adriana lächelte und hakte sich bei mir ein, um mich an eine ruhigere Stelle zu ziehen. Eine Geste, die absolut nichts Freundliches enthielt.

„Den Schlüssel, den du mir im Bauernhaus bereits hättest geben sollen."

„Was?" Gerade war ich wirklich überfordert. Musste ich eigentlich alle ständig daran erinnern, dass ich im Agentenbusiness noch nicht über den Status eines blutigen Anfängers hinausgekommen war?

„Tom hat dir ein paar Sachen für mich mitgegeben, als ihr mich befreien kamt."

„Eine Pistole …"

„Ja", unterbrach Adriana ungeduldig. „Die auch. Und einen Schlüssel. Beides hättest du mir verdammt noch mal geben sollen!"

„Ich weiß ja nicht, wie das da gehandhabt wird, wo du herkommst", wehrte ich mich. „Aber in meiner Welt sagt man *Danke*, wenn mich jemand befreien kommt und stellt keine Forderungen. Dass du den Schlüssel bekommen solltest, weiß ich nicht und diese grässliche Pistole hätte ich dir sofort gegeben, wenn Zeit dafür gewesen wäre, bevor wir uns aus dem Fenster stürzen mussten."

Adriana funkelte mich zornig an, aber meine Worte waren nur schwer zu widerlegen.

„Du hast recht", gab sie schließlich zu. „Dann gib mir den Schlüssel bitte jetzt."

Meine Handtasche wog plötzlich zentnerschwer in meiner Armbeuge.

„Wie kommst du darauf, dass ich sie hier auf der Party dabei habe?"

Ich würde überhaupt keinem mehr etwas geben, bevor ich nicht selbst wusste, um was es ging.

„Ich brauche den Schlüssel! Wenn du ihn nicht hier hast, holen wir …"

„Oh, Robin", rief ich da. „Du hast mir einen Drink gebracht. Das ist aber lieb."

Hoch erhobenen Hauptes stolzierte ich an Adriana vorbei zu Robin, der Adriana böse anfunkelte, und nahm ihm das Sektglas aus der Hand.

„Du hier?"

Ich hatte mit vielem gerechnet, sogar mit meiner Entführung, aber nicht damit, dass die beiden sich kannten.

„Unverhofft kommt oft", erwiderte Robin liebenswürdig. „Störe ich?"

Adriana zuckte mit den Schultern. „Nicht mehr als sonst. Für Verräter ist nirgends Platz."

„Das sagt die Richtige!" Robins Ausruf war so heftig, so völlig unvermittelt, dass sogar Adriana erschrocken zurückwich.

„Ihr kennt euch?", warf ich vermittelnd ein. „Dann kann ich mir die Vorstellung ja sparen."

„In der Tat." Robin nahm mich am Arm. „Adriana, es freut mich besonders, dich hier zu treffen, aber jetzt muss ich dir Lisa entführen." Der Druck seiner Finger signalisierte deutlich, dass ich jetzt besser nicht widersprach.

Doch das hätte ich nicht vorgehabt.

Kaum waren wir außer Hörweite, fuhr Robin mich zornig an.

„Was ist das für ein Schlüssel?"

„Das ist eine lange Geschichte …"

„Du hast eine seltsame Art, Selbstmord zu begehen!" Robin packte mich und schüttelte mich wie einen nassen Lappen. „Das sind Leute, die dich ohne zu zögern, töten würden, wenn es ihren Zielen dient. Warum erzählst du mir denn nichts von deinen Abenteuern? Wenn du mir nicht gibst, was du hast, kann ich dich nicht beschützen."

„Im Augenblick bedrohst nur du mich", fuhr ich ihn an, während ich mich losriss. „Gehörst du nicht auch zu diesen Leuten, für die ein Mord nur eine spezielle Form der Problembewältigung ist? Warum nannte dich Adriana einen Verräter?"

„Was weiß ich, was in ihrem kranken Hirn vorgeht."

„Du hast ihr nicht widersprochen. Im Gegenteil ..."

Das Zucken in Robins Mundwinkel verhieß nichts Gutes. So wütend hatte ich ihn noch nie gesehen. „Du gibst mir jetzt sofort Schlüssel und Passwort und berichtest mir alles, was ich wissen muss."

„Robin, unabhängig davon, dass dieses Fest mein Arbeitsplatz ist und ich hier gebraucht werde, erzähle ich dir gar nichts mehr, bevor du mir nicht ein paar Dinge erklärst, die ich wissen muss. Warum nennt dich Adriana einen Verräter?"

„Gib mir diesen Schlüssel!"

„Nein!"

Ich funkelte Robin wütend an, drehte auf dem Absatz um und rettete mich in die Menge. Das war mein einziger Trumpf im Augenblick. Das hier war mein Fest, meine Menge, mein Heimvorteil.

Gerade betrat Tom die Bühne und ließ sich mit donnerndem Applaus begrüßen. Im allgemeinen Gedränge ließ ich mich nach vorne schieben und arbeitete mich dann zur Seite in den Gastrobereich vor.

An der Bar traf ich Madeline und Tonio.

„Du wirkst gestresst", sagte Madeline mitfühlend und schob mir noch einen Prosecco mit Orangensaft zu.

Mir wäre gerade Saft ohne Sekt lieber gewesen, aber ich wollte nicht unhöflich sein und stürzte das Glas auf einen Zug.

„Du bist gestresst", korrigierte Tonio.

„Ärger mit deinem Lover?"

Madeline lachte. „Männer können einen wirklich den Verstand kosten."
Dann widmete sie sich anderen Gästen.

„Wie man es nimmt", beantwortete ich Tonios Frage. „Oder mit einer Freundin von Tom."

„Tja, die Konkurrenz ist besorgt."

Ich runzelte die Stirn. „Wie meinst du das?"

Doch Tonio winkte ab. „Dein Freund ist nicht nett. Unterschätz ihn nicht."

„Wie meinst du das?", fragte ich noch einmal. „Und wie kommst du darauf, dass ich mit dir meine Beziehung diskutieren will?"

„Ich warne dich nur, Bella. Dein Freund lässt dich beschatten. Er überwacht jeden deiner Schritte und ich bin ziemlich sicher, dass er das nicht aus Eifersucht macht."

In meinem Magen kribbelte es, doch es waren definitiv keine Schmetterlinge.

„Wie?"

Tonio hob hilflos die Hände. „Ich weiß es nicht. Kann es sein, dass er dein Handy abhört?"

„Mein Handy?" Es waren Alptraummonster, die sich nun gallesauer in meinem Magen erhoben und mein Inneres in Aufruhr versetzten. So schmeckte Angst.

„Entschuldige mich bitte", würgte ich hervor und wandte mich zum Gehen.

Robin hatte mir zur Versöhnung ein Handy geschenkt. Ein wunderschönes, todschickes Smartphone. Konnte ein Mensch so gemein sein?

In dem Augenblick wurde auf der Bühne mein Name gerufen und André bahnte sich einen Weg zu mir, um mich zu Tom zu zerren. Oh Gott, das Programm hatte ich angesichts meiner jüngsten Schlüsselerlebnisse völlig vergessen.

„Und das ist das neue Gesicht von Novamove ... Applaus für Lisa Zimmer!"

Mit einem mechanischen Lächeln begab ich mich auf die Bühne und ließ mir von Tom den Blumenstrauß überreichen, den ich doch selbst zu diesem Zwecke bestellt hatte.

Tom sah in einem Anzug genauso gut aus, wie ich es mir vorgestellt hatte. Es stimmt schon, ein Anzug ist an einem Mann das, was edle Dessous an einer Frau sind. Schade, dass ich gerade überhaupt keinen Sinn für solche Appetitanreger hatte. Ich hielt mich gerade und unter Spannung wie unmittelbar vor einem Tanzauftritt und betete inständig, dass diese Veranstaltung bald vorbei wäre. Wobei ich nicht wusste, was ich dann machen sollte, denn im Moment zumindest war die Öffentlichkeit hier auf dem Fest mein einziger Schutz vor Adriana und wohl auch vor Robin.

Autsch. Der Gedanke schmerzte.

„Lisa?" Toms Hand auf meiner Schulter brachte mich wieder in die Gegenwart. Hatte ich doch prompt meinen Einsatz verpasst.

„Und so freut es mich besonders, Ihnen heute Abend Novamove in neuem Gewand vorzustellen ..."

Routiniert aber mit weniger Begeisterung als ich geplant hatte, führte ich durch meinen Teil der Präsentation und übergab wieder an Tom, der nun die neue Produktlinie seiner intuitiven Software vorstellte.

Am Rand der Bühne sah ich Robin stehen, der offenbar auf mich wartete.

Mir wurde schlecht. Sehr schlecht. Warum nur gelang es mir nicht, Tonios Warnung als Irrtum in den Wind zu schlagen?

Ich drückte Sebastian den Funksender in die Hand, mit dem Pegasus von der Leine gelassen werden konnte, und drückte mich an ihm vorbei aus Robins Sichtfeld. Die Leute drängten gerade nach vorn, um von Toms

Rede nichts zu verpassen und so würde er Zeit brauchen, bis er ans andere Ende der Bühne gelangte. Den Vorsprung musste ich nutzen.

Schon aus Schultagen wusste ich, dass immer dann, wenn die Toilettenkabine auf einer Party plötzlich zum geschätzten Zufluchtsort wird, irgendwas im Leben massiv falsch läuft. So war es auch diesmal.

Ich setzte mich erst einmal hin, presste die Füße fest auf den Boden und atmete solange bewusst ein und aus, bis das Zittern meiner Händen nachließ.

Dann öffnete ich meine Handtasche und breitete meine Schätze auf meinem Rock aus. Tabletten, der begehrenswerte Schlüssel und mein schönes neues Handy.

Dem widmete ich mich zuerst. Ich bin kein Technikfreak und benutze Handys als Mittel zum Zweck. Daher versage ich ihnen den Grad von Familienanschluss, den so viele meiner Freunde ihren Geräten zuteilwerden lassen.

Daher hatte ich keine Ahnung, welche Funktionen zum Standard gehörten und welche nicht. Gleichwohl scrollte ich durch das Menü der Apps. Eine App mit einer Zahlenkombination im Namen fiel mir auf. Die Beschreibung missfiel mir: *For Localisation purpose.*

Spontan wollte ich sie löschen. Ging nicht. *Access denied.*

Allmählich drängte mein Zorn die Angst zurück. Der in meinem Bauch heranwachsende Grollknoten war jedenfalls spürbar. So musste sich ein Vulkan fühlen, der sich auf seinen Ausbruch vorbereitete.

Ich atmete nochmals tief durch und scrollte weiter. In einem Untermenü entdeckte ich eine weitere verdächtige App, die offenbar eine Art Datenaustausch über Bluetooth ermöglichte. Und das war bei mir auf Dauer-Ein eingestellt.

Klar, ich nutze so was nicht und kümmere mich auch nicht darum. Robin, die hinterhältige Kröte wusste das natürlich und hatte es schamlos ausgenutzt.

261

Deshalb wusste er vermutlich, dass mein Passwort länger war und ich ein paar Zeichen unterschlagen hatte.

Im Ordner Standardanwendungen entdeckte ich den Rekorder. Mit einer neuen Datei darauf.

„Herrje!" Ich hatte tatsächlich die Aufnahme auf dem Jagdschlösschen vergessen. Da sah man mal, wie wenig Zeit ich seither gehabt hatte, um auch nur kurz zur Ruhe und vor allem wenigstens ansatzweise zum Nachdenken zu kommen.

Absätze klapperten im Waschraum, Mädels, die sich Belanglosigkeiten erzählten und nichts von den Abgründen wussten, in denen Monster hausten, die um die Macht spielten.

Von draußen klang gedämpft das Knallen des Feuerwerks.

Ich wartete, bis ich wieder allein war und drückte auf Wiedergabe.

Erst einmal hörte ich hingebungsvolles Rauschen und Rascheln. Klar. So klingt es, wenn man ein Mikro in die Kissen einer Bank stopft.

Dann erst einmal gar nichts.

Irgendwann kaum wahrnehmbar und von weit weg meine Stimme, die verkündete, dass ich mich zurückziehen will.

Dann klappern. Offenbar wurde am Tisch Kaffee nachgeschenkt.

Und endlich, endlich ein Gespräch:

„Hätte nicht gedacht, dass du dich hierher wagst."

Adriana klang verschnupft.

Tom sagte kaum hörbar in seiner üblichen leichten Art, dass er Risiken nicht scheue, um liebe Freunde zu überraschen. Ich musste lachen. Das war so typisch Tom. Sogar Adriana schien zu kichern, kam aber sogleich wieder auf ihr Anliegen zurück.

„Statt den Maulwurf auszuheben, hättest du mit mir arbeiten sollen."

Dieses Mal lachte Tom. „Du verkaufst vielleicht nicht an die ganz Bösen, aber dennoch sind mir in deiner Kundenkartei zu viele eindeutig nicht gut genug."

„So moralisch warst du früher nicht. Im Gegenteil, früher hättest du das langweilig gefunden."

„Menschen ändern sich. Ich habe noch nie mit einem Geheimdienst gearbeitet. Immer nur dagegen. Die Jagd nach diesem Maulwurf entwickelt ihren ganz eigenen Reiz. „

„Du meinst nicht deine Begnadigung, sondern deine Begleitung?"

Ich hielt die Luft an. Begleitung? Das war ich!

Tom ließ sich Zeit mit seiner Antwort. „Auch."

Wieder Klappern. Offenbar setzte Adriana ihre Tasse etwas energischer ab, als nötig.

„Ihr habt den Köder also ausgelegt, sonst wärst du nicht da. Aber damit, dass geschossen wird, hast du nicht gerechnet."

„Nein. ganz und gar nicht", gab Tom sofort zu. „Offenbar gehen sie davon aus, dass Medusa ein Programm ist. Sie haben mein Handy und eine externe Festplatte gestohlen."

Adriana schnaubte missbilligend. „Einmal mit Profis arbeiten."

Tom lachte wieder. „Ja, ich hatte vom Geheimdienst auch mehr erwartet. Sie sind so fixiert auf Software. Es ist traurig. Vielleicht sollten wir ihnen etwas zuspielen; etwa präparierte Dateien zum Tracken."

„Ist auf deinem Handy etwas Nützliches?" wollte Adriana wissen.

„Ja, wenn sie damit umgehen können, schon. Aber da sie vermuten, dass es um Software geht, werden sie nicht weit kommen. Nur wenn man die Tabletten nimmt und sich an den PC anschließt, kann man mit dem Prototypen arbeiten. Es braucht dieses Kontrastmittel. Die Forschungsakte liegt wohlverwahrt in einem Schließfach. Mit Shens Transpondertechnik können wir die Gehirnimpulse direkt an den PC weitergeben. Aber ich habe nicht vor, das Ergebnis irgendwem zu verkaufen."

„Verstehe", sagte Adriana und war mir damit ein ganzes Stück voraus. „Hat deine Droge Nebenwirkungen?"

„Nein!" Toms Antwort kam viel zu schnell um überzeugend zu sein.

„Meinst du, dass sie euch hierher folgen?", fragte Adriana ohne weiter auf die spannenden Tabletten einzugehen. *Medusa C4/4* - allmählich begriff ich wenigsten grob die Zusammenhänge. Offenbar konnte man sich mittels Drogen und Hardware mit einem PC zu einer Einheit verbinden. Ein Gedanke, den ich scheußlich fand. Und doch faszinierend. Puh!

„Tom?", Adriana wurde lauter. „Ich habe dich was gefragt."

„Nein. Ich habe sehr darauf geachtet, dass uns keiner folgt."

„Dein Wort in Gottes Ohr."

Dem Rumpeln nach stand Adriana auf. „Ich hab was gut bei dir", verkündete sie kaum hörbar. „Beziehungsweise meine Auftraggeber. Ein paar von diesen Pillen für den Anfang."

Kaum war die Tür ins Schloss gefallen, fluchte Tom so lästerlich, dass ich erschrak.

Rauschen und Rascheln folgte.

Ich wagte nicht, vorzuspulen vor lauter Angst, die Ankunft von Jemal und Amir zu verpassen.

„Lisa?"

Vor Schreck sprang ich auf, bereit zu fliehen. Leider sind die Fluchtmöglichkeiten in einer Toilettenkabine ziemlich eingeschränkt.

„Lisa? Wo bist du?"

Kaum zu glauben, wie sich meine Einstellung zu Robin geändert hatte. Wie konnte ich in ihm nur je den Retter sehen? Im Moment wusste ich wirklich nicht, wie ich mit ihm umgehen sollte. Wenn er mich ausspionierte, war er dann der Maulwurf, dem Tom im Auftrag des Geheimdienstes eine Falle gestellt hatte? Herrgott! Spielte in dem verfluchten Laden eigentlich überhaupt irgendwer ehrlich? Ich brauchte wirklich kein schlechtes Gewissen haben.

„Lisa!" Robin wurde ungeduldig. „Ich weiß, dass du da bist. Du musst keine Angst haben. Meine Leute haben Adriana unter Beobachtung. Komm, ich bring dich in Sicherheit. Wenn du mir gibst, was du hast, besteht keine Gefahr mehr."

Da ich keine Chance hatte, mich vor Robin zu verstecken, nahm ich die SIM-Karte aus meinem Handy und stopfte dieses in den Sanitäreimer. Die Karte steckte ich in meinen Schuh.

„Robin!", rief ich oscarreif. „Ich bin so froh, dass du da bist."

Schnell öffnete ich die Kabinentür und fiel Robin dramatisch um den Hals. Verzweiflung musste ich nicht heucheln. Er brauchte nur nicht zu wissen, dass ich mich gerade vor ihm mehr fürchtete als vor Adriana. Aber das war bei Robin kein Problem, anders als Tom hatte Robin noch nie ein Gespür für Unausgesprochenes gehabt. Aus seiner Sicht war das bei zwei Menschen, die miteinander sprechen konnten, auch nicht nötig.

„Ich bin froh, dass ich dich gefunden habe", murmelte Robin in mein Haar. „Du ahnst ja nicht, welche Sorgen ich mir wegen dir mache."

Wegen mir und nicht *um mich*. Das versetzte mir einen Stich. Seine Worte waren so warm, seine Hände lagen schützend um meine Taille. Sie fühlten sich wider Erwarten doch gut an. Was war ich verwirrt! Aber ich konnte das nicht. Doch wollte ich meine Liebe an einer grammatikalischen Ungenauigkeit aufhängen?

Robin küsste mich auf den Scheitel und schob mich sanft zurück. „Du hast Adriana ja gehört. Gib mir, was immer sie von dir will. Besser noch, gib mir alles, was du hast. Ich kann dich sonst nicht beschützen."

Eine Frau kam in die Toilette und starrte Robin vorwurfsvoll an. „Sie sind hier wohl falsch, junger Mann."

Mit einem entschuldigenden Lächeln schob Robin sich an ihr vorbei und zog mich mit.

„Also?"

„Äh…" Ich schluckte.

Unmerklich verstärkte sich der Druck auf meinen Arm. Ich hätte nicht sagen können, ob das daran lag, dass Robin so unter Druck stand, dass er sich um mich sorgte oder ob er mir subtil drohen wollte.

„Was hindert dich? Du wolltest mir doch helfen", fragte Robin. „Aber darum geht es gar nicht mehr. Ich möchte die Frau schützen, die ich liebe."

Ich schluckte nochmals. Wow! Das hatte er noch nie gesagt. Gerührt begann mein Herz zu applaudieren. Mein Verstand hingegen war nicht überzeugt.

Zu spät, zu wenig …

„Was hat Adriana gemeint, als sie dich Verräter genannt hat?"

Robin versteifte sich. „Was weiß ich?"

„Sagt dir der Name *Medusa* was?"

„Lisa! Was soll das? Willst du mich hier verhören? Für so etwas haben wir keine Zeit. Ich nehme an, dass Medusa das Projekt ist, das Harker an die Araber verkaufen will."

„Bist du dir sicher, dass Harker es ist, der Geheimnisse verrät?"

„Inwiefern?" Robins Ton war geeignet, hier und jetzt den Winter einzuleiten.

„Weil ich gehört habe, dass man in Geheimdienstkreisen einen Maulwurf vermutet …"

„Wie bitte?" Robin fuhr herum. „Wer sagt sowas?"

Doch ich schüttelte nur den Kopf. Unfähig auszudrücken, wozu mir die Worte fehlten.

Robin packte mich am Handgelenk, zog mich ohne meinen Widerstand auch nur zu bemerken, zum Personaleingang und von dort zum Parkplatz. Mit der anderen Hand zog er sein Handy. „Ich bin es", bellte er in das Gerät. „Schnappt Harker!"

Dann bugsierte er mich ins Auto, ohne dass er mir auch nur ansatzweise eine Wahl gelassen hätte.

Robin stieg gleichfalls ein und startete den Wagen.

„Wo fahren wir hin?"

„An einen sicheren Ort."

„Ah." Ich lehnte mich zurück und fügte mich ins Unvermeidliche. „Geht es präziser?"

„Nein."

„Robin", begann ich und legte meine Hand auf die seine. „Warum bist du denn jetzt auf mich böse? Ich habe wirklich mein Bestes gegeben."

„Mag sein", knurrte Robin, während er den Wagen über den Ring lenkte. „Aber nicht mir, wie mir scheint."

„Wie kommst du denn darauf?"

Robin wandte sich mir zu und brüllte mich förmlich an. „Du hältst mich ja offenbar auch für einen Verräter!"

„Ich habe nur gefragt, warum dich Adriana für einen hält. So wie du dich hier aufführst, kann ich das nicht glauben. Verräter müssen doch disziplinierter sein."

Sein Blick brachte mich zum Schweigen. Doch auch die Stille ging mir auf die Nerven.

Irritiert sah ich mich um. „Sag mal, fahren wir zu mir?"

Robin lachte. „Ja. Du wolltest mir doch den Schlüssel geben, den du nicht dabei hast. Und die Dateien, die hinter deinem Passwort liegen, das du vergessen hast."

Wir hielten in der Einfahrt vor meinem Haus. Robin stieg aus und öffnete mir die Tür. „Gehen wir."

Inzwischen zutiefst verunsichert rang ich mir ein Lächeln ab. „Warum vertraust du mir nicht?", fragte ich vor der Haustür. „Gerade hast du noch gesagt, du liebst mich. Wie passt das zusammen?"

„Ganz einfach, Lisa." Robin schob mich ins Innere und mit Nachdruck die Treppe hinauf. „Man hat immer im Leben eine Wahl. Du hättest die sanfte Tour haben können. Und großartigen Sex dazu."

„Und jetzt?"

„Jetzt gibt es eben die harte Tour. Die Zeit läuft gegen mich. Und damit auch gegen dich. Ich hatte dich davor gewarnt, Spielchen zu spielen. Es ist zu riskant, dass du mich dadurch auffliegen lässt. Wir holen jetzt Medusa ab und bringen sie an ihren Bestimmungsort. Danach bin ich ein reicher Mann."

Unwillkürlich überlegte ich, ob das jetzt gut oder schlecht war, dass ich in diesen Plänen so auffällig fehlte.

Ich sperrte die Wohnungstür auf und ging in die Küche, als ob dort der Schlüssel wäre. Bedeutungsvoll kruschelte ich in den Schubladen und nestelte an meiner Handtasche.

Robin packte mich und setzte mich auf die Arbeitsplatte. Dann strich er mit beiden Händen meine Haare zurück und musterte mich, als sähe er mich zum ersten Mal.

„Ich wüsste dich so gern an meiner Seite ...“

„Du machst es mir gerade verdammt schwer, dich liebenswert zu finden.“

Statt einer Antwort zog er mich zu sich und küsste mich. Hart, fordernd, besitzergreifend. Es tat weh, wie er meine Lippen gegen meine Zähne presste und ich stöhnte protestierend.

„Du kennst das Passwort?“

Ich nickte. „Aber hier ist kein Computer ...“

„Das macht nichts“, verkündete Robin. „Ich wollte dich ohnehin mitnehmen. Es ist erstaunlich, aber der Gedanke, dich zurückzulassen, schmerzt mich.“

Unwillkürlich verzog ich das Gesicht zu einem wehmütigen Lächeln. Es hatte eine Zeit gegeben, da wären solche Worte alles gewesen, was ich mir gewünscht hatte.

„Es ist normal, dass du verunsichert bist“, sagte Robin sanft, bevor er mich nochmals küsste. „Aber du wirst sehen, unser neues Leben wird fantastisch. Ich nehme dich mit.“

„Aber ich habe hier einen Job.“

Robin schüttelte den Kopf. „Nicht mehr. Ich ertrage Tom Harkers lüsterne Blicke nicht. Wir haben genug Geld, um in unserer neuen Heimat ein wundervolles Leben zu führen.“

„Neue Heimat?“

Statt einer Antwort küsste Robin mich nochmals. Seine Hände fuhren fiebrig über meinen Körper, umschlossen meine Brüste und suchten schließlich den Weg zu meinem Gesäß.

„Du bist so heiß“, murmelte er zwischen zwei Atemzügen. „Du bist so unfassbar heiß. Mir ist nie aufgefallen, wie mich sündige Seidendessous antörnen.“

Ob ich ihm sagen sollte, dass er das Harker verdankte?

268

Er hob mich hoch und setzte mich wieder ab. „Ich würde mich jetzt so gern mit dir vergnügen", flüsterte er mir ins Ohr. „Aber vielleicht fahren wir besser los. Es würde mir noch mehr Spaß machen, wenn Harker sieht, was ihm entgeht."

„Warum hasst du Tom Harker so?"

Robin packte mich am Genick und schüttelte mich leicht. Eine unmissverständliche Drohung. „Er nimmt mir alles, was ich begehre. Meine Position, mein Projekt und meine Frau."

Mit einem Ruck zog er mich zu sich. „Aber ich hole mir alles zurück."

Robin führte mich wieder zum Wagen. „Letzte Chance", sagte er, während er den Schlag öffnete. „Hast du alles dabei, was Medusa ausmacht? Die Zeit der Spielchen ist vorbei. Da wo wir jetzt hinfahren, ist wenig Raum für Überraschungen."

Da war ich mir nicht so sicher. Wobei mich nur angenehme überraschen würden.

Wir verließen die Stadt und fuhren auf der Autobahn nach Süden. An einer Tankstelle hielten wir an. Ich erwog, mich dem nächsten Trucker an den Hals zu werfen. Schlimmer konnte es nicht werden. Auf der Fahrt hierher hatte Robin mir erklärt, dass wir irgendwo in Nahost leben würden. In einem Palast, der für mich nach Gefängnis klang.

Robin beugte sich zu mir und küsste mich sanft. Dabei griff er nach meiner Hand und führte sie an seine Lippen. „Es ist nur zu deiner Sicherheit", erklärte er mir. Im selben Augenblick schloss sich ein Stahlring um mein Handgelenk.

„Handschellen?"

Nachdem er den anderen Ring um den Haltegriff geschlagen hatte, fuhr Robin mit zwei Fingern über meinen Mund und schob meine Unterlippe langsam nach unten. Es war eine Demonstration absoluter Macht.

„Es tut mir Leid, aber du handelst im Augenblick nicht rational, Lisa."

„Das ist Freiheitsberaubung", betonte ich.

„Notwehr", korrigierte Robin. „Bin gleich wieder da."

Kaum war er im Tankstellenhäuschen verschwunden, sah ich mich nach einer Fluchtmöglichkeit um. Oder nach einer Waffe. Oder wenigstens nach einer Möglichkeit, um Hilfe zu rufen. Nur leider waren wir der einzige Wagen hier und noch dazu von der Tanksäule verdeckt.

Warum nur hatte ich mein Handy in der Toilette versteckt?

Robin hatte sein Handy meist im Handschuhfach. Da ein Versuch nichts schadete, sah ich nach. Tatsächlich lag dort ein Handy, das ich mit meiner linken Hand herausholte. Auf der Rückseite prangte ein Pegasus. Ich blinzelte. *Der Pegasus.*

Inklusive Kratzer am Display.

Das war Harkers Handy. Jenes, das ihm in Salzburg gestohlen worden war.

Ich ließ mich in die Polster fallen. Im Augenblick war mir wirklich zum Heulen.

Robin kam zurück, sah das Handy in meiner Hand und schüttelte den Kopf. Wortlos stopfte er das Gerät zurück ins Handschuhfach und schloss dieses mit Nachdruck.

„Du solltest nicht vergessen, wem du deine Loyalität schuldest, Lisa. Wenn du nochmals versuchst, mich auszuspionieren, wirst du es bereuen." Dabei kniff er mich nicht wirklich zärtlich in die Wange.

„Es ist lustig, dass ausgerechnet du von Loyalität sprichst."

Ich hätte noch mehr zu sagen gehabt, doch Robins Ohrfeige erinnerte mich nachdrücklich daran, dass man mit Brutalos nicht streiten soll.

Als wir knapp eine Stunde später unweit des Tegernsees über einen Schotterweg zu einem in den Bergen zwischen Bäumen verborgenen Haus fuhren, erinnerte mich das unwillkürlich an Adrianas Befreiung in Parschallen.

Bei Tom im Auto hatte ich mich wohler gefühlt.

Robin kettete mich los und wir stiegen aus. Ich sah mich auf der Suche nach möglichen Fluchtwegen um und fand deprimierend wenig. Die Natur und ich würden nie Freunde werden.

„Wenn du brav bist, Lisa, hast du von mir nichts zu befürchten", erklärte Robin und zwinkerte mir zu.

Wenn ...

Unwillkürlich presste ich meine Handtasche wie einen Schild an meine Brust. Ich konnte meine Angst förmlich schmecken. Gallebitter.

Ein schmaler Weg führte über in unregelmäßigen Abständen eingelassene Holzstufen den Hang nach oben zu dem Haus. Robin klopfte zwar, öffnete aber ohne eine Reaktion abzuwarten sogleich die Haustür und schob mich vor sich her in den dunklen Windfang.

Er griff über meine Schulter und stieß die Tür in die Stube auf.

Notgedrungen trat ich ein.

Neben mir befand sich ein großer Kachelofen mit der typischen Eckbank und auf der anderen Seite des Raums eine Couch zwischen zwei Stützbalken sowie ein Gemälde von einem Hirsch im Abendrot. In der Mitte des Raums saß Tom auf einem schlichten Holzstuhl.

Seine Hände waren hinter der Lehne zusammengebunden und seine Füße so an die hinteren Stuhlbeine gefesselt, dass er in eine so ins Hohlkreuz überdehnte Haltung gezwungen wurde, dass selbst ich mit meinem gelenkigen Tänzerkörper vom Zuschauen Krämpfe bekam.

Als er uns hörte, hob Tom den Kopf.

Ihm war so übel mitgespielt worden, dass mir der Atem stockte. Sein Haar hing ihm in verschwitzten Strähnen ins Gesicht, das mir zugewandte Auge

271

war komplett zugeschwollen und auch der Rest seines Gesichts war an mehreren Stellen blau verfärbt und blutig rot geschlagen. So hätte er als Double für die Schluss-Szene in Rocky II einspringen können.

„Lisa?", stöhnte Tom.

„Jetzt gefällst du ihr nicht mehr, du Held", höhnte Robin hinter mir.

Aus der Küche kam ein kräftiger Mann und grüßte Robin mit einem angedeuteten Salut.

In Jeans und Shirt konnte ich ihn besser einordnen, als bei unserem letzten Treffen in meiner Wohnung, wo ich mich von dem weißen Schutzanzug hatte ablenken lassen. Auf der Flucht vor dem Kerl war ich in Parschallen aus dem Fenster gesprungen!

„Lisa", stellte mich Robin allzeit artig vor. „Das ist Alban, einer meiner kräftigsten Mitstreiter. Ihr hattet noch keine Gelegenheit euch näher kennen zu lernen. Doch, wenn du dein Verhalten nicht überdenkst, wird sich das bald ändern."

Dann nickte er an Alban gewandt in Toms Richtung. „Hat er dir gesagt, wohin der Schlüssel gehört?"

„Nein. Aber er lässt nach. Wird nicht mehr lange dauern."

„Gewiss nicht. Dafür haben wir ja jetzt Lisa. Als Motivationshilfe."

Das klang gar nicht gut.

„Setz dich", befahl Robin und wies auf die Bank neben dem Kachelofen. „Ich gehe nochmal zum Wagen und hole meine Laptop-Tasche. Wenn du auch nur ansatzweise etwas tust, was mich verärgern könnte, Lisa, wirst du dir wünschen, so zuvorkommend wie dein Tommy-Boy behandelt worden zu sein. Ich kann dir gar nicht sagen, wie sehr du mich enttäuscht hast." Er schüttelte den Kopf. „Und das, obwohl ich dich so sehr liebe, dass ich mit dir meine Zukunft plane. Da wo wir hingehen, werden naturblonde Frauen übrigens sehr hoch gehandelt. Speziell wenn sie gelernt haben, zu gehorchen."

Alban lachte über einen Witz, der mir verborgen blieb.

Kaum hatte Robin den Raum verlassen, drehte er sich um und schlug Tom ohne Vorwarnung mehrmals ins Gesicht.

Ich schrie vor Schreck und umklammerte meine Handtasche nur noch fester, so als könne sie mir Schutz bieten.

„Halts Maul", herrschte er mich an. „Du hast den Chef gehört. Warte, bis du dran bist."

So weit wollte ich es nicht kommen lassen. Langsam griff ich mit einer Hand in meine Tasche und wühlte so unauffällig wie möglich nach der Pistole, die ich ja auch noch hatte.

„Lass sie", gurgelte Tom. „Sie hat doch wirklich nichts damit zu tun ..."

Ich fand sie natürlich nicht – zwischen all dem unnützen Kram, der sich binnen Tagen in jeder meiner Taschen ansammelte. Aber wenigstens kam mir das Klappmesser in die Finger, mit dem ich schon Adriana aus Albans Fängen befreit hatte.

„Das ist nicht deine Sache!" Zur Bekräftigung trat Alban zu. Als der Stuhl kippte, packte Alban Tom an den Haaren, riss ihn zurück und schlug ihm nochmals mit der Faust ins Gesicht. Blut spritzte, als Tom sich hustend krümmte, soweit ihm das mit seinen Fesseln möglich war.

„Schau mich an, wie ich aussehe", brüllte Alban und wies angewidert auf sein blutbeflecktes Hemd. Zornig trat er nochmals zu. Tom stöhnte nur.

„Ich hole Wasser", rief ich, sprang eilig auf und stürzte in die Küche. Dort füllte ich ein Glas und befeuchtete zwei Haushaltstücher.

„Hier", zaghaft reichte ich Alban erst das Glas und dann eines der Tücher. Das andere ließ ich seitlich neben Tom fallen und bückte mich sofort danach. Als ich mich wieder aufrichtete, schob ich Tom das Klappmesser zwischen die Finger.

In dem Moment packte mich auch schon Alban am Arm und riss mich fort.

„Was tust du?"

„Ich hab das Tuch fallen lassen", klagte ich hysterisch. „Da! Für dich!"

Alban riss mir das Tuch weg und inspizierte misstrauisch meine Hände.

„Setz dich wieder!"

Offenbar hatte er den richtigen Verdacht gehabt, aber nicht bemerkt, dass ich das Messer bereits beim Bücken Tom gegeben hatte.

Robin kam zurück und stellte seine Tasche auf den Tisch.

„Was war?", fragte er mit Blick auf die Blut- und Wasserflecken am Boden.

„Dein Mädel ist etwas zart besaitet", erklärte Alban. „Sie kann kein Blut sehen."

„Das macht nichts." Robin zuckte die Schultern, während er sein Laptop auspackte und meinen USB-Stick aus der Tasche zog.

„Gib mir das Passwort."

Nachdem der Stick im Rechner steckte und ich gebannt zusah, wie das Directory aufploppte, wandte Robin sich an Tom: „Ich will wissen, in welches Schloss der Schlüssel passt. Und wenn ich das von dir nicht erfahre, Harker, dann werde ich jedenfalls sicherstellen, dass du das in diesem Leben sonst niemandem erzählen kannst. Du hast Zeit, bis ich die Daten hier übertragen habe."

Tom sah bei dieser Drohung nicht einmal auf. Auch als Robin sein Kinn packte und ihn zwang, ihm ins Gesicht zu sehen, reagierte er kaum.

„Du hast ihn ganz schön rangenommen!"

Alban wischte diesen Vorwurf mit einer gleichgültigen Handbewegung beiseite. „Das hält er schon aus. Der will nur noch nicht."

„Versuchen wir etwas anderes", erklärte Robin im Plauderton und setzte sich auf die Couch, von wo aus er mich nicht aus den Augen ließ.

„In ihrer entzückend bescheidenen Art wollte meine Lisa gar nicht glauben, dass sie auf unseren Tommy-Boy irgendeine Anziehungskraft ausüben könnte. Aber nach allem, was man so hört, stimmt das nicht. Kein Wunder, sie ist so heiß, dass sie mit einem Blick Wachs zum Schmelzen bringt. Schade nur, dass sie dabei vergessen hat, wohin sie eigentlich gehört."

Als Tom stöhnte, brach Alban in dreckiges Gelächter aus. Der lüsterne Unterton dabei jagte mir eine Gänsehaut über den Rücken.

„Lisa, komm zu mir", befahl Robin in seiner Paschapose auf dem Sofa.

Ich zögerte.

„Na los! Beweg dich!"

Notgedrungen stand ich auf und ging zu Robin. Ich konnte nicht anders, als mit fasziniertem Grauen zu Tom zu schielen, der immer noch teilnahmslos in seinen Fesseln hing.

„Kannst die Augen gar nicht von deinem Tommy-Boy lassen, Lisa?"

Robin schüttelte den Kopf. „Diese Marotte kann ich nicht dulden. In unserer neuen Heimat erwartet man von Frauen Demut und Zurückhaltung."

„Was ...", setzte ich an, doch Robins Blick ließ mich abbrechen.

„Zieh dich aus!"

Ich blinzelte irritiert.

„Hast du nicht gehört? Zieh dich aus!"

Fassungslos schüttelte ich den Kopf. Was hatte Robin denn jetzt vor?

„Alban!"

Mit einem Schritt stand Alban neben mir, ich wollte zurückweichen, doch er packte mich am Arm, riss mich herum und griff nach meinem Ausschnitt.

Mit einem hässlichen Geräusch gab der Stoff nach und riss bis zur Taille.

Alban wich wieder zurück und ich stand allein mit großen Augen vor Robin, der mich kühl musterte.

„Nimm die Hände weg." Jetzt erst fiel mir auf, dass ich unwillkürlich meine Arme schützend vor meiner Brust gekreuzt hatte.

„Und jetzt zieh dich aus. Das Kleid ist eh nur noch ein Fetzen."

In einer Situation wie dieser war es vermutlich am vernünftigsten sich in das Unausweichliche zu fügen.

„Sehr schön", lobte Robin als ich in Unterwäsche vor ihm stand.

„Und jetzt, Lisa, zeig dich deinem Tommy-Boy. So wird er dich nämlich nie wieder zu sehen bekommen."

Hilflos wich ich ein paar Schritte zurück, bis ich vor Robin, Tom und Alban stand, die ein sehr gemischtes Publikum abgaben.

„Ist sie nicht wunderbar?"

Alban lachte wie zur Antwort auf Robins Frage.

275

„Lisa, zieh dich ganz aus. Ich möchte nicht, dass diese wunderbaren Dessous verdorben werden."

Mir zitterten die Hände so, dass ich den BH nicht aufbekam, obwohl der Verschluss vorne saß.

„Alban!"

Wieder trat Alban vor, schlug meine Hände beiseite und entfernte den BH, allerdings nicht, ohne dabei völlig unnötig meine Brüste zu betatschen.

„Soll er beim Slip auch helfen, Lisa, oder schaffst du das allein?"

Hier war kein Verschluss hinderlich und so benötigte ich keine Hilfe. Mir kullerte eine Träne reinster Scham über die Wange, als der Slip zu Boden fiel.

„Schau, Harker!" Robin war aufgestanden und ging langsam um mich herum, während Alban Toms Haare packte und grob seinen Kopf nach oben riss.

„Gefällt sie dir? Das ist meine Frau. Verstehst du das?"

Seine Hände glitten über meinen Körper, tätschelten meine Schenkel, strichen wie zufällig über meine Scham und wanderten nach oben zu meiner Wange, wo er mit dem Zeigefinger wie beiläufig meine Tränen beiseite wischte. Ich kam mir vor wie ein Stück Ware auf dem Prüfstand. Er drehte mich vor Tom nach links und rechts und wies auf meine Vorzüge hin. „Es ist ein so erregender Anblick, wenn diese wundervollen Locken über ihre seidenweiche Haut fallen, während ich sie mit Gewalt von hinten nehme."

Er schlug mir auf den Hintern und drehte mich wieder um.

„Oder wie ihre Brüste wippen, wenn ich sie auf mir reiten lasse." Er lachte.

„Weißt du, Harker, mit so einer Tänzerin kann man wirklich abgefahrene Sachen anstellen."

Trügerisch sanft strichen Robins Hände über meine Schultern. Ich schämte mich so. Als wäre ich nicht mehr als irgendein multifunktionales Sexspielzeug.

Wie sollte ich nach dieser Beschreibung je wieder normalen Sex haben? Mit wem auch immer?

„Es ist schade, dass sie sich von dir so hat verwirren lassen", fuhr Robin ungerührt fort, „denn dadurch hat sie nicht nur eine Bestrafung verdient, weil sie die Informationen nicht beibringen konnte, die wir von dir haben wollen. Jetzt müssen wir ihr zusätzlich noch den Kopf zurechtrücken, damit sie weiß, wo sie hingehört."

Robin griff nach einem weiteren Stuhl und stellte ihn zwischen mich und Tom.

„Beug dich über den Stuhl, Lisa."

„Was soll das?"

Ich hatte die Ohrfeige kommen sehen, aber den Schwung dahinter unterschätzt. Jedenfalls traf sie mich so hart an der Wange, dass ich stolperte, gegen Tom stieß und mehr oder minder auf seinem Schoß landete.

Alban riss mich grob zurück und schleuderte mich gegen den Stuhl.

Vornübergebeugt, die Lehne im Bauch, konnte ich mich mit den Händen gerade noch an der Sitzfläche abstützen, um nicht nochmals zu stürzen.

„Und jetzt mach die Beine breit. Tu es für deinen Tommy-Boy", höhnte er.

Ich wagte nicht, mich nach Robin umzusehen, der irgendwo hinter mir stehen musste.

„Lasst sie", bat Tom und hob den Kopf so, dass er mit seinem nicht ganz geschwollenen Auge etwas sehen konnte.

Seine Miene verhieß nichts Gutes.

Alban grinste und leckte sich, als er meinen Blick bemerkte, bedeutungsvoll die Lippen.

Dann spürte ich Robins Hand zwischen meinen Schultern, die sanft mein Rückgrat entlang nach unten fuhr, bis zu der empfindsamen Stelle oberhalb meines Pos. Und von dort weiter, bis er seine Hand fest zwischen meinen gespreizten Schenkeln auf meine Scham drückte. „Ach Tom, für so zart besaitet hättet ich dich nicht gehalten. Alle sagen, was für ein kalter Hund du bist."

277

Ich spürte, wie er sich hinter mir bewegte, doch wagte ich nicht, mich umzudrehen. „Es gibt Frauen, die stehen auf eine solche Behandlung."

Toms Blick war so voller Verzweiflung, dass ich unwillkürlich zu Boden sah. Dabei sah ich, dass sich die Fesseln um seine Beine offenbar gelockert hatten.

Etwas Kaltes strich über meinen Rücken.

„Es heißt, erst im Schmerz könne Erregung ihren Höhepunkt entfalten."

Robin zog die Hand zwischen meinen Beinen zurück und entfernte sich etwas von mir. Im nächsten Augenblick klatschte etwas mit Gewalt auf meinen Rücken. Feuer breitete sich aus und fuhr durch meine Glieder und als ich den Rücken wegdrückte, bohrte sich die Lehne des Stuhls in meinen Magen.

Immer wieder schlug Robin auf mich ein, zog mir den Riemen über den Rücken, über mein Gesäß und meine Schenkel. Schon nach den ersten Schlägen trat mir der Schweiß auf die Stirn. Tränen nahmen mir die Sicht. Den Schmerz hatte ich verdient, beschloss ich. Weil ich meinem dämlichen Herz geglaubt hatte. Weil ich so blöd gewesen war, nicht zu sehen, was für ein zwanghafter Mistkerl Robin war. Das war gut, denn das lenkte mich ab.

Ich konnte nicht glauben, dass irgendwer Schläge erregend finden konnte. Also Schläge, die man selbst empfing, wie ich mit Blick auf Albans lüsterne Miene ergänzte.

Ich biss die Zähne zusammen und konzentrierte mich darauf, nicht zu schreien. Mehr noch: An diesen Vorsatz, nicht zu schreien, hängte ich meine ganze Würde, von der wenig genug geblieben war.

Robin packte mich unvermittelt am Genick und riss mich nach hinten in eine aufrechte Position. Mit meinem brennenden Rücken presste er mich an sich.

„Es tut mir leid, dass das nötig ist. Aber solange Harker nicht redet, geht das hier so weiter. Keine Sorge, wenn du brav bist, darfst du mich danach verwöhnen." Dann küsste er mich auf die Wange und drückte mich wieder nach vorn.

278

Obwohl ich das nicht für möglich gehalten hätte, hatte die Pause den Schmerz des nächsten Schlages noch verschlimmert. Ich stöhnte unterdrückt. Meine Arme knickten ein und ich hing einen Moment lang wie ein nasser Sack über dem Stuhl, bevor ich mich wieder aufrichten konnte.

„Der Schlüssel gehört zu einem Schließfach in dem die Prototypen für Medusa sind", sagte Tom. „Tabletten, die das Kontrastmittel enthalten."

Robin hielt inne. „Na also."

Er richtete mich auf und legte mir seinen zu einer Schlaufe gezogenen Gürtel wie eine Hundeleine um den Hals. Als er ihn mir dazu über den Kopf zog, konnte ich das Blut auf dem Leder sehen. Mein Blut! Mir wurde schlecht.

„Hast du sonst noch was zu sagen, Harker?"

„Das Schließfach befindet sich am Hauptbahnhof."

Robin lachte. „Alban, du bist ein Pfuscher. Ich habe in fünf Minuten mehr erreicht, als du in zwei Stunden."

Seine Hand auf meinem Kopf zwang mich in die Knie. Gleichzeit zog er mich an dieser schrecklichen Leine zu sich, bis mein wunder Rücken an seiner Hose rieb.

Ich stöhnte leise. Wie eine Marionette riss er mich daraufhin wieder hoch und packte mich an der Hüfte. Mit einer plötzlichen Bewegung seines Beckens drückte er mich vor, zog mich zurück und drückte mich nochmals vor. Und dabei lachte er!

Ich hätte nie für möglich gehalten, dass ein Mensch Gefallen daran finden konnte, andere so zu demütigen. Alban schien sich königlich zu amüsieren, was das Ganze noch verschlimmerte. Was Tom dachte, wagte ich mir gar nicht auszumalen.

„Harker, du ahnst, was wir noch alles mit ihr anstellen können. Welche Nummer hat dieses Schließfach?"

„Die sage ich dir, wenn du sie gehen lässt."

„Du verstehst das System nicht. Sieht das hier so aus, als seist du gerade mit dem Wünschen dran, Junge? Aber gut. Warten wir ein bisschen. Gönnen wir unserer Lisa eine kleine Zerstreuung."

Alban lachte, als sich der Druck an meinem Hals verstärkte.

Robin stand immer noch hinter mir und presste mir nun einen Kuss auf die Halsbeuge. „Das war die Strafe für dein Versagen, Lisa. Und jetzt gebe ich dir die Gelegenheit, dich dafür zu entschuldigen, dass du dir von deinem Tommy-Boy hast schöne Augen machen lassen."

An der Schulter drehte er mich zu sich herum und musterte mich von oben bis unten.

„Knie dich hin", befahl Robin, während er den Verschluss seiner Hose öffnete.

Ich ahnte, was jetzt kam.

„Siehst du ihren Rücken, Harker?", hörte ich Robin über mir sprechen. „Das ist deine Schuld. Und wenn ich hier fertig bin und die Nummer von diesem verdammten Schließfach immer noch nicht habe, dann muss ich unsere wunderschöne Lisa leider von vorne genauso behandeln."

Inzwischen hatte Robin seinen erigierten Penis herausgeholt und hielt ihn mir ins Gesicht. „Verwöhne mich, Lisa. Zeig mir, dass es dir leid tut."

Langsam fuhr er mir mit der Eichel über die Lippen. Als ich Salz zu schmecken bekam, drehte ich unwillkürlich den Kopf beiseite.

„Alban!"

Womöglich noch diensteifriger als sonst kam Robins Scherge herbeigesprungen, packte mit einer Hand meine Gürtelleine und drückte mit der anderen gegen meine Kiefer.

Robin rammte mir im selben Augenblick seinen Penis gegen den Mund. Ich würgte, hustete und wollte zurück, doch Alban hielt mich wie in einem Schraubstock gefangen.

„Wenn du jetzt nicht genau das tust, was ich von dir erwarte, Lisa", raunte mir Robin zu, „dann überlasse ich dich für ein paar Tage Alban. Der hat schon einige Nutten für arabische Bordelle vorbereitet und ich schwöre dir, du wirst dich sehr schnell danach sehnen, an meiner Seite

280

auserwählte Gäste zu verwöhnen, wenn du ihm dadurch nur für ein paar Stunden entkommen kannst."

Mit einem hässlichen Lachen begann Alban, meinen Kopf vor und zurück zu bewegen. Doch plötzlich erstarrte er und im nächsten Augenblick fiel er tonnenschwer auf mich. Ich schrie vor Schmerz und rollte mich so gut es ging unter ihm hervor und über mich plötzlich umgebende Holztrümmer beiseite.

Auch Robin war zurückgewichen und starrte nun mit offener Hose fassungslos Tom an, der ein zerborstenes Stuhlbein fallen ließ und nun mit meinem Klappmesser in der Hand langsam auf ihn zukam.

Allerdings fing sich mein Ex schnell und stürzte sich mit einem Urschrei auf Tom, der viel zu geschwächt war, um selbst mit einem Messer gefährlich zu sein.

Mit brachialer Gewalt boxte er Tom ins Gesicht, bevor er dem unbeholfen geführten Messer auswich. Gegen einen halb blind geschlagenen Mann zu kämpfen war nur wenig mutiger, als eine Frau zu verprügeln.

Stöhnend zog ich mich am Tisch hoch und musterte Alban, der bewusstlos und mit einer hässlichen Platzwunde am Kopf vor mir lag.

Es würde vermutlich dauern, bis er sich von dem Stuhl erholt haben würde, den Tom ihm über den Schädel geschlagen hatte.

Hinter mir stöhnte Robin, der offenbar doch irgendwie von Tom getroffen worden war, doch das änderte nichts daran, dass wir ziemlich in der Patsche saßen.

Mein Blick fiel auf das Laptop, in dem der USB-Stick steckte, den ich Robin gegeben hatte, und wanderte weiter zu meiner Handtasche.

Langsam griff ich nach ihr und schüttete ihren Inhalt kurzentschlossen auf das Polster der Sitzbank.

Es war kein schönes, aber ein beruhigendes Gefühl, als sich meine Finger um kaltes Metall schmiegten.

Ich zog die Pistole heraus und entsicherte sie unbeholfen. Vor mir wälzten sich Robin und Tom ineinander verkeilt am Boden und prügelten wie von Sinnen aufeinander ein.

Kurzerhand hob ich die Waffe und drückte ab.

Der Schuss gellte durch den Raum und brachte meine Ohren zum Klingeln, bevor er mit einem Kreischen Splitter aus der Holzvertäfelung oberhalb des Hirschs riss und verhallte.

Vor mir am Boden kauerten Tom und Robin, als wären sie zu Stein erstarrt und glotzten mich fassungslos an.

Nun, nackt und mit nichts als einer Pistole bekleidet, dürfte ich auch einen ungewöhnlichen Anblick bieten. Nicht ganz so schrecklich wie Medusa, aber in der Wirkung ihr sehr ähnlich.

„Keine falsche Bewegung", sagte ich so ruhig ich konnte. „Sonst werde ich schießen und auf diese kurze Distanz werde ich auch treffen."

Ich atmete bewusst langsam ein und aus. Die Pistole lag einigermaßen ruhig in meiner Hand, von mir sorgfältig so ausgerichtet, dass ihr Lauf genau auf Robins Brust zielte.

„Tom, nimm dir die Wäscheleine, die in der Küche über dem Wachbecken hängt und fessle die beiden."

„Lisa", begann Robin. „Versteh doch ... Ich musste Harker zum Reden zwingen. Du weißt doch, was uns verbindet ..."

Darauf ging ich gar nicht erst ein. Wie konnte ich den Blödsinn je geglaubt haben?

„Setz dich auf den Stuhl und achte dabei darauf, dass du es genauso machst, wie ich es mir wünsche. Um meine Nerven steht es nicht zum Besten."

Tom kam zurück und zerrte zunächst Alban an einen der Stützbalken, an den er ihn kunstvoll fesselte.

Dann wandte er sich an Tom.

„Zieh ihm vorher das Hemd aus", sagte ich.

283

Beide starrten mich fragend an, doch als ich nichts weiter sagte, öffnete Robin langsam die Knöpfe und Tom nahm es vorsichtig entgegen.

Mein Herz schlug mir bis zum Hals und ich fürchtete jeden Moment, die Fassung zu verlieren. Die Minuten, die Tom brauchte, um mit ungelenken Händen, Robin so zu fesseln, wie man es vorhin mit ihm gemacht hatte, kamen mir vor wie Jahre.

„Ruf Hilfe", sagte ich. „Mein Handy ist weg."

Tom seufzte. „Meins auch. Alban hat es zertrümmert, als ich ihm die PIN nicht geben wollte."

Ich trat langsam zu Robin, der im Rahmen seiner Möglichkeiten vor mir zurückwich.

„Glaub mir, ich habe wirklich überlegt, ob ich dich kastrieren soll", sagte ich leise, während ich mit der Hand in seine Hosentasche fuhr, um Handy und Autoschlüssel herauszuholen. „Aber dann ist mir aufgefallen, dass das ja gar nicht geht, weil du keine Eier in der Hose hast."

Ich reichte Tom die Pistole und nahm ihm statt dessen Robins Hemd aus der Hand.

„Was willst du damit?"

„Anziehen."

Der Geruch von Robins Aftershave hing im Stoff, und stieg mir eklig in die Nase. Kaum zu glauben, dass ich das vor ein paar Tagen noch erregend gefunden hatte. Selbst das weite Leinenhemd rieb wie Sand auf meiner wunden Haut und der Rock meines Kleides, den ich notdürftig von seinem zerfetzten Oberteil befreit und mit Robins Gürtel befestigt hatte, war kaum besser. Aber es war für meine Nerven wichtig, angezogen zu sein. Kleidung war Schutz.

„Robins Handy ist gesperrt", verkündete Tom. „Albans auch."

„Notruf funktioniert trotzdem." Ich sah auf und Toms ablehnendes Gesicht. „Aber du willst immer noch keine Polizei rufen, ja?"

„Nicht sofort." Tom grinste, als er den USB-Stick in Robins Laptop sah, das geschäftig in den Dateien rumorte.

Er reichte mir einen Zettel mit einer Münchner Telefonnummer. „Fahr ins Dorf und ruf von dort aus diese Nummer an. In einer Stunde ist Hilfe hier."

Die Kellnerin des Seecafés sah mich an, als hätte sie noch nie eine Frau in Herrenhemd gesehen, als ich kurz darauf an der Bar stand und die Nummer wählte.

„Porco dio", meldete sich eine bekannte Stimme. „Wo steckst du, Tom?"

„Lisa hier", unterbrach ich Tonio. Ich war zu müde, um mich aufzuregen. Gab es eigentlich außer mir irgendwen in diesem verflixten Laden, der nicht falsch spielte?

„Tom hat mir die Nummer gegeben. Ich soll dir sagen, dass du herkommen sollst. Und bring einen großen Käfig für den Maulwurf mit."

Ich zögerte. „Und einen Verbandskasten. Tom wird ihn brauchen können." Dann gab ich ihm die Koordinaten durch, die Tom mir gleichfalls aufgetragen hatte und legte auf.

Der Bedienung schob ich zwei Euro zu und wollte gehen, doch sie hielt mich zurück.

„Wissen Sie, dass Sie am Rücken ganz blutig sind?", fragte sie schreckensbleich.

„Nein." Ich lächelte nur. „Aber es überrascht mich nicht."

Auf dem Weg hierher hatte ich mich schon gewundert, warum sich Robins Hemd so klebrig anfühlte.

Zurück in der Hütte war die Lage unverändert. Tom saß, notdürftig gereinigt, aber eindeutig schwer angeschlagen, auf der Bank und beobachtete Robin und Alban die in sicherer Entfernung voneinander gefesselt vor ihm saßen. Der Umstand, dass beide nun einen Stoffknebel trugen, implizierte, dass es nochmals Streit gegeben hatte.

Es war mir egal.

Ich hätte mich gern gesetzt, doch dafür tat mir mein Rücken zu weh und so lehnte ich mich mit der Schulter an den Kachelofen und wartete auf Tonio und seinen Trupp.

Mein Blick wanderte immer wieder von Tom zu Robin und zurück. Hatte sich Medusa am Ende doch befreit. Ich dachte an diesen Moment, in dem ich die Pistole auf Robin gerichtet hatte und es so leicht gewesen wäre, meinem Zorn nachzugeben, der für einen Augenblick alle Angst und jeden Schmerz übertüncht hatte. Doch damit wäre ich tatsächlich das tragische Monster geworden. Ich hatte mir selbst widerstanden und das fühlte sich, trotz allem, gut an.

Dafür, wie wenige Informationen Tonio von Tom benötigt hatte, um von in Kampfanzügen gewandete Menschen unsere beiden Gefangenen abführen zu lassen, musste er bereits relativ viel gewusst haben. Wobei ich nicht wusste, woher. Ein Sanitäter behandelte gerade Toms Blessuren. Als er sein Hemd auszog, hielt ich unwillkürlich die Luft an. Rotblau schillernd präsentierten sich seine Sixpacks definitiv nicht von der besten Seite. Alban hatte ganze Arbeit geleistet.

„Wie geht es dir, Bella?", fragte da Tonio und lächelte mitfühlend.

Statt einer Antwort drehte ich mich nur um.

„Hier brauchen wir auch Verbandszeug", befahl Tonio knapp. „Und sonst?"

Ich zuckte die Schultern. „Beschissen wär geprahlt."

Aus gutem Grund erfährt man in Film und Fernsehen nicht, was für eine Ochsentour ein Opfer erwartet, nachdem es gerettet wurde. Meine Verletzungen wurden vor dem Verbinden nämlich akribisch fotografiert und dass einige sich an Stellen befanden, die ich sonst nicht öffentlich zur Schau stellte, interessierte außer mir keinen.

Ich tröstete mich damit, dass es für einen guten Zweck, nämlich Robins Verurteilung war, und ließ alles über mich ergehen. Danach nahm Tonio freundlich aber beharrlich meine Version der Geschichte auf. Es dauerte, bis ich mich von meinem Abendessen über Salzburg bis zu den Ereignissen dieser Nacht vorgearbeitet hatte.

Tonio nickte. „Du wirst das alles nochmals zu Protokoll geben müssen, Bella. Aber das hat Zeit, bis es dir besser geht."

„Okay." Alles, was Zeit hatte, konnte ich ertragen. „Und jetzt sagst du mir bitte, wer du bist."

Tonio lächelte. „Ich bin euer Schutzengel. Der nette Junge vom Geheimdienst. Der Monsterjäger."

„Wie konnte das so schief gehen?"

„Gute Frage." Unglücklich verzog Tonio das Gesicht. „Tom wollte unbedingt, dass ich dich beschütze. Er hat darauf bestanden und drohte, auszusteigen. Kurz vor dem Ziel! Dabei hab ich dann seine Entführung zu spät bemerkt und als ich dort eingreifen wollte, auch noch dich verloren. Es tut mir so leid."

Das alles klang so logisch, wie irgendwas in diesem Irrsinn klingen konnte. Trotzdem war ich froh, als ich gut eine Stunde später neben Tom auf der Rückbank von Tonios Wagen saß und nach Hause gefahren wurde.

Tom sah schon beinahe wieder manierlich aus, als er mich anlächelte. Schüchtern lächelte ich zurück. Ich war mir seiner Präsenz sehr bewusst. Meine Schmetterlinge auch. Aber mein Verstand bemerkte völlig zu Recht, dass mein Herz viel zu wund von Robin war, um Tom heranzulassen. Ich hatte einfach keine Kraft mehr. Trotzdem flatterte es in meinem Bauch.

„Ich verstehe, wenn du mit mir nichts mehr zu tun haben willst. Wenn dich mein Leben zu viel Kraft kostet", sagte Tom leise, ohne den Blick von Tonios Genickstütze zu nehmen.

Wie üblich wusste er, was ich dachte. Fast. Ich dachte an den Kuss im Zug und bedauerte, was wir verpasst hatten.

„Mir bricht nur das Herz, wenn ich bedenke, was wir verpasst haben."

„Geht es dir nicht nur um die PR-Managerin für Novamove?"

„Nein." Diesmal sah mir Tom in die Augen. „Den Job wirst du doch nicht schmeißen?

287

Darüber musste ich erst nachdenken. „Nein", sagte ich dann in Gedanken an mein dringend erholungsbedürftiges Konto. „Novamove darf auf mich zählen. Du verpasst nichts."

Tom wollte nach meiner Hand greifen. Doch mein Blick hielt ihn ab. „Nein", wiederholte er. „Ich bereue, die Gelegenheit vertan zu haben, mit dir durchs Leben zu tanzen. Zu verpassen, wie dein Strahlen meine Nacht erhellt und am allermeisten die Chance, die Tiefen einer so wundervollen Seele zu ergründen."

Ich schluckte, weil mir von all den Antworten, die mir einfielen, keine einzige über die Lippen kam. Und ich schluckte nochmals, weil ich sonst endgültig und unaufhaltsam in Tränen ausbrechen würde.

Also schwieg ich.

Tom auch.

Manchmal kann Schweigen sehr laut sein.

Ich schlug die Augen auf, als Tonio den Wagen anhielt. Verwirrt blinzelnd setzte ich mich auf. Zögerlich gab Tom mich frei. War ich so müde gewesen, dass ich schlafend gegen seine Schulter gerutscht war?

„Du bist in jeder Kurve etwas näher gekommen und lagst irgendwann in meinen Armen", erklärte Tom betont neutral. „Du sahst so müde aus, da wollte ich dich nicht wecken."

„Jetzt sind wir jedenfalls da", erklärte Tonio. „Das ist ein sicheres Hotel. Wenn du nicht doch nach Hause willst, kannst du hier schlafen. Ich hole dich morgen früh ab und wir gehen gemeinsam in deine Wohnung."

„Danke. Ich habe im Moment kein Zuhause."

Gähnend stieg ich aus, winkte Tom unbeholfen zum Abschied zu und folgte Tonio in das kleine Hotel.

Meine Begeisterung ließ jedoch deutlich nach als ich nach einer sehr, sehr eigenwilligen Reinigungssession allein in meinem Zimmer saß. Jedes Geräusch erschreckte mich und an Schlaf war nicht zu denken. Dabei hatte mich das Nickerchen im Auto keineswegs erfrischt. Mein Verstand meinte spöttisch, dass ich offenbar doch auf den Schutz starker männlicher Arme angewiesen war, doch den Gedanken quittierte mein Herz postwendend mit einem deutlich vernehmbaren Stich. Ich war so gern in Robins Armen gelegen. Wieder traten mir Tränen in die Augen. Wie unendlich dumm konnte man sein? Oder vielmehr frau?

Nein, hier hielt ich es nicht aus. Ich schlüpfte in das weite Shirt, das mir die Sanitäter überlassen hatten und mein ruiniertes Kleid.

Man muss sich seinen Ängsten stellen.

Von hier aus war es gar nicht so weit bis zu meiner Wohnung und ein nächtlicher Spaziergang würde mir vermutlich auch helfen, wieder etwas klarer zu werden.

München zeichnet sich für mich unter anderem dadurch aus, dass ich mich trotz meiner jüngsten Erlebnisse keine Sekunde fürchtete, allein auf der Straße unterwegs zu sein.

Allerdings war die Stadt doch größer als ich gedacht hatte. Jedenfalls zog sich der Weg von der Maxvorstadt in die Au. Ich tröstete mich damit, dass ich jedenfalls rechtschaffen müde sein würde, wenn ich endlich ankäme.

Mit jedem Schritt auf dem Weg nach Hause hatte ich das Gefühl, wieder mehr zu mir zurückzukommen. Die Monster hinter mir zu lassen und mich von dem Ungeheuer zu distanzieren, zu dem ich beinahe geworden wäre, als ich mit der Pistole vor Robin gestanden hatte.

Irgendwie hatte ich mich an Robin verloren und erst heute wiedergefunden. So schrecklich meine Erlebnisse gewesen waren, so heilsam waren sie doch. Ich fühlte mich befreit. Ein für alle Mal von Robin befreit. Medusa mit Happyend.

Am liebsten hätte ich jetzt getanzt. Um meine Mitte wiederzufinden und mich zu erden. Für einen höhenängstlichen Menschen wie mich ist das regelmäßige Erden eine sehr, sehr wichtige Sache.

Schade, dass ich keine Musik dabei hatte.

Mein Herz würde Zeit brauchen, um wieder zu vertrauen, und mein Verstand, um in die Zukunft zu sehen. Aber meine Seele wurde frei und das war gut.

Im Rahmen der Möglichkeiten war ich richtig gut gelaunt, als ich endlich in meine Straße einbog und durch die Einfahrt zu meiner Haustür ging.

Jetzt hatte ich doch einen Knoten im Hals.

Die Inbesitznahme meiner Wohnung war die nächste Hürde auf meinem Weg.

Als ich aufsperrte und die Türe öffnete, hatte ich einen verrückten Moment den Eindruck, als hätte ein Licht aufgeblitzt. Ich stutzte, lauschte und entspannte mich wieder. Das musste von draußen durch ein Fenster hereingeleuchtet haben.

Sorgfältig schloss ich die Tür hinter mir ab und stand dann im Flur.

Der leere Fleck an der Wand versetzte mir einen Stich. Doch das ließ sich ändern. Ich würde das Sacharowa-Poster ersetzen.

Leise schlüpfte ich aus meinen Schuhen und tappte über die alten Dielen ins Wohnzimmer. Die Holzbohlen knarrten zur Begrüßung. Nicht alles hatte sich verändert. Ich hüpfte probeweise. Es knarrte wieder. Sogar mit Echo.

Auf den Zehenspitzen stehend hielt ich inne und lauschte.

Stille.

Bis auf das Ticken der Uhr.

Und doch war ich mit einem Mal sicher, nicht allein zu sein.

Mein Herz begann einen dramatischen Wirbel zu trommeln. Waren das meine Nerven?

Ich atmete lautlos aus und versuchte meine Angst zu bezwingen.

Erfolglos. Mein Herz klopfte so laut, dass mein Verstand gar nicht zu Wort kam.

Stell dich deiner Angst.

Das war immer richtig. Wenn ich mir das nur einbildete, wäre es danach vorbei und wenn nicht, wurde es durch ignorieren jedenfalls nicht besser.

Schade, dass Pistole und Messer bei Tonio geblieben waren. Ich sah mich nach einer geeigneten Waffe um und fand keine. Also nahm ich einen schweren Fotoband über Modern Dance. Von der Kunst erschlagen. Das hätte jedenfalls einen dramatischen Effekt.

Ich schlich zur Küchentür und knipste das Licht an.

An die Wand gepresst stand Tom und blinzelte mit seinem einen funktionsfähigen Auge in die Lampe.

„Du?"

„Wer wäre dir lieber?"

„Jeder!" Ich schüttelte den Kopf. „Keiner!"

Wütend ging ich zurück ins Wohnzimmer. „Ich wollte allein sein! Was machst du hier? Seit wann bist du da? Und vor allen Dingen, wie kommst du hier herein?"

Tom folgte mir langsam und blieb unschlüssig bei meinem Esstisch stehen. „Du hast diese fürchterliche Angewohnheit, Fragen wie eine Maschinengewehrsalve abzufeuern. Da geht man in Deckung statt zu antworten."

„Lenk nicht ab!" Behutsam legte ich mein Buch zurück ins Regal. Tom lohnte es nicht, einen Knick in meinem Schatz zu riskieren. „Wie kommst du hierher?"

„Tonio hat bei Robin deinen Zweitschlüssel gefunden. Den wollte ich dir geben."

„Wir sehen uns am Montag wieder im Büro. Das hätte Zeit gehabt."

„Außerdem waren wir besorgt, dass die Wohnung bei der Renovierung verwanzt wurde."

„Da ich heute im Hotel schlafe, hatte auch das keine Eile. Tonio wollte doch morgen mit mir herkommen."

„Und doch bist du hier", widersprach Tom. „Was zeigt, dass mein Gefühl richtig war. Ich dachte mir schon, dass du im Hotel nicht zur Ruhe kommen würdest."

„Und ist die Wohnung verwanzt?"

Tom lächelte. „Nicht mehr."

„Aber nochmal … warum bist du hergekommen? Die Wanzen hätten in einer leeren Wohnung doch niemand gestört?"

„Ich tue nie, was andere erwarten. Du weißt schon – Joker und so."

„Hmhmhm", sagte ich, weil mir nichts Besseres einfiel.

291

„Ich wollte einfach dafür sorgen, dass es dir gut geht."

Mein Herz, das erstaunlicherweise trotz der gebannten Gefahr nicht aufgehört hatte, Alarm zu schlagen, setzte kurz aus. Ein Schwarm Schmetterlinge erhob sich und vernebelte offenbar meinen Verstand. Jedenfalls glänzte er gerade durch Abwesenheit. Das jedenfalls erklärte das alberne Grinsen, das ich nicht länger unterdrücken konnte.

„Danke", sagte ich, um wenigstens nicht auch noch unhöflich zu sein. „Das ehrt dich. Nach allem, was passiert ist. Immerhin hatte ich ja vor, dich auszuspionieren."

„Weil Robin dich auf uns angesetzt hat. Er war schon länger hinter Medusa her, doch wir – ich meine Tonios Leute – konnten ihm nichts beweisen. Als ich dann erfuhr, dass meine wunderbare neue PR-Managerin die Geliebte unseres Verdächtigen ist, beschlossen wir, Robin eine Falle zu stellen. Und prompt ist er darauf hereingefallen. Dumm nur, dass du die sorgsam vorbereiteten Informationen einfach nicht an Robin weitergeben wolltest."

Ich senkte den Blick und starrte verlegen meine Nägel an. Der Lack hatte die Nacht auch nicht ohne Blessuren überstanden. Was sollte ich davon halten? Es tat weh, so ausgenutzt zu werden. Ich fühlte mich von einfach allen benutzt.

„Wir haben dich benutzt" sagte Tom leise. „Das tut mir leid. Es ist einfach so vieles von Anfang an falsch gelaufen. Man sollte Mitarbeiter in Ruhe lassen. Nur manchmal gehorcht das Herz dem Verstand nicht."

Wow.

Ich hätte jetzt etwas sagen sollen. Nur fiel mir nichts ein.

Was kein Wunder war, so ohne Verstand, der einfach im Schmetterlingsgeschwader stecken geblieben sein musste.

„Ja", sagte ich, bevor das Schweigen peinlich wurde. „Es ist viel falsch gelaufen. Deshalb solltest du jetzt gehen."

„Vermutlich." Tom senkte den Kopf. „Ich habe noch ein Geschenk für dich. Shen hat mir eigens für dich superedlen Tee mitgebracht. *Schwarzer Drache.* Feinster Oolong Formosa, handgerollt."

Er griff in die Tasche seines Kapuzenpullis und zog ein kleines, in rotes Seidenpapier gepacktes Päckchen hervor.

„Ich habe keine Teekanne mehr." Meine Stimme drohte in ungeweinten Tränen zu ertrinken. „Sie ist bei dem Einbruch gestorben. Zusammen mit der Erinnerung an meine Oma."

„Schau doch einfach nach, ob du nicht was anderes findest. Es kann doch nicht an ein paar Scherben scheitern, sich an diesem Tee zu erfreuen?"

„Wenn du dann gehst!"

Genervt ging ich in die Küche, um nach einer Karaffe zu suchen, in der man Tee aufbrühen konnte.

Doch als ich die Schranktür öffnete stand dort meine Teekanne.

Ich blinzelte. Das konnte doch nicht sein? Vorsichtig hob ich sie heraus. Was durch den Schatten der Tür im Dunkeln nicht zu sehen gewesen war, trat jetzt zutage.

Die Kanne war geklebt. Aber nicht einfach mit Sekundenkleber, sondern mit Gold. Die Sprünge wurden durch eine zarte Goldlinie noch betont. Sie war eindeutig kaputt und würde nie wieder heil werden. Aber sie war nun anders schön.

Ich war so damit beschäftigt gewesen, meine alte neue Kanne andächtig in den Händen zu drehen, dass ich Tom fast vergessen hätte.

„Kintsugi", sagte er, unschlüssig in der Küchentür stehend. „Das ist eine japanische Technik bei der Keramik mit einem speziellen Goldlack verklebt wird."

Schon wieder sprachlos starrte ich Tom über die Teekanne hinweg mit großen Augen an.

„Sie ist natürlich nicht mehr dieselbe", ergänzte er vorsichtig. „Aber ich wollte dir zeigen, dass das Leben auch mit Bruchstellen und Dellen noch schön sein kann. Eben anders schön."

„Wie bist du denn auf diese Idee gekommen? Woher wusstest du überhaupt, dass mir so viel an dieser Kanne liegt?"

„Wenn man Scherben mit sich herumträgt, müssen sie etwas bedeuten. Und da wollte ich dir eine Freude machen."

„Kannst du meine Gedanken lesen?"

Tom senkte bescheiden den Blick. „Manchmal."

„Das sind diese Medusa-Tabletten, nicht wahr?"

Damit hatte er nicht gerechnet. Er ließ sich Zeit mit der Antwort und nahm mir stattdessen behutsam die Kanne aus der Hand, um sie mit Tee zu befüllen. Dann setzte er Wasser im Kocher an und lehnte sich schließlich mir gegenüber an den Kühlschrank.

„Nein. Ich habe die Gabe, Schwingungen wahrzunehmen, die Menschen aussenden. Meist sind das diffuse Bilder. Wie ein abstraktes Gemälde aber in 3D und Bewegung." Er schüttelte ungläubig den Kopf. „Bei dir hingegen ... ist es anders."

„Ach?"

Doch Tom ließ sich nicht drängen. Bedächtig goss er den Tee mit dem kochenden Wasser auf und trug die Kanne zu meinem Esstisch. Seufzend suchte ich in meiner neu eingerichteten Küche nach zwei Tassen und folgte ihm.

Offenbar hatte Tom die Zeit genutzt und Musik eingeschaltet.

Wire to wire.

„Darf ich?" Ich hob die Teekanne, um ihm einzuschenken.

„Lass den Tee noch ziehen."

„Warum tust du das alles? Ich meine, die hast du doch repariert, bevor das hier so furchtbar schief gegangen ist."

„Ich wollte etwas für deine Seele tun. Etwas, dass dich wieder zum Strahlen bringt. Ich kann mich nicht satt sehen an dir und irgendwie bringst du Farbe in mein Leben."

Er nahm mir behutsam die Kanne aus der Hand und zog mich vom Tisch fort. Seine Hände umrahmten mein Gesicht.

„Ich mag es, wie deine Augen strahlen, wenn du dich freust und sich kleine Fältchen bilden, wie Kanäle, aus denen dieses Licht in die Welt fließen kann."

„Wow, noch nie hat ein Mann die Fältchen einer Frau in einer Weise erwähnt, in der sie stolz darauf sein kann", stammelte ich, völlig überwältigt von meinen Gefühlen, einem schon wegen der Kanne begeistertem Herz, und mit einem lauten Rauschen aufflatternden Schmetterlingen. Mein massiv überforderter Verstand jedenfalls verabschiedete sich frustriert ins Wochenende. Doch im Moment vermisste ich ihn nicht.

Tom drehte mich durch die Tür ins Wohnzimmer und wir begannen zu tanzen. Sehr langsam, sehr bedächtig. Unfassbar intensiv.

Obwohl wir uns beide kaum bewegen konnten, war es wundervoll. Toms Hand lag federleicht auf meinem Rücken, während er mich quasi mit Links über unsere gefassten Hände führte.

Er hielt mich zu eng, aber das fühlte sich gut an.

Überraschend führte er mich in einen Whisk, der in einer Promenade mündete und holte mich mit einer Drehung wieder zurück. Hatte der Kerl geübt?

„Shen hat mich auf die Idee mit der Kanne gebracht. Er hält sehr viel von dir und hat mir dringend geraten, dich als ernai aufzugeben und in den Stand einer Ehefrau zu erheben. Er sagte wörtlich, dass ich keine bessere Frau zu erwarten hätte."

„Was?", rief ich. „Ich will dich aber nicht heiraten."

Jetzt, als mitten im Flug die Schmetterlinge für einen Augenblick zu flattern aufhörten, fand ich meinen Verstand wieder.

Die Botschaft war eindeutig: *Überleg dir gut, was du jetzt sagst.*

Tom legte den Kopf schief. „Ist das endgültig?"

„Vorläufig."

Mir fiel erst jetzt auf, dass wir stehen geblieben waren. In einer Position, die zum Küssen einlud.

„Wenn ich wüsste, wie ich dich anfassen kann, würde ich dich jetzt ins Schlafzimmer tragen."

„Das wäre enttäuschend, denn daran wird sich auch dort nichts ändern. Wir sind eindeutig zu verbeult für heißen Sex."

„Es ist inzwischen ohnehin eher die Zeit für Morgenkuscheln. Mal wieder. Du bist einfach keine Frau für gutes Timing", sagte Tom leichthin. Dabei kitzelten seine Lippen meine Nase. „Den heißen Sex will ich im kühlen Licht der Sterne haben. Dein Dachfenster lädt dazu ein. Man sieht den Himmel, aber nicht die Höhe."

Ich kicherte albern.

Tom küsste mich und berührte meine Seele.

Als wir Hand in Hand zum Schlafzimmer gingen, fiel mein Blick auf meine Kanne.

„Was ist?"

„Es ist nie zu spät, Scherben zu flicken."

ENDE

Auch wenn ich diejenige bin, die alle Prügel verdient hat, die man vielleicht wegen meines Werkes verteilen will, möchte ich doch das Lob mit all denen teilen, deren Begeisterung mich durch all die Höhen und Tiefen, die mit der Entstehung eines Buches verbunden sind, begleitet hat. Ich kann nicht oft genug betonen, wie viele Menschen am Erfolg eines solchen beteiligt sind, auch (und gerade) weil deren Arbeit oft erst dort ansetzt, wo das magische Wort ENDE bereits geschrieben ist.

Da sind zuallererst Gundel Limberg und Mella Dumont, die mich persönlich angetrieben haben, das Jammertal auch wieder zu verlassen, in das mich meine dieses Mal besonders widerspenstigen Protagonisten gejagt haben. Und natürlich meine Freunde und Kollegen aus unserer Autorengruppe, die psychosoziale Erstversorgung leisten, wenn der Plot nicht will, die Protas frech sind und einfach nichts zu funktionieren scheint, außer den Zweifeln des Autors.

Dann sind da natürlich Betty Najdek, die das Lektorat übernommen hat, und Jacqueline Spieweg, die ich nicht nur als Autorenkollegin schätze, sondern auch als Grafikerin, der Agentin 006y das wunderschöne Cover verdankt. Für die fachliche Beratung in Bezug auf die Tanzszenen bedanke ich mich herzlich bei Sabine Simmet, für die Insidertipps zu Hamburg bei Diana Gottschalk und natürlich bei meinen Betaleserinnen, die der Agentin auf der Zielgeraden mit ihren Ideen noch etwas Pfeffer verliehen haben: Sabrina Schneider, Pia Kliffe, Irene Feichtmeier und Mareike Winterberg. Ach, und Anja Dietel für einen schlicht genialen Musiktipp.

Die Schreibzeit, die ich brauche, ohne dass alles zusammenbricht, verdanke ich meinem Mann. Und Stephanie Reichhold, die in der heißen Phase nach meinem sonst völlig verwaisten Ross sieht.

Last but not least möchte ich all meinen Lesern danken, die mir mit ihrem Interesse den Spaß am Schreiben erhalten. Ich freue mich über jede Rezension, jeden Kontakt, sei es auf meiner Homepage, auf Amazon, auf Facebook oder Twitter. Wenn ihr Fehler bemerkt, sagt es mir. Wenn ihr die Agentin 006y mochtet, sagt es euren Freunden.

Wir lesen uns!

Eure Kay

3 Lesetipps

Vampire Guides I

Vampire Beginners Guide

(Vom Falschen Mann Gebissen)

Frisch getrennt tingelt Lexa durch die Münchner Clubs. Als sie dort dem geheimnisvollen Baghira begegnet, erhofft sie sich ein leidenschaftliches Abenteuer mit einem faszinierenden Mann. Doch weit gefehlt – schon am nächsten Morgen ist der Lover verschwunden und als Erinnerung bleiben Lexa zunächst nur Knutschflecken. Dann findet sie ein mysteriöses Buch in ihrem Briefkasten: den „Vampire Beginners Guide". Zunächst fasst sie das als Scherz auf, doch bald bemerkt sie alarmierende Veränderungen. Weshalb giert sie plötzlich nach einem blutigen Steak? Und warum sieht sie nachts auf einmal besser als am Tag?

Verwirrt von ihrem neuen Leben macht sich Lexa auf die Suche nach ihrem geheimnisvollen Lover, um ihn zur Rede zu stellen.

Doch diese Suche erweist sich als höchst gefährlich, denn er ist nicht nur attraktiv und gutaussehend, sondern auch ein gnadenloser Mörder. Und nur Lexa kennt sein Gesicht...

Longtime Nr. 1 der Kindle "Vampirromane", Top 100 Verkaufscharts Amazon.
„Die Vampire Guides mit ihrem erfrischend anderen Blick auf die Münchner Schattenwelt und ihre Bewohner sind eine der erfolgreichsten deutschen Vampirserien des letzten Jahres."

Vampire Beginners Guide

Vampire Practice Guide

Vampire Expert Guide

Der vierte Band „Vampire Master Guide" schließt die Reihe im Herbst 2015 ab.

Lilly Labord

Kein Brautstrauß für Vampire

(Paranormale Romanzen I)

Auch Vampire suchen nach der wahren Liebe

Lilly handelt erfolgreich Millionenverträge aus, als sie vollkommen unerwartet entlassen wird. Nun muss sie schnellstens eine neue Beschäftigung finden. Ausgerechnet ihr Ex hat den zündenden Vorschlag: Lilly soll eine Partnervermittlung eröffnen – aber nicht für irgendwen – sondern für die Mitglieder der paranormalen Community.

Da ihr Ex kein gewöhnlicher Mensch ist, weiß Lilly natürlich, dass andere Wesen mitten unter uns leben, aber eine Partnervermittlung für Vampire und Werwölfe zu eröffnen, ist deswegen noch lange keine Kleinigkeit.

Nicht nur sind die eigenen Klienten potentiell gefährlich, Lilly muss vor allem andere Kräfte fürchten, Menschen nämlich, die entschlossen sind, paranormale Mitbürger ein für allemal aus der Welt zu schaffen.

Doch Lilly ist nicht der Typ, sich unterkriegen zu lassen. Sie nimmt die Herausforderung an und sehr bald rennen ihr die Klienten buchstäblich die Tür ein. Doch wie um Himmels Willen findet man eine passende Partnerin für einen Werwolf-Witwer mit fünf Kindern? Was gilt es zu vermeiden, wenn man einen Vampir verkuppelt?
Und was passiert, wenn sich die Vermittlerin selbst verliebt?

Emily A. Almond

Mango Delights

Amy steht kurz vor ihrem 23. Geburtstag, als sie sich in den charismatischen Tierarzt Dr. Ethan Bancroft verliebt. Ethan ist allerdings ein gutes Stück älter als Amy und er lebt nur für das Dogtopia, seine gut laufende Hundeklinik am Strand von Brighton.

Er denkt nicht im Traum daran, eine Beziehung mit einem so jungen und unerfahrenen Mädchen wie Amy einzugehen. Doch da hat er hat seine Rechnung ohne die willensstarke junge Frau gemacht!

Ethans Haltung ändert sich, nachdem Amy unerwartete Unterstützung vonseiten des indischen Beziehungscoachs Dr. Jadoo Meshali erhält. Im Gegensatz zu Ethan macht Jadoo keinen Hehl aus seiner Begeisterung für die ungewöhnliche Frau – Amy ist bald hin- und hergerissen. Jadoos offene Avancen verwirren sie weitaus mehr, als sie sich eingestehen will.

Um Ethan aus der Deckung zu locken, schmiedet sie schließlich einen provokanten Plan: Sie verkündet, dass sie an ihrem 23. Geburtstag, endlich ihre Unschuld verlieren möchte. Wer von beiden sie am Ende verführen wird, überlässt sie den völlig perplexen Männern.

Mehr dazu bei Amazon: http://goo.gl/itRPGh